PETRA JOHANN
DER STEG

rütten & loening

PETRA JOHANN

DER STEG

Thriller

RL rütten & loening

ISBN 978-3-352-01010-1

Rütten & Loening ist eine Marke
der Aufbau Verlage GmbH & Co. KG

2. Auflage 2024
© Aufbau Verlage GmbH & Co. KG, Berlin 2024
www.aufbau-verlage.de
10969 Berlin, Prinzenstraße 85
Der Verlag behält sich das Text- und Data-Mining nach § 44b UrhG vor,
was hiermit Dritten ohne Zustimmung des Verlages untersagt ist.
Bei Fragen zur Sicherheit unserer Produkte wenden Sie sich bitte an
produktsicherheit@aufbau-verlage.de.
Satz Greiner & Reichel, Köln
Druck und Binden CPI books GmbH, Leck, Germany

Printed in Germany

In Erinnerung an

Edelgard Schmitt (1940–2014)
und
Herbert Schmitt (1934–2023)

Prolog

Es dauerte lange, bis er unterging. Sein Körper schien eine Ewigkeit bäuchlings auf dem Wasser zu liegen. Das goldene Licht der Oktobersonne ließ seinen silbernen Haarschopf glänzen und beschien seinen Rücken, als wollte es ihn wärmen. Der Mann hatte im Todeskampf um sich geschlagen, doch jetzt bewegte er sich nicht mehr, wurde nur sanft hin- und hergeschaukelt vom Auf und Ab des Sees, der niemals völlig schlief. Eine leichte Brise kam auf, strich über die Wasseroberfläche und über die Haare des Mannes, spielte mit ihnen, wie eine Geliebte es vielleicht getan hätte. Eine letzte zarte Geste, eine letzte Liebkosung. Der Wind trieb eine Welle gegen den Körper, dann eine zweite und eine dritte, und als wären sie ein Zeichen, gab der Körper schließlich der Schwerkraft nach. Die Beine senkten sich zuerst, dann folgten Rumpf und Arme und schließlich der Kopf.

Die Frau auf dem Steg verharrte regungslos, während sie beobachtete, wie der Mann langsam auf den Grund sank. Dann richtete sie sich auf und schöpfte tief Atem. Sie hatte in den vergangenen Momenten die Luft angehalten – und nicht nur die. Alles in ihr, Denken, Fühlen, Handeln, war wie abgeschaltet gewesen. Als sie jetzt wieder zu sich kam, spürte die Frau vor allem eins: Erleichterung. Erleichterung, dass es vorbei war. Doch dann strich ein weiterer Windhauch über den See heran und ließ die Frau in ihrer verschwitzten Funktionskleidung frösteln. Und plötzlich empfand sie noch etwas anderes: Entsetzen. Was hatte sie getan?

Der Alte saß so regungslos in seinem Rollstuhl am Fenster mit Blick auf den See, dass man hätte meinen können, er sei gestorben, ohne dass es jemand bemerkt hatte. In gewisser Hinsicht war das auch so. Der Mann, der er einmal gewesen war, war vor langer Zeit verschwunden und hatte nur seinen leeren Geist zurückgelassen, der durch seinen gebrochenen Körper spukte wie ein verwirrtes Gespenst auf der Suche nach dem Ausgang aus dem Verlies. Doch er fand ihn immer seltener. Immer seltener gelang es dem Geist, mit der Welt da draußen in Kontakt zu treten. Dabei hätte er einiges zu erzählen gehabt, denn auch wenn sein Körper gebrochen war, sahen seine Augen so scharf wie eh und je.

Teil I

1

Priska

Ich wollte nie ein Gutmensch sein. Nicht einmal als kleines Mädchen, als ich noch in meiner heilen Prinzessinnenwelt mit Tennisstunden und Klavierunterricht im Überfluss lebte, dachte ich übers Teilen nach. Und später schon gar nicht. Ich wollte immer nur erfolgreich und unabhängig sein, vor allem Letzteres. Begehrt, aber nicht begehrend.

Doch natürlich wollte ich auch nie ein schlechter Mensch werden. Nur Psychopathen haben den Wunsch, Böses zu tun. Ich wollte einfach im moralischen Mittelfeld mitlaufen, auf der Leiter des Lebens nach oben klettern, ohne meine Energie dafür zu vergeuden, andere mit mir auf die nächste Sprosse zu hieven, aber auch ohne sie nach unten zu treten. Denn jeder ist seines Glückes Schmied.

Was ich mir dabei nicht klargemacht habe: Manchmal stellt das Schicksal uns vor die Wahl – gut oder böse –, und wir bekommen nur Sekunden, um uns zu entscheiden.

Wehe denen, die das Gutsein nicht geübt haben.

»Sie ist Veganerin? Und das sagst du mir erst jetzt?« Ich nehme einen tiefen Zug von meiner Abendzigarette und trete gegen ein Büschel Unkraut, das zwischen den Fugen unserer Terrassenplatten wuchert, als würde es dafür bezahlt. Die Sonne ist schon vor zwei Stunden untergegangen, doch durchs Wohnzimmerfenster fällt so viel Licht, dass ich die ersten Meter um mich herum überblicken kann. Bis zum Wasser reicht der Schein allerdings nicht, in den dunklen Schatten ist nicht zu erkennen, wo unser Grundstück aufhört und der See beginnt. »Flo hat das Essen für das ganze Wochenende schon geplant und eine Riesenbestellung beim Fischhändler aufgegeben. Er will morgen eine Fischpfanne machen.«

»Äh, das tut mir leid. Sorry, Sis, ich habe es einfach total vergessen.«

Ich lasse kurz das Handy sinken. »Wie konntest du das vergessen? Ich habe dich letzte Woche gefragt, ob Anna Allergien oder Unverträglichkeiten hat.«

»Die hat sie ja nicht. Sie isst nur aus ethischen Gründen keine tierischen Produkte.« Moritz schweigt einen Augenblick lang, und ich stelle mir vor, wie sich sein Teddygesicht zu einer zerknirschten Grimasse verzieht. Das macht es immer, wenn er Chaos anrichtet – was oft vorkommt. »Aber hör mal – wenn es zu kompliziert ist, das noch zu ändern, dann soll Florian einfach die geplante Pfanne machen. Vielleicht kann Anna den Fisch weglassen.«

»In der Pfanne ist auch Sahne drin oder Schmand oder so etwas.«

»Hm, das macht es schwieriger. Vielleicht kann Florian für Anna einfach ein bisschen extra Gemüse anbraten? Oder wir bringen Brot und veganen Aufstrich mit.«

»Und dann isst Anna das ganze Wochenende Sandwiches, während wir anderen in Flos Kochkünsten schwelgen?«, frage ich skeptisch.

»Sie sagt, das sei kein Problem für sie. Eigentlich wäre es ihr sogar am liebsten so. Sie will euch auf keinen Fall Mühe machen.«

Ach, echt nicht? Ich inhaliere noch etwas Nikotin. »Und Anna ist wirklich zu hundert Prozent Veganerin?«, hake ich nach.

»Nicht bloß so eine, die sich auf Insta politisch korrekt und megawoke mit Falafel Buddha Bowl inszeniert, während sie sich heimlich bei Burger King einen Doppelwhopper reinzieht?«

Moritz lacht. »Anna ist zu hundert Prozent Veganerin und zu hundert Prozent authentisch – weswegen sie zu hundert Prozent Instagram hasst. Sie hat überhaupt nur aus beruflichen Gründen einen Account. Und wie gesagt, sie will keine Mühe machen. Sandwiches wären absolut okay.«

Ich denke über den Vorschlag nach. Auf den ersten Blick gefällt er mir, auf den zweiten ist er selbst mir zu pragmatisch. Abgesehen davon wird Flo ohnehin dagegen sein. Im Gegensatz zu mir ist mein Mann ein begeisterter, fürsorglicher Gastgeber. Im Gegensatz zu mir kann er auch kochen, weil er nicht mit dreizehn Jahren beschlossen hat, es niemals zu lernen. Als sich damals mein Leben von einem Tag auf den anderen mit einem Riesenknall änderte, habe ich einige Vorsätze gefasst. An die meisten habe ich mich gehalten, an den wichtigsten allerdings nicht.

»Lasst den Aufstrich mal zu Hause, das bekommen wir schon hin. Sonst noch irgendwelche Last-minute-Informationen? Müssen wir einen Treppenlift einbauen, weil Anna im Rollstuhl sitzt, oder eine Katzenklappe, weil sie ihren Lieblingstiger mitbringt?«

»Den lässt sie zu Hause.«

»Dann bin ich beruhigt. Und wann sollen wir mit euch rechnen?«

»Wir planen, gegen halb fünf da zu sein, damit wir noch im Hellen ankommen. Also«, fügt Moritz hinzu, »noch einmal Sorry wegen der Extramühe. Ich bin sicher, es wird ein großartiges Wochenende. Wir freuen uns total auf euch.«

»Wir freuen uns auch.«

Das ist nicht nur eine Floskel. Ich freue mich, zumindest auf Moritz. Ich habe ihn seit meiner Hochzeit vor acht Monaten nicht gesehen. Das ist der Nachteil daran, dass ich von Baden-Württemberg nach Schleswig-Holstein gezogen bin: Jetzt trennen mich sechshundertfünfzig Kilometer von meinem kleinen

Bruder. Allerdings bin ich mir noch nicht sicher, ob ich mich auch auf seine neue Freundin freue.

Ich stecke mein Handy in meine Hosentasche und rauche mit Genuss meine Zigarette zu Ende. Ich genieße dieses Ritual. Ich habe mir für Flo das Rauchen abgewöhnt, bis auf diese eine abendliche Zigarette. Ich habe ihm ein Ultimatum gestellt – »Wenn die letzte Zigarette verschwindet, tue ich es auch.« –, und Flo hat das akzeptiert. Dabei wusste er genauso gut wie ich, dass ich für ihn nicht nur auf die letzte Zigarette, sondern notfalls auch aufs Essen, Trinken und Atmen verzichten würde. Die schlichte Wahrheit ist: Ich bin verrückt nach ihm – und er nach mir.

Ich trete die Zigarette aus und lege die Kippe in die Blechdose, die an der Hauswand bereitsteht. Dann drücke ich die Terrassentür auf und kehre ins hell erleuchtete Wohnzimmer zurück. Flo steht in der offenen Küche an der Spüle und schrubbt an einer gusseisernen Pfanne herum, während er aus vollem Hals und ziemlich schief »Love to go« schmettert, laut genug, um Kelvin Jones zu übertönen, der im Radio mitzuhalten versucht.

Als ich Flos knackigen Po betrachte, der im Rhythmus der Musik hin und her zuckt, kann ich nicht widerstehen. Leise schlüpfe ich aus meinen Turnschuhen, schäle mich aus Jeans und Bluse und schleiche mich an meinen Mann heran. Von hinten lege ich meine Arme um ihn, schiebe die Hände tief in die Taschen seiner Jeans und presse mich an ihn.

Flo singt weiter, erst als die letzte Strophe verklungen ist, dreht er sich zu mir um. Als er sieht, dass ich nur BH und Slip trage, leuchten seine Augen. »Uh, Nachtisch.«

Wir treiben es direkt in der Küche und dann noch einmal auf der Couch im Wohnzimmer, wobei Flo zwischendurch geistesgegenwärtig das Licht dimmt. Als wir das Haus gekauft haben, hat Flo mit seinem Partner aus der Schreinerei die alten Fenster durch riesige Panoramascheiben ersetzt, für die wir noch keine passenden Vorhänge gefunden haben. Das hat uns bis vor kurzem auch nicht gestört. Die Fensterfront geht zum Garten und zum See hinaus, niemand kann hineinschauen. Das dachten wir zumindest, bis wir uns eines Abends bei schönster Festbeleuchtung im Wohnzimmer vergnügten und irgendwann bemerkten, dass ein Ruderboot nur wenige Meter von unserem Bootssteg entfernt vorbeischipperte, darin zwei Personen, die – wie im Mondschein gut erkennbar – interessiert zu uns herübersahen. Ich weiß nicht, ob es zwei Fischer auf nächtlicher Angeltour oder zwei Voyeure auf Spannertour waren, doch danach habe ich angefangen, Stoffmuster zu wälzen.

Als wir nackt und zufrieden in einem Nest aus Decken auf dem Teppich vor unserer Couch kuscheln, erzähle ich Flo, dass er seine Kochpläne fürs Wochenende über den Haufen werfen muss. Er reagiert gelassen. Flo ist meistens gelassen, regelrecht tiefenentspannt, eine Eigenschaft, um die ich ihn oft beneide und die mich manchmal in den Wahnsinn treibt.

»Kein Problem, ich koche etwas anderes, und wir frieren den Fisch ein. Oder ich koche für Anna etwas extra. Allerdings müssten wir dann noch ein paar Sachen einkaufen, und ich komme morgen nicht früher von der Baustelle weg.«

»Ich kann das übernehmen. Ich habe ab zwei Uhr meinen Kalender geblockt.« Ich hebe meinen Kopf von Flos nackter Brust. »Kennst du denn vegane Rezepte?«

Flo zieht eine gespielt beleidigte Miene. »Du vergisst, dass du den ehemaligen Souschef von Imkes Café geheiratet hast.«

»Sohn der Besitzerin, der als Teenager nach der Schule ausgeholfen hat, trifft es wohl eher.«

»Immerhin habe ich Gemüse für Chili sin carne und Veggie Burger geschnippelt. Keine Sorge, ich bekomme das hin. Ich bitte Imke, mir ein paar einfache Rezepte zu schicken.«

Flo greift zu seinem Handy, um eine Whatsapp an seine Mutter zu tippen. Während ich mitlese, sage ich nachdenklich: »Ich hoffe, sie ist in Ordnung und den ganzen Aufwand wert.«

»Anna? Warum sollte sie nicht in Ordnung sein? Sie ist Moritz' Freundin, er würde sie nicht mögen, wenn sie nicht okay wäre.«

»Das ist kein Kriterium. Moritz mag jeden. Er hat sich auf unserer Hochzeit sogar mit deiner Cousine Esther unterhalten und hinterher gemeint, sie sei doch ganz nett.«

Flo legt das Handy wieder weg. »Und dafür werde ich ihm ewig dankbar sein, so konnte Esther in der Zeit nicht die Kellner beleidigen oder den DJ vergraulen.« Dann schneidet er eine Grimasse. »Oder sind neurotische Zicken etwa Moritz' Typ? Wie waren denn seine bisherigen Freundinnen so?«

»Das ist es ja, ich kenne keine. Er hat mir noch nie eine vorgestellt. Ich bin nicht mal sicher, ob er schon eine Beziehung hatte.«

»Natürlich hatte er. Er ist dreißig, alles andere wäre unnatürlich. Männer haben Bedürfnisse. Apropos …«

Flo küsst mich auf die Nase, dann zieht er mit seinen Lippen eine Spur über meine Wange, meinen Hals hinab und zu meiner Schulter, und ich spüre, wie ich wieder feucht werde.

Als am nächsten Morgen um halb sechs Uhr mein Wecker klingelt, regnet es. Die Tropfen prasseln in einem rhythmischen Stakkato auf das Fensterbrett, und für einen Moment kämpfe ich gegen die Versuchung an, mich an Flo zu kuscheln und noch eine halbe Stunde liegen zu bleiben. Dann gewinnt meine Selbstdisziplin. Ich stehe auf, schlüpfe in meine Sportkleidung und schließe leise die Schlafzimmertür hinter mir. Seit drei Monaten trainiere ich für meinen ersten Halbmarathon. Nachdem ich meinen Nikotinkonsum drastisch reduziert hatte, fühlte ich mich eine Zeit lang ganz kribbelig, bis ich feststellte, dass das Gefühl nicht nur beim Sex mit Flo nachließ – ohnehin mein Heilmittel schlechthin gegen dunkle Gefühle und finstere Dämonen aller

Art –, sondern auch beim Laufen. Seitdem laufe ich fast täglich, und seit ich beschlossen habe, beim Kiel-Marathon mitzumachen, habe ich sogar einen Trainingsplan. Der sieht heute eine lockere Zwölf-Kilometer-Runde vor, daher schleiche ich die Treppe hinunter und schnappe mir Laufschuhe, Stirnlampe und Regenjacke. Doch als ich die Haustür öffne, pralle ich zurück angesichts der Wand aus Wasser vor mir. Ich habe mich geirrt. Es regnet nicht, es schüttet. Es gießt wie aus Kübeln. Ich kann vor Regen kaum die Straßenlaterne erkennen.

Ich schließe die Haustür wieder. Halbmarathon hin, Trainingsplan her, wenn ich da rauslaufe, kann ich auch eine Runde im See schwimmen. Stattdessen gehe ich in die Küche und schalte die Kaffeemaschine ein. Wenn ich mich ranhalte, kann ich eine Stunde früher im Büro sein als geplant und mittags mit etwas Glück eine Stunde eher gehen und trainieren, bevor Moritz und Anna kommen. Bis dahin sollte auch der Regen nachgelassen haben, so viel Wasser kann es im Himmel gar nicht geben, dass er den ganzen Tag anhält.

Meine Hoffnung erweist sich als berechtigt. Im Laufe des Vormittags lässt der Regen nach, und es klart auf. Als ich um halb zwei den Kieler Standort der *Schwaben Consulting Group* verlasse, den ich nach meinem Umzug von Stuttgart hierher selbst mit aufgebaut habe, fegt ein frischer Wind die letzten Wolken davon, und als ich um drei meinen Wagen in unserem Carport abstelle, strahlt die Oktobersonne von einem blitzblank gewaschenen blauen Himmel. Die Fahrt von meiner Arbeitsstelle nach Hause dauert normalerweise nur vierzig Minuten, doch ich habe unterwegs eingekauft. Flos Mutter hat gestern noch einige vegane Rezepte geschickt. Ich habe die Zutaten beim Supermarkt um alles Mögliche ergänzt, auf dem vegan stand – von Hafermilch über Gemüsebrotaufstrich bis hin zu Weingummis ohne Gelatine –, außerdem habe ich beim Bäcker einen Apfelkuchen geholt, der angeblich ebenfalls tierproduktfrei ist.

Ich habe so viel eingekauft, dass ich eine Weile mit Einräumen beschäftigt bin, doch dann flitze ich die Treppe hoch und schlüpfe in meine Sportklamotten. Es ist Viertel nach drei. Für zwölf Kilometer reicht die Zeit nicht, doch acht sollten drin sein – zumal Moritz nie pünktlich ist. Ich rechne frühestens um fünf mit ihm.

Unser Haus liegt an einer Straße, die am Plöner See entlang von unserem Dorf zum nächsten führt. Zwischen den Orten erstreckt sich das große Forstgebiet, in dem ich regelmäßig meine Runden drehe. Heute ist es dort noch nass. Die Wege sind von Pfützen übersät und teils schlammig, Regentropfen glitzern an den Blättern der Buchen und Eichen und an den Nadeln der Fichten und Lärchen im Sonnenlicht. Die Luft ist dampfig, ich komme noch schneller ins Schwitzen als sonst, schon nach zwei Kilometern klebt meine Funktionskleidung feucht an mir.

Ich begegne keiner Menschenseele. Selbst in der Hochsaison ist im Forst nicht viel los. Die meisten Touristen konzentrieren ihre Aktivitäten auf den See, und die wenigen Wanderer zerstreuen sich rasch. An die Einsamkeit hier musste ich mich erst gewöhnen, genauso wie an die Stille und die Tatsache, dass der nächste Supermarkt fünf Kilometer entfernt ist. Ich habe immer in der Stadt gelebt, auch meine verschiedenen Einsatzorte waren immer in Großstädten – wo die Kunden einer großen Unternehmensberatung halt sitzen. Wenn es nach mir gegangen wäre, hätten Flo und ich uns daher eine Wohnung in einem schicken Neubau in Kiel gesucht, aber dummerweise hat er stattdessen dieses heruntergekommene Haus am Großen Plöner See entdeckt. Er erzählte mir davon mit so viel Begeisterung, dass ich mich breitschlagen ließ, es mir anzusehen – was ein Fehler war. Denn zwischen dem Zeitpunkt meiner Zusage und dem frühesten Besichtigungstermin, den ich einrichten konnte, lagen drei Wochen, in denen Flo bereits die Sanierung plante und sich das fertige Haus und unser gemeinsames Leben darin in buntesten Farben ausmalte. Als ich bei der Besichtigung Einwände erhob – zu groß, zu abseits, zu teuer –, hatte er auf jeden eine Antwort parat. Diese Antworten waren zwar nicht alle plausibel, wurden von Flo aber mit solchem Enthusiasmus vorgetragen, dass ich es nicht übers Herz brachte, seinen Traum zu zerstören.

Mittlerweile fühle ich mich in dem Haus halbwegs heimisch, zumindest wenn Flo da ist. Andererseits besagt das nichts: Flo ist mein Zuhause, egal, wo wir sind. Wenn ich mit ihm zusammen bin, fühle ich mich vollständig – und so war es vom ersten Tag an. Dabei hatte ich vorher nicht das Gefühl, unvollständig zu sein. Ich hatte nicht das Gefühl, dass mir im Leben etwas fehlt. Das habe ich erst kennengelernt, als ich mich für einige Tage von Flo trennte, weil ich glaubte, dass es das Richtige wäre. Weil ich glaubte, dazu gezwungen zu sein. Weil ich glaubte, dass es keinen anderen Weg gäbe. Doch dann habe ich einen gefunden.

Während ich mein Tempo anziehe, über holprige Pfade renne und Pfützen ausweiche, frage ich mich, ob Moritz mit Anna so glücklich ist wie ich mit Flo. Ich würde es ihm gönnen. Moritz ist zwar ein nervtötender Schussel, aber ein toller Bruder. Er verdient das Beste. Die Beste. Doch ist Anna die Beste für ihn? Moritz ist viel zu gutmütig, was, wenn sie ihn ausnutzt? Sie hat ihn schon überredet, mit ihr ehrenamtlich bei der Heidelberger Tafel auszuhelfen, obwohl er seine Energie lieber in sein Leben stecken sollte als in das anderer. Und wieso arbeitet Anna in einem Tattoostudio? Hat sie keine richtige Ausbildung?

Meine Gedanken kreisen so sehr um diese Fragen, dass ich nicht aufpasse und mit Schwung in eine Pfütze trete. Schlamm spritzt hoch, bis in mein Gesicht und in meinen zum Atmen geöffneten Mund. Angewidert spucke ich aus, dann muss ich jedoch lachen, als mir klar wird, wo ich bin und was ich tue. Hätte mir vor zwei Jahren jemand gesagt, dass ich einmal freiwillig durch einen schlammigen Wald joggen würde statt auf einem frisch desinfizierten Laufband in einem Topfitnessstudio, hätte ich ihn ausgelacht. Doch das ist alles Teil meines neuen Lebens. Meines wunderbaren Lebens mit dem wunderbarsten Mann der Welt.

Grinsend laufe ich wieder los, und eine Viertelstunde später erreiche ich glücklich und außer Atem das Tor in dem hässlichen, aber wenigstens blickdichten Bretterzaun, der unser Grundstück auf der Ostseite begrenzt. Flo hat vor, ihn zu ersetzen oder wenigstens ordentlich zu begrünen, das ist allerdings ein Projekt fürs nächste Jahr. Das Tor knarrt kläglich, als ich hindurchschlüpfe und in den Garten gehe, um mich dort ausgiebig zu dehnen. Doch daraus wird nichts, denn als ich um die Hausecke herumkomme, sehe ich jemanden auf unserem Bootssteg stehen.

Im ersten Moment glaube ich, dass meine Augen mir einen Streich spielen, denn ich gucke gegen die Sonne. Ich blinzele, doch das Bild bleibt. Ein Mann steht auf unserem Grundstück auf unserem Bootssteg. Breitbeinig, mit dem Rücken zum Ufer, blickt er auf den See hinaus und scheint sich dabei so zu Hause zu fühlen, dass er sogar seine Jacke ausgezogen und über einen der Pfähle gehängt hat, die den Steg stützen.

Ärger steigt in mir hoch. »He, was fällt Ihnen ein?«, rufe ich, während ich auf den Steg zugehe.

Der Mann reagiert nicht, also rufe ich noch einmal, doch der Fremde kehrt mir weiterhin den Rücken zu. Und dann merke ich, dass er mir gar nicht so fremd ist. Er kommt mir bekannt vor, nicht nur bekannt, sondern vertraut. Nein, das kann nicht sein, das ist ausgeschlossen. Ich muss mich irren.

Natürlich, ich irre mich. Das Gegenlicht ist schuld. Ich gehe weiter, doch wie von selbst werden meine Schritte immer langsamer, und meine Beine fühlen sich plötzlich an wie Blei. Das ist lächerlich! *Er* kann nicht hier sein. *Er* darf nicht hier sein. *Er* ist weit weg. *Er* gehört zu meinem alten Leben, nicht zu meinem neuen. Ich muss mich einfach irren.

Doch ich irre mich nicht. Mit jedem Schritt, den ich mache, wächst die Gewissheit und mit ihr meine Bestürzung. Was hat das zu bedeuten? Warum ist er hier? WARUM IST ER HIER?

Ich bekomme die Antwort, als ich nur noch wenige Meter vom Steg entfernt bin. Ich habe ihn fast erreicht, da dreht *er* sich um und sieht mich an. Und in diesem Blick liegt alles, was ich wissen muss. Dieser Blick reißt mir den Boden unter den Füßen weg. Dieser Blick lässt mich in den Abgrund stürzen.

Eine halbe Stunde später habe ich wieder Grund unter meinen Füßen. Ich stehe auf unserem Bootssteg, starre ins klare Wasser und erblicke den Tod. Was habe ich getan?

Wind kommt auf, eine laue Brise nur, doch sie lässt mich in meiner durchgeschwitzten Kleidung frösteln. Was habe ich getan?

In dem Moment vibriert mein Handy. Automatisch ziehe ich es aus der Tasche meiner Funktionsjacke und starre auf eine Whatsapp von Moritz. Die Sonne spiegelt sich im Display, es dauert, bis ich die Nachricht entziffern kann. Dann lasse ich vor Schreck fast das Handy ins Wasser fallen.

Nein! Nicht jetzt! Nicht schon jetzt!

Panisch sehe ich mich auf dem Steg um. Was soll ich tun? Was kann ich tun?

Es gibt nur eine Möglichkeit: Ich muss hier weg. Ich will loslaufen, doch da fällt mein Blick auf seine Jacke, die immer noch am Pfosten hängt, unberührt von dem Drama, dessen Zeugin sie geworden ist. Es ist ein heller Kurzmantel aus irgendeinem teuren Stoff. Mein erster Impuls ist, das Ding zu ihm in den See zu werfen, aber vermutlich würde es eine Ewigkeit dauern, bis es untergeht. Und wenn jemand ihn in der Zwischenzeit sieht ... Nein! Der Mantel muss genauso verschwinden wie ich. Ich schnappe ihn mir und laufe los.

2

Anna

Unser erster Streit beginnt im Nieselregen auf der A5 hinter Frankfurt, und es ist meine Schuld. Wir zuckeln schon seit geraumer Zeit auf der rechten Spur hinter einem weißen Opel Kombi her. Während Moritz sich auf den Verkehr konzentriert, konzentriere ich mich auf die Ankunftsanzeige des Navis, die in diesem Moment bei fünfzehn Uhr achtundfünfzig steht. Natürlich weiß ich, dass die Anzeige eigentlich nicht viel aussagt. Wir haben noch fünfhundert Kilometer vor uns, auf denen alles Mögliche passieren kann, wir werden noch Stunden unterwegs sein und mindestens eine Pause machen. Die Ankunftsanzeige hat kaum mehr Aussagekraft als ein durch tausend Filter gejagtes Selfie, dennoch macht sie mich nervös, und noch nervöser werde ich, als sie auf fünfzehn Uhr neunundfünfzig umspringt. Wieder eine Minute meines extra geplanten Puffers verloren. Am liebsten würde ich Moritz noch einmal bitten, schneller zu fahren, doch ich will keine quengelige Beifahrerin sein.

Als die Anzeige auf sechzehn Uhr springt, schließe ich meine Augen. Wenn ich das verdammte Ding nicht mehr sehen muss, kann ich mich vielleicht entspannen und den Schlaf nachholen, den ich letzte Nacht vor Nervosität nicht gefunden habe. Ich versuche, mich vom Brummen des Motors einlullen zu lassen, doch es funktioniert nicht. Aber vielleicht würde es funktionieren, wenn ich wüsste, dass mein Puffer nicht noch weiter geschrumpft ist?

Ich öffne die Augen. Sechzehn Uhr drei. Shit! Ich öffne meinen Mund, um Moritz noch einmal um mehr Tempo zu bitten, da blinkt unser Vordermann, um einen Lkw zu überholen. Moritz tut dasselbe.

Erleichtert atme ich durch, doch kaum ist der Überholvorgang vorbei, schert Moritz vor dem Lkw ein und lässt sich wieder auf hundertzehn zurückfallen.

»Meine Güte«, platzt es aus mir heraus, »kannst du nicht wenigstens ein bisschen schneller fahren?« Im nächsten Moment beiße ich mir erschrocken auf die Unterlippe. Ich habe Moritz noch nie angemotzt.

Er wirft mir einen überraschten Seitenblick zu. »Kein Grund zur Eile. Wir liegen gut in der Zeit.«

»Das tun wir nicht! Wenn wir weiter so schleichen, werden wir viel zu spät kommen.«

»Das sieht das Navi anders.«

»Weil es nicht weiß, dass wir noch eine Pause machen und bei Hamburg garantiert in einen Stau geraten werden. Außerdem haben wir schon zwanzig Minuten verloren. Wenn das so weitergeht, kommen wir erst um halb sechs an. Wir hätten eher losfahren sollen.«

»Wir sind deinetwegen schon eine Stunde eher losgefahren.« Moritz nimmt seine rechte Hand vom Steuer und legt sie auf meine linke. »Hey, Schatz, kein Grund für Stress.«

Ich ziehe meine Hand weg. »Ich hätte keinen Stress, wenn wir noch früher losgefahren wären – und wenn wir nicht noch bei Gregor vorbeigemusst hätten, weil du gestern vergessen hast, ihm die Ladenschlüssel zu geben.«

Moritz legt seine Hand wieder aufs Lenkrad. »Ich sagte bereits, dass es mir leidtut.«

»Davon kann ich mir nichts kaufen«, entgegne ich patzig, doch im nächsten Moment schäme ich mich auch schon. Moritz hat viele tolle Eigenschaften. Jede einzelne wiegt seine Schusseligkeit mehr als auf. »Entschuldige bitte«, murmele ich, und als er nichts erwidert, wiederhole ich es noch einmal lauter.

Moritz fährt schweigend weiter, dann setzt er den Blinker nach rechts, als ein Hinweisschild auf einen Rastplatz auftaucht.

»Du willst eine Pause machen? Jetzt schon?«

»Es ist nötig.«

Moritz nimmt die Abfahrt und fährt auf den Rastplatz. Er steigt aus dem Wagen, geht jedoch nicht zum Toilettenhäuschen, sondern öffnet die Beifahrertür und streckt mir eine Hand hin.

»Was soll das?«, frage ich misstrauisch.

»Komm mal mit.«

»Wir haben keine Zeit.«

»Dafür müssen wir uns welche nehmen.«

»Es regnet.«

»Kaum noch.«

Moritz zieht mich aus dem Wagen. Dann sieht er sich um und führt mich zu einem großen Stein, der ein vom Regen durchweichtes Stück Rasen begrenzt. Um nicht noch mehr Zeit zu verlieren, stelle ich mich wie gewünscht darauf.

»Also«, sagt Moritz, als wir auf Augenhöhe sind, »jetzt verrat mal, was mit dir los ist.«

»Nichts. Ich bin nur nervös, weil ich möchte, dass wir pünktlich ankommen.«

»Dass du nervös bist, merke ich. Aber wieso? Priska wird es verkraften, wenn wir nicht um halb fünf auf ihrer Matte stehen, sie weiß schließlich, dass wir sechshundertfünfzig Kilometer fahren müssen – und dass Pünktlichkeit nicht meine größte Stärke ist. Wenn wir uns verspäten, rufen wir an. Wo ist das Problem?«

»Ich möchte deiner Schwester keine Umstände machen.«

»Das kann nicht alles sein. Du benimmst dich seit heute früh total eigenartig. Also?«

Ich weiche Moritz' Blick aus und sehe über den Parkplatz. Zur Linken erstrecken sich Felder, zur Rechten rauscht der Verkehr

Richtung Norden an uns vorbei. Die Gegenfahrbahn ist verlockend leer. »Ich habe Angst, dass deine Schwester mich nicht mag«, gestehe ich schließlich.

»Warum sollte sie dich nicht mögen?«

Ich zucke mit den Achseln. »Aus vielen Gründen. Du bist ihr einziger Bruder, sie könnte mich schon allein deswegen ablehnen, weil sie dich nicht teilen will. Oder weil ich anders bin oder ihren hohen Ansprüchen nicht genüge.«

»Blödsinn. Du genügst jedem Anspruch.«

»Vielleicht nicht dem deiner Schwester. Nach allem, was du über sie erzählt hast, kann ich mit ihr nicht mithalten. Ich bin weder so intelligent wie sie noch so erfolgreich und schon gar nicht so weltgewandt. Ich könnte niemals in fließendem Englisch einem Unternehmensvorstand erklären, dass seine strategische Ausrichtung Bullshit ist oder dass er ein Fünftel seiner Belegschaft entlassen muss. Priska trägt Verantwortung für Millionen, ich nur für ein paar Nadeln. Sie verdient vermutlich dreimal so viel.«

»Jetzt stellst du dein Licht unter den Scheffel. Du bist wahnsinnig kreativ und hilfst Menschen, sich in ihrem Körper wohlzufühlen. Abgesehen davon ist das doch kein Wettbewerb, wer den bestbezahlten Job hat. Ginge es darum, könnten Florian und ich auch nicht mithalten. Er ist Schreiner, ich verkaufe Gitarren. Ich wette, Priska interessiert sich nicht die Bohne für deinen Job, sondern für dich als Person. Allein dafür, dass du mich glücklich machst, wird sie dich mögen.«

Moritz spricht mit absoluter Überzeugung, doch das bedeutet nur, dass er ein unverbesserlicher Optimist ist, der stets das Beste von allen denkt.

»Und wenn nicht?«

»Es gibt kein ›wenn nicht‹. Gerade weil Priska so clever ist, wird sie erkennen, dass du ein wunderbarer Mensch bist. Vertrau mir!«

Moritz legt behutsam eine Hand auf meinen Oberarm. Ich zögere, doch schließlich lege ich meinen Kopf an seine Brust. Es ist der beste Platz der Welt dafür.

Während ich Moritz' Herzschlag lausche, entspanne ich mich ein wenig, doch ein Rest Unbehagen bleibt, denn ich habe Moritz nicht die ganze Wahrheit gesagt. Ich habe keine Angst, dass ich für Priska nicht gut genug bin, sondern dass sie meinen könnte, ich sei für Moritz nicht gut genug. Denn Priska hat großen Einfluss auf Moritz, sie ist der wichtigste Mensch auf der Welt für ihn. Es ist mein sehnlichster Wunsch, ihr diesen Rang abzulaufen. Dabei verbindet die beiden eine besondere Beziehung.

Die Geschichte zwischen Priska und Moritz ist kompliziert. Die beiden haben sich erst kennengelernt, als Priska dreizehn und Moritz zwölf war. Bis dahin lebten sie getrennte Leben in getrennten Welten. Priska wohnte mit ihrem Vater und ihrer Mutter in einer großbürgerlichen Spießeridylle in einem Stuttgarter Villenvorort. Ihr Vater war ein erfolgreicher Manager in einer alteingesessenen Firma, die Werkzeuge produzierte, ihre Mutter eine Hausfrau der Sorte, die es eigentlich in den neunziger Jahren nicht mehr hätte geben dürfen. Sie hatte eine Ausbildung als Bankkauffrau gemacht, den Job jedoch an den Nagel gehängt, als sie mit Priska schwanger wurde. Fortan sah sie ihre Hauptaufgabe darin, ihr Kind zu erziehen, den Haushalt zu schmeißen und ihrem Mann den Rücken freizuhalten, was vor allem bedeutete, dass sie keine Forderungen an ihn stellte und sich nicht beschwerte, wenn er dank unzähliger Geschäftstermine erst mitten in der Nacht nach Hause kam. Sie beschwerte sich nicht einmal, als er ein halbes Jahr nach Priskas Geburt die Aufgabe übernahm, im Osten eine neue Fabrik aus dem Boden zu stampfen, und fortan nur noch an den Wochenenden zu Hause war.

Moritz wuchs dagegen in einer zugigen Drei-Zimmer-Wohnung in Leipzig auf. Seine Mutter hatte nach der Wende ihren

Job verloren, was sie allerdings nicht sonderlich bekümmerte. Sie schlug sich als Künstlerin durch, lebte von der Hand in den Mund und von den Zuwendungen von Moritz' Vater, der oft wochenlang unterwegs war – »aus Geschäftsgründen« –, bevor er wieder eine Zeit lang bei ihnen wohnte. Da er es nie anders kennengelernt hatte, fand Moritz das ebenso wenig ungewöhnlich wie die Tatsache, dass er in zwölf Jahren kein einziges Mal Weihnachten, Silvester oder Ostern mit seinem Vater gefeiert hatte. Er liebte seinen Vater. Sein Leben änderte sich erst, als Moritz' Mutter eines Tages entschied, dass es an der Zeit sei, Moritz mit einigen ihm bisher unbekannten Tatsachen zu konfrontieren, und ihn für ein ernstes Gespräch zur Seite nahm.

Das Gespräch änderte mehrere Leben. Am nächsten Wochenende tauschte Moritz heimlich fünfzig Euro aus dem Portemonnaie seiner Mutter gegen einen handgeschriebenen Schuldschein und kaufte sich ein Zugticket nach Stuttgart. Am Ziel angekommen, geriet er zunächst in einen aus dem Ruder laufenden Protest gegen Stuttgart einundzwanzig und verlor sich dann im Gewirr des ÖPNV, schaffte es mit bewundernswerter Beharrlichkeit jedoch an sein Ziel und klingelte um halb acht Uhr abends an der Haustür der Villa Fischer. Die Tür wurde ihm von einer hochmütigen kleinen Prinzessin geöffnet, deren Hochmut sich allerdings in kreischendes Entsetzen verwandelte, als er ihr strahlend mitteilte, dass er ihr Halbbruder sei.

Nach unserem Zwischenstopp fährt Moritz mir zuliebe schneller, und da die Strecke erstaunlich frei ist, bleibt die Ankunftsanzeige konstant bei sechzehn Uhr fünfzehn stehen. Nach vierhundert Kilometern machen wir eine längere Pause und essen die Sandwiches, die ich vorbereitet habe. Anschließend wechseln wir. Ich fahre, während Moritz einschläft und zu schnarchen beginnt. Es stört mich nicht, im Gegenteil, ich finde es beruhigend. Ich liebe dieses Geräusch wie so vieles an Moritz. Wenn ich es höre, spüre ich in meinem ganzen Körper ein warmes Glücksgefühl und tiefe Dankbarkeit für Dr. Gerdes. Sie war die Erste, die mir das Gefühl gegeben hat, dass ich nicht seltsam, sondern nur ein wenig anders bin. Sie hat mir gesagt, dass ich damit nicht allein bin, und mir geraten, mich im Forum anzumelden. Ohne sie wäre ich Moritz nie begegnet. Ohne sie wäre ich noch immer allein.

Während Moritz schläft, trete ich das Gaspedal tiefer durch. Die Pause hat uns Zeit gekostet, und ich habe Angst, um Hamburg herum im Stau zu landen, doch ich komme erstaunlich zügig durch, so dass mir für die letzten achtzig Kilometer eine Stunde bleibt. Trotzdem steigt meine Nervosität jetzt wieder.

Als ich bei einem Ort namens Bornhöved die Autobahn verlasse, wacht Moritz auf. »Wir sind ja schon fast da«, kommentiert er nach einem Blick aufs Navi.

»Noch zehn Kilometer.«

Er sieht aus dem Fenster. »Schön hier.«

Moritz hat recht. Doch ich kann den Blick auf die sanft welligen Felder nicht genießen, denn meine Nervosität wird immer stärker. Ich frage mich, warum es mir so wichtig war, unbedingt pünktlich zu sein. Jetzt wünsche ich mir eine Galgenfrist.

Moritz legt eine Hand auf meine Schulter. »Es wird toll, versprochen.«

Ich ringe mir ein Lächeln ab, dann kommt auch schon das Hinweisschild, und kurz darauf fahren wir in den Ort hinein, in dem Moritz' Schwester und Schwager leben. Ich habe mich schlau gemacht. Der Ort liegt direkt am Großen Plöner See. Es ist nur eine kleine Gemeinde, nicht einmal tausend Menschen wohnen dort, und die touristische Infrastruktur hält sich in Grenzen. Während ich die Dorfstraße entlangfahre, kommen wir an einer modernen Kirche, einem verlassen wirkenden Hotel und einem Campingplatz vorbei, hinter dem ich bereits den See glitzern sehe. Kurz darauf biege ich noch einmal links ab, und dann sind wir auch schon da.

Das Haus, in dem Moritz' Schwester mit ihrem Mann wohnt, ist das letzte auf der linken Seite, bevor die Straße den Ort wieder verlässt. Direkt neben dem Grundstück schmiegt sich ein Streifen Wald an, der die Straße vom See trennt. Gegenüber dem Haus liegt ein unbebautes Grundstück. Auf der mit Kies notdürftig befestigten Fläche stehen ein VW Passat und ein Schild mit der Aufschrift: »Privatgrundstück – Betreten verboten!«

Moritz deutet darauf. »Priska sagte, wir können da parken. Den Besitzer störe es nicht.«

Ich tue wie mir geheißen, dann steige ich mit einem Gefühl der Beklommenheit aus dem Wagen. Es ist jetzt fünf vor halb fünf, wir sind fast auf die Minute pünktlich, doch das ist mir gerade kein Trost. Ich bin so nervös, dass ich aufs Klo muss. Unauffällig wische ich meine schweißnasse Hand an meiner Jeans ab, bevor ich Moritz' Hand ergreife, dann gehen wir gemeinsam über die Straße.

Das Haus ist schlichter, als ich erwartet habe, ein großes rechteckiges Einfamilienhaus auf einem großen Grundstück wie die anderen in der Straße auch. Im Gegensatz zu diesen ist es allerdings vor kurzem renoviert worden. Eine frische Holzverschalung, neue rauchblaue Kunststofffenster und ein Dach aus glänzenden, roten Ziegeln lassen es einladend und gemütlich wirken. Wäre der Garten nicht so verwildert, könnte es die Hauptrolle in einer Bausparkassenwerbung spielen. An das Haus angebaut ist ein Carport, unter dem ein BMW Cabriolet mit geschlossenem Verdeck parkt, Kennzeichen PJ 222. Priska Jansen, der zweiundzwanzigste Februar ist ihr Hochzeitsdatum, wie Moritz mir erzählt hat. Wir kannten uns damals noch nicht persönlich, schrieben uns aber bereits seit einigen Wochen.

Moritz deutet auf den freien Stellplatz neben dem BMW. »Sieht aus, als sei Florian noch nicht da. Priska meinte schon, er würde es vermutlich nicht bis halb fünf schaffen. Na dann …«

Er drückt auf die Klingel. Ich wische mir erneut die Hand an der Jeans ab. Meine Blase zwickt immer heftiger, doch ich muss mich wohl noch gedulden, denn nichts passiert. Moritz klingelt noch einmal, wieder keine Reaktion.

»Sieht aus, als hätte ich recht gehabt«, meint Moritz. »Priska geht davon aus, dass wir unpünktlich sind. Mal sehen, wo sie steckt.«

Er zieht sein Handy hervor und tippt, während er vor sich hin murmelt. »Sind schon da, wo bist du?« Dann greift er nach meiner Hand. »Also, was tun wir, während wir warten? Sehen wir uns im Garten um?«

Er nickt in Richtung eines Durchgangs zwischen dem Carport und dem hohen verwitterten Bretterzaun, der das Grundstück gegen den Wald abgrenzt, doch ich möchte nicht, dass Priskas erste Erinnerung an mich ist, wie ich ungebeten durch ihren Garten spaziere. Außerdem sieht eine ältere Frau, die im Vorgarten schräg gegenüber werkelt, neugierig zu uns herüber.

»Lass uns hier warten.«

Ich lehne mich so an Moritz, dass ich mein Gesicht in die Sonne halten kann. Die Straße ist stellenweise feucht, Regentropfen hängen an den Büschen in den Vorgärten. Offensichtlich hat es hier auch geregnet, doch jetzt ist der Himmel strahlend blau. Die Oktobersonne lässt die buntverfärbten Bäume und Sträucher und das Laub, das am Straßenrand liegt, leuchten. Der Anblick gefällt mir. Viel schöner als in der Stadt, wo Laub mit Laubbläsern bekämpft wird, als sei es eine gefährliche invasive Spezies.

Einige Minuten lang genieße ich die Sonne und die Wärme und Moritz' Arm, der locker auf meiner Hüfte liegt, während wir darauf warten, dass Moritz' Handy klingelt. Doch alles bleibt still, nur einmal fährt ein Auto vorbei, und einmal ertönt aus dem Wald ein metallisches Quietschen oder Knarren, das ich nicht einordnen kann. Es klingt, als würde jemand eine uralte Schatztruhe öffnen.

»Ist es nicht ungewöhnlich, dass deine Schwester nicht da ist?«, frage ich schließlich. »Selbst wenn sie denkt, dass wir später kommen – würde sie nicht dennoch zur vereinbarten Zeit zu Hause sein? Zumal du sie mal als pünktlich und penibel beschrieben hast.«

»Das war, bevor Florian ihre menschliche Seite entdeckt hat. Ich wette, sie kommt bald. Ah, Wette gewonnen.«

Moritz umfasst meinen Kopf und dreht ihn nach links. Die Straße, die zwischen dem Wald auf der einen und einem Feld auf der anderen Seite aus dem Ort hinausführt, macht nach etwa hundert Metern einen Bogen nach links, und in diesem Moment taucht in der Biegung eine Frau in schwarzer enger Laufkleidung auf. Sie ist groß und schlank und hat blonde, kinnlange Haare, die beim Laufen hin- und herschwingen. Als sie uns sieht, beschleunigt sie ihr ohnehin hohes Tempo, so dass sie wenige Sekunden später vor uns steht.

»Das glaube ich einfach nicht«, verkündet sie keuchend und kopfschüttelnd. »Ihr seid wirklich schon da.«

Moritz schließt seine Schwester grinsend in die Arme. »Hi, Sis, schön dich zu sehen – wenn auch später als erwartet. Verkehrte Welt, was? Nenn mir eine Gelegenheit, bei der ich pünktlicher war als du, und ich überschreibe dir sofort mein gesamtes Vermögen.«

»Deine gesamten Schulden meinst du wohl.« Priska macht sich von Moritz los und lächelt ihn an, dann wendet sie sich an mich. »Du bist also Anna. Entschuldige bitte die Verspätung. Du musst mich für megaunhöflich halten, aber es war wirklich keine Absicht. Ich trainiere für meinen ersten Halbmarathon. Normalerweise tue ich das morgens, aber heute hat es so geschüttet, dass ich es auf nachmittags verschoben habe. Ich wollte eigentlich nur eine kleine Runde drehen, doch mein Körper ist wie auf Autopilot die große gelaufen. Als ich das bemerkt habe, war ich natürlich genau am entferntesten Punkt meiner Runde. Ich habe dann versucht abzukürzen und irgendwie den falschen Weg erwischt. Als ich endlich wieder auf dem richtigen war, bin ich auch noch in eine Pfütze gesprungen. Deshalb sehe ich so aus. Es tut mir wirklich leid, normalerweise empfange ich meine Gäste nicht schlammbespritzt. Ich freue mich sehr, dich kennenzulernen.«

Das alles sprudelt sie mir entgegen, ohne einmal Atem zu holen. Jetzt holt sie das nach, bevor sie mir eine verschwitzte, aber sorgfältig maniküre Hand entgegenstreckt. Ich ergreife sie, für einen Augenblick überwältigt von der Präsenz der Frau, gleichzeitig auch erleichtert über ihren leicht hektischen Auftritt. Priska ist tatsächlich noch größer (fast ein Meter achtzig), noch blonder (sogar echt), noch attraktiver und selbstbewusster als befürchtet – und das selbst in rotverschwitztem, schlammbespritztem und verspätetem Zustand. Doch dieser Zustand macht mir zugleich Hoffnung. Wenn Priska unpünktlich sein, sich verlaufen und Pfützen übersehen kann, ist sie vielleicht nicht die Überfrau, zu der meine Angst sie in den letzten Tagen gemacht hat.

»Ich freue mich auch, dich kennenzulernen. Und vielen Dank für die Einladung.«

»Du kannst dir nicht vorstellen, wie gespannt ich bin, alles über dich zu erfahren. Ich muss doch wissen, mit wem mein kleiner Bruder sich herumtreibt.«

Priska lächelt mich an, während mein Mut sinkt bei der Vorstellung, ihr alles über mich zu erzählen. Dann wendet sie sich wieder an Moritz. »Wo ist denn euer Gepäck?«

»Im Auto. Wir dachten, wir holen es später.«

»Na dann ...«

Priska fischt ein Schlüsselbund aus der Tasche ihrer Funktionsjacke und öffnet die Haustür. Im Flur schlüpft sie aus ihren dreckigen Turnschuhen und wirft dann einen Blick auf unsere Schuhe. »Wenn es euch nichts ausmacht ... Bei dem Wetter ... Das Parkett ist nur geölt ... Und wir haben Fußbodenheizung.«

Gehorsam ziehen Moritz und ich unsere Schuhe aus und folgen Priska auf Socken in einen großen Raum, der fast das gesamte Erdgeschoss des Hauses einnimmt und in mir spontan ein Gefühl der Verlorenheit auslöst. Es ist eine helle, offene Koch-

Wohn-Landschaft. Auf der Straßenseite, nach Süden, befindet sich die neue Küche mit glänzend weißen Einbauschränken, vom Wohnzimmer durch einen Tresen getrennt. Hinter dem Tresen steht ein ovaler Esstisch aus Massivholz mit sechs Lederstühlen. Die einzigen anderen Möbelstücke in dem Raum sind zwei hellgraue Sofas und ein großer Fernseher, der an der Wand hängt. Ich denke mit Sehnsucht an die kleine, vollgestopfte Wohnküche in unserer WG. Allerdings hat die kein Panoramafenster mit Sicht auf den Plöner See, bei dessen Anblick Moritz einen Pfiff ausstößt.

»Jetzt kapiere ich, wieso Flo unbedingt dieses Haus mitten im Nirgendwo wollte. Geniale Aussicht. Und geniale Möglichkeiten. Das Grundstück ist ja riesig. Dreitausend Quadratmeter?«

Priskas Antwort klingt etwas angestrengt. »Zweitausendachthundertundvier, die ein Vermögen verschlingen werden, bis sie weniger nach einem Schauplatz fürs Dschungelcamp und mehr nach Garten aussehen.«

»Du willst das zivilisieren? Was für ein Verbrechen! Das muss ein Paradies für Tiere sein.«

Moritz geht zur Terrassentür. Nach einem fragenden Blick zu Priska folge ich ihm. Der Ausblick ist wirklich wunderschön. Der See erstreckt sich in der späten Nachmittagssonne glitzernd über mehrere Kilometer bis zum grünen Ufer gegenüber.

»Ihr habt ja sogar einen Bootssteg. Auch ein Boot?« Moritz streckt eine Hand zum Griff der Terrassentür aus.

Doch seine Schwester steht plötzlich neben ihm und legt ihre Hand auf seine. »Noch nicht, obwohl das ganz oben auf Flos Wunschliste steht. Du kannst jetzt leider nicht auf den Steg. Es hat den ganzen Vormittag geregnet, da ist er megaglitschig. Und der Boden ist total aufgeweicht. Wir verschieben die Draußentour lieber auf morgen. Bestimmt wollt ihr euch jetzt erst einmal frisch machen oder etwas trinken?« Mit einer hektischen Handbewegung scheucht sie uns zum Esstisch.

Ich ziehe Moritz in die gewünschte Richtung. »Ich würde gern die Toilette benutzen, und ein Glas Wasser wäre prima.«

Priska geht in die Küche und kommt mit zwei Gläsern zurück, die sie auf hellgraue Filzuntersetzer auf dem Esstisch platziert. Dann öffnet sie den Mund, um etwas zu sagen, hält jedoch inne und starrt mit halb geöffnetem Mund an mir vorbei. Als ich ihrem Blick folge, sehe ich ein schwarzes Stück Stoff, das unter dem Sofa hervorlugt. Schnell geht Priska hin und knüllt es in ihrer Hand zusammen.

»Also«, wendet sie sich mit geröteten Wangen an mich, »das Gäste-WC ist rechts neben der Haustür. Ich gehe dann mal duschen. Bitte macht es euch in der Zwischenzeit bequem.«

3

Priska

Für den Fall, dass Anna mir auf dem Weg zum Gäste-WC in den Flur folgt, gehe ich gemessenen Schrittes die Treppe hoch, doch kaum oben angekommen, renne ich zum Fenster in unserem Schlafzimmer und starre angestrengt auf den See hinaus. Im Wohnzimmer habe ich mich nicht getraut, einen Blick zu riskieren, doch jetzt suche ich das Wasser im Bereich des Bootsstegs ab, ob irgendetwas zu sehen ist. Ob *er* zu sehen ist. Die Antwort lautet nein, und die Anspannung der letzten Stunde fällt so schlagartig von mir ab, dass ich zu zittern beginne. Mein ganzer Körper schlottert, und meine Beine knicken unter mir weg, so dass ich mich aufs Bett sinken lassen muss.

Ich sitze lange da und bemühe mich, tief ein- und auszuatmen, bis das Zittern schließlich nachlässt. Dafür breitet sich langsam ein dumpfes, beklemmendes Gefühl in mir aus, während die Gewissheit in mich hineinsickert wie Gift. Gewissheit darüber, was ich getan habe. Ich, Priska Jansen, bin für den Tod eines Menschen verantwortlich. Meinetwegen ist ein Mensch gestorben. Meinetwegen ist *er* gestorben. Meinetwegen ist *er* tot.

Die Erkenntnis ist so monströs, dass ich mich unwillkürlich ducke, doch die Gewissheit duckt sich mit mir, ich kann ihr nicht entkommen. Ich habe einen Tod verschuldet. Ich habe *seinen* Tod verschuldet. Ich, ich, ich.

Entsetzt sehe ich mich im Schlafzimmer um. Mein Blick fällt

in den Spiegel über der Kommode, doch ich wende mich sofort von meinem Spiegelbild ab. Ich kann mich nicht ansehen. Ich kann meinen Anblick nicht ertragen.

Dabei habe ich das nicht gewollt. Natürlich habe ich das nicht gewollt! Ich wollte nur, dass er wieder geht. Dass er verschwindet. Dass er mich in Ruhe lässt. Ich wollte nicht, dass er stirbt. Es war keine Absicht, es war nicht geplant, es ist einfach passiert.

Aber wie konnte es passieren? Wie konnte es dazu kommen? Wieso habe ich das nicht verhindert? Wieso habe ich so reagiert? Wieso nicht anders? Wieso um alles in der Welt habe ich nicht anders reagiert?

Weil ich nicht anders reagieren konnte, flüstert eine Stimme in meinem Kopf, doch eine andere entgegnet sofort, dass das nicht stimmt. Es gibt immer eine andere Lösung. Es gibt immer einen anderen Weg. Der Mentor in meinem Traineejahr bei McKinsey hat mir das gesagt, und ich habe es zu meinem Markenzeichen gemacht. Dem Kunden passt mein Vorschlag nicht? Finde einen Weg, ihn davon zu überzeugen, dass er das Beste für ihn ist. Die Daten geben eine Einsparung von zwanzig Prozent nicht her? Finde eine andere Lösung für das Kostenproblem. Die Mitarbeiter leisten Widerstand gegen die geplante Umstrukturierung? Finde eine Möglichkeit, sie auf deine Seite zu ziehen.

Aber welche andere Möglichkeit hätte es vorhin auf dem Steg geben können? Ich habe doch alles versucht. Ich habe ihn angefleht, ich habe ihn angebettelt, ich habe ihm gedroht – aber er war nicht bereit, mir zuzuhören. Er wollte alles aufdecken. Er wollte alles sagen. Er war zu allem entschlossen. Er war entschlossen, mein Leben zu zerstören. Ich konnte das nicht zulassen. Ich durfte das nicht zulassen! Ich hatte nur die Wahl zwischen seinem Leben und meinem. Also hatte ich eigentlich keine. Es gab keinen anderen Weg.

Es gab keinen anderen Weg! Ich hatte keine Wahl!

Ich hatte keine Wahl. Ich hatte keine Wahl. Ich hatte keine Wahl.

Ich wiederhole die Worte immer wieder in Gedanken, spreche sie sogar halblaut aus, wie ein Mantra, bis die Beklemmung, die meine Brust einschnürt, etwas nachlässt.

Ich hatte keine Wahl. Ich hatte keine Wahl. Ich hatte keine Wahl. Ich hatte keine Wahl, weil er mir keine gelassen hat, weil er mein Leben zerstört hätte. Er hatte nicht das Recht dazu, aber ich hatte das Recht, mein Leben zu verteidigen.

Ich hatte das Recht dazu!

Ich hatte keine Wahl!

Und jetzt habe ich auch keine. Was geschehen ist, ist geschehen. Ich kann es nicht mehr ändern. Ich kann es nicht mehr ungeschehen machen, auch nicht, indem ich die Wahrheit sage und dadurch mein Leben selbst zerstöre. Das werde ich bestimmt nicht tun. Doch was soll ich stattdessen machen?

Langsam drücke ich mich vom Bett hoch und kehre zurück ans Fenster. Noch immer ist nichts von ihm zu sehen. Der See liegt so ruhig da, wie es ihm nur möglich ist, der Steg, unser überwucherter Garten, das verfärbte Herbstlaub – es ist eine friedliche Szene. Doch sie wird nicht friedlich bleiben, wenn er wieder auftaucht. Und das wird er. Sagt man nicht, Wasserleichen kommen immer wieder hoch? Die Stelle ist ohnehin nicht tief. Keine drei Meter. So oder so, man wird ihn finden. Und dann?

Ich muss mich entscheiden, wie ich dann reagiere. Aber habe ich das nicht längst? In dem Moment, als ich seinen Mantel mitgenommen habe? Ich werde Entsetzen und Überraschung heucheln, was sonst? Ich werde sagen, dass ich nicht wusste, dass er kommen wollte – was wahr ist. Ich werde sagen, dass er unbefugt unser Grundstück betreten haben muss – was ebenfalls wahr ist. Und ich werde sagen, dass ich nicht weiß, was auf unserem Bootssteg passiert ist, weil ich nicht dabei war. Weil ich nicht zu Hause war. Weil ich im Forst war. Ich habe trainiert. Ich werde sagen, was ich zu Moritz und Anna gesagt habe. Ich bin im Forst gelaufen und habe mich verlaufen.

Ja, das werde ich tun. Und niemand kann beweisen, dass ich lüge, denn niemand hat mich gesehen. Ich bin niemandem begegnet, als ich zurückkam – außer ihm.

Ich atme ein letztes Mal tief durch, straffe meine Schultern und wende mich vom Fenster ab. Mir fällt auf, dass ich noch immer meinen schwarzen Spitzentanga in der Hand halte. Ich werfe ihn in die Wäschetonne und gehe ins Bad. Als ich am Spiegel vorbeikomme, wende ich meinen Blick ab.

4

Anna

»Wie wird man eigentlich Tätowiererin?«, fragt Florian, nachdem er den Hauptgang, ein veganes Kürbisrisotto mit Rosenkohl-Granatapfel-Topping, serviert hat. Wir sitzen beim Abendessen an dem ovalen Eichentisch. Florian hat gekocht, während Priska Moritz und mir das Haus gezeigt hat.

Ich mochte Florian von dem Moment an, als er um halb sechs zur Tür hereinkam. Ich vermute, das geht den meisten Menschen so, die ihn kennenlernen, vor allem Frauen. Nicht nur, weil Florian groß und attraktiv ist, sondern weil er so eine unglaublich positive Ausstrahlung besitzt. Er scheint einer dieser beneidenswerten Menschen zu sein, die genau wissen, wer sie sind, woher sie kommen und wohin sie wollen, und dadurch ein unaufdringliches, aber unerschütterliches Selbstvertrauen besitzen. Außerdem ist er ein angenehmer Gastgeber. Beim Abendessen ist er derjenige, der dafür sorgt, dass Moritz und ich uns wohlfühlen, der Getränke nachschenkt und die Unterhaltung in Gang hält, während Priska schweigsam und phasenweise sogar geistesabwesend neben ihm sitzt. Nach dem, was Moritz mir über seine Schwester erzählt hat, überrascht mich das, und ich frage mich nervös, ob Priskas Wortkargheit etwas mit mir zu tun hat. Redet sie so wenig, weil sie mich nicht mag? Hat sie schon jetzt entschieden, dass ich ihrer Aufmerksamkeit nicht würdig bin? Doch ich unterhalte mich gern mit Florian. Er hat die Gabe, seine

Fragen nicht neugierig, sondern interessiert klingen zu lassen, deswegen antworte ich ausführlicher, als ich es üblicherweise tue.

»Ich wollte etwas machen, das für mich eine Bedeutung hat und mit dem ich mich identifizieren kann, und ich habe schon immer wahnsinnig gern gemalt und gezeichnet. Nach meinem freiwilligen sozialen Jahr habe ich dennoch erst einmal eine Ausbildung zur Industriekauffrau gemacht – hauptsächlich weil meine Eltern das wollten –, doch ich habe die Arbeit im Büro nie gemocht. Als ich mir dann vor vier Jahren mit zweiundzwanzig mein erstes Tattoo stechen ließ, fühlte sich das so gut an, dass ich es weitergeben wollte.«

»Es fühlt sich gut an, mit Nadeln gestochen zu werden? Klingt ziemlich masochistisch.«

»Es fühlte sich gut an, das Tattoo zu haben.«

»Weil du dich damit attraktiver fühlst?«

»Nicht in erster Linie.« Ich zögere mit der Antwort, weil sie ziemlich persönlich ist. »Weil ich mich dadurch geschützt fühle. Ein Tattoo ist für mich wie eine zweite Haut. Oder wie Kleidung. Ohne fühle ich mich nackt. Viele Tätowierte empfinden es so. Ein Tattoo bedeutet meistens mehr als nur Körperschmuck.«

»Interessant, das wusste ich nicht. War dir das klar?« Die letzte Frage richtet Florian an Priska. Ich habe den Eindruck, dass er sie ins Gespräch einbeziehen möchte.

Priska schüttelt den Kopf, ich bin nicht sicher, ob sie weiß, worüber wir gerade gesprochen haben.

Florian wendet sich wieder an mich. »Hast du denn viele Tattoos?«

Die Frage überrascht mich nicht. Ich trage einen langärmeligen Pulli, und im Gegensatz zu vielen Kollegen bin ich nicht an Händen oder auf dem Hals tätowiert. »Drei.«

»Zeigst du uns eins?«

»Lieber nicht, sie sind an sehr privaten Stellen.« Das stimmt nicht. Ich trage ein Eleanor-Roosevelt-Zitat auf dem rechten

Oberarm und meinen Lebensspruch auf dem linken, aber die Vorstellung, meine Ärmel hochzukrempeln und mich begutachten zu lassen, behagt mir nicht.

Zum Glück lenkt Moritz ab. »Anna ist eine echte Künstlerin. Ihre Arbeiten sind wunderschön und wahnsinnig kreativ. Vor allem ihre Partnertattoos sind total beliebt. Anna führt oft lange Vorgespräche mit den Paaren über ihre Beziehung und die Dinge, die für sie eine gemeinsame Bedeutung haben. Ihr letztes Partnertattoo hat sie für zwei Spielejunkies entworfen, die sich bei einem Onlinespiel kennengelernt haben. Hast du nicht Fotos dabei?«

Moritz sieht mich fragend an, Florian erwartungsvoll, Priska höflich interessiert, also ziehe ich mein Handy aus der Gesäßtasche meiner Jeans.

Florian legt einen Arm um Priska, und gemeinsam betrachten sie einige Fotos. Ich kann sehen, dass Priska damit wenig anfangen kann, doch Florian sagt: »Die sehen super aus. Sind die Figuren aus dem Onlinespiel?«

Ich nicke.

»Aber ich sehe keine Namen.«

»Wir raten im Allgemeinen davon ab, Partnernamen stechen zu lassen – falls man sich mal trennt. Wenn du genau hinsiehst, kannst du die Anfangsbuchstaben entdecken. Als Anhänger an der Kette der Amazone und am Orden des Zauberers.«

»Genial. Vielleicht sollten wir uns auch welche stechen lassen?« Florian sieht Priska an, die sofort den Kopf schüttelt.

»Ganz bestimmt nicht. Ich werde mir sicher nicht außerhalb einer medizinischen Praxis Nadeln in den Arm rammen lassen und mir dabei sonst was einfangen.« Sie wirft mir einen Nichts-für-ungut-Blick zu. »Das soll natürlich nicht heißen, dass es bei dir unhygienisch zugeht, aber ein Tattoostudio ist halt kein steriler OP.«

»Annas schon«, wirft Moritz ein. »Sie hat mehrere Hygieneschulungen gemacht und hält sich penibel an die Vorschriften. Du könntest dir in ihrem Studio den Blinddarm entfernen lassen.«

Priska verzieht das Gesicht, also sage ich: »Ich verstehe dich gut. Ich war vor meinem ersten Tattoo auch nervös. Und es ist wichtig, dass man sich sein Studio gut aussucht und checkt, dass der Tätowierer nicht nur die Hygienerichtlinien streng einhält, sondern zum Beispiel auch seine Farben nur bei ausgewählten Herstellern bestellt. Die beste Hygiene nützt nichts, wenn die Pigmente verunreinigt sind.«

Florian gibt mir mein Handy zurück. »Ich würde es riskieren. Schade nur, dass Priska und ich uns nicht bei einem Onlinespiel kennengelernt haben, die Figuren sind echt cool.«

»Wie habt ihr euch denn kennengelernt?« Moritz hat mir ein bisschen darüber erzählt, aber ich bin froh, das Thema von mir weglenken zu können.

»Vor zwei Jahren in Laboe, das ist ein Ostseebad an der Kieler Förde. Ich bin dort in der Ecke aufgewachsen, in Heikendorf. Meine Mutter hat in Laboe ein Café, und Priska hat versucht, mich davor umzubringen.«

»Spinner«, wirft Priska ein.

»Okay, ganz so war es nicht«, gibt Florian zu. »Sie hat nicht aufgepasst, als sie mit ihrem Wagen rückwärts ausparken wollte, und hat meinen geschrammt. Und zwar meinen nigelnagelneuen Firmenvan, den ich gerade erst eine Woche hatte. Natürlich wollte ich den Schuldigen sofort eigenhändig erwürgen, doch als dann diese umwerfende Frau ausstieg, habe ich sie stattdessen lieber auf einen Kaffee eingeladen. Sie wollte erst nicht und behauptete, sie habe keine Zeit, aber ich habe gesagt, dann müsste ich die Polizei zur Unfallaufnahme rufen, also hat sie zugestimmt. Tja, und aus dem einen Kaffee wurden drei, dazu ein Berg Waffeln mit heißen Himbeeren und Sahne. Wir haben uns festgequatscht, bis das Café geschlossen wurde, dann sind wir an der Strandpromenade auf und ab spaziert, bis es dunkel wurde. Als ich Priska schließlich zurück zu ihrem Wagen brachte, wusste ich, dass ich sie heiraten würde.« Florian grinst breit.

»Hast du es da auch schon gewusst?«, frage ich Priska.

Sie wackelt mit dem Kopf. »Das mit dem Heiraten nicht, dass ich diesen unverschämten, selbstgefälligen Typen wiedersehen wollte, auf jeden Fall.«

»Und wie kam es, dass du in Laboe warst? Hast du damals nicht in Stuttgart gewohnt?«

»Ich hatte einen mehrwöchigen Beratungsauftrag in Kiel. An den Wochenenden habe ich Land und Leute erkundet. Es war reiner Zufall, dass ich an dem Tag nach Laboe fuhr.«

»Es war Schicksal.«

Florian schlingt einen Arm um Priska und knutscht sie auf den Mund, so leidenschaftlich, dass Moritz und ich uns einen Blick zuwerfen.

»Und wie habt ihr euch kennengelernt?«, fragt Florian schließlich etwas atemlos.

Moritz setzt zu einer Antwort an, doch ich komme ihm zuvor. »Über eine gemeinsame Freundin. Sie meinte, wir seien perfekt füreinander. Sie hatte recht.«

Priska blickt stirnrunzelnd zu Moritz. »Hast du mir nicht erzählt, ihr hättet euch auf dem Wochenmarkt kennengelernt?«

Wieder antworte ich. »Da war unser erstes Date. Die gemeinsame Freundin hat dort Flyer verteilt für ihren Unverpacktladen.« Unter dem Tisch fasse ich nach Moritz' Hand und drücke sie. Nach einem Moment des Zögerns drückt er zurück. Um weitere Nachfragen abzublocken, sage ich zu Florian: »Übrigens war das Kürbisrisotto köstlich. Könnte ich das Rezept bekommen?«

»Klar. Es ist von meiner Mutter.«

»Ist sie gelernte Köchin?«

Er schüttelt den Kopf. »Sie hat keine formale Ausbildung gemacht. Sie war erst zwanzig, als sie meinen Vater kennenlernte. Bis sie merkte, dass sie mit mir schwanger war, hat sie ihre Zeit mit Surfen und Feiern und Kellnern verbracht. Unter anderem hat sie bei Kiels ältestem Italiener gejobbt, Enzos Ristorante. Der hat ihr einige seiner Küchengeheimnisse verraten.«

»Und was macht dein Vater?«

Florians hübsches Gesicht verdüstert sich. »Er war Meeresbiologe. Er lebt nicht mehr.«

»Das tut mir sehr leid. Ist es schon lange her?«

»Im Januar sind es drei Jahre. Er starb bei einem Unfall. Hey, alles okay?«

Priska ist versehentlich gegen ihr Weinglas gestoßen. Es kippt um, doch darin befinden sich nur noch wenige Tropfen. Sie stellt es wieder hin.

»Ich glaube, das bedeutet, dass wir Nachschub brauchen.«

»Wie hast du eigentlich dieses Haus entdeckt?«, fragt Moritz Florian, als wir beim Nachtisch sitzen, Apfelkuchen mit veganer Vanillesauce.

Florian nippt an seinem Espresso. »Das war ein Glückstreffer. Mella von nebenan ist die beste Freundin einer meiner Cousinen. Die Cousine wusste, dass ich von einem Haus am See träume, und hat mir den Tipp gegeben. Wir hatten Glück, von dem Haus zu hören, bevor es auf den Markt kam. Sonst wäre es vermutlich teuer geworden.« Florian wirft Priska einen Blick zu. »Na ja, noch teurer. Wir konnten es uns nur leisten, weil es stark sanierungsbedürftig war und weil ich das meiste mit meinem Partner selbst gemacht habe. Wir haben die Fassade saniert und gedämmt und die Holzverschalung angebracht. Außerdem haben wir Fenster und Türen getauscht und die Böden neu verlegt. Ein Cousin hat auch mit angepackt. Er arbeitet bei einem Sanitärunternehmen und hat unter anderem dafür gesorgt, dass wir die Wärmepumpe günstig bekommen haben. Obendrein kannte er noch einen guten Elektriker, der wiederum einen Dachdecker kannte, der ebenfalls bereit war, nebenbei zu arbeiten. So konnten wir die Kosten so weit drücken, dass es gerade so hingehauen hat. Und den Dachgeschossausbau haben wir noch vor uns. Das holen wir nach, wenn wir Kinder haben. Dann werden wir ein zweites Bad benötigen.«

»Es ist genial geworden.«

Florian nickt nur, doch ich sehe ihm an, dass das Kompliment ihm runtergeht wie Öl. »Das Projekt hat sich noch in anderer Hinsicht gelohnt. Ich habe vor zweieinhalb Jahren mit meinem Partner meine eigene Schreinerei gegründet. Ich habe die Sanierungsmaßnahmen auf Instagram dokumentiert, als Werbung, und es funktioniert. Wir können uns vor Aufträgen kaum retten, die Leute wollen jetzt alle energetisch sanieren.«

»Wieso hast du denn ein Haus am See gesucht?«, frage ich. »Nicht an der Förde, wo du aufgewachsen bist?«

»Meine Großeltern besaßen ein Haus am Kellersee. Sie mussten es vor einigen Jahren verkaufen, um die Kosten für das Pflegeheim zu bezahlen, doch als Kind habe ich es dort geliebt. Mein Opa hat mir auf seinem Bootssteg das Angeln beigebracht. Ich habe mir immer vorgestellt, dass mein Vater es meinen Kindern dann auf meinem Bootssteg beibringt. Na ja ...«

Das Letzte sagt Florian leise, er nippt an seinem Wein. Wir anderen spielen verlegen mit unseren Gläsern, bis Florian sich an mich wendet.

»Hast du eigentlich Priskas und Moritz' Vater schon kennengelernt?«

»Wir waren neulich mit ihm essen.«

»Und wie fandest du ihn?«

Ich zögere mit der Antwort. »Er war sehr freundlich zu mir«, sage ich schließlich, weil es das Netteste ist, das mir einfällt. Außerdem ist es wahr. Volker Fischer war freundlich zu mir, obwohl er vermutlich genauso wenig mit mir anfangen konnte wie ich umgekehrt mit ihm. Volker ist zweiundsechzig und geradezu das Klischee eines erfolgreichen Managers. Er strotzt nur so vor Selbstbewusstsein und ist felsenfest davon überzeugt, dass die Welt ein besserer Ort wäre und alle Probleme längst gelöst, überließe man die Führung Männern wie ihm. Er protzt gerne mit seinen Erfolgen, die selbstverständlich allein sein persönliches Verdienst und nicht etwa auch Folgen glücklicher Umstände oder Zufälle sind. Er sieht immer noch gut aus, kleidet sich teuer, bildet sich viel auf seine Fitness und auf sein Handicap beim Golf ein. Das Beste an ihm war seine Freundin, die zwanzig Jahre jünger ist als er. Moritz ist Volker so unähnlich, dass ich mich auf der Heimfahrt gefragt habe, ob er wirklich sein Sohn ist. Das Einzige, das die beiden verbindet, ist ihre Leidenschaft für Schach.»Ich habe ihn nicht sehr gut kennengelernt.«

»Immerhin hast du ihn kennengelernt«, erwidert Florian nachdenklich. »Ich hatte noch nicht das Vergnügen.« Er wendet sich an Priska.»Irgendetwas hat Anna offensichtlich besser gemacht als ich.«

Priska runzelt die Stirn. »Du hast bestimmt nichts falsch gemacht. Volker ist ein Mistkerl. Ja, ist er«, wiederholt sie mit Nachdruck, als Moritz zu Protest ansetzt.

Ich sehe überrascht von Priska zu Florian. »Soll das heißen, du hast Priskas Vater noch nie getroffen?«

Florian schüttelt den Kopf.

»Wir haben es mehrmals versucht«, erklärt Priska. »Einmal wollten wir ihn übers Wochenende besuchen, aber er hat kurz vorher abgesagt. Ein anderes Mal haben wir ihn hierher eingeladen, doch da ist ihm auch etwas dazwischengekommen.«

»Vielleicht war er doch sauer, dass wir ihn nicht zur Hochzeit eingeladen haben.«

»Wäre er gekommen, wäre Evi weggeblieben.« Priska legt ihre Hand auf Florians, bevor sie sich an mich wendet.»Meine Mutter ist bis heute nicht gut auf Volker zu sprechen, und ehrlich gesagt nehme ich ihr das nicht übel. Als Vater war Volker schon mies, aber als Ehemann war er vollends beschissen.«

Ich wusste nicht, dass das Verhältnis zwischen Priska und ihrem Vater so schlecht ist, und es beschäftigt mich auch noch, als wir gegen Mitternacht ins Bett gehen. Ich dachte, die Beziehung zwischen den beiden hätte sich normalisiert – was ich in Anbetracht der Vorgeschichte erstaunlich fand.

Als Moritz damals das Doppelleben seines Vaters enttarnte, änderte sich an seinem Leben zunächst wenig, weil seine Mutter immer von Volkers Erstfamilie gewusst und sich damit arrangiert hatte. Hingegen wurde Priskas Leben völlig auf den Kopf gestellt. Ihre Mutter hatte zwar vielleicht nicht angenommen, dass ihr Ehemann ihr unter der Woche in Leipzig zu hundert Prozent treu war, aber die Demütigung durch die Existenz einer kompletten Zweitfamilie wollte sie ihm nicht verzeihen. Sie reichte die Scheidung ein und stellte einen Antrag auf alleiniges Sorgerecht, dem in Windeseile stattgegeben wurde. Die Villa wurde verkauft, und Priskas Mutter zog mit ihrer Tochter in ein deutlich kleineres Einfamilienhaus. Den Kontakt zu ihrem Exmann brach sie am Tag der Scheidung vollständig ab. Priska tat dasselbe. Sie stellte sich ohne Wenn und Aber auf die Seite ihrer Mutter und strich ihren Vater aus ihrem Leben – ebenso wie ihren neu gefundenen Bruder.

Das änderte sich erst sieben Jahre später, als Moritz' Schülerbandkumpel, mit denen er eigentlich von einer Welttournee geträumt hatte, sich nach dem Abitur in alle Winde verstreuten und er sich fragte, was er mit dem Rest seines Lebens anfangen sollte. Er hatte keine konkreten Ideen, nur einen konkreten Wunsch: seine Schwester kennenzulernen, die mittlerweile in Heidelberg Wirtschaftswissenschaften studierte. Deshalb schrieb Moritz sich im selben Studiengang ein, obwohl er weder Interesse an wirtschaftlichen Zusammenhängen noch Talent für Zahlen besaß. Doch Priska näherzukommen erwies sich als schwierig, da die ihn jedes Mal ignorierte, wenn er sie nach einer Vorlesung ansprach. Also dichtete Moritz einen Song über ihre Nichtbeziehung und begann, Priska mit seiner Gitarre aufzulauern. Er verfolgte sie eine Woche lang von Hörsaal zu Hörsaal, bis sie einwilligte, mit ihm einen Cappuccino trinken zu gehen. Es war der erste von vielen. In den nächsten Monaten entstand zwischen den beiden eine tiefe Freundschaft, in deren Kielwasser Priska schließlich einwilligte, auch ihrem Vater eine zweite Chance zu geben.

Priska und Florian lassen uns den Vortritt im Bad, also beeilen wir uns mit Waschen und Zähneputzen. Moritz geht schon ins Gästezimmer, während ich mich ausziehe und in den hellblau-weiß-gestreiften Flanellpyjama schlüpfe, den er mir – nach einem Wink meiner besten Freundin und Mitbewohnerin Inga – zum Geburtstag geschenkt hat. Ich liebe den weichen, warmen Stoff auf meiner Haut. Normalerweise kaufe ich meine Kleidung secondhand und mache nur bei Unter- und Nachtwäsche eine Ausnahme. Dennoch wäre ich nie auf den Gedanken gekommen, mir selbst den Pyjama zu leisten, den ich in einem Geschäft für nachhaltige, fair gehandelte Mode im Schaufenster gesehen hatte, weil er mir viel zu teuer gewesen wäre.

Als ich ins Gästezimmer komme, das Priska mit den Möbeln aus ihrer früheren Wohnung ausgestattet hat, sitzt Moritz schon in dem weiß lackierten französischen Bett. Er trägt zum Schlafen ein T-Shirt mit Balou, dem Bären aus dem Dschungelbuch, darunter dessen Motto: »Probier's mal mit Gemütlichkeit.« Es passt perfekt zu ihm.

»Und?«, fragt er, als ich mich an ihn kuschle. »Wie hat dir der Abend gefallen?«

»Gut«, sage ich, und es ist wahr. Der Abend war gut, weil ich mich dank Florian viel entspannter gefühlt habe als befürchtet. »Priska und Florian scheinen nett zu sein.«

»Sie *sind* nett. Und Priska hat kein kritisches Wort über deinen Job gesagt.«

»Sie scheint kein großer Fan meiner Tattoos zu sein.«

»Weil sie gar kein Tattoofan ist. Aber du willst sie ja auch nicht als Kundin gewinnen.«

Moritz legt einen Arm um mich, ich lege meinen Kopf auf seine Brust, und für einige Augenblicke genießen wir die Nähe des anderen.

»Du hast mir übrigens gar nicht erzählt, dass es immer noch Probleme zwischen Priska und Volker gibt. Ich dachte, sie hätten sich auf deine Initiative hin versöhnt.«

Moritz schweigt einen Augenblick lang. »Das war auch so. Eine Weile haben sie sich sogar ab und zu zum Tennis getroffen, aber in letzter Zeit …«

»Ist etwas vorgefallen?«, frage ich, als er den Satz nicht beendet.

»Nicht, dass ich wüsste.«

»Oder hat Volker etwas gegen Florian?«

»Wie soll er etwas gegen ihn haben? Er kennt ihn ja nicht einmal.«

»Und er scheint ihn nicht kennenlernen zu wollen.«

»Hm.« Mehr sagt Moritz nicht, doch als ich meinen Kopf hebe, sehe ich ihm an, dass ihn etwas beschäftigt. Als ich nachfrage, nickt er langsam. »Ich habe neulich mit Volker darüber gesprochen. Er sagte …«

»Was sagte er?«

Doch Moritz schüttelt den Kopf. »Vielleicht sollte ich das erst mit Priska besprechen. Schließlich betrifft es sie, nicht dich.«

»Natürlich, wie du meinst.« Ich sage das so leichthin wie möglich, obwohl Moritz' Worte mich schmerzen. Dabei hat er ja recht. Warum sollte er Dinge, die seine Schwester betreffen, nicht zuerst mit ihr besprechen? Es ist nur so: Es würde mir wahnsinnig viel bedeuten, wenn er mir einmal den Vorzug vor ihr geben würde.

Doch ich will uns nicht die gute Stimmung verderben, also schmiege ich meinen Kopf wieder an Balou. Während ich Moritz' Herzschlag lausche, werde ich langsam schläfrig, bis …

»Darf ich dich etwas fragen?«

»Natürlich.«

»Wieso hast du gelogen, als Florian gefragt hat, wie wir uns kennengelernt haben?«

Ich bin schlagartig wieder hellwach. Ich setze mich auf. »Das weißt du doch. Du hast Priska ebenfalls belogen, als sie dich gefragt hat. Du hast behauptet, wir wären uns auf dem Wochenmarkt begegnet.«

»Das war am Telefon, jetzt sind wir hier. Ich würde ihr gern die Wahrheit erzählen.«

Ich rücke von ihm ab. »Auf keinen Fall.«

»Warum nicht?«

»Weil es sie nichts angeht. Sie würde uns für seltsam halten.«

Moritz schüttelt den Kopf. »Wir sind nicht seltsam. Und Priska würde es verstehen, sie würde es nicht herumtratschen.«

»Auf gar keinen Fall«, wiederhole ich. »Versprich mir, dass du es ihr nicht sagen wirst.«

»Sie ist meine Schwester. Ich fühle mich nicht wohl, wenn ich sie anlüge.«

»Nein!« Ich höre selbst, wie schrill meine Stimme plötzlich ist. »Versprich es mir!«

Ich habe das Gefühl, Moritz zögert eine Ewigkeit, bis er schließlich nickt. Auf einmal ist mir kalt, und ich fühle mich nackt.

5

Priska

Das Erste, das ich tue, als ich ins Schlafzimmer komme: Ich laufe ans Fenster, um zu sehen, ob *er* schon aufgetaucht ist. Das ist weniger verrückt, als es klingt. Es ist zwar nach Mitternacht, doch wir haben fast Vollmond, und der Himmel ist sternenklar. Also starre ich hinaus und suche die Umgebung des Stegs ab, ob etwas anderes zu erkennen ist als das schwache Glitzern des Wassers unter dem samtblauen Nachthimmel. Doch da ist nichts. Der See liegt so ruhig da, als würde er schlafen. Kein nächtliches Boot, keine Stockente, kein auftauchender Fisch stört die glatte Oberfläche, die seine Geheimnisse verbirgt. Nur vereinzelte Lichter auf der gegenüberliegenden Seite zeigen an, wo der See endet. Ich will schon durchatmen, da bemerke ich etwas: einen Schatten auf der Seite des Stegs, wo *er* hineingestürzt ist. Allerdings einige Meter vom Steg entfernt. Kann das sein? Ist er abgetrieben worden? Es gibt hier in Ufernähe keine nennenswerte Strömung, aber wenige Meter sind vielleicht trotzdem drin?

Ich kneife meine Augen zusammen, um schärfer sehen zu können. Der Schatten hat eine runde Form. Ein Kopf? Ich kneife meine Augen noch fester zusammen, und der Schatten verändert sich, wird kleiner, bevor er sich ganz auflöst. War er überhaupt da? Oder habe ich ihn mir nur eingebildet? Jetzt glaube ich, auf der anderen Seite des Stegs etwas zu entdecken. Eine Stelle ist heller als ihre Umgebung. Ein heller Fleck im schwarz glitzernden

Nichts. Ein Gesicht? Doch auch der Fleck verschwindet wieder, löst sich im Wasser auf, als wäre er nie dagewesen.

Das bringt nichts. Ich schließe die Augen und lehne meine Stirn an die kühle Glasscheibe. Besser wäre es, ich würde vom Fenster weggehen. Ich sollte nicht hier stehen. Es könnte auffallen, außerdem macht es mich bloß verrückt. Natürlich war der runde Schatten nicht sein Kopf. Wenn Leichen auftauchen, dann treibt doch wohl der ganze Körper nach oben. Sie strecken nicht ihren Kopf aus dem Wasser, als könnten sie um Hilfe rufen. Abgesehen davon: Tauchen Leichen nicht ohnehin erst auf, wenn sie verwesen? Weil sich Fäulnisgase bilden? Und dafür ist es vermutlich noch zu früh, oder?

Ich bin ziemlich sicher, dass es so ist, und der Gedanke beruhigt mich etwas, denn das verschafft mir Zeit. Die Frage ist bloß, wie viel? Ein Tag? Zwei Tage? Vier Tage? Gott, lass es mindestens vier Tage sein! Denn in vier Tagen ist Dienstag, und dann reisen Moritz und Anna wieder ab.

Doch bereits während ich das denke, wird mir mit Entsetzen klar, wie unrealistisch dieser Wunsch ist. Denn selbst wenn *er* nicht von allein auftaucht, wird sein Leichnam dennoch entdeckt werden, da man ihn am Grund erkennen kann. Ich konnte ihn heute Nachmittag sehen, also kann ihn auch jeder andere sehen. Sobald also Moritz hinaus zum Steg geht, wovon ich ihn kaum das ganze Wochenende abhalten kann ...

Zwei Arme legen sich von hinten um meine Taille, und ich fahre zusammen. Ich habe nicht bemerkt, dass Flo ins Schlafzimmer gekommen ist. Verdammt!

Flo legt seine Wange an meine, bevor er sagt: »Nachts ist der Anblick von Wasser fast noch schöner als tagsüber. Ich habe ihn schon als kleiner Junge geliebt. Habe ich dir erzählt, dass ich bei meinen Großeltern nach dem Zubettgehen oft aus dem Haus geschlichen bin und mich auf den Steg gesetzt habe, nur um den See zu betrachten? Einmal bin ich dabei eingeschlafen. Als meine

Oma morgens aufstand und mich nicht in meinem Zimmer fand, geriet sie in Panik. Es war das einzige Mal, dass sie mir einen richtigen Anschiss verpasst hat. Danach hat sie nachts die Haustür abgeschlossen und den Schlüssel abgezogen.«

»Und hast du danach auf nächtliche Ausflüge verzichtet?«

»Natürlich nicht. Ich bin aus dem Fenster geklettert und habe mir einen Wecker mitgenommen.«

»Clever.«

»Ich hatte meine Momente.«

Flo zieht mich enger an sich, und ich schmiege mich an ihn, doch selbst in Flos Armen schaffe ich es nicht, mich zu entspannen – was er natürlich bemerkt.

»Ist alles in Ordnung mit dir?«, fragt er.

Ich kann nicht verhindern, dass ich erstarre. »Natürlich.«

»Du wirktest heute Abend ziemlich geistesabwesend. Ich hatte eigentlich erwartet, dass du Anna in bester CSI-Manier grillen und auf ihre Tauglichkeit als potenzielle Schwägerin überprüfen würdest, doch du warst ziemlich schweigsam. Und du hast auf deine Abendzigarette verzichtet.«

»Habe ich nicht.«

»Hast du wohl.«

Mir wird klar, dass ich tatsächlich auf mein Raucherritual verzichtet habe. Ich habe nicht einmal daran gedacht! Oder hat mein Schuldbewusstsein mich davon abgehalten, hinaus auf die Terrasse zu gehen? In die Nähe des Ortes, an dem es geschehen ist? Verdammt! Ich muss mich zusammenreißen. Ich muss mich normal verhalten.

»Ich hatte Stress mit Steinbrink.« Es ist das Erste, das mir einfällt, und es ist nicht unwahrscheinlich. Dr. Markus Steinbrink ist mein Chef, und er gehört definitiv nicht zu den Vorzügen meines Jobs.

»Wegen des neuen Projekts? Sagtest du nicht letzte Woche, du hättest ihn auf Kurs gebracht?«

»Er hat sich vom ersten lauen Lüftchen umblasen lassen. Aber lass uns nicht darüber reden. Ich kriege das in den Griff, und ich habe keine Lust, mich auch noch am Wochenende mit seinen Neurosen zu befassen.«

»Heißt das, du brauchst Ablenkung?« Flo dreht mich herum und schiebt seine Hände unter meine Bluse. »Ich hätte da eine Idee.«

»Es tut mir leid«, sage ich, als Flo sich zur Seite rollt. Dann zähle ich die Sekunden, während ich mit wild klopfendem Herzen und angehaltenem Atem auf seine Antwort warte. Doch Flo lässt mich nicht zappeln, so ist er nicht. Er ist toll, auch in dieser für uns völlig neuen Situation.

»Dir muss nichts leidtun.« Flo stützt seinen Kopf auf eine Hand und mustert mich. »So was kommt vor. Ich verstehe nur nicht, warum du nicht gleich gesagt hast, dass du keine Lust hast.«

Ich lege einen Arm auf mein Gesicht, um Flo nicht in die Augen sehen zu müssen. »Aber ich hatte Lust. Ich habe immer Lust auf dich. Ich weiß nicht, was los ist.«

»Wirklich?« Flo klingt unsicher. Oder skeptisch?

»Wirklich.« Ich nehme meinen Arm weg. »Vielleicht brüte ich irgendetwas aus? Im Büro geht ein ziemlich fieser Virus um, und ich habe schon den ganzen Abend Kopfschmerzen.«

»Und damit rückst du erst jetzt raus?« Flo streicht mir eine Haarsträhne aus dem Gesicht, bevor er seine Hand auf meine Stirn legt. »Fieber hast du nicht. Hoffen wir, dass es so bleibt. Soll ich dich einfach im Arm halten?«

»Lass uns erst ins Bad gehen. Ich bin so groggy, ich schlafe sonst mit ungeputzten Zähnen ein.«

»Klar.« Flo schwingt sich aus dem Bett.

Kaum ist er weg, schiebe ich prüfend eine Hand zwischen meine Beine, doch da unten ist es tatsächlich so trocken wie auf einem unbewohnbaren Planeten.

Als ich ins Bad komme, steht Flo zähneputzend am Fenster. Er hat das Plissee so weit heruntergezogen, dass er auf die Straße hinaussehen kann.

»Ist dir auch schon dieses Auto aufgefallen?«, nuschelt er um seine Zahnbürste herum.

»Welches Auto?« Ich drücke Zahnpasta auf meine Zahnbürste und fange an, heftig zu schrubben. Sehr heftig. Ich möchte etwas spüren – anders als gerade im Bett.

Flo kommt zum Waschbecken, spuckt aus und spült nach. »Das Auto, das gegenüber auf dem unbebauten Grundstück steht.«

»Das ist Moritz' Honda. Ich habe ihm gesagt, dass er dort parken soll.«

»Das andere Auto, ein weißer Passat. Ich habe ihn gesehen, als ich nach Hause gekommen bin.«

»Na und? Dort parkt oft jemand. Mellas Feriengäste oder Wanderer, die das Verbotsschild ignorieren.«

»Aber die wandern nicht mitten in der Nacht. Und Mellas Fewo ist gerade nicht belegt, genau wie die von Frau Rövekamp.«

Ich wundere mich nicht, dass Flo das weiß. Er hat Mella, die Haustippgeberin, während der Sanierungsarbeiten kennengelernt, und seit unserem Einzug hat er es sich zur Aufgabe gemacht, zu allen Nachbarn ein gutes Verhältnis aufzubauen. Ich versuche das gezwungenermaßen ebenfalls, obwohl mir die typische Großstadtanonymität lieber wäre.

»Vielleicht hat noch jemand in der Straße Gäste übers Wochenende.«

»Das wird's wohl sein.«

Flo verlässt das Bad, und ich greife zur Zahnseide. Doch als ich das Plissee wieder hochschieben will, das Flo vergessen hat, und mein Blick auf den weißen Passat fällt, der im Licht der Straßenlaterne gut zu erkennen ist, wird mir plötzlich klar, wem der Wagen gehört. Er gehört *ihm*. Es ist *sein* Auto. Er muss ja irgendwie hierhergekommen sein. Zwar fährt auch alle paar Stunden ein

Bus hier entlang, aber außer den Schülern und den alten Leuten aus dem Dorf, die auf ihn angewiesen sind, nimmt den niemand. Und *er* hätte es schon gar nicht getan.

Nervös frage ich mich, ob ich wegen des Passats etwas unternehmen soll. Doch was könnte ich überhaupt tun? Ihn wegfahren, damit sich nicht noch weitere Nachbarn über ihn wundern? Doch erstens habe ich den Schlüssel nicht, zweitens wäre das verdächtig. Sobald sein Leichnam gefunden wird, wird es selbstverständlich eine Untersuchung geben, und die Polizei wird sich fragen, wie er hergekommen ist. Wenn dann keine Erklärung parat steht, wird die Polizei garantiert misstrauisch. Nein, der Wagen muss bleiben, wo er ist, und ich werde nichts unternehmen. Ich werde nichts tun außer abzuwarten – auch wenn das die Hölle ist.

Mit einem Ruck schiebe ich das Plissee nach oben. Doch im nächsten Augenblick krampft meine Hand sich um den Griff, als mir klar wird, dass ich doch etwas unternehmen muss. Nicht wegen des Passats, sondern wegen des Mantels. Ich habe einen Riesenfehler begangen.

Seit Flo und ich unsere erste gemeinsame Nacht verbracht haben, schlafen wir immer eng umschlungen, und ich liebe es, obwohl ich löffeln früher noch spießiger fand als die Spitzengardinen der Schwester meiner Mutter. Es gibt mir ein unglaubliches Gefühl der Vollständigkeit, im Schlaf mit Flo zu verschmelzen, so dass ich nicht mehr weiß, wo mein Körper endet und seiner anfängt. Egal wie beschissen vielleicht mein Tag war – wenn ich nachts mit Flo im Bett liege, verschwinden auch die finstersten Gedanken. Normalerweise. Doch in dieser Nacht tun sie das nicht, in dieser Nacht fürchte ich die enge Verbindung zwischen uns. Ich habe Angst, dass Flo meine Unruhe spürt, dass er gar meine Gedanken spürt, dass er fühlt, was ich getan habe.

Also rücke ich vorsichtig von ihm ab, während ich wach daliege und meine Gedanken um den Mantel kreisen, den ich in Panik vom Steg mitgenommen und in dem Wäldchen versteckt habe, das an unser Grundstück grenzt. Ich wollte ihn nicht am Steg hängen lassen, weil er ein allzu sichtbares Zeichen gewesen wäre, dass dort jemand war, der nicht dorthin gehört. Flo hätte den Mantel beim Nachhausekommen sofort bemerkt und überprüft und dabei vielleicht den Leichnam entdeckt. Im Nachhinein wäre das vermutlich besser gewesen, allerdings war ich in dem Moment am Steg nicht fähig, klar zu denken. Aber jetzt bin ich es, und mir wird klar, dass ich den Mantel auf gar keinen Fall im Wald lassen darf.

Wenn *er* auftaucht, wenn sein Leichnam gefunden wird, dann soll die Polizei denken, dass er bei einem Unfall starb, dass er unbefugt unser Grundstück und unseren Steg betrat, ausrutschte, ins Wasser fiel und ertrank. Doch dazu müssen die Fakten zu dieser Theorie passen, und es würde definitiv nicht passen, wenn die Polizei seinen Mantel versteckt im Wäldchen neben unserem Haus findet. Denn natürlich wird niemand annehmen, dass er ihn selbst dort versteckt hat. Wieso hätte er das tun sollen? Und das lässt nur eine Schlussfolgerung zu: dass eine zweite Person dabei war, als er starb.

Auf diesen Gedanken darf ich die Polizei nicht kommen lassen. Zwar ist es natürlich auch möglich, dass die Polizei das Wäldchen gar nicht absucht, aber dann kann der Mantel immer noch von jemand anderem gefunden werden. Der Fußweg zum Hundestrand führt durch den Wald. Was, wenn irgendein Bello oder Schnuffi den Mantel aus dem Gebüsch zerrt?

Das darf ich nicht riskieren. Das Ding muss weg.

Leise, um Flo nicht zu wecken, greife ich zu meinem Handy und programmiere den Wecker auf sechs Uhr.

6

Anna

Als ich am nächsten Morgen aufwache, ist es noch dunkel draußen. Obwohl wir die Rollläden nicht geschlossen haben, dringt kaum ein Lichtschein durch das gekippte Fenster. Es muss noch sehr früh sein, also drehe ich mich auf die andere Seite und versuche, wieder einzuschlafen, doch es gelingt mir nicht. Eine vage Unruhe hält mich davon ab, die in Wahrheit gar nicht so vage ist. Ich weiß genau, wo sie herkommt. Der Grund liegt darin, dass Moritz gestern so lange gebraucht hat, bis er sein Versprechen erneuert hat, dass wir unsere Geschichte für uns behalten. Dass er dieses Versprechen überhaupt infrage gestellt hat. Wie konnte er das tun? Ich habe ihm doch erzählt, was ich bei meinem ersten Outing durchgemacht habe.

Allein der Gedanke daran beschleunigt meinen Herzschlag. Zorn kriecht in meinen Magen, doch ich unterdrücke ihn und erinnere mich an die Atemübungen, die Dr. Gerdes mir beigebracht hat. Auf drei einatmen, auf neun Luft anhalten, auf sechs ausatmen. Nach einem halben Dutzend Wiederholungen beruhigt sich mein Herzschlag, nach einem Dutzend erreicht er wieder seine normale Frequenz, so dass ich den zweiten Ratschlag von Dr. Gerdes beherzigen kann. »Wenn Sie sich in einer Situation in die Enge getrieben fühlen, dann verlassen Sie sie nach Möglichkeit für einen Augenblick, notfalls auch nur in Gedanken. Stellen Sie sich auf einen imaginären Balkon und betrachten

Sie die Situation mit Abstand durch ein Fenster. Das hilft Ihnen bei der Einordnung.«

Ich versuche es, und es klappt. Ich habe mittlerweile Übung darin, deswegen erkenne ich schnell, dass dies wieder eine der Situationen ist, in denen ich aus Angst und Unsicherheit überreagiere. Ja, Moritz hat unsere Vereinbarung infrage gestellt, allerdings nicht, indem er sie gebrochen hat, sondern indem er mich gefragt hat, ob wir sie ändern können. Das ist kein Vertrauensbruch und schon gar kein Verbrechen. Das ist sein Recht – so wie es mein Recht war, diesen Wunsch abzulehnen. Und Moritz hat das akzeptiert. Alles ist in Ordnung, kein Anlass für Zweifel, weder an mir noch an Moritz, noch an unserer Beziehung.

Nachdem ich mir das klargemacht habe, fühle ich mich besser, und ich kuschle mich tiefer in meine Decke, um weiterzuschlafen, aber ich bin schon zu wach. Also greife ich zum Handy, um festzustellen, ob es schon spät genug ist, dass ich aufstehen kann. Leider nicht, fünf Uhr neunundfünfzig ist keine Zeit, durch fremde Häuser zu schleichen.

In dem Moment höre ich ein Geräusch, das durch die geschlossene Gästezimmertür dringt. Eine sehr schwache, elektronische Melodie, die so abrupt endet, wie sie angefangen hat. Ein Wecker? Eigentlich haben wir gestern verabredet, dass wir heute alle ausschlafen und dann eine Wanderung mit Picknick durch den Forst machen. Ich liebe Wandern, ich freue mich schon darauf.

Doch es scheint wirklich ein Wecker gewesen zu sein, denn kurz darauf höre ich, wie eine Tür geöffnet und wieder geschlossen wird, dann höre ich das Geräusch noch einmal, dann eine Weile nichts, bis entfernt die Toilettenspülung rauscht. Anschließend wird wieder eine Tür geöffnet und geschlossen, und dann vernehme ich Schritte, die am Gästezimmer vorbei und die Holztreppe ins Erdgeschoss hinunterhuschen.

Kaum sind sie verklungen, schiebe ich meine Decke zur Seite und schlüpfe aus dem Bett. Wenn Priska oder Florian schon aufgestanden ist, spricht wohl nichts dagegen, dass ich das ebenfalls tue. Ich taste im Dunkeln nach meinen Sachen und schleiche ins Bad.

Fünf Minuten später kehre ich angezogen ins Schlafzimmer zurück und lege meinen Pyjama aufs Bett, leise, um Moritz nicht zu wecken. Dann hole ich meinen Skizzenblock aus dem Trolley, doch als ich das Zimmer verlassen will, fällt mein Blick durchs Fenster auf den dunkel schimmernden See, und angezogen von seiner Schönheit trete ich näher.

Ich war nie eine große Wasserratte. Ich habe den Schwimmunterricht in der Schule gehasst und es nur zum Seepferdchen gebracht. Wegen meiner geringen Schwimmfähigkeiten bin ich auch nicht gerne auf Schiffen, und ich bin froh, dass Florian noch kein Boot besitzt, so dass er keine Rudertour vorschlagen kann. Doch wie der See so in der Dunkelheit da liegt, hat sein Anblick für mich eher etwas Beruhigendes als etwas Bedrohliches. Ich stelle mir vor, wie ich alle meine Sorgen und Unsicherheiten in diesen See kippe, wie er sie verschlingt und nie wieder freigibt.

Der Gedanke gefällt mir so gut, dass ich am Fenster stehen bleibe. Je länger ich hinausschaue, desto mehr kann ich in der Dunkelheit erkennen. Den Steg, der sich dunkel vom glitzernden Wasser abhebt, die schattenhaften Umrisse von Bäumen und Büschen. Ich stelle mir vor, wie ich diese Szenerie auf ein Stück Haut banne. Wie ich die Schattierungen setze, weich fließende Abstufungen von tiefem Schwarz bis hellem Grau. Wie ich mich mit kreisenden Bewegungen über die Haut bewege und mit dem Druck der Nadel die Farbtiefe reguliere.

Und dann sehe ich noch einen Schatten. Eine dunkle Gestalt kommt ums Haus herum und geht quer durch den Garten Richtung Wasser. Wobei »geht« nicht der richtige Begriff ist. Die Gestalt schleicht vielmehr, sie hat etwas Verstohlenes an sich.

Überrascht kneife ich die Augen zusammen, kann jedoch nicht mehr erkennen, als dass die Gestalt groß und schlank ist und dunkle enge Kleidung trägt. Das muss Priska oder Florian sein, wer von den zweien auch immer seinen Wecker auf sechs Uhr gestellt hat. Doch wieso schleicht sie oder er so verstohlen durch den eigenen Garten? Oder bilde ich mir das ein?

Jetzt hält die Gestalt inne, bleibt mitten im Garten stehen und dreht sich um. Automatisch ziehe ich mich ein Stück ins Zimmer zurück, während ich beobachte, was als Nächstes passiert.

7

Priska

Ich bin froh, als endlich mein Wecker klingelt. Ich habe die ganze Nacht wach gelegen. Jedes Mal, wenn ich meine Augen geschlossen habe, habe ich *ihn* wieder vor mir gesehen. Seine letzten Momente – und alles, was dazu geführt hat. Unser Streit. Seine Drohungen. Meine Drohungen. Mein Betteln. Mein Flehen. Sein Gesicht. Voller Zorn. Voller Abscheu. Und dann voller Entsetzen. Der Augenblick, als er ins Wasser gestürzt ist, und dann die quälend lange Zeit, die es gedauert hat, bis er verschwand. Und jedes Mal, wenn ich die Augen geöffnet habe, hatte ich wieder die Stimme im Kopf: Es gibt einen anderen Weg. Immer. Du hattest eine Wahl.

Nein, die hatte ich nicht! Er hat mir keine gelassen. Es ist nicht meine Schuld, es ist seine.

Als der Wecker klingelt, schießt meine Hand zu meinem Handy und schaltet es aus. Einige Augenblicke liege ich lauschend da, doch Flo ist nicht aufgewacht, also schlüpfe ich aus dem Bett und schleiche zum Schrank. Im Dunkeln taste ich nach meiner Sportkleidung, dann verlasse ich das Schlafzimmer und gehe ins Bad, wo ich mich bemühe, nicht in den Spiegel zu sehen, während ich mich anziehe. Auf dem Weg nach unten lausche ich. Im Gästezimmer ist es still, und so gehe ich leise die Treppe hinunter in die Küche.

Ich esse zwei Stück Zwieback und trinke ein Glas Wasser, während ich einen Zettel für Flo schreibe. »Konnte nicht schlafen, gehe eine Runde joggen.:-x:-x:-x« Dann lege ich den Zettel auf den Esstisch und kehre in den Flur zurück, wo ich mir meine Stirnlampe schnappe und meine Laufschuhe anziehe. Doch als ich die Haustür hinter mir schließe und der Bewegungsmelder die Außenbeleuchtung einschaltet, halte ich inne. Ich habe bisher alles wie auf Autopilot erledigt, dem Plan folgend, den ich mir zurechtgelegt habe. Ich bin extra so früh aufgestanden, um im Dunkeln den Mantel zu holen. Damit mich niemand sieht, wenn ich im Gebüsch nach ihm suche und ihn – so mein Plan – in den Passat lege. Ich hoffe zumindest, dass der Autoschlüssel in einer Manteltasche ist.

Doch nun frage ich mich, ob ich nicht die Dunkelheit nutzen kann, einen kurzen Blick vom Steg zu riskieren. Einen kurzen Blick nur, um festzustellen, ob er schon im Begriff ist aufzutauchen. Einen kurzen Blick nur, um zu sehen, ob er überhaupt noch da ist oder vielleicht abgetrieben wurde. Einen kurzen Blick nur, damit diese quälende Ungewissheit in mir ein Ende findet. Einen kurzen Blick nur, jetzt, während alle schlafen.

Meine Füße nehmen wie von selbst den schmalen Durchgang zwischen Carport und Zaun, der hinters Haus führt. Wenn wir uns im nächsten Jahr den Garten vornehmen, will Flo hier ein abschließbares Tor einbauen, doch bis jetzt kann jeder, der dreist genug ist, einfach durchmarschieren – so wie *er* es gestern getan hat. Ich schüttle den Gedanken ab und gehe ums Haus herum. Hier reicht der Schein der Außenlampe nicht hin, und ich bleibe kurz stehen, um meinen Augen Zeit zu geben, sich auf die Dunkelheit einzustellen, die gar nicht so undurchdringlich ist wie erwartet. Im Licht der Sterne kann ich mich problemlos orientieren.

Langsam gehe ich durch den Garten. Die Wiese unter meinen Laufschuhen ist feucht, aber nicht matschig. Es war die ganze Nacht trocken, für heute ist ein klarer, windiger Tag angesagt, doch jetzt ist es noch windstill. Bäume und Büsche ragen als starre Schatten vor mir auf. Starr und stumm, als würden sie mich beobachten, wie ich plötzlich mit mulmigem Gefühl denken muss. Das ist natürlich Unsinn.

Ich gehe weiter, doch das mulmige Gefühl verfolgt mich. Nach einigen Metern bleibe ich stehen und drehe mich einmal um die eigene Achse. Da ist nichts und niemand. Stell dich nicht so an!

Zögerlich setze ich mich wieder in Bewegung, aber das Gefühl, beobachtet zu werden, wird immer stärker, und meine Schritte werden wie von selbst immer langsamer. Als ich auf der Höhe der Terrasse bin, höre ich ein Knacken. Ich fahre herum. Wieder ist nichts zu sehen. Der Wald jenseits unseres Grundstücks ragt im Dunkeln auf wie ein schwarzes struppiges Tier. Und vermutlich war es auch nur ein Tier, das das Knacken ausgelöst hat. Ein Vogel, der auf einen Zweig getreten ist. Denn selbst wenn um diese Zeit ein Dorfbewohner im Wald herumschleicht, könnte er mich nicht sehen, weil der Zaun im Weg ist. Ich blicke auf unser Haus, das wie ein schwarzer Quader dasteht, alle Fenster dunkel. Dann drehe ich mich nach rechts, wo hohe Tannen die Sicht auf das Nachbargrundstück versperren. Nirgendwo erkenne ich ein Anzeichen von Leben, und dennoch bin ich mittlerweile überzeugt, dass mich jemand aus dieser Schwärze heraus beobachtet. Ich spüre es.

Dabei kann das nicht sein. Wie soll ich spüren, dass jemand mich ansieht? In der Dunkelheit und über mehrere Meter hinweg? Das ist Unfug. Bestimmt bilde ich mir das nur ein, weil ich Angst habe, dass jemand mich beobachtet. Oder ... Oder es ist mein Instinkt, der mir dieses Gefühl schickt, um mich zu warnen, dass ich im Begriff bin, einen weiteren Fehler zu begehen. Denn – das wird mir schlagartig klar – es wäre nicht nur ein Fehler, sondern geradezu Wahnsinn, jetzt zum Steg zu gehen.

Die Wahrscheinlichkeit, dass mich jemand beobachtet – Flo, der zur Toilette muss und einen Blick aus dem Fenster wirft oder Anna oder Moritz –, ist zwar nicht hoch, aber sie ist größer als null. Und wenn dieser Jemand sieht, wie ich im Dunkeln auf dem Steg mit meiner Stirnlampe herumleuchte und mich über das Wasser beuge, dann wird er sich wundern. Und wenn der Leichnam gefunden wird, dann wird der Jemand sich daran erinnern. Und dann ...

Ein kalter Schauer läuft meinen Rücken hinab, als ich an die Konsequenzen denke. Und das alles für einen Blick vom Steg, dessen Erkenntnis mir so oder so nicht weitergeholfen hätte! Wahnsinn! Ich muss verrückt gewesen sein, es auch nur in Erwägung zu ziehen. Außerdem muss ich mich um den verdammten Mantel kümmern. Ich danke meinem Instinkt und kehre vors Haus zurück.

Kaum stehe ich vor unserem Haus, lässt das mulmige Gefühl in mir nach. Ich atme einmal tief durch, bevor ich der Straße aus dem Ort hinaus folge.

Das Wäldchen, das an unser Haus angrenzt, ist nicht sonderlich groß, eigentlich ist es nur ein etwa fünfzig Meter breiter verwilderter Streifen mit lockerem Baumbewuchs, der an der Straße entlang verläuft und diese vom See trennt. Durch den Waldstreifen verläuft ein Fußweg. Er beginnt wenige Meter hinter unserem Grundstück, führt zu einer Lichtung am Wasser, dem Hundestrand unseres Ortes, und schlängelt sich zurück zur Straße. Die Stelle, wo der Pfad auf die Straße trifft, ist von unserem Haus aus nicht zu sehen, weil die Straße dort einen Bogen macht. Dort habe ich gestern seinen Mantel im Gebüsch versteckt, bevor ich zurück zu unserem Haus gelaufen bin. Und dorthin laufe ich jetzt.

Ich habe Glück. Ich finde den Mantel schnell, obwohl ich gestern in der Aufregung nicht darauf geachtet habe, unter welches Gebüsch ich ihn geschoben habe. Ich muss nur wenige Quadratmeter absuchen, bis das Licht meiner Stirnlampe auf den hellen Kaschmirstoff trifft. Doch als ich die Manteltaschen durchsuche, verlässt mich mein Glück, denn der Passatschlüssel ist nicht darin.

Die Taschen enthalten einige Münzen, eine angefangene Packung Taschentücher, eine weiße Karte ohne irgendeinen Schriftzug – die Schlüsselkarte zu einem Hotelzimmer? – und einen gefalteten Zettel. Ein Herz ist darauf gemalt, darin stehen in schön geschwungener Schrift einige Sätze: »Hab einen schönen Tag! Und denk immer daran: Das Beste kommt zum Schluss. Freu mich auf einen heißen Abend! Kuss, S.«

Der Zettel erinnert mich an die Notiz, die ich für Flo auf den Esstisch gelegt habe. Der Gedanke versetzt mir einen Stich, und ich frage mich, wer S sein könnte, doch dann schüttle ich den Gedanken ab. S ist unwichtig, wichtig ist allein die Frage, was ich mit dem Mantel machen soll. In den Passat kann ich ihn nicht legen. Hierbleiben darf er nicht. Soll ich ihn zu ihm in den See werfen? Vermutlich wäre das das Beste, doch bei der Erinnerung an das Gefühl des Beobachtetwerdens läuft mir ein kalter Schauer den Rücken hinab. Bleibt nur eine Möglichkeit: Ich muss den Mantel woanders verstecken, irgendwo weiter weg, wo er entweder gar nicht gefunden oder zumindest nicht mit seinem Leichnam in Verbindung gebracht wird.

Ich muss nicht lange nachdenken, bevor mir eine geeignete Stelle einfällt. Ich komme auf meiner großen Trainingsrunde mindestens zweimal wöchentlich dort vorbei. Eine Senke im Forst, in der das Unterholz besonders dicht ist und die vielleicht vier Kilometer von unserem Haus entfernt liegt. Nur ein schmaler Pfad führt dorthin, den ich einmal zufällig entdeckt habe.

Als ich eine Stunde später nach Hause komme, geht gerade die Sonne auf. Ich fühle mich großartig, und ich will Sex.

Ich habe den Kaschmirmantel tief im Forst versteckt. An einer Stelle, wo so gut wie nie jemand vorbeikommt, habe ich ihn unter ein Gebüsch geschoben und so viel Laub darüber gehäuft, dass niemand ihn zufällig entdecken kann. Und sollte er doch gefunden werden, wird niemand herausfinden, wem der Mantel gehört, denn ich habe die Taschen geleert. Die Schlüsselkarte und die Packung Tempotücher habe ich bereits auf dem Hinweg weit in den Wald hineingeschleudert, die Nachricht von S habe ich in kleine Schnipsel zerrissen und ebenso wie die Münzen zerstreut.

Als ich den letzten Schnipsel wegwarf, geschah etwas Eigenartiges: Mich überkam plötzlich ein Gefühl der Befriedigung, wie ich es sonst nur nach dem erfolgreichen Abschluss eines Projektes empfinde. Natürlich war das Gefühl völlig unpassend und bestimmt nur eine Reaktion auf die vorangegangene Anspannung, dennoch überfiel es mich regelrecht, und mit ihm kam die Lust auf Sex, wilden, unbändigen Sex, der Flo und mich die Pleite vom vergangenen Abend vergessen lässt. Deshalb bin ich geradezu nach Hause gerannt, in der Hoffnung, Flo noch im Bett zu erwischen.

Doch als ich auf unser Haus zulaufe, stelle ich fest, dass ich mir das hätte sparen können. Flos Van steht nicht im Carport, vermutlich ist er zum Bäcker gefahren, um Frühstücksbrötchen zu kaufen. Statt auf Flo treffe ich auf zwei Nachbarinnen, die vor unserem Haus in ein Gespräch verwickelt sind, das nicht allzu harmonisch wirkt.

Die Nachbarinnen sind Elsa Rövekamp, die schräg gegenüber von uns wohnt, und Mella Ahrens von nebenan. Elsa ist eine von zwei Rentnerinnen in der Straße, die den lieben langen Tag nichts Besseres zu tun haben, als im Vorgarten zu stehen, die Nachbarn zu beobachten und diesen ungebetene Ratschläge zu erteilen. Zumindest hatten sie bis vor einigen Monaten nichts Besseres zu tun. Das hat sich dann geändert, und zwar dank Mella und ihrer Familie.

Mella ist achtzehn Jahre alt und wohnt mit ihrem an Alzheimer erkrankten Großvater allein im Haus neben unserem, einem verwinkelten Kasten mit kleinen Giebeln, der das Herz jeder Romantikerin höher schlagen lässt, nicht jedoch das von Energieberatern oder Putzfrauen. Bis vor einigen Monaten wohnte auch

Mellas Mutter dort, doch Claudia Ahrens starb völlig unerwartet im Mai, als ein Aneurysma in ihrem Gehirn platzte, von dessen Existenz niemand etwas geahnt hatte.

Claudias Tod war nicht nur für ihre Familie ein Schock, sondern für die ganze Straße. Alle hatten Claudia gekannt und geschätzt und für ihr Engagement bewundert. Denn Claudia wuppte seit ihrer Scheidung nicht nur ihren Job, sondern auch die Erziehung ihrer reichlich widerspenstigen Tochter und die Pflege ihres dementen Vaters. Nachdem der erste Schock über ihren Tod abgeklungen war, herrschte in der Straße Rätselraten, wie es mit Mella und ihrem Opa weitergehen sollte. Als Achtzehnjährige war Mella zwar kein Fall fürs Jugendamt, dennoch war sie offensichtlich überfordert, ihre Ausbildung zu beenden und parallel dazu ihren Opa zu versorgen. Doch das Problem fand eine Lösung, als sich Elsa und einige andere nicht mehr berufstätige Nachbarinnen zu einer Koalition der Willigen – Flos Worte – zusammenfanden und anboten, sich abwechselnd um Sven Ahrens zu kümmern, wenn Mella arbeitete.

Das klappte eine Zeit lang gut, dann ließ Mella die Bombe platzen, dass sie schwanger sei und ihre Ausbildung, die sie ohnehin anöde, abbrechen werde. Seitdem ist die Stimmung zwischen Mella und ihren Unterstützerinnen deutlich frostiger geworden, weil Elsa und ihre Mitstreiterinnen Mellas Entscheidung für unüberlegt halten, was sie auch regelmäßig kundtun.

Vor diesem Hintergrund wundert es mich nicht, dass Elsa und Mella in eine Debatte verstrickt sind. Da ich keine Lust habe, mich einzumischen, wünsche ich beiden nur einen guten Morgen, bevor ich zur Haustür gehen will, doch Mella sagt: »Priska, gut, dass du kommst. Ich muss dich was fragen.« Damit lässt sie Elsa unvermittelt stehen.

Elsa schaut ihr verdutzt hinterher, macht eine Bewegung, als wollte sie Mella folgen, doch dann kehrt sie mit verkniffenem Mund in ihr Haus zurück.

»Was für eine alte Schreckschraube«, stöhnt Mella inbrünstig, kaum dass Elsa außer Hörweite ist.

»Tja, ohne die alte Schreckschraube müsstest du deinen Opa ins Pflegeheim geben.« Ich habe nicht vor, mich in der Auseinandersetzung zwischen Mella und der Koalition der Willigen auf eine Seite zu schlagen, doch würde ich es tun, würde ich nicht Mellas Partei ergreifen.

Mella verdreht ihre wie üblich viel zu stark geschminkten Augen. »Erinnere mich bloß nicht daran! Das macht Elsa schon fünfmal am Tag. Die Frau ist eine wandelnde Vorwurfsmaschine. Tu dies nicht, tu das nicht, tu jenes. Kein Fast Food, sondern Vitamine. Keine Cola, weil zu viel Koffein. Man könnte meinen, sie hätte schon ein Dutzend Kinder gekriegt, dabei ist sie eine alte Jungfer, jede Wette. Was geht es sie an, ob ich mir ein Tattoo stechen lasse?«

»Du hast ein Tattoo?«

»Es ist mega geworden. Willst du mal sehen?«

Erstaunlich gelenkig beugt Mella sich über ihre Siebenmonatskugel und zieht ein Hosenbein hoch. Auf ihrem Knöchel prangt eine schwarze Ranke mit roten Blüten.

»Ich hätte nicht gedacht, dass man sich schwanger ein Tattoo stechen lassen darf.«

Mella zieht einen Flunsch. »Nicht du auch noch, Priska! Nur weil manche Studios schwangere Kundinnen ablehnen, heißt das nicht, dass es gefährlich ist. Außerdem habe ich es umsonst bekommen, von 'ner Freundin, die gerade erst die Ausbildung macht. Die braucht Praxis, die kann ja wohl nicht zwei Monate warten.« Sie wirft ihre langen, blondierten Haare nach hinten, um diesem bestechenden Argument Nachdruck zu verleihen. »Aber was ich dich fragen wollte: Kannst du heute Vormittag mal kurz auf Opa aufpassen? Ich muss dringend was erledigen.«

Die Frage überrascht mich, denn ich bin kein Mitglied der Koalition der Willigen. Als Mella sagte, sie habe eine Frage, dachte ich, das sei ein Vorwand, um Elsa zu entkommen.

»Bitte, bitte«, bettelt Mella, als ich nicht sofort antworte. »Nur für eine halbe Stunde. Ich muss zur Drogerie, ich habe was vergessen. Und Elsa hat keine Zeit, weil sie zum Friseur muss – als ob sie die Samstagstermine nicht den Berufstätigen überlassen könnte.«

»Es tut mir leid, Mella, ich habe ebenfalls keine Zeit. Wir haben Gäste.«

»Dein Bruder mit seiner Neuen, oder? Flori hat's erzählt. Aber können die sich nicht eine halbe Stunde um sich selbst kümmern? Es ist wirklich dringend und … Oh, da ist Flori.« Mella winkt übertrieben, und ich drehe mich um.

Flo kommt in seinem Van die Straße entlang. Er stellt ihn im Carport ab und gesellt sich zu uns, in der Hand zwei prall gefüllte Bäckertüten. Er küsst mich auf den Mund, bevor er sich an Mella wendet. »Moin, Kleines, alles gut?«

Flo fragt Mella das jedes Mal, und es ist nicht nur eine Floskel. Er hatte schon immer eine Schwäche für sie, weil wir ihr den Tipp für das Haus verdanken und weil sie als beste Freundin seiner Cousine quasi zur Familie gehört. Seit dem Tod ihrer Mutter sind noch so etwas wie Großer-Bruder-Gefühle hinzugekommen – was Mella gerne ausnutzt. Flo war schon einige Male drüben, um für sie etwas Schweres zu tragen oder etwas zu reparieren.

»Oh, ihm geht's gut.« Mella deutet mit beiden Zeigefingern auf ihren Bauch. »Aber ich habe ein Problem.« Sie erklärt es und endet mit: »Und du sagst doch immer, ich kann mich melden, wenn ich Hilfe brauche. Und es ist wirklich dringend.« Sie klimpert mit ihren künstlichen Wimpern, die so lang sind, dass sie selbst bei einer Filmpremiere in Hollywood auffallen würden.

Es wirkt völlig übertrieben, und am Zucken von Flos Mundwinkel erkenne ich, dass er das ebenso sieht. Dennoch denkt er über Mellas Bitte nach und sagt schließlich zu mir: »Ich könnte nach dem Frühstück kurz rübergehen. Dann verschieben wir die

Wanderung um eine halbe Stunde. Oder du siehst nach Sven, während ich das Picknick vorbereite. Was meinst du?«

Ich meine, dass ich meinem Ehemann den Hals umdrehen könnte. »Klar, warum nicht?«

8

Priska

Obwohl die Aussicht auf einen Besuch bei Sven Ahrens bei mir keine Freudenstürme auslöst, hält das gute Gefühl der Erleichterung an, das mir das Verstecken des Kaschmirmantels gegeben hat. Das hilft mir, in der nächsten Stunde das zu tun, was mir am Vorabend nicht gelungen ist: mich möglichst normal zu verhalten. Beim Frühstück schaffe ich es, mich auf Moritz und Anna zu konzentrieren. Wir unterhalten uns über alles Mögliche, Anna scheint tatsächlich ganz nett zu sein, wenn auch eher vom Typ »graue Maus«. Was Mella an Make-up zu viel im Gesicht hat, fehlt bei ihr. Doch ich finde es süß, wie offenkundig sie Moritz anhimmelt.

Als ich schließlich bei Mella klingele und sie mich in den obersten Stock führt, wo ihr Großvater seine Tage verbringt, ist es bereits zehn Uhr. Ich habe Sven Ahrens einmal kennengelernt, als seine Tochter noch lebte. Flo und ich waren vorbeigekommen, um uns vorzustellen, und Claudia bat uns ins Haus. Sven Ahrens saß vorgebeugt am Esstisch. Vor ihm lag ein Puzzle, dessen Teile er mit zitternden Fingern hin und her schob. Als Claudia uns vorstellte, reagierte er nicht auf unsere Begrüßung, woraufhin Claudia uns zu einem Sofa am anderen Ende des Raumes führte. Während des folgenden Gespräches vergaß ich Sven Ahrens' Anwesenheit, bis er plötzlich mit einem Schrei einige Puzzleteile vom Tisch fegte und brüllte: »Sie passen nicht! Sie sind alle falsch.

Falsch!« Er regte sich so auf, dass Claudia ihre liebe Mühe hatte, ihn zu beruhigen, obwohl sie – wie sie mir später erzählte – an solche, für Demenzpatienten nicht ungewöhnlichen Ausbrüche gewöhnt war.

Ich muss an diesen Vorfall denken, als ich Mella die Treppe hinauffolge. Als ich mich erkundige, ob ihr Großvater immer noch aggressive Ausbrüche habe, beruhigt sie mich.

»Das ist schon lange vorbei, ich glaube, er hat nicht mehr die Kraft dazu. Er hat zu nichts mehr die Kraft. Meist sitzt er den ganzen Tag am Fenster und starrt vor sich hin.«

»Soll ich mich mit ihm unterhalten?«

»Du kannst es versuchen, aber normalerweise reagiert er nicht, schon gar nicht auf Fremde. Es geht nur darum, dass du da bist. Falls er aufstehen will und stürzt oder eine Panikattacke bekommt. Dann musst du ihm gut zureden. Aber keine Sorge, die sind auch selten.«

Das kann ich nur hoffen, doch für einen Rückzug ist es zu spät. Mella öffnet die Tür zu einem großen hellen Raum im Dachgeschoss, dem allerdings die alten, dunklen Möbel jede Leichtigkeit nehmen. Sven Ahrens sitzt in einem Rollstuhl vor einem bodentiefen Fenster mit Blick auf den See.

Mella stellt sich in seine Sichtachse und brüllt: »Opa, das ist Priska von nebenan. Sie wird dir Gesellschaft leisten, bis ich zurück bin.« Dann zeigt sie mir einen hochgereckten Daumen und ist auch schon verschwunden.

Als die Tür hinter ihr ins Schloss fällt, verfluche ich mich in Gedanken dafür, dass ich Flos Angebot nicht angenommen habe. Bevor ich gegangen bin, hat er noch einmal vorgeschlagen, dass er Mellas Opa sittet, während ich das Picknick für unsere Wanderung vorbereite. Ich habe abgelehnt, doch jetzt frage ich mich, warum eigentlich. Zum Butterbrote schmieren und Thermoskannen befüllen reichen selbst meine beschränkten Küchenfertigkeiten, während ich mich im Umgang mit Alten oder Kranken oder Kindern, mit denen ich kein intellektuelles Gespräch führen kann, schon immer schwergetan habe.

Dann werde ich es jetzt wohl lernen müssen. Vor einem zweiten bodentiefen Fenster steht ein einsamer Stuhl aus Mahagoni mit gedrechselten Füßen und ebensolchen Armlehnen. Ich ziehe ihn heran und setze mich Sven Ahrens schräg gegenüber.

»Guten Tag, Herr Ahrens«, beginne ich in normaler Tonstärke. Dann erinnere ich mich, dass Mella förmlich gebrüllt hat, und wiederhole die Begrüßung noch einmal lauter. »Erinnern Sie sich an mich? Priska Jansen. Mein Mann und ich haben das Haus nebenan gekauft.«

Der alte Mann reagiert nicht. Er sieht mich nicht einmal an. Er sitzt einfach da und starrt durchs Fenster auf den See, in sich zusammengesunken, die Arme auf den Armlehnen des Rollstuhls abgelegt, als gehörten sie nicht zu ihm oder als habe er vergessen, wozu er sie benutzen könnte. Mir schießt der Ausdruck »wie ein Häufchen Elend« durch den Kopf. Er passt perfekt auf Sven Ahrens, und ich frage mich unwillkürlich: Wozu? Kann es wirklich sein, dass jemand so leben möchte?

Ich versuche es noch einmal. »Allerdings haben wir einiges am Haus verändert. Es war ziemlich renovierungsbedürftig. Waren Sie in letzter Zeit einmal draußen? Wir haben jetzt eine Holzverschalung. Vielleicht haben Sie sie durchs Fenster gesehen?«

Noch während ich das sage, fällt mir auf, dass ich Blödsinn rede. Zwischen unserem Grundstück und dem der Ahrens steht eine Reihe Tannen, die größtenteils die Sicht versperren. Sie wurden von unserem Vorbesitzer gepflanzt, sie sind nicht schön, sorgen aber für Privatsphäre. Und abgesehen davon geht das Fenster, vor dem Sven Ahrens sitzt, zum See hinaus.

Der alte Mann starrt unverändert vor sich hin, und ich gebe es auf. Er scheint mir ohnehin nicht zuzuhören. Außerdem frage ich mich, ob ich das wollen würde: Wenn ich alt und krank wäre und nicht mehr klar denken könnte – würde ich wollen, dass Fremde sich unaufgefordert zu mir setzen und mir etwas erzählen, das mich nicht interessiert?

Ich lehne mich zurück. Der Stuhl ist bequem, und ich werde prompt müde. Kein Wunder, nach einer Nacht ohne Schlaf. Zudem ist es ziemlich stickig im Zimmer, die Heizung ist voll aufgedreht, wohl damit der regungslose alte Mann nicht friert. Schon bald muss ich dagegen ankämpfen, dass mir die Augen zufallen, doch sobald sie das tun, kommen wieder die Bilder von den Ereignissen auf dem Bootssteg hoch. Verdammt!

Der Gedanke an den Steg lässt meinen Blick Richtung Fenster wandern, doch natürlich kann ich ihn von hier aus nicht sehen. Das heißt ... Das stimmt nicht ganz. Am rechten Rand meines Blickfelds sehe ich einige Holzplanken über dem Wasser schweben, und als ich mich vorbeuge und meinen Kopf noch weiter drehe, kann ich fast unseren ganzen Bootssteg erkennen.

In meinem Hinterkopf schrillt eine Alarmsirene los. Ich war bisher überzeugt, dass mich gestern Nachmittag niemand beobachtet haben kann, weil während seines Todes keine Boote in der Nähe waren und weil niemand vom Land aus unser Grundstück einsehen kann. Doch das war ein Irrtum. Von diesem Fenster aus kann man zwar nicht unseren Garten, aber den Bootssteg sehen. Sven Ahrens kann ihn sehen. Und sagte Mella nicht, dass er typischerweise den ganzen Tag hier sitzt und hinausschaut? Heißt das, er hat auch gestern Nachmittag hier gesessen und hinausgeschaut? Heißt das ...?

Ich drehe mich ruckartig um und starre Sven Ahrens an – und der starrt zurück! Er hat seinen Kopf genau in meine Richtung gedreht. Und dann öffnet er seinen Mund und sagt etwas. Nur zwei Worte, die er mühsam hervorstößt, undeutlich und vernuschelt, ich verstehe sie dennoch.

»Böses Mädchen.«

Es fühlt sich an, als hätte jemand den Thermostat noch einmal um fünf Grad höher gestellt. Schweiß bricht mir aus allen Poren, und mein Mund ist völlig ausgetrocknet, als ich versuche, etwas zu erwidern. »Bitte?«

Sven Ahrens wiederholt seine Worte nicht. Langsam dreht er den Kopf und richtet den Blick wieder durchs Fenster. Hinaus auf den See, auf unseren Bootssteg!

Angestrengt versuche ich, mir nichts anmerken zu lassen, während die Panik mir einen Schweißschwall nach dem anderen aus den Poren treibt. Der alte Mann hat gesehen, was passiert ist. Er weiß es!

Ich habe das Gefühl zu ersticken. Am liebsten würde ich das Fenster aufreißen, aber dadurch würde ich die Aufmerksamkeit auf genau das lenken, was ich verbergen will. Doch ich muss etwas tun. Ich muss!

Vor allen Dingen muss ich mich beruhigen. Ich zwinge mich, so lange tief ein- und wieder auszuatmen, bis mein Herzschlag sich normalisiert. Dann stehe ich auf und stelle mich hinter Sven Ahrens' Rollstuhl, um herauszufinden, was genau der alte Mann von seinem Platz aus sehen kann. Meine Brust schnürt sich erneut zusammen. Sven Ahrens vermag tatsächlich unseren ganzen Bootssteg zu sehen, der dunkel über das Wasser ragt, das blau in der Oktobersonne glitzert. Er kann ihn so klar erkennen, wie ich durch seine weißen Haare hindurch die Altersflecken auf seiner Kopfhaut erkenne, wenn ich meinen Blick senke. Wenn er also gestern hier saß, dann muss er beobachtet haben, was passiert ist. Aber konnte er wirklich alle Einzelheiten ausmachen? Auf eine Entfernung von über fünfzig Metern? Konnte er mein Gesicht identifizieren? Ich kann es mir nicht vorstellen. Aber warum hat er mich sonst als »Böses Mädchen« bezeichnet? Oder glaubt er nur, dass ich es bin, weil er gestern eine blonde Frau gesehen und Mella ihm erzählt hat, dass ich nebenan wohne? Doch ist sein Gehirn überhaupt noch in der Lage, eins und eins zusammenzuzählen?

Ich starre auf den dünnen, weißen Haarschopf. Was geht darunter vor? Was geht in Ahrens' Kopf vor? Welche Erinnerungen, welche Informationen verbergen sich in seinem von der Demenz zerfressenen Gehirn? Und wird er sie für sich behalten? Wird er jemandem davon erzählen? Bisher scheint er es nicht getan zu haben. Warum nicht? Wollte er nicht? Konnte er nicht? Ist er bei dem Versuch gescheitert, die Information an den Löchern in seinem Gehirn vorbei nach außen zu schmuggeln? Ist er überhaupt noch in der Lage, einen komplexen Vorgang zu schildern? Seine Gedanken und Worte so weit zu strukturieren und zu artikulieren, dass jemand ihn versteht? Und würde dieser jemand – Mella, Elsa Rövekamp oder eine seiner Pflegerinnen – ihm Glauben schenken?

Die Antwort auf die letzte Frage ist einfach. Ja. Sobald der Leichnam gefunden wird, würde Mella oder Elsa oder wer auch immer sehr hellhörig werden. Das darf ich nicht zulassen.

Doch was kann ich tun, um das zu verhindern? Sven Ahrens anflehen? Ihm drohen? Doch wie droht man einem Demenzkranken? Mein Blick huscht im Zimmer hin und her, bis er auf ein Kissen fällt. Ein Bild blitzt in meinem Kopf auf, wie dieses Kissen auf ein altes, eingesunkenes, von Altersflecken übersätes Gesicht gedrückt wird. Ich verscheuche das Bild sofort. Nein. Niemals. Ich bin keine eiskalte Mörderin! Andererseits: Wäre es nicht sogar eine Erlösung für den alten Mann?

Mella kommt eine Viertelstunde später nach Hause, mit geröteten Wangen und nach irgendeinem aufdringlichen Parfum riechend stürmt sie ins Zimmer und fegt wie ein frischer Wind durch meine düsteren Gedanken an den Tod.

»Mann, ist das stickig hier«, lautet ihr erster Kommentar. »Und es stinkt nach Schweiß. Du schwitzt doch sonst nicht so stark, Svenni.« Sie reißt das Fenster auf, vor dem ihr Großvater nicht sitzt. Dann sieht sie mich an. »War alles okay? Du siehst ganz schön fertig aus.«

Ich ringe mir ein Lächeln ab. »Alles bestens.«

»Super. Du warst also brav?«

Mella gibt ihrem Opa einen Kuss auf die Wange, auf den er nicht reagiert, doch als sie sich hinter seinen Rollstuhl stellt, ihre Arme um ihn schlingt und ihre Wange an seine schmiegt, schließt er die Augen, und um seine Mundwinkel zuckt es, es könnte ein Lächeln sein.

Mella blickt in meine Richtung. »Er mag das.« Sie richtet sich wieder auf. »Ja, also, noch mal danke, das war echt nett von dir.«

»Gern geschehen.« Ich stehe auf, in der Erwartung, dass Mella mich zur Haustür bringt. Als sie keine Anstalten macht, sage ich: »Könnte ich dich noch etwas fragen? Draußen?«

Mella folgt mir ins Treppenhaus. »Was gibt's denn? War wirklich alles okay? Du bist echt krass blass.«

»Ich wollte dich fragen, ob dein Großvater wirklich jeden Tag den ganzen Tag am Fenster sitzt.«

»Was soll er denn sonst machen?«

»Ist ihm das nicht zu langweilig?« Ich kann Mella ansehen, dass sie die Frage seltsam findet. »Ich meine«, füge ich hinzu, »will er nicht auch mal etwas anderes sehen? Vielleicht schiebst du ihn manchmal an ein Fenster, das zur Straße hinausgeht? Oder du holst ihn runter, ins Erdgeschoss?« Ich nicke in Richtung des Treppenlifts, den Claudia vor ihrem Tod hat einbauen lassen.

Mella schüttelt ihre gebleichte Mähne. »Nicht mehr. Es ist zu gefährlich, zumindest, wenn nur ich dabei bin. Deswegen wollten wir Opa im Sommer dauerhaft runter ins Erdgeschoss holen, wir haben ihm ein Zimmer eingerichtet, mit Pflegebett und allem. Aber ihn hat das furchtbar aufgeregt. Er konnte sich nicht daran gewöhnen, hat nächtelang nicht geschlafen, so dass wir ihn schließlich wieder nach oben umgezogen haben. Warum fragst du?«

»Nur so, ich dachte, ich hätte gestern Nachmittag sein Gesicht hinter einem Fenster im Erdgeschoss gesehen«, fabuliere ich wild.

»Echt? Das hätte dann Thomas machen müssen. Einer der Pfleger, er hat genug Kraft, Opa allein nach unten zu bringen. Aber der war seit Donnerstagabend nicht hier. Gestern Nachmittag hat Elsa auf Svenni aufgepasst. Oder war es Helga? Ich weiß es gar nicht genau, weil ich in Plön bei meiner Frauenärztin war.«

9

Anna

Nachdem wir zwei Kilometer durch den Forst gewandert sind, frage ich mich, ob Priska Drogen nimmt. Wie sonst soll ich mir ihre ständigen Stimmungsschwankungen erklären?

    Beim Frühstück war sie nicht mehr so geistesabwesend wie gestern beim Abendessen, sondern geradezu übertrieben aufmerksam. Sie erkundigte sich, wie wir geschlafen hätten, ob es uns ohne Straßenlärm nicht zu ruhig gewesen wäre, wie der vegane Brotaufstrich schmecke, ob die Sojamilchmarke okay sei und so weiter und so fort. Außerdem hat sie Moritz und mich regelrecht ausgefragt. Moritz über seine Arbeit im Musikgeschäft, mich über meine WG, uns beide über unsere ehrenamtliche Arbeit für die Tafel. Die Fragen waren zwar etwas sehr bohrend, aber es war wenigstens ein Gespräch – was man über unsere jetzige Form der Kommunikation nicht sagen kann.

    Moritz und Florian wandern voraus, während Priska und ich folgen. Doch während von vorn immer wieder Gelächter und Unterhaltungsfetzen zu uns dringen, ist unser Gespräch bestenfalls einsilbig. Priska hat seit Beginn der Wanderung vielleicht fünf Sätze gesagt. Die meiste Zeit stapft sie schweigend in ihren ledernen Wanderstiefeln neben mir her, ihre Hände in den Taschen ihrer hellblauen Softshelljacke vergraben, während ich versuche, irgendeine Konversation in Gang zu bringen. Das kann ich sowieso nicht gut, aber mit einer Gesprächspartnerin, die nicht mehr als »Ja«, »Nein« oder »Hm« von sich gibt, bin ich vollends aufgeschmissen. Also gebe ich es irgendwann auf und versuche, mich auf die schöne Landschaft zu konzentrieren, ohne sie allerdings genießen zu können. Stattdessen grüble ich darüber nach, warum Priska sich mir gegenüber so seltsam verhält. Beim Frühstück hatte ich das Gefühl, sie würde mich mögen oder zumindest akzeptieren, doch jetzt frage ich mich, ob sie vielleicht nur so zugewandt war, weil Moritz dabei war. Hat sie nur seinetwegen Interesse geheuchelt?

»Kennst du dich mit Alzheimer aus?«

Die Frage platzt so unvermittelt in meine Überlegungen, dass ich überrascht anhalte. »Bitte?«

Priska bleibt ebenfalls stehen. Sie wiederholt die Frage, dann mustert sie mich stirnrunzelnd, vielleicht, weil meine Antwort ihr zu lange dauert.

»Nein. Wie kommst du darauf?«

»Nur so. Ich habe doch vorhin auf unseren dementen Nachbarn aufgepasst. Es war ziemlich deprimierend.«

»Das kann ich mir vorstellen.«

Ich weiß nicht, was ich noch dazu sagen soll. Bevor ich darüber nachdenken kann, wechselt Priska abrupt das Thema.

»Würdest du eine Schwangere tätowieren?«

Auch diese Frage kommt aus dem Nichts, und mir schießt ein Gedanke durch den Kopf: Nicht nur Drogen können Stimmungsschwankungen auslösen, sondern auch Hormone.

»Erwartest du ein Kind? Herzlichen Glückwunsch! Moritz hat nichts gesagt.«

»Ich? Nein, um Himmels willen.« Priska macht eine abwehrende Handbewegung. »Ich frage wegen meiner Nachbarin, Mella. Sie hat sich im siebten Monat ein Tattoo stechen lassen. Am Knöchel.«

»Ach so.« Ich überlege, wie ich meine Antwort formulieren soll. Ich habe keine Ahnung, in welchem Verhältnis Priska zu dieser

Mella steht. Nicht, dass ich versehentlich ihre beste Freundin kritisiere. »Um ehrlich zu sein: Ich würde eine schwangere Kundin auf die Zeit nach der Geburt vertrösten, wenn sie auch nicht mehr stillt, und ich kenne kein seriöses Studio, das das anders handhaben würde.«

»Warum nicht?«

»Aus Vorsicht. Egal, wie sauber ein Künstler arbeitet, es kann beim Tätowieren immer zu Entzündungen oder allergischen Reaktionen kommen, und die sollte man wie jede andere Komplikation in der Schwangerschaft vermeiden – zumal man im Fall der Fälle nicht jedes beliebige Antibiotikum oder Cortisonpräparat nehmen dürfte. Außerdem geraten mit der Tinte Fremdstoffe in den Organismus. Ich weiß nicht, wie sich das auf ein ungeborenes Kind auswirkt.«

»Ja, so was dachte ich mir schon.« Priska mustert mich. »Du kennst dich gut aus.«

»Es ist mein Job.«

»Kaum ein Job wie jeder andere.«

Ich zucke mit den Achseln, weil ich nicht weiß, was ich darauf erwidern soll.

In dem Moment ruft Florian durch den Wald: »Hey, Ladys, wartet ihr auf den Bus?«

Wir wandern etwa zwei Stunden, bevor wir eine Pause machen. Der Picknickplatz, den Florian gewählt hat, ist perfekt: windgeschützt und mit von Büschen umrahmter Aussicht auf den See. Es gibt sogar zwei umgestürzte Baumstämme, die im rechten Winkel zueinander liegen wie extra platzierte Bänke. Florian verteilt Isositzkissen und Sandwiches und schenkt Kaffee in Becher.

Wir essen schweigend. Das Essen oder das Wandern oder die unruhigen letzten beiden Nächte machen mich müde, ich lehne meinen Kopf an Moritz' Schulter, er legt einen Arm um mich. Es ist ein perfekter Moment.

»Schade, dass Moritz seine Gitarre nicht dabeihat«, meint Florian nach einer Weile. »Wenn wir früher Familienausflüge gemacht haben, hatte irgendein Cousin immer eine Gitarre dabei. Als kleiner Junge dachte ich, Musik gehöre zu einem Picknick dazu. Als wir in der Grundschule mal einen Wandertag gemacht haben, bei dem nicht Gitarre gespielt wurde, war ich so enttäuscht, dass ich den ganzen Rückweg über geheult habe – das erzählt zumindest meine Mutter.«

»Spielst du ein Instrument?«, frage ich.

»Ich musste in der Grundschule Blockflöte lernen, aber ich war komplett talentfrei. Ich singe manchmal zu Hause, doch Priska behauptet, davon wird die Milch sauer. Nicht wahr?«

Florian schlingt einen Arm um Priska, die auch beim Essen ziemlich abwesend gewirkt hat, und schüttelt sie sanft.

»Hm?«

»Ich sagte, dass du meinen Gesang nicht zu würdigen weißt.«

»Priska hat keine Ahnung von Musik«, wirft Moritz ein. »Sie mag nicht einmal meinen Gesang. Sie hat mir sogar mal mit einem Kontaktverbot gedroht, wenn ich nicht mit Singen aufhöre.«

»Gar nicht wahr.«

»Doch wahr. Dabei hatte ich ein so schönes Lied für dich gedichtet.« Moritz fängt an, nach der Melodie von »Michael, Row the Boat Ashore« zu singen. »Priska, sieh es endlich ein – Hallelujah! / Ich bin dein kleines Brüderlein – Hallelujah! / Willst du dich vor mir verstecken – Hallelujah! / Werd' ich elendig verrecken – Hallelujah!«

Priska lacht. »Du liebe Güte, erinnere mich nicht daran. Kennst du etwa noch den ganzen Text? Wie viele Strophen waren es? Einhundertelf?«

»Zähl selbst!«

Moritz springt auf und schmettert alle acht Strophen des Liedes, das er Priska an der Heidelberger Uni vorgesungen hat, um sie dazu zu bringen, ihn zu beachten. Ich kenne den Text schon, doch

Florian ist er neu. Als Priska ihm erklärt, was es damit auf sich hat, lacht er. »Ich finde den Song großartig. Aber ich wusste gar nicht, dass du mal Wirtschaftswissenschaften studiert hast.«

Moritz setzt sich. »Nur bis zur ersten Klausur, dann musste ich einsehen, dass Priska allein Volkers Zahlentalent geerbt hat.«

Priska runzelt die Stirn. »So schlecht warst du gar nicht. Du hättest halt mehr lernen müssen.«

»Das hätte mich zu Tode gelangweilt.«

»Du hättest jetzt einen besseren Job.«

»Mir macht es Spaß, Gitarren zu verkaufen.«

»Du verdienst nicht gerade viel.«

Moritz grinst. »Warte ab, bis ich mit meiner Band groß rauskomme. Außerdem habe ich alles, was ich brauche.« Er drückt meine Hand, und einen Moment lang bin ich im Himmel. »Apropos Job. Weißt du, wieso Volker seinen gekündigt hat?«

Bei der Erwähnung ihres Vaters verschließt sich Priskas Miene. »Ich wusste nicht einmal, dass er ihn gekündigt hat. Wann war das denn?«

»Vor zwei Monaten. Wann hast du denn zuletzt mit ihm gesprochen?«

»Das ist schon länger her.«

»Du könntest dich mal bei ihm melden.«

Priska schnaubt. »Nachdem er uns wieder und wieder versetzt hat? Nein danke.«

Moritz zuckt mit den Achseln. »Bestimmt gab es einen guten Grund, die Treffen abzusagen.«

»Ja, einen dringenden Geschäftstermin mit blonden Haaren und langen Beinen.«

Moritz runzelt die Stirn. »So ist Volker nicht mehr. Er ist seit fast einem halben Jahr fest liiert. Er hat neulich erst gesagt, er fände es schön, wenn du Stefanie kennenlernst. Sie ist ganz anders als seine früheren Freundinnen. Richtig clever.«

Priska lacht höhnisch. »Wer's glaubt.«

»Volker hat mir erzählt, er hätte einige Male versucht, dich zu erreichen, aber du hättest nie zurückgerufen.«

Priska drückt sich mit Schwung vom Baumstamm hoch. »Dann hat er mal wieder gelogen. Wieso überrascht mich das nicht? Gehen wir weiter?«

Auf der weiteren Wanderung entfernen wir uns vom See. Wir gehen durch den hügeligen Forst, kommen an einem Gestüt vorbei und an Knicks genannten Hecken, die – wie Florian mir erklärt – schon in vorigen Jahrhunderten zur Aufteilung der Felder und als Schutz der Äcker vor Weidevieh angelegt wurden. Je länger wir gehen, desto mehr entspanne ich mich. Ich mag es, beim Wandern zwischen zwei Orten zu sein, zwischen Start und Ziel, wo keine Aufgaben warten, an denen ich scheitern kann. Und heute mag ich es, Florian zuzuhören, der uns alles Mögliche über die Landschaft erzählt. Er ist offensichtlich in seiner Heimat tief verwurzelt. Ich frage mich, ob das der Grund ist, warum Priska von Süddeutschland zu ihm in den Norden gezogen ist und nicht umgekehrt.

Zum Ende unserer Wanderung werden die Wege breiter. Wir gehen zu viert nebeneinander und unterhalten uns über alles Mögliche, und irgendwann fragt Florian mich, ob es nicht wahnsinnig aufwändig sei, im Unverpacktladen einzukaufen. »Musst du nicht jedes Mal mit tausend Gläsern und Dosen losziehen?«

Ich kenne das Argument schon. »Eigentlich gehört dazu nur ein bisschen guter Wille. Am aufwändigsten ist die Umstellung am Anfang, weil man erst einmal geeignete Behälter besorgen muss. Wenn man die hat, ist es nicht so kompliziert. Man sollte allerdings gut organisiert sein, weil man sich vor jedem Einkauf genau überlegen muss, was man braucht.«

»Und was machst du, wenn du im Laden feststellst, dass du vergessen hast, Nudeln auf deine Einkaufsliste zu schreiben? Fährst du nach Hause und holst einen weiteren Behälter?«

»Dann leihe ich mir einen im Laden.« Ich spüre Florians Skepsis. »Es ist wirklich nicht so kompliziert. Und es hat viele Vorteile. Man vermeidet Müll und verschwendet weniger Lebensmittel, weil man selbst bestimmen kann, welche Mengen man kauft. Man füllt nur so viel ab, wie man benötigt.«

»Aber das kostet alles extra Zeit«, wirft Priska ein. »Ich wüsste nicht, woher ich die nehmen sollte.« Sie wendet sich an Moritz. »Ich bin überrascht, dass du auch im Unverpacktladen einkaufst. Wie lange machst du das denn schon?«

Moritz schneidet eine Grimasse. »Ich? Nee, ganz bestimmt nicht. Anna hat mich einmal in den Laden mitgeschleppt, aber mir war das viel zu kompliziert. Und die Gründerin war ziemlich fanatisch, die war richtig anstrengend.«

Priska lacht. »Das ist das erste Mal, dass du jemanden als anstrengend bezeichnest. Und ich dachte, die Gründerin sei eine Freundin von dir.«

»Wie kommst du darauf?«

»Anna hat das gestern erzählt.« Priska wirft mir im Gehen einen Seitenblick zu. »Du sagtest, die gemeinsame Freundin, die euch verkuppelt hat, habe Flyer für ihren Unverpacktladen verteilt.«

Meine entspannte Stimmung löst sich in Luft auf. Shit! Ich weiche Priskas Blick aus, während ich überlege, was ich antworten soll. »Das stimmt, das habe ich gesagt, aber ...« Ich beiße auf meine Lippe und werfe Moritz einen flehentlichen Blick zu. Doch er starrt nur hilflos zurück, wir sind beide nicht sehr schlagfertig. »Das ist kompliziert«, sage ich schließlich.

»Wie ihr euch kennengelernt habt? Na, sag schon, jetzt sind wir neugierig.«

Priska bleibt stehen, wir anderen tun es notgedrungen ebenfalls. Ich starre auf den Waldboden, doch ich kann Priskas und Florians interessierte Blicke spüren.

»Na ja, wir haben uns online kennengelernt«, gebe ich schließlich zu.

»Über eine Dating-App?«, fragt Florian. »Wieso macht ihr so ein Geheimnis daraus? Das ist doch nicht ungewöhnlich. Welche war es denn? Tinder? LoveScout?«

Ich nicke, während Moritz gleichzeitig seinen Kopf schüttelt.

Priska sieht von mir zu ihm und wieder zurück. »Tja, das scheint wirklich kompliziert zu sein. Vielleicht erzählt ihr es uns einfach ein anderes Mal. Sollen wir weitergehen?«

Sie schaut fragend in die Runde, und ich nicke, erleichtert und dankbar für ihr unerwartetes Taktgefühl, doch Moritz schüttelt den Kopf.

»Das ist doch dämlich«, sagt er. »Wir können es auch jetzt erzählen, schließlich ist nichts dabei. Anna und ich haben uns über ein Onlineforum für Asexuelle kennengelernt.«

10

Priska

»Und du bist sicher, dass Anna Moritz nicht die Augen auskratzt, sobald wir nicht hingucken?« Flo drückt die Haustür hinter uns beiden zu. »Sie sah so aus, als würde sie sich am liebsten in einen Drachen verwandeln und Feuer speien.«

Seit der Szene im Wald sind zwanzig ziemlich ungemütliche Minuten vergangen. Nach Moritz' Enthüllung hat Anna ihn zutiefst verletzt angesehen, ohne jedoch einen Ton zu sagen. Stattdessen ist sie einfach weitermarschiert. Erst an der nächsten Weggabelung hat sie angehalten, um auf Flos Richtungshinweis zu warten. Auf unser vorsichtiges Gesprächsangebot ist sie nicht eingegangen, und so sind wir schließlich alle schweigend nach Hause geeilt, wie müde Reisende, die sich vor einem Gewitter fürchten. Ich vermute, dass sich dieses Gewitter gleich draußen über Moritz entladen wird.

»Ich bin mir zumindest sicher, dass Anna Moritz jetzt viel zu sagen hat, was nicht für unsere Ohren bestimmt ist.« Ich schlüpfe aus meinen Wanderschuhen.

Flo zieht seine ebenfalls aus. »Ich möchte jetzt nicht in Moritz' Haut stecken.« Er richtet sich auf. »Hast du genau verstanden, was los ist?«

Ich hänge meine Jacke auf, während ich über die Frage nachdenke. »Genau vermutlich nicht, aber mir scheint ziemlich klar, dass Anna nicht wollte, dass wir von ihrer Asexualität erfahren.

Und Moritz' schuldbewusstem Gesichtsausdruck nach zu urteilen, war ihm das klar.«

»Und hast du gewusst, dass er asexuell ist?«

»Nein, doch im Nachhinein erklärt es einiges. Moritz hat immer ziemlich zurückhaltend reagiert, wenn ich ihn auf sein Liebesleben angesprochen habe. Ich dachte allerdings immer, das läge daran, dass er ... na ja, dass er nicht gerade in der Adonisliga spielt.«

Ich lasse mich auf eine Treppenstufe sinken. Flo quetscht sich neben mich, und eine Weile sitzen wir schweigend da und lauschen, ob von draußen erste Entladungen zu hören sind. Durch die massive Haustür dringt jedoch kein Donnergrollen.

Schließlich sagt Flo: »Es ist vielleicht eine blöde Frage, aber was bedeutet das eigentlich genau, asexuell?«

Ich zucke mit den Achseln. »Na, dass Moritz und Anna offensichtlich nicht auf Sex stehen.«

»Und was bedeutet das konkret? Warum stehen sie nicht auf Sex? Haben sie mal schlechte Erfahrungen gemacht? Hat es religiöse Gründe? Physiologische?«

»Physiologische?«

»Vielleicht klappt es einfach nicht.«

Ich schüttele den Kopf. »Da verwechselst du Asexualität mit Impotenz. Ich denke, Asexualität bedeutet einfach, dass man kein Interesse oder keine Lust an Sex hat. Sozusagen das Gegenteil von Sexsucht.«

»Und was ist mit Küssen? Oder Kuscheln? Oder überhaupt Körperkontakt?«

»Keine Ahnung.« Ich denke nach. »Ich habe nicht gesehen, dass Moritz und Anna sich geküsst haben, aber Moritz hat beim Picknick den Arm um sie gelegt. Wenn du mehr Details wissen willst, musst du sie fragen, aber vielleicht besser nicht jetzt.«

Flo schweigt nachdenklich. »Könntest du dir das vorstellen?«, fragt er nach einer Weile. »Auf Sex mit mir zu verzichten?«

Ich muss nicht überlegen. Vor Flo hatte ich keine Beziehung, die länger als drei Monate gedauert hat, spätestens dann hat der Typ mich genervt. Dennoch habe ich nie auf Sex verzichtet. Und seit ich mit Flo zusammen bin, ist es völlig undenkbar. Das Gefühl, mit ihm zu verschmelzen, löst etwas in mir aus, das ich nicht beschreiben kann. Ein Gefühl totaler Erfüllung, totalen Friedens.

»Nein.«

»Dem Himmel sei Dank.« Flo schneidet eine so groteske Grimasse der Erleichterung, dass ich lachen muss. Flo lacht mit, dann sagt er plötzlich: »Das ist schön.«

»Was?«

»Dich lachen zu hören. Du wirktest vorhin im Wald schon wieder so angespannt. Ich wollte dich noch fragen, ob alles in Ordnung ist?«

Meine gute Laune verschwindet so schlagartig, wie sie gekommen ist. Nachdem Moritz seine kleine Bombe hat platzen lassen, habe ich tatsächlich für kurze Zeit Sven Ahrens vergessen. Dabei müsste ich dringend etwas wegen des alten Mannes unternehmen. Doch was? Ich habe während der ganzen Wanderung darüber nachgedacht, ohne dass mir etwas eingefallen ist. Nichts, was ich mit meinem Gewissen vereinbaren könnte. Nichts, was ich fertigbrächte. Ich kann nur hoffen und zum Teufel beten – Gott würde mich wohl kaum erhören –, dass der Mann nicht mehr in der Lage ist weiterzuerzählen, was er gesehen hat. Aber was, wenn doch?

In dem Moment klingelt es an der Haustür. Ich drücke mich von der Treppenstufe hoch und öffne. Draußen steht Moritz. Er ist allein und sieht besorgt aus.

»Alles okay?«, frage ich.

Moritz reibt mit der Hand über seine Bartstoppeln. »Ich bin mir nicht sicher. Gerade hat Stefanie angerufen. Sie hat gefragt, ob ich wüsste, wo Volker ist. Sie kann ihn nicht erreichen und macht sich Sorgen.«

11

Anna

Kaum sind Priska und Florian im Haus verschwunden, bricht sich der Schmerz in mir Bahn, und ich versuche erst gar nicht, ihn zu bremsen. In dem Augenblick ist mir alles egal, ich gehe wie eine Furie auf Moritz los und werfe ihm alles an den Kopf, was mir einfällt. Moritz hört schweigend zu und wartet darauf, dass sich meine Wut erschöpft, doch das tut sie lange nicht. Erst als ein älterer Mann, der einen dicken Dackel Gassi führt, mir im Vorbeigehen einen belustigten Blick zuwirft, wird der Strom meiner Worte zu einem Rinnsal und trocknet schließlich aus.

Moritz mustert mich, als wolle er sichergehen, dass wirklich nichts mehr kommt, dann sagt er: »Komm mal mit.« Ohne ein weiteres Wort nimmt er den schmalen Durchgang zwischen Carport und Zaun in Priskas und Florians Garten.

»Was soll das?«, rufe ich hinterher, doch ich bekomme erst eine Antwort, als ich ihm folge.

»Ich möchte nicht der ganzen Nachbarschaft ein Schauspiel bieten«, sagt Moritz, als ich neben ihm auf der struppigen Wiese stehe.

»Die Meinung Wildfremder interessiert dich also mehr als meine?«

»Nein, aber was ich zu sagen habe, möchte ich nur dir sagen.« Moritz holt tief Luft. »Es tut mir leid, dass ich dich gegen deinen Willen geoutet habe«, beginnt er und macht direkt eine Pause.

Obwohl klar ist, dass noch mehr kommt, kann ich mich nicht bremsen. »Ist das alles, was dir einfällt? Du hast alles kaputt gemacht, du hast mich verraten, du ...«

Moritz unterbricht mich. »Ich habe dir lange genug zugehört, Anna, jetzt hör du bitte mir zu. Wie gesagt, es tut mir leid, dass ich uns gegen deinen Willen geoutet habe. Das war nicht richtig. Aber meiner Ansicht nach wäre es in der Situation auch nicht richtig gewesen, es nicht zu tun. Priska und Florian haben schließlich genau gemerkt, dass wir ihnen bisher eine Lüge erzählt haben. Ich wollte das nicht so stehen lassen, und ich wollte auch nicht noch eine weitere Lüge draufsetzen.«

»Das hat niemand verlangt«, fauche ich. »Du hättest auf Priskas Vorschlag eingehen können, das Thema zu beenden. Oder du hättest sagen können, dass du einfach nicht erzählen möchtest, wie wir uns kennengelernt haben.«

»Das wäre aber eine weitere Lüge gewesen. Du warst diejenige, die es nicht erzählen wollte.«

»Und du hast versprochen, es unter keinen Umständen zu tun.«

Moritz schüttelt den Kopf. »Ich weiß nicht, ob das stimmt. Ich habe dir versprochen, es nicht zu erzählen, doch ich habe nicht versprochen, meiner Schwester ein kompliziertes Lügenmärchen aufzutischen. Ich bin darin nicht gut. Und findest du nicht, dass es vielleicht auch ein wenig unfair von dir war, mir ein Versprechen abzunehmen, mit dem ich mich nicht wohlfühle?«

»Es war nicht irgendein Versprechen! Ich habe dir erzählt, was ich beim ersten Mal durchgemacht habe und ...«

Ich breche ab, als die Melodie von »Probier's mal mit Gemütlichkeit« ertönt. Moritz zieht sein Handy aus seiner Jeans, wirft einen Blick aufs Display, zieht überrascht die Augenbrauen hoch und klickt den Anruf weg.

»Anna, ich weiß, dass du in der Schule deswegen gemobbt wurdest. Ich weiß, dass dein erster Freund Schluss gemacht hat, weil du nicht mit ihm schlafen wolltest. Ich weiß, dass er herumerzählt hat, dass du prüde bist und dass dich das zur Zielscheibe deiner Klassenkameraden gemacht hat. Aber warum fürchtest du, dass die Geschichte sich wiederholt? Ich werde dich nicht verlassen, und Priska und Florian sind keine fiesen Sechzehnjährigen. Und du bist auch nicht mehr sechzehn, sondern sechsundzwanzig. Du weißt mittlerweile, dass du nicht verkehrt bist, nicht seltsam, sondern lediglich nicht interessiert an Sex. Wovor hast du solche Angst?«

»Ich habe keine Angst«, fauche ich, doch dann breche ich ab, weil das natürlich eine Lüge ist und weil mir die Kraft fehlt, mich weiter aufzuregen. Ich bin plötzlich unglaublich müde. Und viel zu spät fällt mir Dr. Gerdes' Rat ein, dass ich Situationen gedanklich verlassen und mich auf einen imaginären Balkon stellen soll.

»War das gerade wichtig?« Ich nicke zu dem Handy in Moritz' Hand.

Er zuckt mit den Achseln. »Es war Stefanie.«

»Volkers Freundin? Warum rufst du sie nicht zurück? Ich brauche sowieso ein bisschen Abstand.«

Damit Moritz merkt, dass es mir ernst ist, drehe ich mich um und gehe über die verwilderte Wiese davon. Erst am Seeufer bleibe ich stehen. Während ich über das glitzernde Wasser blicke, mache ich meine Atemübungen, dann versuche ich, mit Abstand auf die Situation zu blicken, doch ich tue mich schwer.

Fakt ist, dass Moritz ein mir gegebenes Versprechen gebrochen hat. Zwar unter schwierigen Umständen, aber er hat es gebrochen.

Fakt ist, dass ich deshalb wütend auf ihn bin und dass ich mich damit im Recht fühle.

Fakt ist aber auch, dass Moritz in einem Punkt recht hat: Ich habe Angst, und die Angst hindert mich daran, klar zu denken. Ich habe Angst, noch einmal zur Außenseiterin gemacht zu werden. Ich habe Angst, dass noch einmal jemand auf meinen innersten Gefühlen herumtrampelt. Ich habe Angst, dass noch einmal jemand mein Herz bricht und mich zum Gespött macht.

Doch Fakt ist auch, dass Moritz das nicht getan hat. Und er wird es nicht tun. Oder?

Fakt ist, dass ich es nicht weiß. Fakt ist, dass ich Moritz gern vertrauen würde, nur wie kann ich das, nachdem er sein Versprechen nicht gehalten hat?

Ich merke, dass meine Gedanken sich wieder im Kreis drehen. Ich brauche mehr Abstand. Mein Blick fällt auf den hölzernen Bootssteg. Mit etwas Fantasie kann ich ihn als Balkon durchgehen lassen.

Als ich die Planken betrete, überkommt mich sofort das Gefühl, das mich immer auf dem Wasser überkommt: dass ich hier fremd bin, nicht in meinem Element, nicht auf sicherem Terrain. Doch in diesem Moment möchte ich genau das. Gerade scheint mir mein übliches Terrain nicht sicher, ich will davon weg, ich suche einen neuen Blickwinkel.

Ich schaue über das Wasser, das blau in der Spätnachmittagssonne glitzert. Der Anblick ist wunderschön und beruhigend. Doch dann entdecke ich am unteren Rande meines Blickfeldes etwas, das nicht ganz ins Bild passt. Etwas, das nicht in diese herbstliche Idylle gehört. Etwas, das ganz und gar nicht beruhigend ist.

Ich senke meinen Blick, um es genauer zu betrachten.

12

Priska

Der Schock ist so groß, dass er mir den Atem verschlägt, dabei hätte ich es kommen sehen müssen. Ich habe seit gestern zig verschiedene Möglichkeiten durchgespielt, wie ich reagieren soll, wenn *sein* Leichnam gefunden wird, doch ich habe nicht einmal darüber nachgedacht, dass er zuvor vermisst werden könnte. Dabei lag das auf der Hand. Volker Fischer ist kein Mann, der vierundzwanzig Stunden verschwunden sein kann, ohne dass es jemandem auffällt. Ich hätte das vorhersehen müssen. Ich hätte mich darauf vorbereiten müssen.

Einige Sekunden lang stehe ich starr da, während ich mich verzweifelt frage, wie ich reagieren soll. Was soll ich sagen? Es muss das Richtige sein, ich darf keinen Fehler machen, jetzt gilt's.

Jetzt gilt's. Der Satz schießt mir so plötzlich durch den Kopf, als habe ihn jemand mit einer Pistole abgeschossen, als habe ihn jemand aus der Vergangenheit in die Gegenwart geschossen, denn dort kommt der Satz her. Jetzt gilt's. Der Satz hat meine Kindheit geprägt, so oft habe ich ihn gehört. Sogar eine meiner frühesten Erinnerungen dreht sich um ihn, um den Moment, als mein Vater die Stützräder von meinem pinkfarbenen Kinderfahrrad abschraubte, mir seine große, starke Hand auf die Schulter legte und sagte: »Jetzt gilt's.«

Mein Vater hat diesen Satz in den ersten dreizehn Jahren meines Lebens bestimmt fünfzig Mal zu mir gesagt: als ich zum ersten Mal ohne Stützräder Fahrrad fuhr, als er mich zum ersten Mal ohne Schwimmflügel mit ins große Becken nahm, bei meiner Einschulung, vor meinem ersten Tag am Gymnasium, nachdem ich zur Klassensprecherin gewählt worden war, vor meinen ersten zwei Matches beim Jugendturnier des Tennisclubs Rot-Weiß. Und zweifellos hätte er den Satz auch noch zu fünfzig weiteren Gelegenheiten gesagt – zum Beispiel vor meinem Finalmatch beim Jugendturnier –, hätte er die nicht wegen angeblich »dringender Geschäftstermine« verpasst.

Doch als Kind wusste ich nichts vom Doppelleben meines Vaters. Ich vertraute ihm zu hundert Prozent. Alles, was er sagte, war für mich wie in Stein gemeißelt, und deshalb hatte sein Satz eine geradezu magische Wirkung auf mich. Er verwandelte jegliche Nervosität in mir in konzentrierte Energie, er sorgte dafür, dass jeder Nerv in mir sich spannte und jede Faser meines Körpers sich auf das Ziel fokussierte. Er setzte Wunderkräfte frei.

Und in diesem Moment tut er es seltsamer- und unpassenderweise wieder. Ich habe mich auf diesen Augenblick nicht vorbereitet, doch das ist egal, weil ich immer zu Hochform auflaufe, wenn es darauf ankommt.

»Wer ist Stefanie?«, frage ich, weil ich weiß, dass ich noch gestern Mittag genau das gefragt hätte.

»Volkers Freundin.« Moritz runzelt die Stirn. »Ich habe sie vorhin erwähnt.«

»Ich hatte ihren Namen vergessen. Also: Weswegen macht sie sich Sorgen? Nur, weil sie Volker nicht erreichen kann? Wenn sie das für ungewöhnlich hält, kennt sie ihn noch nicht sehr gut.«

»Weil er gestern Abend nicht ins Hotel zurückgekommen ist«, erklärt Moritz. »Die beiden sind zurzeit in Kiel. Stefanie ist auf Geschäftsreise hier, Volker hat sie begleitet und ...«

Ich falle Moritz ins Wort. »Volker ist in Kiel? Kiel wie in unserer Landeshauptstadt, keine vierzig Kilometer von hier entfernt? Wieso hast du nicht gesagt, dass Volker in der Nähe ist?«

Moritz reibt sich mit dem Handrücken über seine Stirn. »Weil ich es nicht wusste. Ich habe zuletzt vor zwei Wochen mit ihm gesprochen, da hat er nichts erwähnt. Ich habe es gerade erst von Stefanie erfahren.«

»Und wie lange ist er schon hier?«

»Seit Mittwoch. Stefanie und er sind von Stuttgart nach Hamburg geflogen und haben sich dort einen Mietwagen geliehen. Stefanie ist, wie gesagt, geschäftlich hier. Gestern Nachmittag hatte sie einen Termin, deswegen wollte Volker sich mit einem Bekannten treffen. Er fuhr gegen drei Uhr los, seitdem hat Stefanie nichts von ihm gehört, und ihre Anrufe landen alle auf der Mailbox.« Moritz macht ein beunruhigtes Gesicht. »Ich frage mich, ob ihm etwas zugestoßen ist, ein Autounfall oder so.«

»Das hättet ihr bestimmt längst erfahren«, mischt Flo sich ein. »Bei einem Unfall werden umgehend die nächsten Angehörigen informiert – so war es bei meinem Vater. Was sagt denn der Bekannte, zu dem dein Vater wollte?«

Moritz zuckt mit den Achseln. »Stefanie weiß nicht, wie er heißt oder wo er wohnt.«

»Und hast du Volker schon angerufen?«, frage ich.

Moritz sieht mich überrascht an. »Wenn er bei Stefanie nicht rangeht ...«

»Dann wäre meine erste Vermutung, dass er bei einer anderen ist.«

Moritz schüttelt den Kopf. »Das ergibt doch keinen Sinn. Volker hat Stefanie wohl kaum extra hierher begleitet, um sie dann mit einer anderen zu betrügen. Außerdem hat er sich geändert.«

Selbst in diesem Moment bin ich überrascht, wie naiv mein kleiner Bruder sein kann. Doch bevor ich ihn daran erinnern kann, dass Volker einmal eine Kellnerin angemacht hat, während seine aktuelle Freundin auf der Restauranttoilette war, hören wir einen gellenden Schrei.

Teil II

1

Im Licht der Scheinwerfer, die den Bereich um den Bootssteg herum erhellten, blickte Kriminalhauptkommissar Henning Niebel vom Kommissariat 1 der Bezirkskriminalinspektion Kiel auf den Toten hinunter, ohne mit der Wimper zu zucken. Das wachsbleiche Gesicht mit den starren weit aufgerissenen Augen; die feuchten grauen Haare, die jemand aus der Stirn gestrichen hatte; die leichte Abschürfung auf dieser Stirn; der eingetrocknete hellrötliche Schaum zwischen dem halb geöffneten Mund und der Nase; die schrumpelige Haut an den Händen – all das berührte Henning nicht. Er hatte schon zu viele Tote gesehen. Viele hatten schlimmer ausgesehen als dieser – und schlimmer gerochen! Eine fast frische Wasserleiche war kein Anlass für Schweißausbrüche. Das Einzige, das Henning bei ihrem Anblick empfand, war Ärger, dass er seinen Samstagabendstammtisch verpasste.

Einer seiner Ausbilder hatte einmal gesagt: »Wenn ihr eine Leiche ansehen könnt, ohne einen Funken von Mitgefühl, ohne eine Spur von Bedauern, dann ist die Zeit gekommen, den Job an den Nagel zu hängen.« Sentimentales Geschwätz, hatte Henning damals gedacht – und dachte es heute noch. Dennoch stimmte der zweite Teil des Satzes. Es war Zeit, den Job an den Nagel zu hängen. Noch zwei Monate bis zu seinem Ruhestand. Lieber wären ihm zwei Tage.

Er gab den Mitarbeitern des Bestattungsunternehmens ein Zeichen. Einer schloss den schwarzen Leichensack, dann trugen sie ihre Last davon, und Henning wandte sich an Dr. Lukas Jankowski, der neben ihm am Ufer stand. »Also: Ich fasse noch mal zusammen. Todesursache: Ertrinken, möglicherweise nach vorherigem Sturz- oder Schlaggeschehen. Anzeichen für Abwehrverletzungen oder Kampfspuren: keine. Todeszeitpunkt: gestern. Korrekt?«

Der junge Rechtsmediziner, der gerade erst seine Facharztprüfung bestanden hatte, scheute wie ein junges Pferd und verhaspelte sich fast vor Entsetzen, als er zu einer Erwiderung ansetzte. »Wie gesagt, das ist nur eine erste Hypothese. Eine allererste! Der Schaumpilz vor dem Mund deutet auf Ertrinken hin, aber natürlich muss die Leiche seziert werden, und wir müssen die Lunge untersuchen, um nach weiteren Indikatoren zu suchen. Zum Todeszeitpunkt kann ich nur sagen, dass die Waschhaut an den Händen so stark ausgeprägt ist, dass ein Todeseintritt innerhalb der letzten Stunden unwahrscheinlich ist. Und was die Quetschrisswunde am Hinterkopf betrifft: Ich bin sicher, dass sie durch stumpfe Gewalteinwirkung entstand, und zwar nicht postmortal. Aber wann genau die Wunde dem Opfer zugefügt wurde und wie und ob es einen Zusammenhang mit dem Sturz ins Wasser und dem nachfolgenden Ertrinken gibt, dazu bedarf es weiterer Untersuchungen. Besonders in Hinblick auf ...«

Henning schaltete ab, während der junge Mann Einschränkung über Einschränkung machte. Auch das hatte er oft genug erlebt. Rechtsmediziner waren wie Politiker. Es ging ihnen nur darum, ihren Arsch abzusichern. Keiner besaß heutzutage mehr die Traute, Klartext zu reden. Und die jungen Leute waren noch schlimmer. Die Generation Weichei heulte schon los, wenn jemand ein Zigeunerschnitzel bestellte.

Hennings Blick wanderte von Lukas Jankowski zu Silja Brandt, die ebenfalls noch keine dreißig war und an Jankowskis Lippen hing, als wären dessen Worte eine Offenbarung erster Güte. Die

Kriminalkommissarin war der jüngste Neuzugang der Mordkommission, und die Chefin hatte sie Henning als Juniorpartnerin aufs Auge gedrückt. Henning hatte keine Ahnung, ob das eine letzte Schikane oder wirklich dem Personalmangel geschuldet war, doch wenn seine Chefin glaubte, er würde sich den Arsch aufreißen, um dem kleinen Plappermaul etwas beizubringen, dann konnte sie sich den Gedanken in ihren fetten Allerwertesten schieben. Die Kleine hatte auf der Fahrt hierher so viel gequatscht, dass er ihr schließlich den Mund verboten hatte. Wenigstens hatte sie beim Anblick der Leiche nicht gekotzt.

»Tja, wenn ich hier nicht mehr gebraucht werde …« Lukas Jankowski klang ungeduldig. Henning hatte nicht mitbekommen, dass der Rechtsmediziner seinen Vortrag beendet hatte.

»Prima, Herr Jankowski, Sie melden sich, wenn Sie die Obduktion abgeschlossen haben. Wann wird das sein?«

»Wie schon zweimal gesagt, ich plane sie für morgen dreizehn Uhr ein.«

Lukas Jankowski warf Henning einen gereizten Blick zu, der an diesem abprallte wie ein Vogel an einer Fensterscheibe, dann nickte er in die Runde und ging durch den verwilderten Garten davon. Henning wandte sich an Kriminalhauptkommissar Wessel vom Kriminaldauerdienst, der – weil Wochenende war – einer der Ersten vor Ort gewesen war.

»Also, Manni, du hast es gehört. Die einzige gesicherte Erkenntnis ist, dass der Tote tot ist und dass nichts der These widerspricht, dass der Mann gestern Abend einen über den Durst getrunken hat, auf dem Steg das Gleichgewicht verlor, ins Wasser fiel und ertrank, weil er zu betrunken war, sich zu retten. Erklärst du mir also bitte, warum es nötig war, mir meinen Samstagabend zu versauen. Hätten das nicht die Jungs vom Elfer übernehmen können?«

Die Kommissariate eins und elf der BKI Kiel teilten sich die Todesermittlungen, wobei das erste für Mord zuständig war, das elfte für alle anderen Fälle. Allerdings galt die Regel, dass die Mordkommission auch schon bei einem bloßen Verdacht auf Fremdbeteiligung gerufen wurde – wie sowohl Henning als auch Wessel genau wussten.

Manfred Wessel spielte das Spiel dennoch mit. Wie Henning war er vom alten Schlag, einer, den es nicht aus der Fassung brachte, wenn er nicht mit Samthandschuhen angefasst wurde. »Tja, vielleicht sind die Elfer nicht so knickerig wie du, wenn man sie abends in der Kneipe trifft. Oder es gibt hier ein paar Fragen, die nur ein echtes Moko-Gehirn beantworten kann. Willst du die Details?«

»Wenn's sich nicht vermeiden lässt.«

Wessel holte sein Notizbuch aus der Tasche seines Anoraks, leckte seinen Daumen an und blätterte. »Wir wurden um sechzehn Uhr fünfundzwanzig informiert. Der Notruf ging kurz vorher bei der Einsatzzentrale ein. Der Anrufer war ein Florian Jansen, ihm und seiner Frau Priska gehört das Haus. Die beiden haben übers Wochenende Besuch von einem Moritz Klose und einer Anna Brühl. Moritz Klose ist der Bruder von Priska Jansen, Anna Brühl ist seine Freundin, und sie hat die Leiche entdeckt. Etwa dort.« Wessel deutete mit dem Zeigefinger zum Ende des Stegs, auf die vom Ufer aus gesehen rechte Seite. »Frau Brühl war zu dem Zeitpunkt allein im Garten beziehungsweise auf dem Bootssteg. Beim Anblick der Leiche begann sie zu schreien, woraufhin Herr Klose und Herr und Frau Jansen, die die Schreie im Haus hörten, zu ihr eilten. Und daraufhin ...«

Wessel machte eine Kunstpause, und Henning tat ihm den Gefallen nachzufragen.

»Daraufhin?«

Ein breites Grinsen erhellte Wessels Vollmondgesicht. »Moritz Klose sprang ins Wasser, um die Leiche zu bergen.«

»Scheiße«, entfuhr es Henning. »Was hat der Idiot sich dabei gedacht?«

»Dazu solltest du ihn selbst noch einmal befragen. Seine Antwort war reichlich wirr. Aus den Aussagen der anderen schließe ich, dass er unter Schock stand, da er den Toten erkannte: Es handelt sich um seinen und Priska Jansens Vater, Volker Fischer, zweiundsechzig. Volker Fischer lebt eigentlich in Stuttgart, war aber in den letzten Tagen mit seiner Freundin, einer Stefanie Buchholz, in Kiel.« Wessel klappte sein Notizbuch zu. »Und jetzt kommt der Punkt, der die Sache spannend macht. Sowohl Priska Jansen als auch Moritz Klose haben ausgesagt, dass sie nicht wussten, dass ihr Vater im hohen Norden ist und einen Besuch bei den Jansens plante. Angeblich dachten beide, er sei zu Hause in Stuttgart, und angeblich erfuhr Moritz Klose erst wenige Minuten vor dem Leichenfund durch einen Anruf von Frau Buchholz, dass Volker Fischer ebenfalls im Norden ist und vermisst wird.«

Silja Brandt bemühte sich so sehr, nichts zu sagen, dass vom Zähne aufeinanderbeißen schon ihre Kiefermuskeln schmerzten. Doch sie fürchtete, dass – sobald sie ihren Mund auch nur zum Atmen öffnete – die Worte einfach so aus ihr herauspurzeln würden. Das passierte ihr immer, wenn sie nervös oder voller positiver Erwartung war. Ihr Gehirn produzierte dann Wortschwälle, neben denen sich die Niagarafälle wie ein tropfender Wasserhahn ausnahmen. So war es früher vor jeder Geburtstagsparty gewesen, so geschah es vor jedem Judokampf, und so erging es ihr seit dem Moment, in dem KHK Niebel sie zu ihrem ersten Einsatz bei der Mordkommission gerufen hatte. Auf der Fahrt hierher hatte Silja den ranghöheren Kollegen so zugeplappert, dass er ihr einen genervten Anschiss verpasst hatte. Nicht der erste, den sie von ihm in den vergangenen zwei Wochen erhalten hatte, aber der erste aus einem gerechtfertigten Anlass.

Dabei wollte Silja bei ihrem ersten Fall in Kiel unbedingt einen guten Eindruck machen. Nach drei Jahren an der Verwaltungsfachhochschule, nach Stationen beim Kommissariat für Raubdelikte und beim Kriminaldauerdienst in Flensburg war sie endlich dort, wo sie von Anfang an hatte sein wollen. Seit ihrem Dienstantritt bei der Mordkommission wähnte sie sich sozusagen im gelobten Land, woran nicht einmal die chronisch schlechte Laune ihres neuen Seniorpartners etwas änderte, und sie wollte ihre neue Position nicht durch einen deplatzierten Wortschwall gefährden. Also hatte sie schweigend den Ausführungen von Dr. Jankowski gelauscht, obwohl sie dem Rechtsmediziner am liebsten Löcher in den Bauch gefragt hätte. Dann hatte sie stumm den Bericht von KHK Wessel angehört, und jetzt sah sie still zu, wie dieser KHK Niebel drei durchsichtige Beweismittelbeutel aushändigte, die einen Autoschlüssel, ein Smartphone und ein durchweichtes Lederportemonnaie enthielten.

»Das haben wir in den Hosentaschen des Toten gefunden. Das Handy scheint hinüber zu sein, das Portemonnaie enthält Ausweis, Führerschein, diverse Kreditkarten und Bargeld, den Schlüssel konnten wir einem weißen VW Passat zuordnen, der auf dem unbebauten Grundstück gegenüber des Hauses parkt. Er ist auf eine Hamburger Autovermietung zugelassen.«

»Weißt du, wer ihn gemietet hat?«

»Noch nicht, ein bisschen Arbeit wollte ich auch dir und den Jungs vom Sechser überlassen. Da sind sie ja.«

Silja blickte in dieselbe Richtung wie Wessel. Durch den Durchgang zwischen Carport und Zaun kamen einige Personen. Als sie in den Lichtkegel der Scheinwerfer traten, erkannte Silja an den weißen Papieranzügen und den silbernen Koffern, dass es sich um Kollegen von der Kriminaltechnik handelte.

»Gut«, sagte Niebel, »dann können sie loslegen, während ich mit den Angehörigen spreche. Sonst noch was?«

Wessel grinste. »Viel Spaß! Und sag deinem Mädchen, es soll seinen Mund aufmachen, sonst kriegt es Gebissstarre.« Er zwinkerte Silja zu, bevor er sich an seine Kollegen vom Kriminaldauerdienst wandte. »Okay, Jungs, einpacken!«

2

Priska

Als die Polizisten zur Spurensicherung in den Garten kommen, sitzen Moritz und Anna, Flo und ich im Wohnzimmer und warten. Zumindest vermute ich, dass die Männer und Frauen in den weißen Schutzanzügen Spurensicherer sind, und ich frage mich nervös, was ihr Erscheinen zu bedeuten hat.

Ich habe nie den »Tatort« geguckt, auch keine Krimiserien auf Netflix und schon gar keine True-Crime-Dokus, weil ich nicht wüsste, wieso ich freiwillig in die finsteren Abgründe fremder Leben blicken sollte. Doch jetzt wünschte ich, ich hätte mehr Ahnung von diesem Genre, denn dann könnte ich besser beurteilen, ob der Aufwand, den die Polizisten in unserem Garten betreiben, normal ist. Ist es üblich, bei einer Wasserleiche die Spurensicherung einzuschalten? Ist es üblich, Dutzende von Polizisten durch einen Garten zu jagen, in dem ein Unfallopfer geborgen wurde?

Seit Annas Schrei sind vier Stunden vergangen, in denen bestimmt zwanzig Personen auf unser Grundstück eingedrungen sind. Erst die zwei uniformierten Beamten aus dem ersten Streifenwagen, denen wir Volkers Leichnam gezeigt haben. Dann ein fetter Hauptkommissar mit zwei Kollegen, der sagte, er sei vom Kriminaldauerdienst – was auch immer das ist –, und der uns Fragen gestellt hat. Dann einige Männer und Frauen vom THW, die in der einsetzenden Dämmerung Scheinwerfer aufgebaut haben. Weitere uniformierte Polizisten und Polizistinnen und Personen in Zivil, darunter ein Mann mit einer Arzttasche, ein großer hagerer Mann, der in seinem weiten Parka aussieht wie eine Vogelscheuche, und eine kleine stämmige Frau. Schließlich zwei Männer in schwarzen Anzügen, die Volkers Leichnam wegbrachten, und nun die Polizisten in den weißen Schutzanzügen.

Ich weiß das alles, weil ich es durch unsere Panoramafenster im Scheinwerferlicht klar erkennen kann. Es ist ein bisschen wie im Kino oder wie im Theater. Nur, dass Moritz und Anna, Flo und ich keine normalen Zuschauer sind. Wir sind Beteiligte, die eine Rolle zu spielen haben. Und ich muss eine besondere Rolle spielen.

Ich glaube, bis jetzt ist mir das überzeugend gelungen. Als Moritz mit Flos Hilfe Volkers Leiche aus dem Wasser gezogen hat, habe ich Entsetzen und Schock und Überraschung geheuchelt. Dasselbe habe ich bei der Befragung durch den fetten Hauptkommissar getan, und ich glaube, dass er mir das abgenommen hat. Doch je länger wir hier sitzen, desto nervöser werde ich, zumal die kurze Befragung nur ein Warm-up gewesen zu sein scheint. Der Hauptkommissar hat angekündigt, dass uns ein Kollege vom Kriminalkommissariat eins detaillierter befragen wird. Unter dem Vorwand, auf die Toilette zu müssen, habe ich gegoogelt und festgestellt, dass das Kriminalkommissariat eins die Mordkommission der Kripo Kiel ist. Heißt das, die Polizisten da draußen bezweifeln, dass Volkers Tod ein Unfall war? Oder ist das alles Teil der üblichen Routine?

Als es schließlich klingelt, fahre ich nervös zusammen und will mich vom Sofa hochdrücken, doch Flo kommt mir zuvor.

»Ich mache das schon.« Er streicht mir kurz über die Wange, bevor er das Wohnzimmer verlässt.

Mein Blick fällt auf Anna und Moritz, die auf dem anderen Sofa sitzen. Anna hat beim Klingeln ebenfalls aufgeschaut, doch Moritz scheint es nicht bemerkt zu haben. Er scheint gar nichts zu bemerken, auch nicht, dass Anna permanent seinen Arm streichelt. Ich glaube, er steht immer noch unter Schock. Er sitzt zusammengesunken auf dem Sofa und starrt vor sich hin, er wirkt so unglücklich und verstört, dass es mir einen Stich versetzt, und ich wende schnell meinen Blick ab. Es tut mir leid, kleiner Bruder, es tut mir unendlich leid für dich, aber glaube mir: Ich hatte keine Wahl. Und jetzt brauche ich meine Kraft für mich. Jetzt gilt's.

3

Bevor KHK Niebel bei den Jansens klingelte, drehte er sich noch einmal zu Silja um. »Dass das klar ist: Sie geben da drin keinen Muckser von sich, verstanden? Ich rede, Sie hören zu und lernen.«

Er wartete Siljas Antwort nicht ab, sondern presste seinen Daumen auf die Klingel, und kurz darauf wurde die Tür von einem großen, gut aussehenden Mann Anfang dreißig geöffnet. Als Niebel sich und Silja vorstellte, nickte der Mann.

»Florian Jansen. Kommen Sie herein.«

Er ging voraus durch eine Tür zur Linken, und Niebel stapfte hinterher, während Silja sich schnell die Schuhe auf dem Schuhabstreifer abwischte, bevor sie den Parkettboden betrat.

Der Raum, in den Florian Jansen sie führte, war ein großes Wohnzimmer, das in eine offene Küche überging. Drei Personen saßen auf zwei Sofas, die über Eck zueinander vor einem Panoramafenster standen, durch das Silja sehen konnte, wie die Kriminaltechniker im Scheinwerferlicht ihre Ausrüstung auspackten.

Florian Jansen nahm zwei Stühle vom Esstisch und trug sie zu den Sofas, bevor er sich neben eine Frau setzte, die genauso blond war wie er, und einen Arm um sie legte. Das musste Priska Jansen sein. Silja musterte sie interessiert. Wie ihr Mann war Priska Jansen groß und attraktiv auf eine lässige California-Surfer-Girl-Weise. Sie wirkte zwar etwas erschüttert, aber gefasst – im Gegensatz zu ihrem Bruder, der mit seiner Freundin auf dem zweiten Sofa saß. In seinem karierten Flanellhemd erinnerte Moritz Klose Silja an einen großen Teddy, der auch mit dreißig noch sein Babyfett mit sich herumtrug. Seine verwaschenen Gesichtszüge strahlten unter normalen Umständen vermutlich Gutmütigkeit aus, doch jetzt war seine Miene völlig verstört. Neben ihm und seine Hand haltend saß seine Freundin. Anna Brühl wirkte einige Jahre jünger als die anderen. Sie war noch kleiner als Silja und so zierlich, dass sie fast in einem grauen Strickpulli mit Rollkragen versank, der zudem eine Nummer zu groß für sie war.

Während der folgenden Viertelstunde machte Silja sich schweigend in ihrem Tablet Notizen, während Niebel den Kindern des Toten kondolierte und sich noch einmal von Anna Brühl schildern ließ, wie sie die Leiche entdeckt hatte. Die junge Frau tat das mit leiser, etwas piepsiger Stimme. Während sie sprach, schlang sie die Arme um ihren Körper.

»Und dann fing ich an zu schreien«, schloss sie. »Ich konnte gar nicht aufhören, bis Moritz und die anderen kamen.«

»Und was geschah als Nächstes?«, fragte Niebel.

»Na ja ...«

Anna Brühl zögerte und griff wieder nach der Hand ihres Freundes. Sie öffnete ihren Mund, schloss ihn jedoch wieder, woraufhin ein betretenes Schweigen entstand, das Moritz Klose schließlich brach. Er hatte bisher auf seine Füße gestarrt, jetzt hob er den Blick zu Niebel. Er trug eine Nerdbrille und blinzelte durch ziemlich schmutzige Gläser.

»Ich bin ins Wasser gesprungen, um Volker ... um meinen Vater herauszuholen.« Er wischte mit einer zitternden Hand über die weichen, unregelmäßigen Bartstoppeln an seinem Kinn. »Ich weiß mittlerweile, dass ich das nicht hätte tun sollen, aber in dem Moment ...« Seine Stimme verlor sich in einem Zittern.

»Wussten Sie in dem Moment schon, dass es sich bei dem Toten um Ihren Vater handelt?«, hakte Niebel nach.

Moritz Klose nickte erst, schüttelte dann den Kopf, hob schließlich die Hände und ließ sie schlaff auf seine Oberschenkel zurückfallen. »Ich weiß es nicht. Er lag bäuchlings auf dem Seegrund, und das Wasser verzerrte alles ein wenig. Aber nachdem Stefanie mir gerade mitgeteilt hatte, dass Volker hier oben im Norden ist und dass sie ihn vermisst ...« Er brach ab und atmete schwer.

»Über diesen Punkt möchte ich gerne ausführlich mit Ihnen sprechen.« Niebel beugte seine hagere Gestalt vor, und Silja spiegelte die Bewegung. »Sie haben gegenüber meinem Kollegen ausgesagt, dass Sie nicht wussten, dass Ihr Vater zurzeit mit seiner Freundin in Kiel ist. Sie dachten, er sei zu Hause in Stuttgart. Korrekt?«

Moritz Klose nickte.

»Ihnen erging es ebenso?« Niebel sah Priska Jansen an.

»Ja.« Priska Jansen nickte ebenfalls. »Und ich kann es immer noch nicht fassen, dass er wirklich hier war und dass ...« Sie brach ab und machte eine hilflose Geste Richtung Panoramafenster. Ihr Mann zog sie näher an sich, und sie legte ihren Kopf an seine Schulter.

Niebel wandte sich wieder an ihren Bruder. »Dann erzählen Sie mir bitte von dem Anruf. Die Freundin Ihres Vaters heißt Stefanie Buchholz, korrekt? Wann meldete sie sich denn bei Ihnen? Vielleicht können Sie die genaue Uhrzeit in Ihrer Anrufliste nachsehen?«

Moritz Klose zog umständlich sein Handy aus der Gesäßtasche seiner Baggy Jeans. »Neun Minuten vor vier.«

»Und was hat Frau Buchholz gesagt?«

Moritz Klose rieb mit dem Handrücken über seine Stirn. »Dass sie sich Sorgen um meinen Vater macht. Sie erzählte, dass sie seit einigen Tagen beruflich in Kiel ist und dass Volker sie begleitet hat. Die beiden sind am Mittwoch von Stuttgart nach Hamburg geflogen und haben sich am Flughafen für den Rest der Strecke einen Mietwagen genommen. Weil Stefanie gestern Nachmittag

Termine hatte, wollte Volker mit dem Wagen zu einem Bekannten fahren. Er meinte, es könne abends spät werden, deswegen war Stefanie wohl zunächst nicht beunruhigt, doch als Volker heute Morgen immer noch nicht zurück im Hotel war, hat sie angefangen herumzutelefonieren. Sie hat auch versucht, mich zu erreichen, aber wir waren wandern, und unterwegs war der Empfang schlecht.« Er riss die Augen weit auf. »Bedeutet das etwa, dass mein Vater schon seit gestern da draußen lag?«

»Wir gehen davon aus.«

»O Gott!« Moritz Klose wurde noch blasser, auch die anderen wirkten verstört.

Niebel räusperte sich. »Frau Brühl sagte, sie hätte den Leichnam heute gegen kurz nach vier entdeckt. Ist vorher einem von Ihnen etwas in der Nähe des Stegs aufgefallen? Wann waren Sie denn zuletzt dort?«

Er blickte in die Runde. Als er Anna Brühl ansah, erwiderte diese: »Moritz und ich waren heute Nachmittag zum ersten Mal im Garten. Gestern sind wir nicht raus, weil alles nass war.«

»Ich war gestern auch nicht im Garten«, erklärte Priska Jansen. »Das letzte Mal war ich am Donnerstagabend auf der Terrasse. Und du?« Sie blickte ihren Mann an.

Florian Jansen überlegte. »Letztes Wochenende. Aber mir fällt da etwas ein, das vielleicht hilfreich ist.« Er wandte sich an seinen Schwager. »Hat Stefanie gesagt, mit was für einem Mietwagen Volker unterwegs ist? Als ich gestern Abend nach Hause gekommen bin, ist mir auf dem Grundstück gegenüber ein weißer Passat mit Hamburger Kennzeichen aufgefallen. Er parkt immer noch da.«

»Den habe ich auch gesehen«, warf Anna Brühl ein. »Ich habe mich neben ihn gestellt, als wir kamen.«

»Wann war das?«, fragte Niebel.

»Um fünf vor halb fünf.«

Florian Jansen sah Niebel an. »Glauben Sie, das ist der Wagen, mit dem der Vater meiner Frau gekommen ist?«

Niebel nickte. »Wir wissen es sogar. Wir haben den Schlüssel in seiner Hosentasche gefunden.« Er wandte sich an Moritz Klose. »Hat Frau Buchholz Ihnen gesagt, wann Ihr Vater aus Kiel losgefahren ist?«

Moritz Klose überlegte. »Gegen drei. Volker hat Stefanie erst zu ihrem Termin gebracht, bevor er weitergefahren ist, und der war um drei. Aber er kann dann nicht direkt hierhergefahren sein. Er hat Stefanie doch gesagt, dass er zu einem Bekannten will.«

»Wissen Sie zufällig, wo dieser Bekannte wohnt?«

»Nein, Stefanie kannte nicht einmal seinen Namen.«

Niebel wiegte nachdenklich seinen Kopf. »Nun, wir werden Frau Buchholz noch einmal dazu befragen, aber eigentlich kann der Besuch bei diesem Bekannten nicht allzu lange gedauert haben, denn die Fahrt von Kiel hierher dauert mindestens dreißig Minuten, in der Regel länger. In jedem Fall können wir wohl davon ausgehen, dass Ihr Vater gestern zwischen halb vier und fünf vor halb fünf, als Sie den Wagen bemerkten, hier eingetroffen ist.« Er wandte sich an die Jansens. »Waren Sie gestern Nachmittag zu Hause?«

Priska Jansen schüttelte den Kopf. »Nicht zwischen halb vier und halb fünf. Mein Mann war auf einer Baustelle in Plön, und ich bin im Forst gejoggt. Eigentlich laufe ich morgens, doch gestern hat es geschüttet, deshalb habe ich es nach der Arbeit getan.«

»Sie arbeiten halbtags?«

Priska Jansen runzelte ihre Stirn. »Vollzeit. Ich bin Senior Consultant bei der Schwaben Consulting Group. Ich habe gestern Nachmittag Überstunden abgebaut. Ich habe schon um halb zwei Schluss gemacht und bin auf dem Heimweg beim Supermarkt vorbeigefahren. Ich war gegen drei Uhr hier und bin gegen Viertel nach losgelaufen.«

»Allein?«

»Ja.«

»Haben Sie unterwegs jemanden getroffen?«

Priska Jansen überlegte. »Nur Frau Rövekamp von gegenüber. Sie war in ihrem Vorgarten, als ich losgelaufen bin.«

»Und wann sind Sie zurückgekommen?«

»Nach Moritz und Anna.« Priska Jansen errötete. »Ich wusste nicht genau, wann die beiden eintreffen würden. Moritz kommt immer später als angekündigt, aber als ich nach Hause kam, standen die beiden schon vor der Tür.« Sie blickte zu ihrem Bruder hin. »Aber ich verstehe das nicht. Wieso hat Volker nicht angerufen, bevor er vorbeigekommen ist? Spontane Besuche sind ...«, sie schluckte, »... waren nicht sein Ding.«

»Wann haben Sie denn zuletzt mit Ihrem Vater gesprochen?«

Priska Jansen antwortete nicht sofort. Sie sah an Niebel vorbei durchs Fenster Richtung Bootssteg, wo im Licht der Scheinwerfer ein Kriminaltechniker im weißen Papieranzug die Holzplanken untersuchte. »Das ist schon eine Weile her«, sagte sie schließlich. »Wir hatten ein eher distanziertes Verhältnis.«

»Gab es dafür einen besonderen Grund?«

Priska Jansen zuckte leicht mit den Achseln. »Meine Eltern haben sich scheiden lassen, als ich dreizehn war. Es war keine sehr friedliche Trennung. Danach hatte ich einige Jahre gar keinen Kontakt zu meinem Vater. Wir haben uns dann zwar wieder etwas angenähert, allerdings ist nie wieder ein enges Verhältnis entstanden. Die Vertrauensbasis war einfach weg.«

Niebel ließ es dabei bewenden. »Und wann haben Sie zuletzt mit Ihrem Vater gesprochen, Herr Klose?«

Moritz Klose überlegte. »Vorletzte Woche. Aber er hat mir auch nicht gesagt, dass er Priska besuchen wollte. Wie gesagt, ich wusste ja nicht einmal, dass er plante, Stefanie auf ihrer Geschäftsreise zu begleiten.« Seine Finger krampften sich in den Stoff seiner Jeans. »Das alles ergibt überhaupt keinen Sinn. Warum war Volker hier? Wieso war er auf dem Steg? Wieso ist er ins Wasser gefallen? Und wie konnte er ertrinken? Er konnte schließlich schwimmen. Man kann doch nicht zehn Meter vom Ufer entfernt ertrinken.«

Es waren in Siljas Ohren berechtigte Fragen, und sie wartete gespannt auf Niebels Erwiderung.

Der Hauptkommissar räusperte sich. »Wir untersuchen die Todesumstände noch. Es ist möglich, dass Ihr Vater ertrank und dass sein Tod ein Unfall war, allerdings können wir zu diesem Zeitpunkt auch Fremdverschulden nicht ausschließen. Hatte ihr Vater Feinde?«

Niebel blickte in die Runde, erhielt jedoch nicht sofort eine Antwort. Das letzte Wort schien im Wohnzimmer nachzuhallen, und die Jansens und ihre Gäste blickten einander entsetzt an.

»Feinde?«, wiederholte Moritz Klose verstört. »Natürlich nicht. Und schon gar nicht hier oben, er kannte doch niemanden hier. Niemanden außer meiner Schwester.«

Niebel wandte sich an Priska Jansen. »Stimmt das?«

Sie nickte.

»Was ist mit Nachbarn? Hat Ihr Vater vielleicht Kontakt zu irgendeinem Nachbarn hier oben gehabt, zu jemandem, den er über Sie kennengelernt hat?«

Priska Jansen schüttelte den Kopf. »Nein, wir wohnen erst ein halbes Jahr hier. Mein Vater hat uns in der Zeit noch nie besucht. Er muss zu mir gewollt haben, aber ich habe wirklich keine Ahnung, warum er sich nicht angekündigt hat. Ich kann nur vermuten, dass er sich spontan zu dem Besuch entschlossen hat, weil der Bekannte, den er ursprünglich aufsuchen wollte, vielleicht nicht zu Hause war.«

Sie blickte beschwörend in die Runde, in der sich ein ungemütliches Schweigen ausbreitete, das erst unterbrochen wurde, als einer der Kriminaltechniker von außen an die Terrassentür klopfte.

4

Priska

Kaum sind Hauptkommissar Niebel und Kommissarin Brandt durch die Terrassentür hinausgegangen, laufe ich hoch ins Schlafzimmer. Ich schalte das Licht nicht ein, sondern husche durch den dunklen Raum ans Fenster, wo ich mich so hinstelle, dass man mich von außen nicht sehen kann, und spähe hinaus. Ich muss wissen, was der Spurensicherer, der an die Terrassentür geklopft hat, Hauptkommissar Niebel und Kommissarin Brandt zeigen möchte.

Im Licht der Scheinwerfer habe ich keine Schwierigkeiten, die drei zu beobachten. Sie betreten gerade den Bootssteg. Der Spurensicherer ist der Erste, er geht voraus bis fast zum Ende, wo er auf etwas zu seinen Füßen deutet. Hauptkommissar Niebel geht in die Hocke, und Kommissarin Brandt beugt sich vor, um das Etwas zu inspizieren.

Ich frage mich, was dieses Etwas sein mag. Unser Bootssteg ist eine einfache Holzkonstruktion, die von in den Seegrund gerammten Pfählen gestützt wird. Die meisten dieser Pfähle sind gekürzt, so dass sie nur wenige Zentimeter über die Stegplanken hinausragen. Nur zwei Pfähle auf der linken Seite sind höher, damit man daran Boote vertäuen kann. Wenn ich das von meinem Standort aus richtig sehe, betrachten die Polizisten den Bereich um den vorletzten Pfosten auf der rechten Seite, ungefähr da, wo Volker gestürzt ist. Ob sie Hinweise darauf gefunden haben? Vielleicht Blut?

Jetzt richten Hauptkommissar Niebel und Kommissarin Brandt sich wieder auf, und der Spurensicherer zeigt auf einen der ungekürzten Pfosten auf der linken Seite, auf den, über den Volker seinen Mantel gehängt hat. Die Erinnerung an den Mantel lässt mich erschauern, und ich gratuliere mir selbst, dass ich das verdammte Ding so gut versteckt habe. Allerdings frage ich mich, was an dem Pfosten so interessant ist, dass Niebel und Brandt ihn jetzt ebenfalls begutachten. Was hat der Spurensicherer dort gefunden? Schließlich kann er nicht wissen, dass Volkers Mantel dort gehangen hat, oder?

Dass ich nicht weiß, was die drei sich dort unten ansehen, macht mich nervös, und ich bin froh, als sie vom Pfosten wegtreten. Jetzt unterhalten sich Niebel und der Spurensicherer, während Brandt ihren Blick landeinwärts richtet. Als sie in meine Richtung sieht, nehme ich meinen Kopf noch ein Stück zurück, dann lässt sie ihren Blick von mir aus gesehen nach rechts zum Wäldchen schweifen, dann nach links zum Haus der Ahrens.

Bei der Erinnerung an Sven Ahrens bricht mir erneut der Schweiß aus. In den vergangenen vier Stunden sind meine Gedanken immer wieder auch um ihn gekreist, doch mir ist nichts eingefallen, was ich gegen ihn unternehmen könnte. Und jetzt ist es ohnehin zu spät. Jetzt muss ich mich darauf verlassen, dass der alte senile Mann weiterhin schweigt beziehungsweise weiterhin nicht in der Lage ist, jemandem zu erzählen, was er gestern auf dem Bootssteg beobachtet hat. Und wenn er es doch tut, kann ich nur hoffen, dass die Polizei ihm weniger Glauben schenkt als mir. Denn ich habe ein Alibi. Ich war nicht hier, als Volker gestorben ist, ich war zwischen Viertel nach drei und halb fünf im Forst. Moritz und Anna haben bereits bestätigt, dass ich erst nach ihnen vom Lauftraining zurückgekommen bin, Elsa wird sicherlich bezeugen, wann ich losgelaufen bin. Sven Ahrens' Aussage wäre der einzige Hinweis, dass ich zwischendurch zurückgekommen bin, sonst gibt es keinen Beweis.

In dem Moment zucke ich zusammen, denn mein Handy fiept plötzlich los, um zu signalisieren, dass es ans Stromnetz muss. Bei dem Stress der vergangenen Stunden habe ich das vergessen. Ich gehe zum Nachttisch, wo mein Ladekabel hängt, doch als ich das Handy anschließen will, lasse ich es vor Schreck fallen. Es gibt keinen Beweis, dass ich nicht die ganze Zeit im Wald war? Doch, den gibt es. Mein Handy ist der Beweis. Ich hatte beim Laufen meine Tracking-App eingeschaltet.

5

Am nächsten Morgen saß Silja Brandt bereits um halb acht an ihrem Schreibtisch in dem Büro in der BKI Kiel, das sie sich mit Henning Niebel teilte, und las den vorläufigen Bericht von Kriminalhauptkommissar Jan Möller. Der Chef der Kriminaltechnik war bekannt dafür, dass er am liebsten arbeitete, wenn andere schliefen. Nachdem Henning Niebel am Vorabend die weiteren Befragungen auf den Sonntag verschoben hatte, hatte Möller mit seinem Team noch stundenlang weitergemacht und den Garten der Jansens abgesucht und einen Vorabbericht seiner Erkenntnisse auf Niebels Schreibtisch gelegt, wo Silja ihn gefunden hatte.

Auch Silja hatte sich noch bis nach Mitternacht, bei einem Bier auf der Couch in ihrer neuen Wohnung, mit ihrem ersten Fall bei der Mordkommission beschäftigt, den sie einigermaßen mysteriös fand. Dabei war die Spurenlage auf dem Bootssteg nicht ungewöhnlich: KHK Möller hatte an einem der niedrigen Pfosten, die den Bootssteg stützten, Anhaftungen von Blut und Haaren gefunden. Die Haare, weiß, acht Zentimeter lang, sahen aus, als stammten sie vom Kopf des Toten, die Vermutung war also naheliegend, dass Volker Fischer auf dem Steg gestürzt war, sich am Pfosten den Kopf angeschlagen hatte und dann ins Wasser gekippt und ertrunken war. Allerdings war unklar, wie es zu dem Sturz gekommen war und wieso Volker Fischer sich danach nicht gerettet hatte. Nach Aussage seines Sohnes hatte der Mann schwimmen können, abgesehen davon hätte an der Stelle wohl auch ein Nichtschwimmer das Ufer oder den Steg erreichen können. Wieso hatte Fischer es also nicht getan? Silja wusste, dass es dafür viele mögliche Gründe gab – von Alkohol und Drogen über medizinische Probleme bis hin zum Einwirken eines oder mehrerer Dritter –, und sie hoffte, dass die Obduktion zumindest einen Teil der Fragen klären würde.

Was Silja am Fall Volker Fischer ungewöhnlicher fand als die Umstände seines Todes, waren die Umstände seines Besuchs im Norden und die Tatsache, dass der Mann angeblich weder seinem Sohn noch seiner Tochter davon erzählt hatte. Dass er anscheinend auch seiner Freundin verschwiegen hatte, dass er am Freitagnachmittag zu seiner Tochter fahren wollte. Wozu diese Geheimniskrämerei? Was hatte der Mann vorgehabt? Oder hatten seine Kinder gelogen? Vielleicht auch bei den Angaben zu ihren Aufenthaltsorten am Freitagnachmittag? War Priska Jansen wirklich zwischen Viertel nach drei und halb fünf gejoggt, obwohl sie Besuch erwartete? War Moritz Jansen wirklich erst um fünf vor halb fünf mit seiner Freundin eingetroffen? Und was hatten die drei danach getan? Silja hatte in ihrem Kopf eine lange Liste von Fragen erstellt, die sie hoffte, heute in Angriff nehmen zu können. Doch zunächst konzentrierte sie sich auf Möllers Bericht.

Das dauerte geraume Zeit, denn der Bericht war umfangreich. Er bestand aus drei Listen. Die erste enthielt alle Spuren, die der Kriminaltechniker auf dem Bootssteg sichergestellt hatte und die Silja schon kannte. Neben den Blut- und Haaranhaftungen waren das vor allem Faserspuren an einem der längeren Pfosten. Die zweite Liste umfasste alle Gegenstände, die im Garten gefunden worden waren. Diese Liste war mit Abstand die längste, daher startete Silja mit der dritten, welche die Ergebnisse der kriminaltechnischen Untersuchung des VW Passat zusammenfasste.

Da waren zunächst einmal die Fingerabdrücke von fünf Personen, was Silja bei einem Mietwagen, der regelmäßig gereinigt wurde, plausibel erschien, auch wenn sie versuchen würden, die Abdrücke zuzuordnen. Dann gab es einige Gegenstände, die sichergestellt worden waren und die vermutlich Volker Fischer oder seiner Freundin gehörten: ein Herren-Kaschmir-Schal, eine Packung Tempotücher, eine angefangene Packung Fisherman's Friend, ein Zerstäuber aus der Apotheke mit der Aufschrift Nitrolingual Nitrospray, außerdem einige Haare von mindestens zwei Personen: drei weiße von zwischen acht und neun Zentimetern Länge und ein blondes von über zwanzig Zentimetern Länge. In Siljas Augen das Interessanteste waren die Daten, die ein Kriminaltechniker aus dem Navigationsgerät des Passats ausgelesen hatte. Die letzte eingegebene Adresse war das Haus der Jansens am Plöner See. Die vorletzte war die eines Ärztehauses in Kiel, die drittletzte war das Hotel an der Förde, in dem Volker Fischer und Stefanie Buchholz abgestiegen waren. Davor gab es noch ein Café im Kieler Umland, ein Restaurant in Kiel und noch einmal das Hotel.

Silja notierte die Adressen in ihrem Diensttablet, bevor sie sich als Letztes die Liste der Gegenstände vornahm, die im Garten gefunden worden waren. Die Liste war lang, aber unergiebig, im Wesentlichen war es eine Aufzählung von Dingen, die man in jedem Privatgarten fand. Das einzige auffällige Detail war eine Dose mit Zigarettenstummeln, die neben der Hauswand auf der Terrasse gestanden hatte. Sie deutete darauf hin, dass einer der Hausbewohner oder ihrer Gäste zumindest gelegentlich rauchte. Allerdings hatte es gestern Abend niemand getan. Silja fand das erstaunlich, da Raucher typischerweise in Stresssituationen nach Nikotin gierten. Doch darüber hinaus fiel ihr an Jan Möllers Bericht nichts auf. Erst als sie aufstand, um ihn auf Niebels Schreibtisch zurückzulegen, und dabei zufällig in Richtung ihrer Bürotür blickte, wo sie ihre Softshelljacke aufgehängt hatte, kam ihr eine Idee. Sie setzte sich wieder und scannte die Listen ein zweites Mal.

Als Henning Niebel an diesem Sonntagmorgen aufstand, hatte er vergleichsweise gute Laune. Nachdem Jan Möller ihm am Vorabend die Spuren auf dem Bootssteg gezeigt hatte, hatte er die weiteren Befragungen auf den nächsten Tag verschoben und es auf diese Weise noch zu seinem Stammtisch geschafft. Zwar hatte er die ersten Runden Bier verpasst, doch er war ohnehin kein großer Trinker. Er ging nicht wegen des Alkohols samstags in die Kneipe, sondern wegen der Gespräche. Manchmal hatte er den Eindruck, die lockere Runde größtenteils pensionierter Beamter war der einzige Ort, an dem er noch sagen durfte, was er dachte. Im Präsidium herrschte mittlerweile ein solcher Zwang zur politischen Korrektheit, dass ihm schon harmlose Witze schiefe Blicke eintrugen. Es hatte gutgetan, einen Abend lang so richtig vom Leder zu ziehen.

Allerdings ließ Hennings gute Laune auf dem Weg zur BKI nach. Er hasste es, sonntags zu arbeiten. Nicht weil er Pläne gehabt hatte – er war geschieden und kinderlos –, sondern aus Prinzip. Außerdem lag ihm der Fall im Magen, den Manni Wessel ihm in den Schoß geworfen hatte. Zwar deuteten die Spuren, die Jan Möller auf dem Bootssteg entdeckt hatte, auf ein Sturz- und damit in Hennings Augen auf ein Unfallgeschehen, allerdings musste er zugeben, dass die Gesamtumstände des Falles, insbesondere Volker Fischers angeblich unangekündigter Besuch bei seiner Tochter, ziemlich eigenartig waren. Er hoffte, dass Fischers Freundin das aufklären würde. Er hatte Kommissarin Brandt für halb neun ins Büro bestellt, dann konnten sie gemeinsam dorthin fahren. Bis dahin wollte er seine Ruhe haben.

Doch als Henning um zehn nach acht sein Büro betrat, musste er feststellen, dass ihm das nicht vergönnt sein würde. Seine junge Kollegin saß bereits an ihrem Schreibtisch und hämmerte auf ihre Tastatur ein.

»Was tun Sie denn hier?«, brummte Henning. »Ich hatte doch halb neun gesagt. Wollen Sie Überstunden anhäufen, oder was?«

Silja Brandt hörte auf zu tippen. »Guten Morgen, Herr Niebel. Nein, keine Überstunden, ich stehe gern früh auf.«

Henning hängte seinen Parka an den Haken hinter der Tür. »Kein Grund, verfrüht hier aufzutauchen. Haben Sie die Zeit wenigstens genutzt?«

»Ich habe die elektronische Fallakte angelegt, wie Sie gestern gewünscht haben. Außerdem habe ich den Vorabbericht von Kriminalhauptkommissar Möller gelesen. Er liegt auf Ihrem Schreibtisch. Mir ist da etwas aufgefallen ...«

Henning hob eine Hand, um den unerwünschten Redefluss an der Quelle zu stoppen. »Ich kann selbst lesen, Brandt. Aber wo Sie schon hier sind: Organisieren Sie doch mal einen Dienstwagen. Wir fahren gleich zu Volker Fischers Freundin. Außerdem hätte ich gern einen Kaffee.«

Während die kleine Brandt das Büro verließ, um die Aufträge auszuführen, machte Henning es sich hinter seinem Schreibtisch bequem. Er lehnte sich auf seinem Stuhl zurück und gönnte sich eine Minute, in der er den Eifer seiner jungen Kollegin verfluchte, dann nahm er sich Möllers Bericht vor. Wenn Kommissarin Brandt glaubte, sie könne Lorbeeren einheimsen, indem sie früher loslegte als er, hatte sie sich geschnitten. Was sie bemerkt hatte, würde er dreimal bemerken.

Entsprechend dieser Überzeugung überflog Henning den Bericht, ohne dass ihm jedoch etwas Erwähnenswertes auffiel. Also las er ihn ein zweites Mal, gründlicher, wieder nichts. Das einzige interessante Detail war seiner Ansicht nach das Nitrospray, das einer von Möllers Kollegen im Fußraum des Passats gefunden hatte. Henning wusste, dass dieses Spray bei Angina-pectoris-Attacken eingesetzt wurde. Seine Schwester litt daran, als Folge von Ablagerungen in ihren Herzkranzgefäßen. Wollte Brandt darauf hinaus, dass Volker Fischer oder seine Freundin ein Herzleiden hatte?

Henning nahm einen Schluck von dem Kaffee, den Brandt

mittlerweile auf seinen Schreibtisch gestellt hatte, und überflog den Bericht ein weiteres Mal, bevor er aufgab.

»Na, dann lassen Sie mal hören!«, bellte er.

Brandt hatte sich wieder an ihren Computer gesetzt, doch jetzt rollte sie ihren Stuhl zur Seite, um Henning ansehen zu können. »Mir ist aufgefallen, dass etwas fehlt. Volker Fischer trug keine Jacke, als er gefunden wurde, nur Hose, Hemd und Pullover. Im Wasser lag auch keine Jacke, und die Kriminaltechniker haben weder auf dem Grundstück noch im Passat eine gefunden.«

»Na und? Dann ist Fischer halt ohne Jacke losgefahren. Soll vorkommen.«

»Aber die Höchsttemperatur lag gestern bei dreizehn Grad. Es war nachmittags zwar sonnig, allerdings recht windig. Ein Wetter, bei dem man eine Jacke vielleicht zwischendurch auszieht, aber zunächst doch mitnimmt. Einen Schal hatte Fischer ja auch dabei, er lag im Auto.«

Henning wusste sofort, dass die kleine Kommissarin recht hatte, und als ihm die Implikationen klar wurden, fiel seine Laune auf weit unter dreizehn Grad. Er leerte seine Kaffeetasse. »Wenn Sie das bemerkenswert finden, dann müssen Sie noch viel lernen, Brandt. Ich hatte ohnehin vor, Fischers Freundin zu fragen, wie er bekleidet war, als er das Hotel verließ. Das ist Routine und einer der Gründe, warum wir zu ihr fahren. Haben Sie mittlerweile den Wagen organisiert?«

6

Silja hielt sich im Allgemeinen für nicht allzu empfindlich, doch während sie den Dienstwagen quer durch die Stadt zu dem Hotel an der Förde steuerte, in dem Volker Fischer und Stefanie Buchholz abgestiegen waren, musste sie sich bemühen, sich ihre Gekränktheit nicht anmerken zu lassen. Sie fand, dass sie für ihre Entdeckung ein Lob verdient hätte statt eines Anschisses, und sie bezweifelte, dass Henning Niebel wirklich vorgehabt hatte, Fischers Freundin zu dessen Bekleidung zu befragen. Zumindest bezweifelte sie, dass ihm das Fehlen der Jacke aufgefallen war. Doch Silja war nicht so dumm, den Gedanken auszusprechen, und ihr Ärger verflog, als sie ihr Ziel erreichten und auf ihr Klopfen hin Stefanie Buchholz die Tür zu ihrer Hotelsuite öffnete.

Die Frau bot einen verstörenden Anblick – zumindest teilweise. Vom Hals abwärts sah Stefanie Buchholz aus, als sei sie frisch einem Modemagazin entsprungen. Sie trug einen schmal geschnittenen, hellgrauen Businessanzug, eine weiße Bluse und dazu leuchtend rote High Heels. Doch vom Hals aufwärts bot sie ein anderes Bild. Vermutlich hatte Stefanie Buchholz ihr Gesicht morgens so sorgfältig geschminkt und ihr Haar so sorgfältig gestylt wie ihren restlichen Look, doch Make-up und Haarspray hatten der Trauer nicht standgehalten. Augen und Nase der Frau waren gerötet, ihre Lider geschwollen vom vielen Weinen. Ihr Make-up war verschmiert, es klebte mehr Mascara an ihren Wangen als an ihren Wimpern, und um ihre Augen herum schimmerte blauer und goldener Lidschatten wie ein Veilchen.

»Ja, bitte?«

Sie blinzelte durch Tränen und Wimperntusche hindurch ihre Besucher an, die ihrerseits schwiegen. Selbst Niebel schien sprachlos. Er räusperte sich ausgiebig, bevor er sich vorstellte und den Grund für den Besuch erklärte.

»Kriminalpolizei?«, wiederholte Frau Buchholz mit verschnupfter Stimme, als sei ihr das Wort völlig fremd. Dann nickte sie. »Ja, natürlich, kommen Sie herein. Moritz hat schon gesagt, dass Sie vielleicht mit mir sprechen wollen.«

Sie öffnete die Tür weit und machte einige Schritte zurück, blieb jedoch stehen, als ihr Blick auf das zerwühlte Bett fiel. »O Gott, wie sieht das denn aus? Dabei war das Zimmermädchen schon hier, aber dann habe ich mich wieder hingelegt und ...« Sie brach ab und begann – Niebels Protest ignorierend –, das Bett zu machen, bis sie plötzlich einen kleinen Schrei ausstieß. »O Gott, ich habe das Kissen ruiniert.« Mit zitternden Fingern griff sie zu einem Kopfkissen, dessen weißen Bezug schwarze Mascarastreifen zierten, und hielt es den Kriminalbeamten hin. »Was mache ich bloß?«

Es war nicht klar, ob sich die Frage auf das Kissen oder auf ihre Situation bezog. Silja warf Niebel einen fragenden Blick zu, den der Hauptkommissar mit einer ungeduldigen Handbewegung beantwortete, also nahm sie Stefanie Buchholz das Kissen aus der Hand und legte es aufs Bett.

»Keine Sorge, die Flecken gehen bestimmt raus. Was halten Sie davon, wenn wir uns da drüben setzen?« Silja nickte zur Sitzecke der großzügigen Suite. Stefanie Buchholz wurde offenbar von ihrem Arbeitgeber geschätzt.

Die Frau blieb jedoch, wo sie war. Unschlüssig starrte sie auf das Kissen. »Meinen Sie wirklich?«

»Ganz bestimmt«, versicherte Silja.

Zögernd setzte Stefanie Buchholz sich in Bewegung, doch als ihr Blick in den Spiegel fiel, der über einer Kommode an der Wand hing, stieß sie erneut einen spitzen Schrei aus. »O Gott, ich sehe furchtbar aus. So kann ich nicht mit Ihnen reden.«

Unter dem Spiegel stand eine Box mit Kleenex. Stefanie Buchholz fischte eins hervor und begann, ihr Gesicht zu bearbeiten, wodurch sie die Schminke allerdings immer weiter verteilte. »O Gott, ich schaffe das nicht«, stöhnte sie schließlich und sah Silja im Spiegel aus weit aufgerissenen Augen an. »Ich schaffe das nicht allein!«

Dann sank sie aufs Bett und begann zu weinen.

Stefanie Buchholz weinte mehrere Minuten lang, während Silja neben ihr saß und tröstende Worte murmelte und Henning Niebel zunehmend gereizte Blicke auf seine altmodische Armbanduhr warf. Doch irgendwann beruhigte die Frau sich so weit, dass Silja sie mit ins Bad nehmen konnte, wo sie ihr half, ihr Gesicht von Make-up- und Tränenspuren zu befreien. Als Stefanie Buchholz schließlich auf dem kunstledernen Sofa im Sitzbereich saß, hatte sie sich so weit gefasst, dass sie Fragen beantworten konnte.

»Sie sind sehr freundlich«, sagte sie zu Silja, nachdem sie das Glas Wasser getrunken hatte, das Silja ihr aufgedrängt hatte. »Und ich muss mich bei Ihnen entschuldigen, dass ich mich so aufgeführt habe.« Mit einem verlegenen Blick schloss sie Niebel in die Entschuldigung mit ein. »Ich neige normalerweise nicht zu Hysterie, wirklich nicht, aber es war einfach zu viel. Der Schock. Die Hormone.« Sie legte eine Hand auf ihren flachen Bauch.

Silja fragte sich, was die Frau mit der letzten Bemerkung meinte, dann fiel der Groschen. »Sind Sie schwanger?«

»In der achten Woche.«

»Oh.« Mehr fiel Silja nicht ein. Unter anderen Umständen hätte sie gratuliert, aber dieser Fötus hatte gerade seinen Vater verloren.

Zum Glück sprach Stefanie Buchholz schon weiter, sie wandte sich an Niebel. »Sie sagten vorhin, Sie hätten einige Fragen an mich. Darf ich zuerst eine stellen? Haben Sie schon herausgefunden, was genau passiert ist? Ich weiß nur, dass Volker von einem Bootssteg ins Wasser gefallen und ertrunken ist. Moritz hat mich gestern Abend angerufen und es mir gesagt. Aber das ergibt keinen Sinn. Volker konnte schwimmen, sehr gut sogar. Und um diese Jahreszeit kann das Wasser doch nicht so kalt sein, dass er einen Schock bekommen hat, oder?«

Niebel zog einen Stuhl heran und platzierte ihn gegenüber vom Sofa. »Wir untersuchen das, Frau Buchholz, und dazu müssen wir uns ein genaues Bild davon machen, was Herr Fischer vorgestern getan hat. Fangen wir mit Ihrer Person an. Vielleicht können Sie uns kurz schildern, in welchem Verhältnis Sie zu Herrn Fischer standen?«

Während Stefanie Buchholz erzählte, hielt sie weiterhin eine Hand auf ihren Bauch gedrückt. Ihr vollständiger Name war Stefanie Magdalena Buchholz, sie war zweiundvierzig Jahre alt und lebte in einer Eigentumswohnung in Stuttgart. Sie war approbierte Apothekerin und arbeitete im Marketing eines großen Pharmakonzerns. Sie hatte Volker Fischer fünf Monate zuvor bei einem Charity-Golf-Turnier kennengelernt. Es hatte sofort gefunkt. Seitdem hatten die beiden viel Zeit miteinander verbracht.

»Dennoch war die Schwangerschaft natürlich nicht geplant.« Stefanie Buchholz stellte ihr leeres Wasserglas auf den Couchtisch. »Wir waren ja gerade erst drei Monate zusammen. Ich wusste noch nicht einmal, ob die Beziehung halten würde, ob ich das überhaupt möchte. Volker war zwar in mancher Hinsicht ein toller Mann – charmant, witzig, klug –, aber nicht unbedingt sehr zuverlässig. Allerdings hat er sich wahnsinnig über das Baby gefreut.« Sie blinzelte einige Male, doch ihre Tränen schienen fürs Erste versiegt.

»Ich würde gern über Ihre Reise hierher sprechen«, sagte Niebel. »Soweit ich weiß, sind Sie aus geschäftlichen Gründen hier, und Herr Fischer hat Sie begleitet. Sie sind am Mittwoch von

Stuttgart nach Hamburg geflogen und dann mit einem Mietwagen hierhergefahren. Ein weißer Passat mit Kennzeichen ...«, Niebel schlug sein Notizbuch auf und las es vor. Als Stefanie Buchholz nickte, bat er: »Erzählen Sie uns mehr darüber. Wie kam es, dass Herr Fischer Sie begleitete? War das schon lange geplant?«

Stefanie Buchholz strich sich mit einer Hand eine lange, blonde Haarsträhne hinters Ohr. »Er hat es kurzfristig beschlossen. Ursprünglich wollte ich von Mittwoch bis Samstag allein fliegen, aber am letzten Sonntag schlug Volker überraschend vor mitzukommen. Er meinte, wir könnten das Wochenende dranhängen und gemeinsam an den Strand fahren. Ich fand die Idee großartig, doch jetzt wünschte ich ...« Sie brach ab, ihre Lippen zitterten, doch sie riss sich zusammen.

»Und wie kam es dazu, dass Herr Fischer am Freitagnachmittag zum Haus seiner Tochter fuhr?«

Stefanie Buchholz seufzte. »Das weiß ich nicht, und ehrlich gesagt verstehe ich es auch nicht, denn Volker hat mir erzählt, dass er einen Bekannten besuchen wollte. Als er vorschlug, mich zu begleiten, sagte ich, dass er sich dann allein beschäftigen müsse, während ich meine Termine wahrnehme. Er erwiderte, das sei kein Problem, er kenne hier oben ein oder zwei Leute. Am Donnerstag hat er sich zum Beispiel mit einem alten Studienkollegen getroffen.«

»Wissen Sie, wie dieser heißt?«

»Volker hat nur den Vornamen erwähnt, Ingo, und erzählt, dass Ingo ihm von einem weiteren Bekannten erzählt habe, der in Kiel wohnt. Am Freitag beschloss Volker dann, diesen zu besuchen.« Sie kam Niebels nächster Frage zuvor. »Er sagte nicht, wie der zweite Bekannte heißt oder wo er wohnt, nur, dass er auf gut Glück bei ihm vorbeifahren wolle.«

»Wann war das?«

»Um drei. Ich hatte am Freitag zwei Termine, einen um drei, einen am Abend. Am Freitagmorgen habe ich mich hier darauf vorbereitet, dann haben Volker und ich gemeinsam im Hotel Mittag gegessen, und anschließend hat er mich zu meinem Termin gefahren. Er war bei einem Arzt im Gesundheitszentrum in der Nähe des Exerzierplatzes, wir waren drei Minuten vorher da.«

»Erinnern Sie sich, was Herr Fischer trug?«

Bei dieser Frage ihres Kollegen beugte Silja sich gespannt vor.

Stefanie Buchholz runzelte ihre hohe Stirn. »Natürlich. Eine hellgraue Hose, ein hellblaues Hemd, einen dunkelblauen Wollpullover, Schuhe und Mantel. Wieso wollen Sie das wissen? Trug Volker die Sachen nicht, als Sie ihn fanden?«

»Er hatte keinen Mantel an, es lag auch keiner im Wagen. Können Sie ihn beschreiben?«

»Wir haben ihn erst vor kurzem gemeinsam gekauft. Ein Kurzmantel von HUGO, hundert Prozent Kaschmir, Farbe: camel. Glauben Sie, dass er gestohlen wurde?«

»Darauf weist derzeit nichts hin.« Niebel schwieg einen Augenblick lang, während Silja sich in Gedanken selbst auf die Schulter klopfte. »Hatten Sie danach noch einmal Kontakt zu Herrn Fischer?«, fuhr Niebel schließlich fort.

Stefanie Buchholz blickte auf ihre sorgfältig manikürten Hände. Ihre Fingernägel waren im selben Rotton lackiert wie ihre High Heels. »Nein. Ich habe im Auto das letzte Mal mit ihm gesprochen. Er sagte, ich solle nicht auf ihn warten. Wenn der Bekannte zu Hause sei, könne es spät werden.« Sie überlegte. »Wie gesagt, ich weiß nicht, warum Volker zu seiner Tochter gefahren ist. Ich kann mir nur vorstellen, dass er sich spontan dazu entschlossen hat, weil der Bekannte nicht zu Hause war.«

Niebel widersprach. »Wir haben das Navi Ihres Passats überprüft. Die letzte eingegebene Adresse ist die von Herrn Fischers Tochter, die vorletzte ist die Adresse des Gesundheitszentrums. Wenn Herr Fischer sich also nicht gut genug in Kiel auskannte, um diesen Bekannten ohne Hilfe zu finden ...«

Er beendete den Satz nicht, das war auch nicht nötig.

»Sie meinen, er hat mich angelogen? Ja, das wird dann wohl so sein«, sagte Stefanie Buchholz leise.

»Kam das oft vor?«, fragte Niebel.

Sie lächelte traurig. »Das ist eine schwierige Frage. Ich kann höchstens beantworten, wie oft ich Volker bei einer Lüge ertappt habe. Es kam gelegentlich vor, besonders wenn es um Dinge ging, die ihm unangenehm waren. Zum Beispiel hat Volker mir verheimlicht, dass er verengte Herzkranzgefäße besaß – vermutlich weil er jahrelang geraucht hatte – und deshalb gelegentlich an Angina-pectoris-Anfällen litt. Was ich sogar verstehen kann. Volker war stolz auf seine Fitness, er wollte auf keinen Fall krank oder anfällig wirken. Deshalb spielte er auch noch Tennis, obwohl er das nicht sollte. Einmal, als wir ein Doppel gegen ein befreundetes Paar spielten, überanstrengte er sich, weil er unbedingt gewinnen wollte. Er bekam plötzlich keine Luft mehr und konnte erst wieder atmen, nachdem er sich Glyceroltrinitrat in den Mund gesprüht hatte. Ich fand den Vorfall sehr beängstigend, danach hat er mir erklärt, was los ist.« Sie presste eine Hand auf ihren Bauch. Dann sah sie Niebel an. »Aber ich habe keine Ahnung, warum er mir verheimlicht hat, dass er seine Tochter besuchen wollte.«

»Vielleicht fürchtete er, Sie könnten etwas dagegen haben«, schlug Niebel vor.

Stefanie Buchholz widersprach. »Im Gegenteil. Ich war dafür. Ich habe es auf dem Flug nach Hamburg sogar vorgeschlagen. Ich wäre auch gerne mitgekommen, um Priska kennenzulernen. Aber Volker reagierte ablehnend.«

»Wissen Sie warum?«

»Nicht genau, allerdings war das Verhältnis zwischen ihm und Priska schon immer sehr angespannt. Er durfte noch nicht einmal zu ihrer Hochzeit kommen – was Volker sehr verletzt hat. Und umgekehrt hat er natürlich auch Priska sehr verletzt, als sie klein war. Im Gegensatz zu Moritz hat sie es nie geschafft, ihm das zu verzeihen.«

»Was zu verzeihen?«, hakte Niebel nach.

»Na ja, die Sache mit Moritz und seiner Mutter.« Stefanie Buchholz sah überrascht von Niebel zu Silja. »Sie wissen nichts davon? Nun, ich möchte nicht klatschen, aber es ist auch kein Geheimnis. Volker war sozusagen Bigamist. Nicht im juristischen Sinne, jedoch in jeder anderen Hinsicht. Er war mit Priskas Mutter verheiratet und besaß gleichzeitig eine Zweitfamilie, eben Moritz und seine Mutter. Er hielt das jahrelang geheim, Priska und Moritz erfuhren erst voneinander, als sie schon Teenager waren.«

7

Anna

Als es klingelt, ist es schon elf Uhr. Wir sitzen immer noch am Esstisch vor einem Korb mit frischen Brötchen, einer Platte mit Rührei, einer Schüssel mit Obstsalat und einem Brett mit Käse und veganen Aufstrichen. Florian hat sich auch an diesem Morgen mit dem Frühstück viel Mühe gegeben, doch niemand weiß das zu würdigen. Moritz hat sich den Teller vollgehäuft, stochert jedoch nur darin herum. Priska isst gar nichts, trinkt stattdessen einen Cappuccino nach dem anderen, vom vielen Koffein ist sie schon ganz nervös und hibbelig. Florian und ich haben ebenfalls keinen Appetit. Florian bemüht sich, ein guter Gastgeber zu sein, während ich mich frage, wie ich Moritz helfen kann. Er ist so unglücklich, dass es mich körperlich schmerzt, doch er lässt sich von mir nicht trösten. Er scheint mich gar nicht wahrzunehmen. Wenn ich ihn anspreche, antwortet er nicht. Wenn ich ihn in den Arm nehmen will, reagiert er nicht. Heute Nacht hat er von mir abgewandt ganz am Bettrand geschlafen – oder vielmehr wach gelegen. Es ist, als stünde eine dicke Wand aus Glas zwischen uns, durch die Moritz mich nicht hören oder spüren kann. Natürlich weiß ich, dass das eine Folge des Schocks ist, dennoch tut es mir weh, aus seiner Trauer so ausgeschlossen zu sein.

Als es klingelt, zucken wir alle zusammen, und Priska springt auf. Doch sie geht nicht zur Tür. »Wenn es wieder Nachbarn sind, die kondolieren wollen, bin ich nicht da«, stößt sie hervor.

»Alles klar.« Florian steht ebenfalls auf.

»Ich ertrage das nicht.«

»Das musst du auch nicht.«

Florian schließt Priska in die Arme, und für einen Moment schmiegt sie sich an ihn. Dann löst Florian sich von Priska und geht zur Haustür, kommt jedoch kurz darauf mit den Polizisten zurück, die uns gestern befragt haben. Kriminalhauptkommissar Niebel und Kriminalkommissarin Brandt, die gestern nichts gesagt hat. Trotzdem fand ich sie sympathischer als Hauptkommissar Niebel. Er ist so groß und hager, dass er mich an einen Raubvogel erinnert, der von erhöhter Warte seine Beute beobachtet. Auch jetzt blickt er auf uns herunter.

»Guten Morgen. Entschuldigen Sie die Störung. Es haben sich weitere Fragen ergeben.«

»Natürlich.«

Priska deutet auf zwei freie Stühle. Hauptkommissar Niebel wählt den an meinem Tischende, wodurch ich mich noch unwohler fühle.

»Und?«, fragt Priska, kaum dass die Polizisten Platz genommen haben. Sie selbst ist stehen geblieben. »Haben Sie schon Fortschritte bei Ihren Ermittlungen gemacht?«

Hauptkommissar Niebel öffnet den Reißverschluss seines Parkas. »Solche Dinge benötigen Zeit.«

»Was ist mit der Obduktion?«, fragt Moritz. Es ist das erste Mal an diesem Vormittag, dass er von sich aus etwas sagt. »Kann der Rechtsmediziner schon sagen, was genau mit unserem Vater passiert ist?«

»Die Untersuchung findet heute Nachmittag statt. Sie müssen sich gedulden.« Der Hauptkommissar räuspert sich tief im Rachen. »Wie gesagt, ich habe noch Fragen, vor allem an Sie, Frau Jansen. Sie sagten gestern, Sie wüssten nicht, warum Ihr Vater vorbeikommen wollte, doch mittlerweile hatten Sie Zeit zum Nachdenken. Ist Ihnen noch ein möglicher Grund eingefallen?«

Priska schüttelt sofort den Kopf. »Ich habe darüber nachgedacht, aber nein. Ich vermute, es war ein spontaner Einfall, weil wir uns eine Weile nicht gesehen haben.«

»Wie lange genau?«

Priska zögert. »Seit Weihnachten vor zwei Jahren.«

»Das ist eine lange Zeit. Ihr Vater war auch nicht auf Ihrer Hochzeit?«

Priskas Augen werden schmal, ihre Hand klammert sich um die Rückenlehne ihres Stuhls. »Ich sagte doch schon, dass mein Verhältnis zu meinem Vater nicht eng war.«

»Weil er eine Zweitfamilie hatte, die er Ihnen und Ihrer Mutter gegenüber verheimlicht hat?«

»Woher wissen Sie das?«

»Wir haben mit Frau Buchholz gesprochen.«

Ich kann Priska ansehen, dass sie sich darüber ärgert. Mir ginge es genauso. »Und sie hatte nichts Besseres zu tun, als Ihnen unsere Familiengeschichte unter die Nase zu reiben? Was hat das mit dem Unfall meines Vaters zu tun?«

»Wir müssen uns ein umfassendes Bild machen. Sie sagten gestern, Sie fänden es erstaunlich, dass Ihr Vater nicht versucht hat, Sie vor seinem Besuch zu informieren.«

»Das finde ich immer noch.«

»Ist es möglich, dass er versucht hat, Sie anzurufen, jedoch nicht durchgekommen ist, weil Ihr Handy ausgeschaltet war? Oder dass Sie eine Nachricht von ihm verpasst haben?«

»Die wäre mir ja später dennoch angezeigt worden.«

»Vielleicht haben Sie etwas übersehen. Würden Sie es überprüfen?«

Priskas Smartphone liegt auf dem Tresen, der die Küche vom Wohnzimmer trennt. Sie holt es und wischt darüber, während wir anderen warten. »Da ist nichts.«

»Darf ich mal sehen?«

Hauptkommissar Niebel streckt eine Hand aus. Er tut es so beiläufig, dass Priska ihm das Handy schon hinhält, doch dann zieht sie es zurück und hält es wie schützend an ihre Brust.

»Sie glauben mir nicht?«

»Reine Routine.«

Ich sehe Priska an, dass sie das dem Hauptkommissar nicht abnimmt. Keiner von uns tut das, und die Atmosphäre im Wohnzimmer ändert sich schlagartig. Plötzlich liegt eine Spannung in der Luft und überlagert die gedrückte Stimmung. Das klingt nicht nach harmlosen Routinefragen, die ein Polizist nach einem Unfall stellt.

Florian hat bisher schweigend zugehört. Jetzt öffnet er den Mund, doch bevor er protestieren kann, drückt Priska überraschend dem Hauptkommissar ihr Smartphone in die Hand. »Sie können gern überprüfen, dass mein Vater mich weder angerufen noch mir eine Nachricht geschickt hat, aber mehr nicht. Und ich sehe zu, welche Funktionen Sie aufrufen.«

Sie stellt sich neben ihn und überwacht in den nächsten Minuten seine Fingerbewegungen. Schließlich gibt Hauptkommissar Niebel Priska das Smartphone zurück, und sie steckt es in die Gesäßtasche ihrer Jeans.

»War's das?«, fragt sie kalt.

»Ich habe noch eine Frage an Frau Brühl.«

Ich werde prompt rot vor Nervosität. Ich frage mich, was der Hauptkommissar von mir will und wie ich reagieren soll, wenn er auch mein Handy kontrollieren möchte. Ich hasse es, wenn andere daran herumfummeln, ich mag es noch nicht einmal, wenn Moritz es in die Hand nimmt.

»Würden Sie bitte die Kleidung beschreiben, die Volker Fischer trug, als Sie ihn gestern fanden?«

Ich bin gleichzeitig erleichtert und entsetzt. »Muss das sein? Sie haben ihn doch bestimmt selbst gesehen.«

»Es ist leider nötig.«

Ich habe die ganze Nacht wach gelegen und versucht, die Bilder von Moritz' totem Vater zu verscheuchen, deshalb rufe ich sie mir nur widerwillig ins Gedächtnis zurück. »Graue Hose, blaues Hemd, dunkler Pullover.«

»Sonst nichts? Keine Schuhe, keine Jacke, kein Gürtel?«

»Doch natürlich. Volker trug Schuhe, schwarze Lederschuhe. Und ich glaube, auch einen Gürtel. Keine Jacke.«

»Können Sie das bestätigen?« Der Hauptkommissar schaut jeden einzeln an.

Alle nicken, und Florian stellt die Frage, die uns allen auf der Zunge brennt. »Warum möchten Sie das wissen?«

»Weil Herr Fischer einen Kurzmantel aus Kaschmir trug, als er in Kiel losfuhr. Doch dieser lag weder bei ihm im See noch in seinem Wagen, noch haben wir ihn auf Ihrem Grundstück gefunden. Hat jemand von Ihnen vielleicht eine Erklärung dafür, wo der Mantel geblieben ist?«

8

Priska

Kaum haben Hauptkommissar Niebel und Kommissarin Brandt sich verabschiedet, stelle ich mich ans Küchenfenster, um zu beobachten, was die beiden als Nächstes tun. Zunächst einmal nicht viel. Sie bleiben an unserem Gartentor stehen und reden miteinander. Das heißt, Hauptkommissar Niebel redet, während seine Kollegin zuhört und gelegentlich nickt. Aber worüber redet er? Über Volkers Mantel? Ich bin überzeugt, dass er das tut, und es macht mich wahnsinnig, dass ich nicht weiß, was er sagt, und vor allem, was er über den Mantel denkt. Dieser verdammte Mantel! Dabei hätte ich nicht gedacht, dass sein Fehlen der Polizei auffallen würde. Es ist mir ja selbst nicht aufgefallen.

Dabei hätte es mir auffallen müssen! Mir hätte klar sein müssen, dass es verdächtig wirkt, wenn ein Mann im Oktober ohne Jacke durch die Gegend rennt. Mir hätte klar sein müssen, dass die Polizei sich darüber wundern würde. Mir hätte klar sein müssen, dass sie das überprüfen würde. Ich hätte mir das denken und entsprechend handeln müssen. Ich hätte den Mantel zu Volker in den See schmeißen müssen. Ich hätte nicht dem hysterischen Gefühl nachgeben dürfen, beobachtet zu werden.

Hätte, hätte, Fahrradkette!

Ich muss mich zusammenreißen. Es bringt nichts, darüber nachzudenken, was ich besser getan oder gelassen hätte. Ich muss überlegen, was ich als Nächstes tue. Doch das ist ja gerade das

Problem: Ich kann nichts tun, außer abzuwarten, welche Schlussfolgerungen die Polizisten aus dem Fehlen des Mantels ziehen. Werden sie sich denken, dass jemand bei Volker war und den Mantel weggenommen hat? Oder werden sie an irgendeine andere, harmlose Erklärung glauben? Aber welche sollte das sein?

Mir fällt keine ein, und ich spüre, wie mir der Schweiß ausbricht, als eine Welle von Panik sich in mir aufbaut. Doch ich darf ihr nicht nachgeben, ich muss kühlen Kopf bewahren. Ich darf mich nicht verrückt machen. Die Polizei wundert sich über den fehlenden Mantel – na und? Sie wird dennoch nicht herausfinden, dass ich ihn versteckt habe. Denn ich habe ein Alibi. Ich bin im Forst gejoggt, und der einzige Zeuge für das Gegenteil ist ein dementer alter Mann, denn ich habe gestern Abend meine Tracking-App und alle Standortdaten von meinem Handy und aus meinem Googleprofil gelöscht!

»Du zitterst ja. Ist dir kalt?«

Moritz steht plötzlich neben mir. Ich habe nicht bemerkt, dass er in die Küche gekommen ist, sonst hätte ich vermutlich das Weite gesucht. Er ist so verstört, dass sein Anblick mich bis ins Herz trifft, doch ich kann kein Mitgefühl für ihn erübrigen. Ich benötige meine Konzentration für mich.

»Alles gut.«

»Ich könnte dir eine Decke holen.«

»Nein, lass mal.«

»Wenn du meinst.«

Moritz bleibt mit hängenden Schultern neben mir stehen. Er sieht so unglücklich aus, dass ich mich einen Moment lang selbst hasse. Aber ich hatte keine Wahl. Ich hatte keine Wahl!

Wir stehen eine ganze Weile nebeneinander, bis Moritz schließlich das Schweigen bricht. »Was glaubst du, was sie jetzt machen?« Mit einer Kopfbewegung Richtung Fenster deutet er an, dass er über Niebel und Brandt spricht. Die beiden haben ihr Gespräch offenbar beendet und trennen sich. Niebel geht quer über die

Straße und klingelt bei Elsa Rövekamp, während Brandt nach rechts geht.

»Ich vermute, sie befragen unsere Nachbarn.«

»Aber warum? Glauben sie wirklich …?« Moritz scheint nicht zu wissen, wie er den Satz beenden soll. Schließlich sagt er leise: »Ich verstehe es einfach nicht. Ich habe die ganze Nacht versucht, es in meinen Kopf zu kriegen, aber ich kann es immer noch nicht glauben, dass Volker tot ist. Das Ganze ist so … unwirklich.«

»Ich verstehe genau, was du meinst.«

»Volker war immer so … lebendig. So fit. Als wir neulich mit ihm essen waren, hat er noch damit angegeben, dass er den Schatzmeister seines Tennisclubs vom Platz gefegt hat. Und jetzt soll er tot sein?«

Ich erwidere nichts.

»Es ergibt einfach keinen Sinn. Meinst du …« Moritz bricht ab und späht zu mir herüber. »Meinst du, da ist irgendetwas an der Theorie von dem Hauptkommissar, dass es – wie hat er das genannt? – Fremdverschulden war? Dass jemand Volkers Mantel geklaut hat?«

Ich widerspreche sofort. »Natürlich nicht. Volker war allein auf dem Bootssteg, das ist schließlich unser Privatgrundstück.«

»Aber findest du's nicht eigenartig, dass der Mantel weg ist?«

Ich zucke mit den Achseln. »Wenn das überhaupt stimmt. Vielleicht hat die Polizei nicht richtig geguckt. Oder Volker hat den Mantel irgendwo abgelegt. Es gibt bestimmt eine harmlose Erklärung.«

Moritz nickt langsam. »Wahrscheinlich hast du recht.« Er muss erneut Tränen wegblinzeln. Dann greift er nach meiner Hand. »Ich bin froh, dass du da bist.«

»Ich bin auch froh, dass du da bist, kleiner Bruder.«

»Ich wünschte nur, es wäre nicht so lange her, dass du Volker getroffen hast. Und ich weiß, Volker hätte sich das auch gewünscht.« Er mustert mich und deutet meinen Gesichtsausdruck falsch. »Es ist wirklich wahr, Sis. Du warst ihm wichtig. Er hat an dem Abend neulich ständig von dir geredet und gesagt, wie gern er Florian kennenlernen würde. Er wollte sogar Fotos von eurer Hochzeit sehen.«

Ich zucke erneut zusammen. »Tja, wenn er unsere geplanten Treffen nicht alle kurzfristig abgesagt hätte ...«

Moritz zögert. »Darüber haben wir auch geredet. Volker sagte ...«

Doch ich will nicht hören, was Volker gesagt hat. Höchste Zeit, das Thema zu wechseln, und zum Glück kommt gerade eine Ablenkung die Straße herunter und steuert auf unser Gartentor zu. Offenbar will Helga Frerichs mir ebenfalls kondolieren. Ich entschuldige mich bei meinem Bruder und gehe zur Haustür.

9

Silja reagierte mit Genugtuung, als Henning Niebel erklärte, dass sie für die Haus-zu-Haus-Befragung die Anwohner der Straße aufteilen würden. So wie sich die Ermittlungen bisher gestaltet hatten, hatte sie schon befürchtet, auf ewig zum schweigenden Zuhören verdammt zu sein. Entsprechend motiviert presste sie ihren Zeigefinger auf die Klingel von Haus Nummer achtundzwanzig. Doch anscheinend waren die Bewohner, eine Familie Ahrens, nicht ebenso motiviert, mit ihr zu reden, denn nichts geschah. Silja wartete eine Weile, dann klingelte sie noch einmal, und sie wollte gerade gehen, um ihr Glück bei Nummer sechsundzwanzig zu versuchen, als die Tür von einer jungen Frau von vielleicht achtzehn oder zwanzig Jahren aufgerissen wurde. Sie war etwas außer Atem, ihre Wangen waren gerötet, aber vielleicht lag das auch an der Extraportion Rouge, die sie auf ihren Wangen verteilt hatte. Auch bei ihrem Augen-Make-up hatte sie nach dem Motto »Je mehr desto besser« in die Lidschattenpalette gegriffen.

»Ja?«

Silja zückte ihre Dienstmarke, während sie im Kopf die vorbereitete Ansprache durch eine weniger förmliche ersetzte. »Hi, ich bin Silja, Silja Brandt, von der Kripo Kiel. Ich würde dir und den übrigen Hausbewohnern gern einige Fragen stellen. Wer wohnt denn noch hier?«

»Nur mein Opa. Worum geht's denn? Um den Mann, der gestern nebenan ertrunken ist?«

»Du hast schon davon gehört?«

Die junge Frau verdrehte ihre Augen. »Natürlich, in dieser Straße kann man sich nicht mal die Fußnägel lackieren, ohne dass es jemand kommentiert. Aber ich weiß nichts über den Mann, und ich bin gerade voll beschäftigt.«

»Es dauert nicht lange.«

Die junge Frau zögerte, doch dann riss sie die Tür weit auf. Erst jetzt sah Silja, dass sie schwanger war.

»Meinetwegen. Aber Sie müssen mit rauf zu meinem Opa, ich füttere ihn gerade.«

Sie drehte sich auf dem Absatz um und lief überraschend leichtfüßig für eine Schwangere die Treppe hoch. Silja schloss die Haustür, bevor sie folgte. Die Treppe war aus altem Eichenholz, mit vielen Kratzern und Macken und mit abgenutzten Stufenmatten belegt. Das Haus machte auf Silja einen etwas verwahrlosten Eindruck, ebenso wie das Zimmer im zweiten Stock, in das die junge Frau vorauslief. Es war eine Mischung aus Wohn- und Schlafzimmer und ein einziger Mahagonialptraum mit einem Mahagonibett, einem Mahagonischrank, einer Mahagonikommode und einem Mahagonitisch. An diesem Tisch saß ein weißhaariger Greis zusammengesunken in einem Rollstuhl vor einem Teller mit Butterbroten, die in kleine Würfel geschnitten waren. Aus seinem Mundwinkel hing ein Stückchen Mortadella.

»Ach, Svenni, hast du wieder vergessen zu kauen?« Die junge Frau setzte sich neben ihren Großvater und schob ihm mit bloßem Finger die Wurst in den Mund. »Kauen!«, forderte sie ihn laut auf. Es war fast ein Brüllen, doch der Greis zuckte nicht einmal zusammen. Seine Augen blickten trübe und verständnislos. Erst nachdem seine Enkelin ihn noch dreimal ermuntert hatte, begann er schließlich zu kauen.

»Er vergisst das manchmal, weil er dement ist«, erklärte seine Enkelin überflüssigerweise. »Also, was wollen Sie wissen?«

Silja stellte ihre Fragen, während Mella Ahrens – so hieß sie – ihren Großvater fütterte. Da Mella ihre Antworten immer wieder unterbrach, um ihrem Großvater ein Stück Brot hinzuhalten, ihn zum Mundöffnen, Mundschließen und Kauen zu ermahnen, dauerte die Prozedur eine Viertelstunde, obwohl Mella nichts Hilfreiches zu sagen wusste, da sie am Freitagnachmittag nicht zu Hause gewesen war. Sie war gegen drei Uhr nach Plön gefahren und erst nach sechs zurückgekehrt.

»Aber wenn Sie wissen wollen, wann der ertrunkene Mann gekommen ist, dann sollten Sie Elsa Rövekamp oder Helga Frerichs fragen. Die kriegen immer alles mit. Ich glaube, die führen Buch über jedes Auto, das durch die Straße fährt. Wenn sie nicht gerade hier sind, hängen sie in ihren Vorgärten rum.« Auf Siljas fragenden Blick hin erklärte Mella: »Sie passen gelegentlich auf meinen Opa auf. Nicht wahr, Svenni, manchmal musst du dich mit den alten Drachen abgeben!« Sie tätschelte ihrem Großvater die Wange, woraufhin sein Gesichtsausdruck sich minimal änderte. Mit ein bisschen Fantasie sah es aus, als schnitte der alte Mann eine Grimasse. Vielleicht teilte er die wenig schmeichelhafte Einstellung seiner Enkelin gegen die Nachbarinnen.

Doch Silja verfolgte einen anderen Gedanken. »War am Freitag auch eine deiner Nachbarinnen bei deinem Opa?«

»Klar«, erwiderte Mella, »ich kann ihn ja nicht allein lassen.«

»Welche Nachbarin genau?«

»Weiß ich nicht mehr. Ist das wichtig?« Als Silja nickte, runzelte Mella ihre Stirn, um nachzudenken. Es sah eher aus, als versuchte sie, eine komplexe mathematische Gleichung im Kopf zu lösen, als sich bloß zu vergegenwärtigen, was zwei Tage zuvor passiert war.

»Helga«, verkündete sie schließlich. »Aus Nummer zehn. Pech für Sie, da kann Helga nicht auf der Straße Sheriff gespielt haben.«

»Aber sie könnte etwas aus dem Fenster beobachtet haben. Von hier aus kann man doch den Garten der Jansens einsehen, oder?«

»Nee, da sind die Bäume im Weg. Zum Glück, ich will ja nicht, dass jemand gafft, wenn ich mich nackt in die Sonne lege.« Mella grinste. »Bei Flori hätte ich nichts dagegen, aber der Vorbesitzer war ein alter Spanner.« Sie schüttelte sich theatralisch.

Silja musterte sie skeptisch. »Bist du sicher, dass man von keinem Fenster den Nachbargarten oder wenigstens den Bootssteg sehen kann? Darf ich mal?«

Sie stand auf und ging zu einem von Fenstern eingefassten Erker. Die Fenster wiesen zum Plöner See hinaus, der im Licht der Oktobersonne glitzerte, doch als Silja ihren Blick nach rechts wandern ließ, konnte sie klar und deutlich den Bootssteg der Jansens sehen. Sie hatte nichts anderes erwartet. Am Vorabend hatte sie von dort aus zwei hell erleuchtete Fenster erblickt, die nur zu diesem Haus gehören konnten.

Mella stellte sich neben Silja. »Das ist mir noch nie aufgefallen.« Sie klang überrascht. Dann furchte sie ihre Stirn in einem weiteren Denkprozess. »Und Sie glauben, dass der Mann von dem Bootssteg gefallen und ertrunken ist?«, fragte sie schließlich.

»Wir ermitteln noch«, entgegnete Silja zurückhaltend.

»Krass! Es war Priskas Vater, nicht wahr?«

Silja sah keinen Grund, diese Information nicht zu bestätigen. »Ja.«

»Und wie starb er genau?«

»Das wird ebenfalls noch untersucht.«

»Aber Sie glauben, dass etwas faul ist, oder? Sonst würden Sie keine Fragen stellen.«

»Wir ermitteln auch bei Unfällen.«

»Krass!«, sagte Mella erneut. Dann schüttelte sie ihre blonde Mähne. »War das alles?«

Silja warf einen Blick zu Sven Ahrens. Dem alten Mann hing schon wieder ein Stück Mortadella aus dem Mundwinkel. Sie war sich zu neunundneunzig Prozent sicher, dass es sinnlos wäre, ihn zu befragen, andererseits waren gute Kripobeamtinnen vor allem eins: gründlich.

»Meinst du, dein Großvater hat vielleicht am Freitagnachmittag etwas beobachtet? Sitzt er vielleicht manchmal hier am Fenster?«

»Svenni?« Mella machte ein ungläubiges Gesicht. »Na ja, er sitzt wirklich oft am Fenster, aber …« Sie sah nachdenklich von Silja zu ihrem Großvater und wieder zurück. Dann grinste sie plötzlich. »Also, wenn Sie zu viel Zeit haben, können Sie ihm gerne Fragen stellen. Antworten wird er allerdings nicht.«

Der Vorgarten von Haus Nummer neunundzwanzig erinnerte Henning Niebel an den Vorgarten seiner älteren Schwester. Eine niedrige, akkurat getrimmte Kirschlorbeerhecke, in die ein ebenso niedriges Tor eingelassen war, umgab ein exaktes Rechteck, in dem schnurgerade Reihen von Pflanzen in mit Rindenmulch bedeckten Beeten wuchsen, in denen kein noch so kleines Unkraut es wagte, seinen Kopf aus dem Boden zu strecken. Dasselbe galt für den mit Platten belegten Fußweg zur Haustür, in dessen Fugen nicht das kleinste Fitzelchen Moos zu entdecken war. Auch die Bewohnerin des Hauses erinnerte Henning an seine Schwester. Elsa Rövekamp war eine achtundsechzigjährige Witwe, groß, dürr und zäh und dabei zugleich misstrauisch und pflichtbewusst. Erst nachdem sie Hennings Dienstausweis studiert und sogar auf der Dienststelle angerufen hatte, um die Echtheit zu überprüfen, bat sie Henning herein, war dann jedoch sehr entgegenkommend.

»Ich bereite gerade mein Mittagessen zu. Ich schalte nur schnell die Kartoffeln ein, dann bin ich für Sie da. Darf ich Ihnen einen Kaffee anbieten?«

Henning kämpfte mit sich, gewann und lehnte ab. Die Zeiten, in denen er bei Haus-zu-Haus-Befragungen literweise Kaffee trinken konnte, ohne dass seine Blase drückte, waren vorbei.

Elsa Rövekamp setzte sich zu Henning an den Esstisch und faltete ihre Hände auf der Wachstuchdecke. »Dann schießen Sie mal los.«

»Nun, wie Sie möglicherweise wissen, kam es gestern im Haus gegenüber, Nummer dreißig, zu einem Todesfall«, begann Henning und machte dann eine Pause, die Elsa Rövekamp wie erhofft nutzte. Offenbar gehörte sie – genau wie Hennings Schwester – zu den Frauen, die gern ihre Meinung zu allem und jedem kundtaten. Im Privatleben fand Henning solche Frauen anstrengend, doch bei Zeugenbefragungen war ihr Sendungsbewusstsein ein Plus, da sie sich nie lange um eine Auskunft bitten ließen.

»O ja, ich weiß Bescheid«, erklärte Elsa Rövekamp. »Der Vater von Frau Jansen ist von ihrem Bootssteg ins Wasser gestürzt und ertrunken. Ich war heute Morgen bereits drüben, um Frau Jansen zu kondolieren. Die Ärmste, es war ein großer Schock für sie.«

»Kennen Sie die Jansens gut?«

Elsa Rövekamp schüttelte bedauernd den Kopf. »Das würde ich nicht sagen. Die beiden wohnen noch nicht lange hier, und vor allem Frau Jansen ist sehr zurückhaltend. Ich rede immer nur mit ihr, wenn ich sie zufällig auf der Straße treffe. Ich habe ihr einmal einige Tipps für ihren Garten gegeben, der – wie Sie ja sicherlich gesehen haben – in einem beklagenswerten Zustand ist, doch sie schien sich nicht sonderlich dafür zu interessieren. Herr Jansen ist zugänglicher. Er ist Schreiner, ein fleißiger und hilfsbereiter junger Mann. Er hat die Gummidichtungen meiner Fenster ausgetauscht und die Fenster neu eingestellt. Er hat die Arbeit tipptopp erledigt – auch wenn die Rechnung natürlich horrend war, wie alles heutzutage.« Sie zog ihre Mundwinkel nach unten.

»Und haben Sie den Vater von Frau Jansen ebenfalls einmal kennengelernt?«

»Nein. Soweit ich weiß, war er zuvor noch nie hier oben. Und bei seinem ersten Besuch passiert dann so etwas.« Elsa Rövekamp wiegte missbilligend ihren Kopf. »Ich habe Frau Jansens Mutter einmal gesehen, als sie im Sommer für einige Tage zu Besuch war. Ich glaube, die Eltern sind geschieden. Und zurzeit ist Frau Jansens Bruder hier, was Sie sicherlich schon wissen. Mit seiner Freundin, wie Mella Ahrens mir erzählt hat. Ich habe die beiden gesehen, als sie am Freitagnachmittag ankamen. Sie haben auf dem Nachbargrundstück geparkt, obwohl es Privatgrund ist. Ich überlegte schon, sie darauf hinzuweisen, aber dann klingelten sie bei den Jansens, und ich beschloss, mich nicht einzumischen.«

»Wissen Sie noch, wann das war?«, fragte Henning.

Elsa Rövekamp überlegte. »Vielleicht gegen halb fünf? Auf jeden Fall einige Zeit nach vier. Ich habe am Freitagnachmittag meinen Kirschlorbeer geschnitten. Eigentlich hatte ich das schon unter der Woche erledigen wollen, doch das Wetter war zu schlecht. Freitag früh hat es auch noch geschüttet, doch im Laufe des Vormittags klarte es auf, und ich beschloss, die Gelegenheit zu nutzen.«

»Heißt das, Sie waren während des ganzen Nachmittags in Ihrem Vorgarten?«, fragte Henning interessiert.

Elsa Rövekamp nickte. »Zumindest die meiste Zeit. Zwischendurch bin ich einmal zum Grünplatz gefahren, um den Heckenschnitt wegzubringen. Das war gegen halb vier. Ich habe extra auf die Zeit geachtet, weil der Grünplatz um vier Uhr schließt.«

»Und wann kamen Sie zurück?«

»Um kurz nach vier. Bis zum Grünplatz ist es nicht weit, doch ich habe mich mit dem Angestellten dort unterhalten, der ein Freund meines Mannes war. Ich bin erst weggefahren, als es Zeit zum Zusperren war. Daher weiß ich auch, dass Frau Jansens Bruder und seine Freundin erst deutlich nach vier eintrafen.«

»Und haben Sie zufällig auch beobachtet, wie Frau Jansens Vater eingetroffen ist? Hier, so sieht er aus.«

Henning holte sein Diensthandy hervor und wischte zum Bild des Toten, das er sich von dessen Sohn am Vorabend hatte geben lassen. Allerdings hegte er keine große Hoffnung, dass Frau Rövekamp ihm Volker Fischers Ankunftszeit nennen konnte. Wenn dieser wie von seiner Freundin ausgesagt um fünfzehn Uhr in Kiel losgefahren war, musste er zwischen halb vier und vier am Haus der Jansens eingetroffen sein, genau in der Zeitspanne, in der Elsa Rövekamp unterwegs gewesen war.

So war es auch. Elsa Rövekamp betrachtete das Foto neugierig, schüttelte dann jedoch den Kopf. »Ein gut aussehender Mann.«

»Haben Sie vielleicht seinen Wagen bemerkt? Er fuhr einen weißen VW Passat.«

»Etwa der, der ebenfalls auf dem Nachbargrundstück parkt? Der ist mir in der Tat aufgefallen, als ich vom Grünplatz zurückkam. Vorher stand er nicht dort.« Elsa Rövekamp lehnte sich auf ihrem Stuhl zurück und musterte Henning. »Doch warum stellen Sie all diese Fragen ausgerechnet mir? Kann Ihnen Frau Jansen nicht sagen, wann Ihr Vater eingetroffen ist?«

»Leider nein. Frau Jansen wusste nicht, dass ihr Vater sie besuchen wollte. Sie sagt, sie sei am Freitagnachmittag gejoggt.«

Henning legte extra eine Portion Skepsis in diese Feststellung, um zu sehen, wie Elsa Rövekamp darauf reagierte. Tatsächlich zog sie die Augenbrauen hoch, doch dann nickte sie.

»Das stimmt. Üblicherweise joggt Frau Jansen frühmorgens, meistens kommt sie zurück, wenn ich mir meinen Morgenkaffee koche, doch am Freitag ist sie erst nachmittags losgelaufen. Ich habe sie gesehen, als ich meine Hecke schnitt. Ich weiß noch, dass ich mich gewundert habe.«

»Können Sie sich erinnern, wann das war?«

»Nicht lange, bevor ich zum Grünplatz gefahren bin. Vielleicht gegen Viertel nach drei? Frau Jansen war erst kurz zuvor von der Arbeit nach Hause gekommen.« Elsa Rövekamp kam Hennings nächster Frage zuvor. »Und von ihrer Joggingrunde zurück kam sie, als ihr Bruder schon da war. Der hatte geklingelt und, als niemand öffnete, mit seiner Freundin vor der Haustür gewartet. Frau Jansen traf wenige Minuten später ein. Ich fand es reichlich unhöflich von ihr, ihre Gäste warten zu lassen.«

10

Obwohl Mella Ahrens sie vorgewarnt hatte, versuchte Silja dennoch, mit Sven Ahrens zu reden, sah allerdings bald ein, dass dieses Unterfangen sinnlos war. Nachdem der alte Mann auf keine ihrer Fragen auch nur ansatzweise reagiert hatte, verabschiedete sie sich schließlich und suchte stattdessen Helga Frerichs in Nummer zehn auf, die sich am Freitagnachmittag um Sven Ahrens gekümmert hatte.

Helga Frerichs war eine dieser nervösen Frauen mit ausgeprägtem Helfersyndrom, die nie zur Ruhe kommen, weil sie ständig auf der Suche nach vermeintlichen Möglichkeiten sind, anderen etwas Gutes zu tun. Während der Viertelstunde, die Silja in ihrem Wohnzimmer saß, sprang Helga Frerichs viermal auf. Einmal, um ein Glas Wasser für Silja zu holen, das diese nach mehrmaligem Drängen schließlich akzeptiert hatte. Einmal, um einen Teller mit Plätzchen zu holen, die Silja auch nach mehrmaligem Drängen abgelehnt hatte. Einmal, um ein gekipptes Fenster zu schließen, damit Silja keinen Zug abbekäme, und zuletzt noch einmal, um die Plätzchen einzupacken, die Silja verschmäht hatte. Als Silja schließlich das Haus verließ, tat sie es mit einer Papiertüte mit selbstgebackenen Haferkeksen, allerdings ohne neue Erkenntnisse. Helga Frerichs konnte sich nicht erinnern, am Freitagnachmittag bei Sven Ahrens überhaupt aus dem Fenster gesehen zu haben, und definitiv hatte sie niemanden auf dem Bootssteg der Jansens wahrgenommen, denn das hätte sie sich – wie sie versicherte – gemerkt. Auch gehört hatte sie nichts, da die Fenster geschlossen gewesen waren.

Von Nummer zehn ging Silja zurück zu Nummer sechsundzwanzig und arbeitete die Häuser auf ihrer Straßenseite anschließend in absteigender Reihenfolge ab. Leider war die Ausbeute zunächst gering. Zwar wurde ihr bei acht Häusern geöffnet, doch keiner der insgesamt dreizehn Befragten hatte etwas Hilfreiches zu den Ereignissen am Freitagnachmittag zu sagen. Weder konnten sie die Alibis der Jansens und ihrer Gäste bestätigen, noch war ihnen Volker Fischer aufgefallen. Nur ein junger Mann mit Vollbart, der Silja mit einem Kleinkind auf dem Arm die Tür von Nummer sechs öffnete, hatte möglicherweise Volker Fischers Passat gesehen.

»Ich habe gerade Fenster geputzt und dabei Nachrichten gehört. Als die um halb vier vorbei waren, fuhr ein weißer Wagen draußen vorbei. Er fiel mir auf, weil er sich nicht an die Geschwindigkeitsbegrenzung hielt, er fuhr eher fünfzig als dreißig. Es könnte ein Passat gewesen sein. Nein, den Typ am Steuer habe ich nicht erkannt, aber vielleicht kann Ihnen Dietlinde von nebenan weiterhelfen. Sie ging kurz danach draußen vorbei. Sie kam aus der Richtung der Jansens. Ich glaube, sie war mit Prinzesschen am Hundestrand.«

»Prinzesschen?«, fragte Silja irritiert.

Der Bärtige schmunzelte. »Lassen Sie sich durch den Namen nicht täuschen. Ich hoffe, Sie haben keine Angst vor Hunden.«

Silja hatte noch nie Angst vor Hunden gehabt, doch als kurz darauf die Haustür von Nummer vier geöffnet wurde, fragte sie sich, ob sie diese Einstellung nicht im Angesicht von »Prinzesschen« überdenken sollte. Prinzesschen war eine stahlgraue deutsche Dogge und gehörte damit ohnehin zu einer der größten Hunderassen der Welt, allerdings war ihr Ehrgeiz damit offenbar nicht befriedigt gewesen. Entweder auf eigenen Wunsch hin oder auf Betreiben ihres Herrchens oder Frauchens hatte Prinzesschen als Welpe offenbar immer brav ihre Näpfe geleert und dadurch nicht nur für eine anhaltende Schön-Wetter-Phase gesorgt, sondern auch dafür, dass sie erst zu wachsen aufhörte, als ihr ein Platz im Guinness-Buch der Rekorde sicher war. Wie die Hündin in der Haustür stand, die eine Stufenhöhe über dem Vorgarten lag, konnte Silja ihr in die Augen sehen, ohne den Blick zu senken.

Doch mehr als Prinzesschens Größe beunruhigte Silja die Tatsache, dass die Hündin auf ihr Klingeln hin selbstständig die Haustür geöffnet und sie mit einem piepsigen »Hallo« begrüßt hatte. Das musste Silja zumindest annehmen, bis sie das kleine Mädchen entdeckte, das im Dunkel des Hausflurs und im Schatten von Prinzesschens riesigem Körper verschwand. Die Kleine war vielleicht zwölf Jahre alt und so zierlich, dass sie problemlos auf der Dogge hätte reiten können.

Es stellte sich heraus, dass dieses Mädchen Dietlinde war, eine – wie ihre Mutter behauptete – eigentlich aufgeweckte, jedoch reichlich mundfaule Zwölfjährige. Silja fand die Befragung des Mädchens allerdings nicht nur mühsam, weil die Antworten zumeist aus Ein-Wort-Sätzen oder mal einem Schulterzucken bestanden, sondern auch weil Dietlinde Schwierigkeiten hatte, sich an den Freitag zu erinnern. Offenbar verbrachte sie fast jeden Nachmittag mit Prinzesschen am Strand, so dass ein Tag wie der andere war. Erst der Hinweis ihrer Mutter, dass es am Freitag zum Mittagessen Spaghetti Bolognese gegeben hatte, brachte den Durchbruch.

»Gut«, sagte Silja schließlich, als sie sicher war, dass sie und die Kleine über denselben Tag redeten, »dann versuch jetzt bitte, dich an den Rückweg zu erinnern. Bestimmt bist du erst durch den Wald gegangen und dann die Straße entlang. Richtig?«

Dietlinde nickte.

»Und da du hier wohnst, kennst du bestimmt alle Häuser in der Straße, oder?«

Dietlinde nickte wieder.

»Prima, dann kennst du auch das Haus Nummer dreißig. Es grenzt an den Wald, es ist das erste, an dem du auf dem Rückweg vorbeigekommen bist.«

»Das aus Holz?«

»Genau. Weißt du, was gegenüber auf der anderen Straßenseite ist?«

»Da parken manchmal Autos, obwohl Elsa sagt, die dürfen das nicht.«

Es war bislang Dietlindes längste Antwort. Silja nahm sie als Zeichen, dass die Kleine langsam auftaute.

»Und weißt du, ob am Freitagnachmittag dort ein Auto stand?«

Dietlinde schüttelte den Kopf.

»Heißt das, du weißt es nicht, oder es war kein Auto dort?«

»Weiß nicht.«

»Kannst du versuchen, dich zu erinnern?«

Dietlinde kniff die Augen zusammen als Zeichen angestrengten Nachdenkens. Das brachte ihre Brille ins Rutschen, und sie schob sie mit ihrem Mittelfinger wieder hoch. Silja hoffte, dass die Fingerwahl Zufall war.

»Weiß nicht«, wiederholte Dietlinde.

»Kein Problem. Aber kannst du dich vielleicht erinnern, ob du jemanden dort gesehen hast? Entweder auf dem leeren Grundstück oder vielleicht vor dem Haus mit der Holzverschalung? Und denk bitte erst nach, bevor du antwortest«, fügte Silja hinzu, als das Mädchen zu einem weiteren Kopfschütteln ansetzte.

Dietlinde kniff erneut die Augen zusammen und schien schon zu einem weiteren »Weiß nicht« ansetzen zu wollen, da fiel ihr Blick auf Prinzesschen, die zu ihren Füßen lag. Ruckartig hob Dietlinde den Kopf. »Da war ein Mann. Er hat gesagt, dass mein Hund ganz schön groß ist.«

Na bitte, dachte Silja. »Wo war der Mann genau?«

»Vor der Haustür.«

»Vom Haus mit der Holzfassade …?«

Ein Nicken.

»Weißt du, ob er geklingelt hat?«

Erneutes Nicken. »Aber keiner hat aufgemacht. Dann hat der Mann das zu mir gesagt.«

»Dass dein Hund ganz schön groß ist? Hast du auch etwas gesagt?«

Dietlinde zögerte, dann schüttelte sie den Kopf, wobei sie zu ihrer Mutter hinüberschielte, die aufseufzte. »Du sollst doch nicht mit Fremden sprechen, Didi.«

Das Mädchen verteidigte sich sofort. »Ich habe nur gesagt, dass Prinzesschen kein Er ist, sondern eine Sie.«

»Und hat der Mann darauf etwas erwidert?«, fragte Silja.

»Was Komisches.« Dietlinde schob erneut mit ihrem Mittelfinger ihre Brille hoch. »Dass er dann die Prinzessin lieber nicht kennenlernen will. Dann ist er weggegangen.«

»Und wohin?«

»Ums Haus rum. Nach hinten.«

Bingo! »Kannst du beschreiben, wie der Mann aussah?«

Dietlinde schüttelte den Kopf.

»War er groß oder klein?«

Zögern. »Groß.«

»Welche Haarfarbe hatte er?«

Zögern. »Grau.«

»Weißt du, was er für Kleidung trug?«

Kopfschütteln.

»Vielleicht einen Anzug?«

Kopfschütteln.

»Hemd und Hose?«

Achselzucken.

»Pullover und Hose?«

Achselzucken.

»Eine Jacke?«

Zögern.

»Einen Mantel?«

Nicken.

Bingo, dachte Silja erneut. »Kannst du den Mantel beschreiben?«

Kopfschütteln.

»War er eher hell?«

Achselzucken.

»Dunkel?«

Achselzucken.

»Aber du bist sicher, dass der Mann einen Mantel trug?«

Kopfschütteln.

Mist! Silja zückte ihr Tablet. »Ich würde dir gerne einige Fotos zeigen.«

Henning Niebel lehnte sich mit dem Rücken zum Wind an den Dienstwagen, den Silja Brandt auf dem Grundstück gegenüber der Jansens abgestellt hatte, und biss in das Snickers, das er am Morgen vorsorglich eingesteckt hatte. Auch wenn man es ihm nicht ansah, ernährte er sich im Dienst hauptsächlich von Fett und Zucker. Sein Arzt hatte ihn zwar bei seinem letzten Checkup eindringlich ermahnt, auf eine gesunde Ernährung zu achten, aber wie sollte das im Einsatz funktionieren? Ein Dienstwagen war keine rollende Salatbar. Doch das würde sich ändern, sobald er im Ruhestand war. Noch zwei Monate. Bis dahin wollte er eine möglichst ruhige Kugel schieben – und momentan sah es so aus, als könnte sich dieser Wunsch erfüllen.

Henning hatte in den letzten drei Stunden noch mit einem Dutzend weiterer Anwohner gesprochen, von denen zwar keiner etwas Neues zu den Ereignissen am Freitagnachmittag zu sagen gewusst hatte, doch das war auch nicht nötig gewesen, nachdem Elsa Rövekamp ihm ohnehin alles geliefert hatte, was er brauchte. Volker Fischer war am Freitagnachmittag zwischen halb vier und kurz nach vier am Haus seiner Tochter eingetroffen und in den Garten gegangen, denn sonst hätte Elsa Rövekamp bei ihrer Rückkehr vom Grünplatz nicht nur seinen Wagen, sondern auch den Mann selbst sehen müssen. Dort im Garten hatte Volker Fischer dann den Steg betreten, und es war zu einem Unfall gekommen – und zwar ohne Fremdbeteiligung, davon war Henning überzeugt. Denn wer hätte dabei sein sollen? Florian Jansen war auf der Baustelle in Plön gewesen, Priska Jansen war im Wald gejoggt und erst zurückgekehrt, als Moritz Klose und Anna Brühl schon eingetroffen waren. Und danach waren die drei, später vier, den restlichen Tag nach Aussagen aller zusammen im Haus geblieben. Natürlich war es theoretisch denkbar, dass sie alle gelogen hatten, doch Henning bezweifelte es. Sie waren hier schließlich nicht bei »Mord im Orientexpress«.

Diese Ansicht sah Henning noch einmal bestätigt, als Kommissarin Brandt von der Aussage einer gewissen Dietlinde Carstensen erzählte.

»Das Mädchen hat also gesehen, dass Volker Fischer bei den Jansens geklingelt hat und dann ums Haus herum in den Garten gegangen ist? Sehr gut, das passt perfekt. Für wie zuverlässig halten Sie die Kleine?«

Brandts Antwort kam prompt. »Ich bin zumindest sicher, dass sie vor dem Haus der Jansens einen Mann getroffen hat, vermutlich Volker Fischer, auch wenn sie sein Foto nicht hundertprozentig erkannt hat. Ich kann mir nicht vorstellen, dass sie sich die Unterhaltung ausgedacht hat, schon gar nicht die Bemerkung des Mannes, dass er die Prinzessin lieber nicht kennenlernen wolle, weil sie die gar nicht verstanden hat. Lediglich beim Wochentag hätte ich Bedenken, weil Dietlinde die Nachmittage leicht durcheinanderbringt. Aber dass die Begegnung mit dem Mann am Freitag stattfand, passt zur Aussage des Nachbarn, und laut Navi war Volker Fischer nur am Freitag hier.«

»Sehr gut«, wiederholte Henning und steckte zufrieden seine Hände in die Taschen seines Parkas. Es war mittlerweile vier Uhr, die Sonne war hinter Wolken verschwunden, der Wind frisch. »Das heißt, die Alibis haben Bestand. Wenn die Obduktion also nicht noch irgendwelche Überraschungen bereithält, können wir die Sache wohl abschließen. Gute Arbeit, Brandt!«, fügte er großzügig hinzu, in der Erwartung, dass die kleine Kommissarin sich darüber freuen würde.

Stattdessen runzelte sie die Stirn. »Aber was ist mit Volker Fischers verschwundenem Mantel?«

Den hatte Henning völlig vergessen, doch er zuckte bloß mit den Achseln. »Wie Sie sagen, er ist verschwunden. Nicht unser Problem. Frau Rövekamp hat die Alibis der Beteiligten bestätigt. Keiner, der Volker Fischer kannte, war zwischen halb vier und halb fünf auch nur in der Nähe des Hauses. Der Mantel kann sonst wo sein. Vielleicht musste Volker Fischer auf dem Weg hierher zur Toilette. Er hielt an einer Tankstelle, zog den Mantel aus und vergaß ihn. So was kommt vor.« Und Hennings Erfahrung nach nicht selten. Hätte er für jeden dusseligen Zufall, der einen seiner Fälle entscheidend beeinflusst hatte, einen Hunderter bekommen, wäre er ein reicher Mann.

Brandt widersprach. »Aber Dietlinde hat gesagt, dass der Mann, mit dem sie sprach, einen Mantel trug. Sie konnte ihn zwar nicht beschreiben ...«

Henning schnitt ihr das Wort ab. »So, wie Sie das erzählt haben, klang die Kleine alles andere als sicher.«

»So würde ich das nicht sagen«, widersprach Brandt. »Sie wurde erst unsicher, als sie den Mantel beschreiben sollte. Ihre spontane Aussage war, dass Volker Fischer einen trug. Wo ist der jetzt? Wenn Fischer wirklich allein war, als er starb, hätte er den Mantel bei seinem Tod tragen müssen. Und selbst wenn er ihn im Garten ausgezogen hat, weil die Sonne schien, hätten die Kriminaltechniker das Ding finden müssen.«

»Oder er liegt woanders im See. Wenn Fischer den Mantel umgehängt hatte, als er ins Wasser fiel, wurde er möglicherweise durch die Wellenbewegung, die sein Körper auslöste, ein Stück weit abgetrieben, bevor er sank. Der Mantel kann irgendwo in einem Umkreis von zehn, wenn nicht zwanzig Metern vom Bootssteg aus auf dem Seegrund liegen.«

»Dann sollten Sie das überprüfen lassen.«

Henning lachte. »Damit ich einen Anschiss wegen Ressourcenverschwendung kassiere? Sie müssen noch viel lernen, Brandt. Also, wir fahren zurück zu BKI. Und wenn die Obduktion keine eindeutigen Hinweise auf Fremdverschulden liefert, machen wir heute noch einen Stempel drauf. Und, Brandt«, fügte Henning hinzu, als die Kleine schon wieder ihren Mund öffnete, »kein Muckser auf dem Rückweg. Konzentrieren Sie sich auf den Verkehr.«

Silja hielt sich während der Rückfahrt an das Schweigegebot, und wie befohlen konzentrierte sie sich auf den Verkehr, allerdings nur mit halber Hirnkapazität. Ihre übrigen grauen Zellen dachten über den Fall und über das Vorgehen des ranghöheren Kollegen nach. Silja irritierte dessen laxe Herangehensweise an den Fall. Zwar war Niebels Szenario plausibel, dass Volker Fischers Mantel beim Sturz ins Wasser abgetrieben war, doch Silja fand, dass der Hauptkommissar das wenigstens überprüfen lassen sollte. Wo, wenn nicht bei der Mordkommission, sollten genügend Ressourcen zur Verfügung stehen?

Und der verschwundene Mantel war nicht das Einzige, das Silja an dem Fall irritierte. Sie fand sowohl die Familienkonstellation als auch Volker Fischers Verhalten am Nachmittag seines Todes seltsam. Wieso hatte der Mann seine Tochter nach einer Zeit der Entfremdung besuchen wollen? Dass er zu ihr gefahren war, unmittelbar nachdem er seine Freundin bei ihrem Geschäftstermin abgesetzt hatte, sprach dafür, dass es kein spontaner Entschluss gewesen war. Doch wenn er den Besuch geplant hatte, wieso hatte er ihn nicht angekündigt? Und wieso hatte er seine

Freundin belogen? Silja war überzeugt, dass es hier ein Geheimnis aufzuklären gab.

Andererseits musste sie zugeben, dass Niebel recht hatte, dass all das vermutlich für ihren Fall keine Rolle spielte, da die Nachbarin die Alibis bestätigt hatte. Keiner der Hausbewohner und Gäste war zwischen halb vier und fünf vor halb fünf auf dem Grundstück gewesen, und danach waren alle zusammen im Haus gewesen, hatten gekocht, gegessen, sich unterhalten – während Volker Fischer wohl schon tot im See gelegen hatte. Denn wenn er noch gelebt hätte, hätte ihn jemand sehen müssen. Silja musste sich eingestehen, dass tatsächlich alles dafürsprach, dass Volker Fischer bei seinem Tod allein gewesen war. Und es war nicht ihre Aufgabe, jede offene Frage in diesem Zusammenhang zu klären.

Siljas Gedanken wurden unterbrochen, als Niebels Diensthandy klingelte. Der Hauptkommissar hielt es ans Ohr, grunzte ein »Ja?«, hörte zu, stellte einige Fragen und drückte dann das Gespräch weg.

»Das war Jankowski von der Rechtsmedizin«, verkündete er mit unüberhörbarer Genugtuung in der Stimme. »Die Obduktion hat keinen Hinweis auf Fremdverschulden ergeben. Im Gegenteil. Ganz im Gegenteil.«

Teil III

1

Anna

»Angina pectoris?« Priska wiederholt die zwei Worte, als hätte sie sie noch nie gehört. »Daran ist mein Vater gestorben?«

Es ist Montagmorgen, und wir sitzen am Esstisch im Wohnzimmer. Der Raum ist mir mittlerweile so vertraut, dass ich mich darin nicht mehr verloren fühle, sondern eingeengt. Ich habe das Gefühl, jeden Quadratzentimeter schon hundertmal studiert zu haben. Jede Maser der Landhausdielen, jede Faser des Wollteppichs vor dem Sofa, die sanften Aquarellfarben der Plaids, die gefaltet auf der Armlehne liegen, das grau-weiße Blumenmuster der Platzsets auf dem Esstisch, die genaue Form des Ovals der Tischplatte. Ich kenne das alles, weil wir den ganzen Sonntag zusammen in diesem Raum verbracht und auf Neuigkeiten gewartet haben.

Das heißt, eigentlich stimmt das nicht. Priska, Florian, Moritz und ich waren zwar zu viert im Wohnzimmer, aber wir waren nicht zusammen. Jeder hat für sich versucht, mit den Ereignissen zurechtzukommen. Moritz hat die Hälfte der Zeit irgendwo gesessen und vor sich hin gestarrt, die andere ist er nervös im Wohnzimmer hin und her gelaufen, was ich von ihm überhaupt nicht kenne. Wahrscheinlich hat Priska ihn angesteckt, die immer wieder zum Fenster gelaufen ist und hinausgeschaut hat. Vielleicht um Ausschau nach den Polizisten zu halten, vielleicht weil sie nicht wusste, wohin sonst mit ihrer Energie. Zwischendurch haben die beiden sich immer wieder einmal gesetzt, aber nie für lange, und jedes Gespräch, das Florian und ich mit ihnen angefangen haben, ist schnell im Sande verlaufen.

Als uns abends schließlich klar wurde, dass wir an diesem Tag keine Informationen mehr erhalten würden, hat Florian gekocht, und anschließend sind wir alle nach oben gegangen. Doch auch als Moritz und ich allein im Gästezimmer waren, bin ich nicht an ihn rangekommen. Heute Morgen saßen wir dann gerade wieder in Habachtstellung beim Frühstück, als Hauptkommissar Niebel – dieses Mal ohne seine Kollegin – klingelte.

Jetzt schüttelt er den Kopf. Wie gestern sitzt er am schmalen Ende des Tisches vor den Resten des Frühstücks, die wieder reichlich sind. »Nein«, erklärt er noch einmal. »Die Obduktion hat ergeben, dass Ihr Vater ertrunken ist. Dem Ertrinken ist ein Sturz vorausgegangen. Ihr Vater hatte eine Verletzung am Hinterkopf, und wir haben an einem Pfosten am Bootssteg Blut und Haare gefunden. Das spricht dafür, dass Ihr Vater gestürzt ist, sich den Kopf angeschlagen hat und dann ins Wasser gefallen ist. Der Schlag auf den Kopf war allerdings nur oberflächlich, es ist ausgeschlossen, dass er zu Bewusstlosigkeit führte.«

»Und was hat das mit – wie nannten Sie das? – Angina pectoris zu tun?«, fragt Priska.

»Dr. Jankowski hält es nach Ausschluss anderer Optionen für wahrscheinlich, dass eine Angina-pectoris-Attacke der Auslöser für den Sturz war. Die Obduktion hat ergeben, dass Ihr Vater ein geschädigtes Herz hatte. Offenbar litt er an einer koronaren Herzerkrankung. Angina pectoris ist dafür ein typisches Symptom. Es kommt dabei zu Schmerzen in der Brust, oft auch zu Todesangst, Übelkeit und Schwindel. Dr. Jankowski vermutet, dass Ihr Vater aufgrund eines solchen Anfalls das Gleichgewicht verlor, möglicherweise auf dem vom Regen glitschigen Steg ausrutschte und ins Wasser fiel. Da er aufgrund des Anfalls in seiner Handlungsfähigkeit stark eingeschränkt war, ertrank er. Es war ein tragischer Unfall. Es tut mir sehr leid.«

Hauptkommissar Niebel sieht keinen von uns an, sein Blick klebt an den Resten des Frühstücks, irgendwo zwischen der Erdbeermarmelade und der Schüssel mit dem Obstsalat. Weder seine Miene noch sein Tonfall spiegeln echtes Mitgefühl, doch Priska scheint dankbar für die Worte, sie wirkt erleichtert und gleichzeitig ein bisschen verblüfft über das Obduktionsergebnis. Florian blickt ernst drein. Moritz schüttelt heftig den Kopf.

»Das kann nicht stimmen. Unser Vater hatte nichts am Herzen. Er war erst kürzlich beim Check-up und brüstete sich damit, dass er kerngesund ist. Sag du es ihm!« Er sieht Priska auffordernd an.

Priska zögert. »Na ja, ehrlich gesagt weiß ich nicht viel über Volkers Gesundheitszustand. Er wirkte immer fit, das stimmt, allerdings war ihm das auch wichtig. Er wäre sicherlich nicht mit gesundheitlichen Problemen hausieren gegangen.«

»Ich bin sein Sohn, das wäre kein Hausieren gewesen«, entgegnet Moritz scharf. »Und er hatte noch nie einen Anfall.«

Niebel räuspert sich. »Möglicherweise nicht in Ihrer Gegenwart, Herr Klose, aber mindestens einmal in Anwesenheit von Frau Buchholz. Außerdem habe ich heute Morgen, bevor ich zu Ihnen gefahren bin, mit dem Hausarzt Ihres Vaters telefoniert. Dieser hat bestätigt, dass Ihr Vater an einer Arteriosklerose und einer Verengung der Herzkranzgefäße litt. Der Hausarzt hatte ihm deswegen Medikamente und ein Nitrospray verschrieben, ein Notfallmedikament, das bei Anfällen von Angina pectoris eingesetzt wird. Wir haben dieses Spray in dem Passat gefunden, in dem Ihr Vater hierhergefahren ist. Wir vermuten, dass es aus seiner Tasche gefallen ist, denn eigentlich sollte er es immer bei sich tragen.«

»Heißt das, er wäre nicht gestorben, wenn er das Spray in Griffweite gehabt hätte?«, fragt Priska.

»Nun«, Niebel räuspert sich erneut, »das kann niemand mit Bestimmtheit sagen, da niemand dabei war. Wir haben mit Ihren Nachbarn gesprochen und konnten Herrn Fischers Schritte am Freitagnachmittag nachvollziehen. Er kam zwischen halb vier und vier in dem gemieteten Passat hier an, vermutlich gegen zwanzig vor vier. Eine Zeugin hat gesehen, dass er bei Ihnen klingelte und dann am Carport vorbei in den Garten ging. Möglicherweise wollte er sehen, ob Sie dort sind, immerhin stand Ihr Wagen im Carport. Wir wissen nicht, warum er sich auf den Bootssteg stellte, doch ungewöhnlich ist das nicht. Wasser zieht die Menschen an.«

»Und dann hatte er aus heiterem Himmel einen Anfall?« Florian klingt skeptisch. »Aber gibt es bei Attacken von Angina pectoris nicht typischerweise einen Auslöser? Körperliche Überanstrengung oder emotionalen Stress? Eine Cousine meiner Mutter leidet daran«, fügt er auf Priskas überraschten Blick hin erklärend hinzu.

Niebel zuckt mit den Achseln. »Ich vermute, das ist von Patient zu Patient unterschiedlich, allerdings bin ich kein Mediziner.« Er klappt sein Notizbuch zu. »Wie gesagt, es war ein tragischer Unfall. Die Obduktion hat keine Hinweise auf Fremdbeteiligung ergeben, und dies deckt sich mit unseren Ermittlungen. Wenn Sie das wünschen, veranlasse ich, dass das Institut für Rechtsmedizin Ihnen den Obduktionsbericht zukommen lässt. Sie können die Ergebnisse dann mit dem Hausarzt Ihres Vaters besprechen. Ich bin sicher, dieser wird Ihnen auch gerne weitere Auskunft über die medizinische Vorgeschichte erteilen. Ich wollte Sie nur vorab über das Ergebnis unserer Untersuchung informieren.«

»Und dafür sind wir Ihnen sehr dankbar«, erklärt Priska. »Heißt das, Sie stellen Ihre Ermittlungen ein?«

»Das liegt im Ermessen der Staatsanwaltschaft, doch ich habe das bereits mit ihr besprochen. Die Staatsanwaltschaft wird dann auch den Leichnam Ihres Vaters freigeben. Das kann allerdings ein oder zwei Tage dauern. Ich empfehle Ihnen, sich möglichst bald an einen Bestatter Ihrer Wahl zu wenden. Dieser wird Sie bei den notwendigen Formalitäten unterstützen und auch die Überführung des Leichnams veranlassen, falls Sie Ihren Vater in Stuttgart beisetzen möchten.«

»Darüber haben wir uns noch keine Gedanken gemacht.« Priska sieht fragend zu Moritz hin, doch der wehrt sofort ab.

»Dafür ist es mir auch noch viel zu früh. Mein Gott, es ist erst Montagmorgen. Wir wissen erst seit Samstagabend, dass Volker tot ist. Dann haben Sie gestern angedeutet, an seinem Tod könne etwas faul sein, weil sein Mantel verschwunden ist, und jetzt behaupten Sie, er litt an einer Herzkrankheit, von der ich nie etwas gehört habe. Was ist denn überhaupt mit Volkers Mantel? Haben Sie den mittlerweile gefunden?«

Niebel schüttelt den Kopf. »Wir gehen davon aus, dass er auf dem Grund des Sees liegt.«

»Aber da war kein Mantel«, rutscht es mir heraus. »Da war nur seine Leiche.« Im nächsten Moment erröte ich, als mir klar wird, dass das vermutlich unsensibel klang.

»Wir gehen davon aus, dass der Mantel abgetrieben wurde. Nun, wenn Sie keine weiteren Fragen haben ...« Der Hauptkommissar erhebt sich.

Priska springt ebenfalls auf. »Ich bringe Sie hinaus.«

Kaum haben die beiden das Wohnzimmer verlassen, brummt Moritz etwas Unverständliches und geht zur Wohnzimmertür. Ich will mich ihm anschließen, doch Moritz murmelt etwas von »Alleinsein« und zieht rasch die Tür hinter sich zu.

Ich muss schlucken. Ich verspüre das dringende Verlangen, Moritz hinterherzulaufen, doch ich reiße mich zusammen und setze mich wieder. Für einige Minuten sitzen Florian und ich schweigend beieinander, jeder in trübe Gedanken versunken. Zumindest meine sind trüb.

»Tja, vermutlich will keiner mehr etwas essen«, sagt Florian schließlich. Er greift zur Schüssel mit dem Obstsalat und zur Platte mit dem längst erkalteten Rührei und trägt es in die Küche, während ich die Teller zusammenstelle.

»Das musst du nicht machen«, sagt Florian, als er zurückkommt, aber ich bestehe darauf.

»Ich bin froh, wenn ich helfen kann und etwas zu tun habe.«

Er nickt. »Das verstehe ich. Herumsitzen und Grübeln ist auch nicht mein Ding. Die Warterei gestern war ziemlich zermürbend, obwohl sie nicht einmal lange gedauert hat. Als mein Vater starb, mussten wir länger auf Ergebnisse warten. Na ja, wenigstens haben wir jetzt eine Antwort auf die Frage, wie Volker gestorben ist. Wenn auch sonst ziemlich viele Fragen offenbleiben.«

Florian nimmt die Käseplatte mit in die Küche, ich folge mit den Tellern. Anschließend hole ich die Tassen. Während ich das Geschirr in die Spülmaschine stelle, wickelt Florian den Käse in Käsepapier und legt ihn zurück in den Kühlschrank. Wir werkeln kameradschaftlich nebeneinanderher, ohne uns ins Gehege zu kommen, fast wie alte Freunde, deshalb finde ich den Mut, eine Frage zu stellen.

»Wie verkraftet Priska eigentlich den Tod ihres Vaters?«

Florian nimmt sich einen Moment Zeit für die Antwort. Erst legt er das letzte Käsestück zurück in den Kühlschrank und reinigt dann das Brett unter fließendem Wasser. »Ich bin mir nicht ganz sicher. Es macht ihr zu schaffen. Nicht so sehr wie Moritz, aber mehr, als sie sich eingestehen möchte. Definitiv mehr, als sie mir gegenüber eingestehen möchte.«

»Heißt das, Priska spricht mit dir auch nicht über ihre Gefühle?«

Florian lächelt. »Priska spricht mit niemandem gern über ihre Gefühle, zumindest nicht über negative. In der Hinsicht ist sie wie ein Kerl. Sie hasst es, Schwäche zu zeigen. Ich habe sie zum Beispiel erst einmal weinen sehen. Das war, nachdem sie mit mir Schluss gemacht hatte.«

»Ihr wart mal getrennt?«, frage ich überrascht.

»Für eine Woche. Als Priskas Job in Kiel endete, bekam sie kalte Füße und schickte mir aus Stuttgart eine Whatsapp, dass sie keine Fernbeziehung wolle. Am nächsten Wochenende fuhr ich runter, um sie zur Vernunft zu bringen. Sie sah furchtbar aus, sie hatte sechs Tage durchgeheult.« Flo schweigt einen Augenblick. »Wie gesagt, das war das einzige Mal. Wenn Priska traurig oder getroffen ist, versucht sie das zu überspielen. Ich merke es dann hauptsächlich daran, dass sie besonders nervös oder gereizt ist. So wie gestern.« Er greift zum Trockentuch. »Vielleicht liegt das in der Familie. Moritz scheint die Dinge ebenfalls am liebsten mit sich selbst auszumachen.«

Florian schaut durch das Panoramafenster hinaus auf den See. Moritz steht draußen auf dem Steg in der Oktobersonne. Er trägt keine Jacke, der Wind zerrt an seinem Sweatshirt und an seinen Haaren, die zu lang sind, weil er mal wieder vergessen hat, zum Friseur zu gehen. Ich kann seine Traurigkeit von hier aus in seiner Haltung erkennen. Sie versetzt mir einen Stich ins Herz. Und es versetzt mir einen weiteren Stich, dass Florian offenkundig recht hat.

»Ich dachte eigentlich, zwischen uns sei es anders, dass wir alles miteinander teilen«, sage ich leise.

»Na ja, vermutlich weiß man so etwas erst, wenn etwas passiert.« Florian schweigt einen Augenblick lang. »Mir ist erst in den letzten Tagen klargeworden, wie gut Moritz' Verhältnis zu seinem Vater war«, sagt er dann nachdenklich. »Erstaunlich eigentlich. Immerhin wusste er doch genauso wenig wie Priska, dass sein Vater eine zweite Familie hatte. Aber er scheint es ihm nicht nachgetragen zu haben.«

»Weil der Vertrauensbruch für ihn nicht so groß war. Er wusste immer, dass seine Familie anders ist. Ihm wurde nie eine Vater-Mutter-Kind-Idylle vorgespielt. Ich glaube, für ihn war es tatsächlich eine positive Überraschung, eine Schwester zu haben. Und sein Leben änderte sich dadurch kaum, während das von Priska völlig auf den Kopf gestellt wurde.«

»Ja, vermutlich liegt es daran.« Florian wischt mit einem Lappen über die Arbeitsplatte und reibt nachdenklich über einen

Fleck. »Ich wünschte wirklich, ich hätte Volker kennengelernt. Ich hätte es nicht immer vor mir herschieben sollen.«

»Ich dachte, ein Treffen sei an ihm gescheitert.«

»Schon, aber ich hätte es forcieren sollen. Ich habe auch mal überlegt, ob ich nicht einfach nach Stuttgart fahre und an seine Tür klopfe, aber irgendwie kam immer etwas dazwischen. Die Arbeit, das Haus. Aber ich hätte es tun sollen. So wichtig hätte mein Schwiegervater mir sein sollen. Familie ist wichtig.«

»War das der Grund, warum ihr entschieden habt, dass Priska zu dir in den Norden zieht, nicht umgekehrt du zu ihr in den Süden? Weil du hier bei deiner Familie bleiben wolltest?«

Florian spült den Lappen aus und hängt ihn zum Trocknen über den Wasserhahn. »Das war eigentlich nicht unsere Entscheidung, sondern Priskas. Ich wäre mit ihr bis ans Ende der Welt gegangen. Doch natürlich hätte ich von da Kontakt zu meiner Mutter gehalten. Garantiert.« Er runzelt nachdenklich die Stirn. »Ich habe mich schon mal gefragt, ob zwischen Priska und ihrem Vater irgendetwas vorgefallen ist – zusätzlich zu dem Betrug mit zwei Familien, meine ich.«

»Hast du sie danach gefragt?«

»Sie hat es bestritten. Na ja, vermutlich spielt es jetzt keine Rolle mehr.«

Florian lächelt schief. Er wirkt nicht sehr überzeugt, doch bevor ich etwas erwidern kann, kommt Priska zurück. Sie schließt die Wohnzimmertür, indem sie sich dagegenlehnt und einen Augenblick stehen bleibt, als wollte sie nicht nur eine Tür, sondern ein Kapitel ihres Lebens schließen. Florian geht zu ihr und nimmt sie fest in die Arme. Bis die beiden sich voneinander lösen, sehe ich aus dem Fenster.

»Wie fühlst du dich?«, fragt Florian schließlich.

Priska zuckt mit den Achseln. »Ehrlich gesagt: Ich weiß es nicht. Einerseits bin ich froh, dass die Obduktion ein klares Ergebnis erbracht hat – auch wenn ich bis vor einer halben Stunde noch nie von Angina pectoris gehört hatte. Andererseits weiß ich, dass Volker es gehasst hätte, so zu sterben. Zu ertrinken, weil er ausgerechnet auf einem Bootssteg einen Anfall hatte – es kommt mir ziemlich würdelos vor.« Sie schneidet eine Grimasse. »Auf jeden Fall bin ich erleichtert, dass wir mit den Vorbereitungen für die Beerdigung beginnen können. Nicht, dass ich mich darauf freue, aber alles ist besser als noch einen Tag lang herumzusitzen und Däumchen zu drehen.« Sie blickt Florian fragend an. »Meinst du übrigens, dass deine Mutter uns einen Bestatter empfehlen kann? Ich denke, wir sollten einen aus Kiel nehmen, nicht aus Stuttgart, auch wenn wir Volker dort beisetzen lassen. Und ich möchte nicht irgendwen aus den Gelben Seiten heraussuchen.«

»Zumindest kennt Imke bestimmt jemanden, den wir fragen können.«

Florian zückt sein Handy. Während er telefoniert, kommt Priska zu mir in den Küchenbereich, nimmt sich ein Glas aus dem Schrank und lässt Wasser hineinlaufen. »Wo ist eigentlich Moritz?«, fragt sie.

»Er wollte eine Weile allein sein.«

Ich bemühe mich um einen beiläufigen Ton, doch Priska mustert mich scharf.

»So sind wir Fischers«, sagt sie mit einem kleinen Lächeln. »Wir lecken unsere Wunden nicht gerne vor Publikum.« Dann fügt sie überraschend hinzu: »Aber ich bin sicher, Moritz ist froh, dass du da bist, und ich bin es auch. Moritz hing sehr an Volker. Die nächsten Wochen werden nicht leicht für ihn. Er wird dich brauchen.«

Die unerwartet netten Worte tun mir gut. Zum ersten Mal fühle ich mich Priska verbunden.

Sie stellt ihr Glas ab. »Hast du schon mal eine Beerdigung organisiert?«, fragt sie.

Ich wackle mit dem Kopf. »Ich habe meinem Vater geholfen, als seine Mutter starb. Das war vergleichsweise einfach, weil meine Oma mit einer Bestattungsverfügung entsprechende Vorsorge getroffen hatte. Mein Opa war einige Jahre zuvor verstorben, damals hatte sie ein Doppelgrab gekauft. Weißt du, ob dein Vater sich schon Gedanken zu dem Thema gemacht hatte?«

»Ich bezweifle es. Er war nicht der Typ, Vorbereitungen für eine Zeit zu treffen, in der er nicht dabei sein würde. Und er war ja erst zweiundsechzig. Ich weiß nur, dass er verbrannt werden möchte, weil er mir das beim Begräbnis seiner Mutter erzählt hat. Er sagte, die Vorstellung, langsam von Würmern aufgefressen zu werden, fände er gruselig.« Sie denkt nach. »Vermutlich wäre es das Beste, ihn auf demselben Friedhof zu bestatten wie seine Mutter. Allerdings gehört der zu einer katholischen Kirche, und Volker ist ausgetreten, als er seine erste Gehaltsabrechnung bekam und sah, was ihn die Kirchensteuer kostet. Abgesehen davon war er nicht gläubig. Weißt du zufällig, ob Atheisten auf christlichen Friedhöfen willkommen sind?«

»Ich glaube nicht.«

»Dann müssen wir einen anderen finden, doch dazu brauchen wir Moritz. Ah, wenn man vom Teufel spricht ...«

Tatsächlich kommt Moritz gerade durch den Garten aufs Haus zu. Priska geht zur Terrassentür und schließt ihn in die Arme. Er drückt sie ebenfalls, und ich spüre, wie heiße Eifersucht in mir aufsteigt. Die beiden tauschen einige Worte, die ich nicht verstehen kann, dann macht Moritz sich los und kommt zu mir herüber.

Es ist das erste Mal seit Samstagabend, dass er meine Nähe sucht, und plötzlich bin ich befangen. Doch Moritz grinst mich nur so verlegen an, wie er es sonst tut, wenn er wieder einmal etwas verschusselt hat. Dann legt er seine Arme um mich. Er sagt nichts weiter, doch das ist auch nicht nötig. Die Anspannung der letzten zwei Tage fließt aus mir heraus.

In der Stille höre ich, wie Florian sein Telefonat beendet und sich an Priska wendet. »Ich habe einen Bestatter. Er hat die Mutter einer Freundin von Imke beerdigt, Imke meint, die Freundin sei sehr zufrieden gewesen.«

Moritz löst sich von mir und sieht seine Schwester fragend an. »Du suchst schon nach einem Bestatter?«

»Ich wollte zumindest eine Empfehlung. Ich denke, wir sollten möglichst bald einen Termin machen. Ich fürchte, wir haben jetzt einiges zu tun.«

Moritz nickt. »Du hast recht. Aber können wir den Termin für nachmittags machen und erst mal eine Runde rausgehen?«

2

Priska

Wir gehen nicht in den Forst, sondern in die andere Richtung, weil Moritz sich den Ort anschauen will. Das dauert nicht lange. Die Hauptattraktion unseres Dorfes ist der Uferbereich mit Campingplatz, Badestelle und winziger Promenade, anschließend spazieren wir die Hauptstraße entlang. Vorbei an der modernen evangelischen Kirche, die ich noch nie von innen gesehen habe, vorbei am Dorfgasthaus, in das ich Florian einmal zu einer unendlich öden Bürgerversammlung begleitet habe, vorbei an mehreren Wohnhäusern mit Fewo-frei-Schildern, die im Sommer alle auf »belegt« wechseln.

Ich bin froh, draußen zu sein. Es ist kalt, der Wind geht heftig, fast stürmisch, doch ich ziehe meine Mütze vom Kopf, um ihn mal so richtig durchpusten zu lassen, während ich versuche zu erfassen, wie viel Glück ich gehabt habe. Ich kann kaum glauben, dass es wirklich vorbei ist. Ich kann kaum glauben, dass die Polizei ihre Ermittlungen abgeschlossen hat. Ich kann kaum glauben, dass sie tatsächlich zu der Überzeugung gelangt ist, dass Volker bei seinem Tod allein und dass dieser Tod nur ein tragischer Unfall war.

Ich bin so erleichtert, dass ich hier und jetzt einen Freudentanz aufführen oder – besser noch – Flo die Klamotten vom Leib reißen und ihn vor aller Augen vögeln könnte. Ich bin so geladen mit positiver Energie, dass ich auf der Stelle einen Halbmarathon laufen könnte. Stattdessen versuche ich, meine Schritte an das gemächliche Tempo anzupassen, das Moritz und Anna vorgeben. Die beiden schlendern Hand in Hand vor Flo und mir her. Ich sehe nur ihre Hinterköpfe, außer wenn Anna verliebt zu Moritz hochblickt, dann sehe ich ihr Profil. Gestern war es verkniffen vor Sorge, doch jetzt ist es weich und entspannt, vermutlich weil Moritz sich wieder etwas gefasst hat. Auch ich bin froh darüber. Ich will nicht, dass mein kleiner Bruder leidet, er verdient es nicht. Doch ich verdiene es ebenfalls nicht. Deshalb musste ich so handeln, wie ich gehandelt habe, und deshalb kann ich nicht bereuen, was ich getan habe. Und Moritz wird es verarbeiten! Anna wird ihn unterstützen. Ich werde ihn unterstützen. Er wird wieder mein glücklicher kleiner Bruder sein.

Seltsam, wie wichtig mir Moritz' Glück geworden ist. Ich hätte es nie gedacht, als er mich damals mit seiner Gitarre und seinem idiotischen Song verfolgte und vor meinen Kommilitonen blamierte. Ich glaube, Moritz denkt bis heute, dass ich mich damals nur geziert habe, dass ich ohnehin bereit war, mit ihm zu reden. Doch das ist nicht wahr. Ich habe mich nur auf unseren ersten gemeinsamen Cappuccino eingelassen, weil mir Moritz' Auftritte unendlich peinlich waren und weil er mir versprach, mich danach in Ruhe zu lassen. Ich war fest entschlossen, nach diesem ersten Cappuccino nie wieder ein Wort mit ihm zu wechseln. Nicht nur, weil er mich an die größte Demütigung meines Lebens erinnerte – das Getuschel hinter meinem Rücken in der Schule, der Tratsch im Tennisclub, die ewig verbitterte Miene meiner Mutter –, sondern auch, weil ich überzeugt war, dass er mir nichts zu bieten hatte. Ich wollte niemanden in meinem Leben, der sich offenbar weder etwas aus gepflegter Kleidung noch aus regelmäßigen Friseurbesuchen machte, der sich der Lächerlichkeit preisgab, indem er sich wie ein Straßenmusikant vor einem Hörsaal aufbaute, und dessen Babyfett mangelnde Disziplin und Leistungsbereitschaft signalisierte wie eine übergroße rote Fahne.

Ich dichtete Moritz damals alle möglichen negativen Charakterzüge an, und ich behielt recht. Nach dem ersten Cappuccino wusste ich, dass Moritz schusslig, lernfaul, ziellos und noch etliche andere Dinge war, für die ich andere Menschen üblicherweise verachtete, doch ich wusste auch noch etwas anderes: Moritz war der erste Mensch seit langem, in dessen Gegenwart ich mich entspannen konnte, weil ich nicht mit ihm in Konkurrenz treten musste. Moritz war der erste Mensch in meinem Leben, der bereit war, mich so zu akzeptieren und zu mögen, wie ich bin, unabhängig von meinem Aussehen, meinen Leistungen, meinen Erfolgen. Moritz war der Einzige in meinem Bekanntenkreis, der nicht darauf wartete, dass ich einen Fehler machte oder mir eine Blöße gab. In meinem Kommilitonenkreis belauerten wir uns regelrecht gegenseitig und gönnten uns Credit Points und gute Noten höchstens, wenn der andere weniger bekam als man selbst. Treffen mit Schulfreundinnen dienten nur dem Vergleich, wer es weitergebracht hatte: Wer wurde zu mehr coolen Partys eingeladen, hatte mehr Erfolg bei den heißen Jungs, zog die besten Praktikumsplätze an Land?

Die schlichte Wahrheit ist, dass ich mich nach dem Treffen mit Moritz besser fühlte als vorher. Deshalb verabredete ich mich mit ihm auf einen zweiten Cappuccino und dann auf einen dritten. Und irgendwie und irgendwann, vielleicht um den siebten Cappuccino herum, wurde Moritz zu meiner wichtigsten Bezugsperson und zu meinem besten Freund – bis Flo mich in Laboe auf einen Kaffee einlud und meine Welt aus den Angeln hob. Ich liebe Moritz, ich möchte nicht ohne ihn leben, doch ohne Flo könnte ich es schlicht nicht. Ich brauche Flo wie die Luft zum Atmen, wie ein lebenswichtiges Organ, wie mein Herz. Und deshalb musste ich tun, was ich getan habe. Niemand kann ohne Herz überleben.

Auf dem Rückweg gehen wir zu viert nebeneinander, Moritz und ich in der Mitte. Ich habe den Eindruck, dass Anna Moritz lieber weiterhin für sich allein hätte, doch ich möchte mich mit ihm abstimmen, bevor wir nach Kiel zu dem Bestatter fahren, den Imke empfohlen hat. In den wichtigsten Punkten sind Moritz und ich uns einig. Wir finden beide, dass Volker verbrannt und seine Asche in Stuttgart beigesetzt werden soll, doch dann macht er einen Vorschlag, bei dem ich schlucken muss.

»Hältst du das wirklich für eine gute Idee?«

Moritz sieht mich überrascht von der Seite an. »Du nicht? Es ist unsere letzte Chance, Volker noch einmal zu sehen. Ich will nicht morgen nach Hause fahren, ohne mich von ihm verabschiedet zu haben. Möchtest du das etwa nicht?«

Nein! »Schon, aber ich weiß nicht, ob ich einen Besuch in der Rechtsmedizin durchstehe. Allein bei dem Gedanken wird mir schlecht.« Das ist keine Lüge. Ich finde es schon eklig, wenn Flo einen Fisch ausnimmt, die Vorstellung, einen Ort aufzusuchen, an dem tote Menschen aufgeschnitten werden, finde ich völlig verstörend.

Zum Glück mischt Flo sich ein. »Ich glaube nicht, dass ihr heute noch einen Termin im rechtsmedizinischen Institut bekommt. Nach dem Tod meines Vaters haben meine Mutter und ich uns im Beerdigungsinstitut von ihm verabschiedet – nachdem der Bestatter ihn abgeholt und zurechtgemacht hatte. Bei den meisten Beerdigungsinstituten gibt es dafür extra einen geeigneten Raum. Ich denke, das ist die übliche Vorgehensweise.«

»Aber dieser Niebel sagte, es könne einige Tage dauern, bis der Leichnam freigegeben wird«, entgegnet Moritz, »und wir wollten doch morgen früh zurückfahren.«

»Von uns aus könnt ihr gerne länger bleiben.«

Moritz tauscht einen Blick mit Anna, die nicht glücklich über den Vorschlag wirkt. »Bei mir müsste es gehen«, sagt Moritz. »Am Mittwoch könnte eine Kollegin von mir einspringen, die mir noch einen Gefallen schuldet, und donnerstags ist sowieso wenig los, ich könnte mich krankmelden. Aber du hast Kundentermine geplant, oder?«

Anna zögert. »Die kann ich verschieben.«

»Oder du fährst morgen allein zurück, und ich komme in zwei Tagen mit dem Zug nach.«

Anna sieht nicht so aus, als würde die Idee ihr zusagen, doch bevor sie antwortet, werden wir unterbrochen. Wir sind in unsere Straße eingebogen und nicht mehr weit von unserem Haus entfernt, als Elsa Rövekamp aus ihrem kommt. Als sie uns erblickt, läuft sie auf uns zu. Sie trägt keine Jacke, dafür Gummihandschuhe. Ihre Wangen sind hektisch gerötet, sie glüht geradezu vor Empörung.

»Frau Jansen, Herr Jansen, gut, dass Sie kommen. Es ist schon wieder jemand auf Ihr Grundstück eingedrungen! Ich habe es durchs Küchenfenster gesehen, als ich meinen Abwasch machte. Eine Frau hat bei Ihnen geschellt, und als niemand öffnete, ist sie einfach in Ihren Garten gegangen. Ich habe das Fenster aufgerissen und ihr hinterhergerufen, aber sie hat mich ignoriert. Da bin ich raus, um nachzusehen, aber jetzt wo Sie da sind ...« Sie stemmt ihre Hände in die knochigen Hüften.

Flo und ich tauschen einen Blick. »Eine Frau ist auf unser Grundstück gegangen?«, fragt Flo. »Wissen Sie, wo sie jetzt ist?«

»Na, noch dort. Es ist ja gerade eben erst passiert. Ich wette, es ist irgendeine Gafferin, die gehört hat, was passiert ist. Sie müssen endlich ein Gartentor einbauen. Ich habe Ihnen doch schon bei Ihrem Einzug gesagt ...«

Mehr höre ich nicht, denn Flo und ich sind losgesprintet. Flo ist fit, doch durch mein Training bin ich schneller, daher laufe ich vor ihm durch den Durchgang zwischen Carport und Bretterzaun. Als ich in unseren Garten komme, erkenne ich, dass Elsa Rövekamp sich nichts zusammenphantasiert hat. Jemand steht auf unserem Bootssteg und blickt ins Wasser. Jemand in einem hellen

Kurzmantel, und für einen Augenblick habe ich ein unheimliches Déjà-vu. Doch natürlich ist es nicht Volker, sondern eine Frau. Groß, schlank, mit blonder Hochsteckfrisur, schwarzer Hose und roten High Heels.

»He!«

Die Frau reagiert nicht, erst als wir den Steg erreichen und Flo sie anspricht, zuckt sie zusammen und dreht sich um.

»Was tun Sie hier?«, herrscht Flo sie an.

Die Frau macht einen Schritt zurück, sie wirkt eher verdattert als ertappt. Dreist!

»Oh, entschuldigen Sie bitte. Ich … ähm … wollte nur … Ich wollte sehen, wo er gestorben ist.« Sie blickt mich an. »Bist du Priska?«

»Es geht Sie einen feuchten Dreck an, wer ich bin. Wer sind Sie? Was fällt Ihnen ein, einfach unser Grundstück zu betreten?«

Die Schärfe in meiner Stimme lässt die Frau zurückzucken. Doch dann nickt sie. »Sie haben recht. Das hätte ich nicht tun sollen. Ich habe geklingelt, aber niemand hat geöffnet, und da dachte ich …« Sie beißt sich auf die Unterlippe und schüttelt den Kopf. »Ich fürchte, ich habe gar nicht gedacht. Ich glaube, ich wollte einfach den Ort sehen, an dem es passiert ist. Ich dachte, ich würde es dann begreifen, doch …« Ihre Stimme zittert, sie legt eine Hand auf ihren Bauch und atmet einmal tief durch. »Bitte verzeihen Sie mir. Ich habe mich noch nicht einmal vorgestellt. Ich bin Stefanie, Stefanie Buchholz. Ich bin … war die Freundin Ihres Vaters. Deines Vaters. Du bist doch Priska, oder? Ich habe Hochzeitsbilder von dir gesehen. Ich freue mich, dich kennenzulernen.«

Sie streckt ihre rechte Hand aus, die ich jedoch nicht ergreife.

»Sie sind die Freundin meines Vaters? Beweisen Sie es!«

Die Frau lässt ihre Hand sinken. »Natürlich, wenn du das möchtest. Ich kann dir meinen Führerschein zeigen.«

Sie öffnet ihre Handtasche. In dem Moment sagt eine Stimme hinter mir: »Stefanie?«

Ich drehe mich zu Moritz um, der Flo und mir mit Anna und Elsa Rövekamp gefolgt ist. »Kennst du diese Frau?«

»Klar.«

Moritz geht an mir vorbei und schließt die Frau auf dem Steg in die Arme. »Was tust du hier?«, fragt er.

Die Frau greift sich verlegen an ihr Ohr, in dem ein teurer Perlenstecker steckt. »Ich bin hergekommen, um den Wagen zu holen und um dich zu sehen. Ich habe geklingelt und bin dann einfach hinters Haus gegangen, was absolut nicht in Ordnung war.« Sie sieht mich an. »Du hast wirklich jedes Recht, sauer zu sein, Priska. Das war unangemessen. Es ist nur ... Ich kann immer noch nicht fassen, dass Volker nicht mehr da ist. Ich dachte, wenn ich den Ort sehe, an dem es passiert ist, kann ich es vielleicht begreifen.«

Sie sieht mich bittend an, doch ich kann mich nicht überwinden, sie willkommen zu heißen. Ich fühle mich wie eingefroren.

Flo rettet die Situation. »Hier ist niemand sauer. Wir freuen uns, dass du gekommen bist.« Mit einem Lächeln reicht er Stefanie die Hand. »Ich bin Florian, der Typ, der auf den Hochzeitsbildern neben der scharfen Braut stand. Warum gehen wir nicht alle zusammen rein? Da ist es warm, und es gibt Kaffee.«

Unter dem Vorwand, zur Toilette zu müssen, verschwinde ich nach oben ins Bad, wo ich mich auf den Rand der Badewanne sinken lasse und versuche, durch tiefes Ein- und Ausatmen meine flatternden Nerven zu beruhigen.

Das Auftauchen dieser Stefanie war ein Schock. Ich habe in den letzten Tagen keinen Gedanken an diese letzte Freundin meines Vaters verschwendet. Nicht nur weil ich Wichtigeres im Kopf hatte, sondern weil ich Volkers Freundinnen nie ernst genommen habe. Er hatte so viele in den letzten Jahren, dass ich mich irgendwann geweigert habe, sie kennenzulernen mit der Begründung, dass er beim nächsten Treffen ohnehin eine andere anschleppen würde. Die letzte, der ich begegnet bin, war Kira, die sich an Volkers sechzigstem Geburtstag von ihm trennte, weil er die Kellnerin anmachte, während er Kira auf der Restauranttoilette wähnte. Obwohl das nicht das Wichtigste war, das an diesem Abend geschah.

Seitdem habe ich Volkers Freundinnen gemieden, und ich hatte auch nicht vor, mich mit seinem letzten Anhängsel zu befassen. Doch als Stefanie vorhin in Fleisch und Blut auf dem Bootssteg stand, wurde mir schlagartig klar, dass sie mehr ist als Volkers Anhängsel, dass sie eine Gefahr für mich sein könnte. Stefanie ist die Person, die in den letzten Wochen am meisten Zeit mit Volker verbracht hat, die mit ihm nach Kiel gefahren ist. Was, wenn Volker mit ihr über die wahren Gründe für seinen Besuch hier oben gesprochen hat? Nicht, dass ich das glaube. Volker hat seine Freundinnen nie ernst genug genommen, um mit ihnen Wichtiges zu bereden. Und Hauptkommissar Niebel hat erzählt, Stefanie habe ausgesagt, nicht zu wissen, warum Volker mich besuchen wollte. Aber was, wenn das nicht stimmt? Was, wenn sie aus irgendeinem Grund gelogen hat? Und selbst wenn es die Wahrheit war, kann ich nicht sicher sein, dass die Frau gar nichts weiß. Was, wenn Volker ihr gegenüber eine Andeutung gemacht hat? Was, wenn er ihr zum Beispiel erzählt hat, wo er am Donnerstag war? Was, wenn sie irgendetwas ausplappert?

Ich muss das verhindern. Ich muss dafür sorgen, dass die Frau möglichst wenig über gewisse Themen sagt. Ich muss sie so schnell wie möglich loswerden.

Ich drücke mich vom Badewannenrand hoch und gehe nach unten.

Stefanie sitzt mit Moritz und Anna auf einem der Sofas, während Flo in der Küche zugange ist. Doch kaum habe ich mich gesetzt, kommt er mit einem Tablett, stellt drei Cappuccino auf den Tisch und je eine Tasse mit Kräutertee vor Anna und Stefanie. Dann platziert er einen Teller mit den veganen Keksen, die ich am Freitag gekauft habe, auf dem Couchtisch und setzt sich neben mich.

»Greift zu.«

Jeder nimmt sich einen Keks und nippt an seinem Getränk, und für einen Augenblick lang herrscht die Art von höflichem Schweigen, in der jeder nach einem geeigneten Konversationsstarter sucht. Meinetwegen können wir weiterschweigen, bis Stefanie wieder geht, doch sie stellt ihre Tasse ab und sagt an Flo und mich gewandt: »Ihr habt wirklich ein wunderschönes Haus. Moritz hat mir erzählt, ihr hättet es quasi von Grund auf saniert. Das muss viel Arbeit gewesen sein.«

Flo nach dem Haus zu fragen ist immer eine sichere Nummer. Einige Minuten lang schwelgt er in Erinnerungen an den Umbau, während Stefanie höflich zuhört.

»Es ist wirklich schön geworden«, versichert sie noch einmal.

»Man muss allerdings die Einsamkeit mögen«, werfe ich ein. »Wir wohnen ziemlich abgelegen. Apropos: Wie bist du eigentlich hierhergekommen?«

»Mit einem Taxi.«

»Von Kiel?«, fragt Moritz, und ich höre seiner Stimme an, dass er sich entsetzt fragt, wie teuer das gewesen sein muss. »Wieso hast du nicht angerufen? Ich hätte dich abgeholt.«

Stefanie lächelt verlegen. »Ehrlich gesagt: Ich habe angerufen und dir auf die Mailbox gesprochen.«

»Das habe ich wohl verpasst.« Moritz schiebt seine Hand nacheinander in sämtliche Hosentaschen, zieht sie jedoch immer wieder leer heraus.

»Dein Handy ist im Gästezimmer«, sagt Anna, die wie üblich dicht neben ihm sitzt. »Du hast es an den Strom gehängt.«

Moritz klatscht sich die flache Hand vor die Stirn. »Das hatte ich vergessen. Sorry.«

»Ist ja nicht schlimm.« Stefanie schenkt Moritz ein Lächeln. »Und vermutlich hätte ich nicht einfach drauflosfahren sollen. Aber nachdem die Polizei mich informiert hatte, dass ich das Hotel verlassen könne, wollte ich nur noch weg.«

»Du weißt also schon, dass es ein Unfall war?«, bemerke ich.

Stefanie nickt. »Eine Polizistin war heute Morgen bei mir, eine Kommissarin Brandt. Sie und ein Hauptkommissar Niebel hatten mich schon gestern befragt. Frau Brandt kam heute, um mir das Ergebnis der Ermittlungen mitzuteilen.« Sie schluckt. »Außerdem brachte sie mir den Passatschlüssel und sagte, da die Ermittlungen abgeschlossen seien, könne ich den Wagen wieder benutzen. Ich habe dann direkt meine Sachen gepackt und aus dem Hotel ausgecheckt. Eigentlich hatte ich die Suite bis morgen gebucht, aber ...« Sie beißt sich auf die zitternde Unterlippe und tupft sich mit dem kleinen Finger eine Träne aus dem Augenwinkel. »Entschuldigung.«

»Hey, schon okay. Wir wissen, wie gern du Volker hattest. Ihr wart ein tolles Paar.« Moritz nimmt Stefanies Hand.

»Dankeschön. Volker war wirklich ein ganz besonderer Mensch. Nicht immer einfach«, sie riskiert einen kurzen Seitenblick zu mir, »aber so klug und witzig. Wir hatten nie eine langweilige Minute. Und er war so unterstützend, mehr als ich ihm zugetraut hätte.« Sie presst eine Hand auf ihren Bauch. »Ich wünschte nur, wir hätten die Gelegenheit bekommen, herauszufinden, wie sich alles entwickelt. Und es ist bitter, dass er so sterben musste, durch eine Verkettung dummer Zufälle. Hätte er nicht sein Nitrospray verloren und hätte er nicht gerade ausgerechnet auf einem Bootssteg gestanden, als er den Anfall bekam, wäre vermutlich gar nichts passiert. Die Attacken waren zwar furchtbar mit anzusehen, aber nicht für sich lebensbedrohend. Und ich wusste auch gar nicht, dass sich seine Beschwerden zu einer instabilen Angina pectoris entwickelt hatten. Er hat nichts davon gesagt.«

»Was meinst du damit?«, fragt Moritz.

Stefanie trinkt einen Schluck Tee. »Als ich mitbekam, dass Volker Herzprobleme hat, erzählte er mir, dass er an einer koronaren Herzerkrankung leide, dass sich also Ablagerungen in seinen Herzkranzgefäßen gebildet hätten und die Angina-pectoris-Attacken eine Folge davon seien. Doch er versicherte mir, es sei eine stabile Angina pectoris, was bedeutet, dass es vor jeder Attacke einen Auslöser braucht, entweder eine körperliche Überanstrengung oder eine psychische Belastung. Bei der instabilen Form hingegen treten Attacken auch im Ruhezustand auf. Das ist viel gefährlicher.«

»Und du glaubst, dass Volker an der instabilen Variante litt?«, wirft Anna ein.

»Anders kann ich mir nicht erklären, wieso er auf dem Bootssteg einen Anfall bekommen haben soll. Frau Brandt hat mir erzählt, die Gespräche mit den Nachbarn hätten ergeben, dass Volker allein war, als er starb. Und er ist ja vermutlich nicht durch den Garten gejoggt, bevor er sich auf den Steg gestellt hat.« Stefanie stellt ihre Tasse ab. »Ich wünschte nur, Volker hätte mir gesagt, dass sich seine Beschwerden verschlimmert haben, aber vermutlich war er zu stolz dazu. Er wollte auf keinen Fall, dass jemand ihn zum alten Eisen zählte. Deswegen spielte er auch noch Tennis, obwohl er das nicht sollte.«

»Er scheint ein ziemlicher Geheimniskrämer gewesen zu sein«, wirft Flo ein. »Stimmt es, dass er dir nicht erzählt hat, dass er uns besuchen wollte?«

Stefanie nickt. »Er hat es mit keinem Wort erwähnt, er hat mir erzählt, er wolle einen Bekannten besuchen.« Sie beißt sich auf die Unterlippe, dann lächelt sie Priska vorsichtig an. »Es tut mir sehr leid, dass ihr euch so lange nicht gesehen hattet. Volker hat dich sehr geliebt, er hat oft von dir gesprochen, du warst ihm sehr wichtig.«

Ich weiß beim besten Willen nicht, was ich dazu sagen soll, außer dass Volker sich vor allem selbst wichtig war.

Verunsichert wendet Stefanie sich an Flo. »Es tut mir auch leid, dass du Volker nicht kennengelernt hast. Ich weiß, er hätte dich sehr gemocht.«

»Ich hätte ihn ebenfalls gerne kennengelernt.«

»Er hat sich sehr gefreut, als ihr ihn im Juli besuchen wolltet. Er fand es sehr schade, als ... Oh, alles in Ordnung?«

»Alles bestens«, entgegne ich, während ich meine Tasse aufhebe, die ich auf den Teppich habe fallen lassen. Zum Glück war sie leer und ist nicht zerbrochen, auch wenn ich sie gerne dem guten Zweck geopfert hätte, das Gespräch zu unterbrechen.

Ich stelle Tasse und Untertasse auf den Couchtisch. »Tja, Stefanie, es war wirklich nett, dich kennenzulernen. Aber wir haben noch einen Termin beim Bestatter.«

Stefanie errötet, ihre Lippen pressen sich kurz aufeinander. »Selbstverständlich. Ich sollte gehen.«

Sie fasst sich schon wieder an den Bauch. Langsam nervt mich die Geste, ich frage mich, ob die Frau Magenprobleme hat, es würde auch den Kräutertee erklären. Dann macht Stefanie Anstalten aufzustehen, doch Moritz hält sie zurück.

»Das eilt doch nicht. Der Termin ist erst um drei. Außerdem wollte ich dich sowieso etwas fragen.« Er blickt kurz in meine Richtung, und ich frage mich beunruhigt, was jetzt kommt. »Ich möchte dich bitten, uns bei den Vorbereitungen für die Beisetzung zu helfen«, sagt Moritz zu Stefanie. »In mancher Beziehung kanntest du Volker besser als wir. Du könntest uns helfen, alles so zu machen, wie er es sich gewünscht hätte. Außerdem kennst du dich in seinem Bekanntenkreis aus. Wir wollen eine Liste erstellen, wen wir informieren müssen. Du könntest auch mit zum Bestatter kommen, wenn du Zeit hast.«

»Natürlich. Ich würde mich freuen, wenn ihr mich einbindet.«

Am liebsten würde ich meinem kleinen Bruder den Hals umdrehen, doch das muss warten. Ich zwinge mir ein Lächeln ab. »Das ist sehr nett von dir, Stefanie, und wir nehmen deine Hilfe gern in Anspruch, aber wenn ich ehrlich sein darf ... Bitte versteh das nicht falsch ... Ich denke, den Termin beim Bestatter sollten nur Moritz und ich wahrnehmen. Nur die Familie ...«

Stefanie errötet. »Oh, natürlich, allerdings …« Sie fasst sich schon wieder an ihren Bauch. »Darf ich dann eine Bitte äußern? Ich weiß nicht genau, was ihr plant, aber mir wäre es sehr wichtig, Volker noch einmal zu sehen. Ich möchte mich von ihm verabschieden, am liebsten, bevor ich zurückfliege.«

»Willst du denn nicht heute zurück? Du hast doch schon aus dem Hotel ausgecheckt.«

»Weil ich es dort nicht mehr ausgehalten habe. Die Suite war so leer ohne Volker. Aber mein Flug geht erst morgen Abend. Ich wollte mir ein anderes Hotel suchen. Mit dem Wagen bin ich ja flexibel. Vielleicht kannst du mir eins in der Nähe empfehlen? Dann können wir noch einmal wegen der Bestattung reden.«

Ich gebe mir Mühe, eine bedauernde Miene zu machen. »Es tut mir sehr leid, aber hier gibt es kein Hotel. Das letzte hat während der Coronapandemie schließen müssen.«

»Es muss kein Hotel sein, eine Ferienwohnung tut es auch. Am Nachbarhaus hing ein Fewo-frei-Schild.«

3

Anna

Florian begleitet Stefanie hinaus, Priska verlässt ebenfalls das Wohnzimmer, so dass Moritz und ich allein zurückbleiben. Während Moritz Kekse futtert, lehne ich meinen Kopf an seine Schulter.

»Ich checke mal mein Handy«, meint Moritz schließlich. »Nicht dass ich noch mehr Anrufe verpasst habe. Außerdem habe ich meiner Mutter versprochen, mich zu melden, sobald ich weiß, was mit Volker passiert ist. Ich will das erledigen, bevor wir zum Bestatter fahren.«

»Darf ich dir vorher noch einen Rat geben?«

»Klar.«

Ich setze mich auf. »Ich glaube, es wäre gut, wenn du ein bisschen mehr darauf achtest, Priskas Wünsche nicht zu übergehen. Was die Beisetzung betrifft, meine ich.«

Moritz runzelt die Stirn. »Das tue ich. Zum Glück haben Priska und ich sowieso ziemlich ähnliche Vorstellungen.«

»Nicht in Bezug auf Stefanie.«

»Was meinst du?«

Ich überlege, wie ich meine Bedenken formulieren kann, ohne Moritz vor den Kopf zu stoßen. »Ich glaube nicht, dass Priska damit einverstanden ist, dass du Stefanie in die Bestattungsvorbereitung miteinbeziehen möchtest.«

Moritz schnauft. »Unsinn. Wie kommst du darauf? Natürlich

ist Priska dafür. Stefanie war Volkers Freundin, es wäre völlig daneben, sie zu übergehen. Und es gibt vermutlich genug zu tun. Wir können Stefanies Hilfe gebrauchen.«

»Dennoch war Priska nicht erfreut. Ich glaube, sie hat sich geärgert, dass Stefanie hier aufgetaucht ist. Sie hat ja ziemlich deutlich versucht, sie loszuwerden.«

»Das ist mir nicht aufgefallen.«

»Sie hat Stefanie fast rausgeschmissen. Dabei ist der Termin beim Bestatter erst in eineinhalb Stunden.«

Moritz zuckt mit den Achseln. »Ich glaube nicht, dass das etwas zu bedeuten hat. Und was sollte Priska gegen Stefanie haben? Sie kennt sie ja kaum.«

Moritz verlässt das Wohnzimmer. Ich stelle Teller und Tassen zusammen und trage alles in die Küche. Mein Blick fällt durch das Fenster. Auf dem freien Grundstück gegenüber beugt Stefanie sich über den Kofferraum des weißen Passats. Einige Meter weiter steht Florian mit einer jungen, schwangeren Frau zusammen, bestimmt Mella von nebenan, die sich das Tattoo hat stechen lassen.

Während ich Teller und Tassen in die Geschirrspülmaschine räume, beobachte ich Florian und Mella aus keinem besonderen Grund. Sie scheinen sich gut zu kennen und gut zu verstehen. Mella erzählt etwas, woraufhin Florian lacht. Mella legt eine Hand auf seinen Arm. Dann nimmt sie seine Hand und legt sie auf ihren Bauch. Florian lässt seine Hand einen Moment lang dort, zieht sie jedoch zurück, als Stefanie die Heckklappe des Passats schließt und sich mit ihrem Trolley zu ihnen gesellt. Sie unterhalten sich einen Augenblick lang zu dritt, dann gehen Mella und Stefanie weg, während Florian ins Haus zurückkehrt. Ich höre, wie er die Haustür hinter sich schließt, und trete vom Küchenfenster weg. Als Florian in die Küche kommt, reinige ich den Milchbehälter der Kaffeemaschine.

»Wow, du bist wirklich ein angenehmer Gast«, sagt Florian mit einem Lächeln.

»Ich denke, ihr habt schon genug Stress mit allem, was geschehen ist.«

»Das kannst du laut sagen.« Florian nimmt sich das Trockentuch und wartet, bis ich ihm den Milchbehälter reiche.

»Hat das mit der Ferienwohnung eurer Nachbarin geklappt?«, frage ich.

»Ja, das war kein Problem. Mella ist froh, wenn um diese Jahreszeit jemand die Wohnung nimmt, auch wenn es nur für eine Nacht ist. Geld ist bei ihr notorisch knapp.«

»Ist sie verheiratet?«

»Mella?« Florian lacht. »Nee, sie ist erst achtzehn. Sie hat nicht mal einen festen Freund.«

»Immerhin ist sie schwanger. Oder war es eine unbefleckte Empfängnis?«

Florian grinst. »Nee, ein One-Night-Stand.« Er mustert mich. »Woher weißt du, dass Mella schwanger ist?«

»Priska hat es mir erzählt, weil Mella sich tätowieren hat lassen. Priska wollte wissen, ob das ein Problem ist.«

Florian stellt den Milchbehälter in die Kaffeemaschine zurück. »Mella hat sich tätowieren lassen? Ist das nicht gefährlich für das Baby?«

»Empfehlenswert ist es nicht.«

»Verdammt! Man kann Mella wirklich nicht allein lassen.« Er wirkt besorgt. »Wir kümmern uns alle in der Straße ein wenig um sie, weil ihre Mutter gestorben ist. Ich mag sie wirklich gern, aber keiner kann behaupten, dass Mella die Königin der guten Entscheidungen ist. Sollte sie mit achtzehn auch nicht sein müssen. Aber nachdem sie nun mal die Verantwortung für einen anderen Menschen hat … Das Problem ist, dass sie sich von niemandem etwas sagen lässt. Warte mal kurz!«

Florian zieht sein klingelndes Handy aus der Hosentasche. Während er telefoniert, versuche ich, diskret wegzuhören, bekomme aber mit, dass etwas passiert sein muss.

»Das war mein Partner«, sagt Florian schließlich. »Es gibt ein Problem auf unserer Baustelle. Ich hatte mir zwar für heute und morgen freigenommen, doch ich sollte besser hinfahren. Wäre es für dich okay, allein hierzubleiben, wenn Priska und Moritz beim Bestatter sind?«

Florian bricht sofort auf, Moritz und Priska fahren eine halbe Stunde später los. Ich koche mir noch einen Kräutertee und setze mich damit aufs Sofa – mit dem Rücken zum Fenster, um den Bootssteg nicht sehen zu müssen. Der Anblick von Volkers bleichem, totem Gesicht verfolgt mich noch immer.

Eine Weile sitze ich einfach da, wärme meine Hände an der Teetasse und genieße die Stille und das Alleinsein. Ich habe schon immer viel Zeit für mich gebraucht, der einzige Mensch, den ich ständig in meiner Nähe haben möchte, ist Moritz. Deshalb wäre es mir auch viel lieber, wenn wir morgen früh wie geplant nach Hause führen, doch natürlich verstehe ich Moritz' Wunsch, seinen Vater noch einmal zu sehen und sich so von ihm zu verabschieden, wie es am Samstagabend inmitten des Chaos von Einsatzkräften und Polizisten nicht möglich war. Also hole ich mein Handy hervor und checke meine Termine der nächsten Tage.

Am Mittwoch habe ich zwei: morgens um zehn ein Vorgespräch mit einem älteren Paar, das sich im Heidelberger Zoo kennengelernt hat und ein Pärchentattoo mit Tiermotiv wünscht. Der Mann klang nett am Telefon, bestimmt hat er Verständnis, wenn ich erkläre, warum ich das Gespräch verschieben muss. Den Nachmittag habe ich für Lina reserviert. Auch sie wird bestimmt Verständnis haben, doch ich würde liebend gern an ihrem Arm weiterarbeiten. Am Mittwoch ist der Rollstuhl dran.

Ich habe Lina vor neun Monaten kennengelernt. Sie kam zu mir, nachdem ihre jüngere Schwester Lea vier Wochen zuvor an Knochenmarkkrebs gestorben war, und bat mich, Leas Lebensgeschichte auf ihren rechten Arm zu tätowieren. Angefangen mit

Leas Geburt, bei der Lina dabei war, weil ihre Mutter sie gerade zum Kindergarten brachte. Über gemeinsame Urlaube und Kindheitserinnerungen – Muschelsuchen auf Gotland, Surfkurs in Sankt Peter-Ording, Lagerfeuer entfachen mit den Pfadfindern. Über den Tag, an dem Lina zum ersten Mal bemerkte, dass etwas mit ihrer bisher so lebenslustigen aktiven Schwester nicht stimmte, weil die zu müde war, um zum Volleyballtraining mitzukommen. Über den Tag, an dem Lea die Diagnose bekam. Über die vergeblichen Versuche, einen Stammzellenspender zu finden. Über Leas Zeit im Krankenhaus – bis hin zu dem strahlend schönen sonnigen Tag, an dem Lea in den Armen ihrer Familie starb.

Ich war damals tief berührt von Linas Geschichte, dennoch versuchte ich, ihr ihre Idee auszureden, denn Lina war erst zwanzig, und ich hatte Angst, dass sie die Entscheidung für ein so großflächiges Tattoo später bereuen könnte. Dass eine Zeit in ihrem Leben kommen würde, in der sie nicht ständig mit der Erinnerung an die tote Schwester konfrontiert werden wollen würde. Doch Lina blieb hartnäckig.

»Lea hätte alles dafür gegeben, ein Alter zu erreichen, in dem sie frühere Entscheidungen bereut. Außerdem habe ich immer gesagt, dass ich meinen rechten Arm dafür geben würde, dass wir einen geeigneten Spender finden.«

»Bei deinen vielen Ideen wird ein Arm nicht reichen.«

»Wie gut, dass ich zwei habe.«

Ich willigte schließlich ein, verzögerte aber den Beginn des eigentlichen Stechens. Ich führte erst weitere Gespräche mit Lina, in denen sie mir von Lea erzählte. Gemeinsam wählten wir Motive aus und setzten sie zu einer stimmigen Gesamtkomposition zusammen. Als ich schließlich anfing, Linas Arm für immer zu verändern, war ich so sicher wie sie, das Richtige zu tun.

Und ebenso sicher bin ich, dass Lina einverstanden sein wird, den Mittwochtermin zu verschieben. Weniger sicher bin ich mir allerdings bei meinem einzigen Donnerstagtermin. Er ist bereits um sechs Uhr morgens, weil Mister Megawichtig so megabeschäftigt ist, dass er zu den normalen Öffnungszeiten unseres Studios nicht kommen kann. Er ist Investmentbanker und möchte seinen Bizeps mit einem Zweihundert-Euro-Schein in Originalgröße schmücken. Es ist das ödeste Motiv, das ich je gestochen habe, aber er zahlt doppelt für den frühen Termin. Der Gedanke, ihn anzurufen, behagt mir nicht. Der Typ ist einer von der Sorte, die jede Dienstleistung und jedes Produkt, das sie kaufen – und wenn es nur eine Kugel Schokoeis in der Waffel ist – im Internet beurteilen und dabei immer nach Gründen suchen, Sterne abzuziehen. Ich bin noch so neu im Geschäft, dass ich mir schlechte Bewertungen nicht leisten kann.

Ich beschließe, das Gespräch mit dem Banker zu verschieben, bis ich weiß, was Moritz und Priska mit dem Bestatter besprochen haben, und stecke mein Handy weg. Ich überlege, stattdessen meinen Skizzenblock zu holen, doch ausnahmsweise ist mir nicht nach Zeichnen. Mir ist nach Bewegung und frischer Luft.

Ich gehe in den Flur und ziehe meinen Dufflecoat und Wanderschuhe an, doch als ich die Haustür öffnen will, bemerke ich, dass kein Schlüssel steckt. Auch am Schlüsselbrett hängt keiner, der passen könnte, nur zwei Ersatzautoschlüssel und ein Schlüssel mit einem Anhänger mit der Aufschrift »Keller« daran. Kurz spiele ich mit dem Gedanken, Moritz anzurufen, damit er Priska fragt, ob ich den Schlüssel benutzen darf, aber ich möchte die beiden nicht stören. Außerdem hat Florian gesagt, ich solle mich wie zu Hause fühlen, also nehme ich den Schlüssel und gehe die Treppe hinunter.

Der Kellerausgang befindet sich auf der Ostseite des Hauses, hinter dem Carport. Nachdem ich die Kellertür sorgfältig hinter mir abgeschlossen habe, fällt mir ein Tor auf, das gegenüber in den blickdichten Bretterzaun eingelassen ist, der Priskas und

Florians Grundstück vom Wald trennt. Es besteht ebenfalls aus senkrechten Brettern, deshalb ist es mir bisher nicht aufgefallen. Es ist unverschlossen, doch seine Eisenscharniere quietschen und ächzen beim Öffnen so unheilvoll in den Angeln, dass jeder Foley Artist beim Film begeistert wäre. Das Geräusch ist nicht sehr laut, allerdings so eindringlich, dass ich eine Gänsehaut bekomme. Ich bin sicher, es schon einmal gehört zu haben, kann mich jedoch nicht erinnern, wann. Vielleicht hat am Samstagabend einer der Polizisten das Tor geöffnet.

Jenseits des Zaunes beginnt direkt der Mischwald. Ich gehe wenige Meter über das Laub der vergangenen Jahre, bis ich auf einen Trampelpfad treffe, der wohl rechts zur Straße führt. Ich folge ihm nach links zwischen den Bäumen hindurch zu einer Lichtung am Wasser, die mit etwas Sand aufgeschüttet wurde. Ein Holzschild weist den Bereich als Hundestrand aus, und tatsächlich sind einige Vierbeiner dort. Ein Collie und ein undefinierbarer Mischling beschnüffeln sich gegenseitig am Hinterteil, von den Besitzern aufmerksam beobachtet. Ein dritter Hund tobt im Wasser umher und apportiert Stöckchen, die ein Mädchen für ihn in den See schleudert. Der Hund ist eine riesige deutsche Dogge, und ich kann nur hoffen, dass das Tier gutmütig und gut erzogen ist, denn dass das Mädchen es im Zweifelsfall zu bändigen vermag, kann ich mir beim besten Willen nicht vorstellen.

Als ich in einem Bogen um die Dogge herumgehe, fällt mir eine weitere Person auf, die am Rand des Strandes im Schatten einiger Bäume steht und auf den See blickt. Es ist Stefanie. Sie hat ihre roten High Heels gegen Turnschuhe getauscht. Sie trägt weder Mütze noch Handschuhe und hat die Arme um ihren Körper geschlungen.

Ich überlege, ob ich sie ansprechen soll, entscheide mich jedoch dagegen. Vielleicht ist Stefanie ebenso auf der Suche nach Einsamkeit wie ich. Aber in dem Moment wendet sie den Kopf und sieht in meine Richtung, so dass die Höflichkeit mich zwingt, zu ihr hinüberzugehen.

»Hallo, Anna.« Stefanie blickt suchend an mir vorbei. »Bist du allein unterwegs?«

Ich erkläre, wo die anderen sind.

Stefanie hört mit zur Seite geneigtem Kopf zu. »Ein Problem auf seiner Baustelle?«, fragt sie dann. »Florian ist Schreiner, nicht wahr? Und hat sogar eine eigene Firma? Ich habe seinen Wagen im Carport stehen sehen.«

»Er hat sie mit einem Kollegen gegründet.«

»Beeindruckend. Ich finde es toll, wenn jemand den Mut hat, etwas Eigenes aufzubauen. Volker hat auch mit dem Gedanken gespielt.«

»Das wusste ich nicht.«

Stefanie nickt. »Er hatte es satt, angestellt zu sein, nicht sein eigener Herr. Deshalb spielte er mit der Idee, eine Unternehmensberatung zu gründen – in einem Alter, in dem andere an den Ruhestand denken. Ich habe das bewundert. Ich habe viele Dinge an ihm bewundert. Er war zwar nicht immer einfach, aber einfache Menschen sind langweilig. Volker war das nie. Ihm wurde höchstens schnell langweilig, weswegen er andere gern provoziert hat, auch mich. Manchmal hat mich das geärgert, doch ich habe es auch geliebt, weil es so viel Spaß gemacht hat, mit ihm zu debattieren und mich an ihm zu reiben. Ach verdammt, nicht schon wieder.«

Sie holt ein Taschentuch aus der Tasche ihres Kurzmantels und betupft ihre Augen, vorsichtig, damit ihr Make-up nicht verschmiert. Dann stehen wir eine Weile schweigend beieinander. Ich bin unsicher, was ich tun soll: gehen, Smalltalk machen, Stefanie die Möglichkeit geben, über Volker zu reden.

»Wie ist denn die Ferienwohnung?«, frage ich schließlich.

Stefanie zuckt mit den Achseln. »Eigentlich sehr schön, aber sie wirkt etwas ungepflegt. Na ja, für eine Nacht wird sie reichen oder auch für zwei oder drei.«

»Ich dachte, dein Rückflug sei morgen?«

Stefanie beobachtet einige Augenblicke lang die riesige Dogge, die statt des Stöckchens jetzt versucht, eine Möwe zu fangen, die immer wieder laut kreischend knapp an ihrer Nase vorbeisegelt. Es sieht aus, als wolle die Möwe die Dogge ärgern – oder vielleicht nur mit ihren Flugkünsten vor zwei Artgenossen protzen, die auf einem toten Baumstamm sitzen, der im Wasser liegt, und ihre Köpfe zusammenstecken wie Statler und Waldorf.

»Ich überlege, ihn zu verschieben. Ich habe schon meinem Arbeitgeber gesagt, dass ich den Rest der Woche freinehme. Es hängt davon ab, was Priska und Moritz bezüglich der Beisetzung beschließen. Wenn sie Volkers Leichnam nach Stuttgart überführen lassen, werde ich mich dort von ihm verabschieden, aber wenn er schon hier oben eingeäschert wird, dann bleibe ich. Wenn ich akzeptieren soll, dass er tot ist, muss ich ihn vorher noch einmal sehen. Ich lasse mich nicht mit einer Urne abspeisen.« Sie presst ihre Zähne so fest aufeinander, dass ich sehen kann, wie sich ihre Kiefermuskeln anspannen.

»Ich bin sicher, das musst du nicht. Moritz möchte sich ebenfalls von Volker verabschieden. Er versteht, wie wichtig das für dich ist. Er wird das ermöglichen.«

»Nur, wenn Priska keinen Riegel davorschiebt«, sagt Stefanie scharf.

Das kommentiere ich lieber nicht, wieder stehen wir schweigend nebeneinander, und ich kann spüren, wie es in Stefanie arbeitet.

»Darf ich dich etwas fragen?«, sagt sie schließlich. »Wie gut kennst du Priska?«

Ich frage mich, worauf Stefanie hinauswill. »Nicht allzu gut. Ich habe sie erst am Freitag kennengelernt. Das meiste, das ich über sie weiß, habe ich von Moritz.«

»So geht es mir auch. Moritz und Volker haben mir beide einiges über Priska erzählt, doch ehrlich gesagt, passt das nicht besonders gut zusammen. Und es passt nicht dazu, wie Priska sich verhält. Was ist los mit der Frau? Wieso ist sie so feindselig?«

»Feindselig gegenüber Volker?«

»Mir gegenüber.« Stefanie rammt ihre Hände in die Taschen ihres Mantels. »Ich kapiere nicht, was die Frau gegen mich hat. Ich bin die Freundin ihres Vaters, aber sie hat mich vorhin wie eine sensationslüsterne Gafferin behandelt. Natürlich war es nicht richtig von mir, ohne Erlaubnis ihr Grundstück zu betreten, trotzdem war ihre Reaktion völlig übertrieben. Wenn es nach ihr gegangen wäre, wäre ich gar nicht ins Haus gebeten worden, und sie hat die erste Möglichkeit gesucht, mich rauszuwerfen. Von den Bestattungsvorbereitungen will sie mich auch ausschließen. Was ist los mit der Frau?«, wiederholt sie.

Ich bin mir nicht sicher, ob ich mich auf diese Unterhaltung einlassen soll. Ich bin froh, dass Priska mich mittlerweile akzeptiert zu haben scheint. Ich möchte das nicht riskieren, indem ich hinter ihrem Rücken über sie tratsche. »Priska ist momentan sehr gestresst. Immerhin hat sie ihren Vater verloren. Und sie kennt dich nicht.«

»Und wessen Schuld ist das?«, braust Stefanie auf. »Priska ist schließlich diejenige, die unser Treffen im Juli in letzter Minute hat platzen lassen. Wenn sie mich hätte kennenlernen wollen, hätte sie uns jederzeit einladen können.«

»Das hat sie doch getan. Volker hat in letzter Minute abgesagt.«

Stefanie schüttelt den Kopf. »Unsinn, wie kommst du darauf? Priska hat Volker nie eingeladen. Hätte sie es getan, hätte Volker niemals abgesagt, er brannte darauf, Florian kennenzulernen.«

Ich zögere mit der Antwort. »Priska hat es erzählt. Sie sagte, sie habe Volker für ein Wochenende hierher eingeladen, und einmal planten sie und Florian, nach Stuttgart zu fahren. Aber Volker sei beide Male kurzfristig etwas dazwischengekommen.«

»Die Lügnerin!«

Stefanie stößt das letzte Wort so heftig hervor, dass ich mich unbehaglich umsehe, ob jemand zuhört.

»Oder Volker hat gelogen.« Das hat er schließlich sein Leben lang getan, füge ich in Gedanken hinzu.

Stefanie widerspricht. »In dem Punkt bestimmt nicht. Als Volker Priska und Florian nach Stuttgart einlud, waren wir schon zusammen. Er hat sich auf das Wochenende gefreut und war sehr gekränkt über die Absage. Er hat Priska geliebt, er war irre stolz auf sie, viel mehr als auf ...« Sie bricht ab.

»Als auf Moritz?«, frage ich kalt.

Stefanie weicht meinem Blick aus, doch nach einer Weile nickt sie. »Volker hat Moritz auch geliebt. Er konnte ihn nur nicht gut verstehen, weil die beiden völlig unterschiedliche Werte und Vorstellungen haben, was ein gutes Leben ausmacht. Priska ist Volker viel ähnlicher. Er hat mir erzählt, wie froh er war, als sie sich wieder annäherten. Und er war total sauer auf Evi, dass er ihretwegen Priskas Hochzeit verpasst hat. Obwohl ich mich mittlerweile frage, ob sie nicht doch die Wahrheit gesagt hat, als sie meinte, ihretwegen hätte Volker kommen können.«

Das verwirrt mich. »Wer meinte was?«

Stefanie streicht sich seufzend eine blonde Strähne hinters Ohr. »Vor einigen Wochen haben Volker und Evi sich zufällig in einem Restaurant getroffen, das beide regelmäßig besuchen. Volker hat mir erzählt, dass sie sich normalerweise ignorieren, doch es war die erste Begegnung nach der Hochzeit, und Volker war immer noch so sauer, dass er wegen Evi nicht eingeladen worden war, dass er sie zur Rede stellte, woraufhin Evi behauptete, dass sie gar kein Veto eingelegt hätte. Ihr hätte Priska erzählt, dass Volker wegen eines Geschäftstermins keine Zeit gehabt hätte.« Stefanie runzelt ihre hohe Stirn. »Volker hat ihr nicht geglaubt. Als er mir davon erzählte, meinte er, es sei typisch für Evi, alles so hinzudrehen, dass er der Böse ist. Doch jetzt frage ich mich, ob es nicht doch stimmt. Vielleicht hat Priska ihre

Mutter als Ausrede benutzt, um Volker von der Hochzeit auszuschließen.«

»Warum hätte sie das tun sollen?«

Stefanie zuckt mit den Achseln. »Warum hätte Evi abstreiten wollen, dass sie für Volkers Ausladung verantwortlich war?«

Ich weiß nicht, was ich dazu sagen soll. Hat wirklich Priska das Treffen mit Volker abgesagt und darüber nicht nur Moritz und mich, sondern vor allem auch Florian belogen? Hat sie wirklich mit einer weiteren Lüge dafür gesorgt, dass sie ihren Vater nicht zu ihrer Hochzeit einladen musste? Doch warum hätte sie das tun sollen? Andererseits: Warum hätte Volker in all diesen Punkten lügen sollen? Oder ist Stefanie die Lügnerin?

Ich mustere sie. Sie hat wieder die Arme um den Oberkörper geschlungen, sie sieht verfroren und unglücklich aus.

»Wieso hast du eigentlich Mellas Ferienwohnung gemietet?«

»Weil ich ein Bett brauchte und die Suite ohne Volker nicht mehr ertragen konnte.«

»Warum hast du dir nicht in Kiel ein anderes Hotel gesucht oder in Plön? Wieso hast du dich direkt neben Priska einquartiert, wenn du glaubst, dass sie dich ablehnt?«

Wieder weicht Stefanie meinem Blick aus und blickt übers Wasser. »Weil ich mich nicht einfach beiseiteschieben lasse. Ich habe ein Recht, bei dieser Bestattung dabei zu sein und mich von Volker angemessen zu verabschieden. Mehr als Priska. Sie hat ihn nicht einmal geliebt.«

»Und du hast das?«

Stefanie seufzt leise. »Ich war dabei, mich in ihn zu verlieben. Aber das ist nicht der Hauptgrund. Ich bin schwanger.«

Ich gehe vom Hundestrand nicht direkt zum Haus zurück, sondern mache einen langen Spaziergang, um über das nachzudenken, was Stefanie erzählt hat. Dummerweise habe ich mir von ihr das Versprechen abnehmen lassen, den anderen nichts von der

Schwangerschaft zu erzählen, weil sie das selbst tun möchte. Ich verstehe das zwar, aber ich habe ein ungutes Gefühl, Moritz zu belügen, indem ich ihm etwas so monumental Wichtiges vorenthalte. Etwas so Wichtiges und Wunderbares. Ich bin sicher, Moritz wird sich wahnsinnig freuen, noch ein – wenn auch dreißig Jahre jüngeres – Geschwisterkind zu bekommen. Er liebt große Familien, er liebt Kinder. Er wird im Leben von Stefanies Sohn oder Tochter eine Rolle spielen wollen. Im Gegensatz zu Priska vermutlich. Ich kann mir beim besten Willen nicht vorstellen, dass sie sich über einen weiteren Halbbruder oder eine Halbschwester freuen wird. Schon gar nicht, wenn stimmt, was Stefanie behauptet: dass sie den Kontakt zu ihrem Vater eingefroren hat, nicht umgekehrt. Aber das ist nicht mein Problem.

Auf dem Rückweg gehe ich wieder am Hundestrand vorbei. Es ist schon nach fünf, die Dämmerung kriecht heran, am Wasser ist niemand mehr. Ich nehme den Trampelpfad und schlüpfe durch das Tor im Zaun, das genauso erbärmlich quietscht wie zuvor, und wieder bin ich sicher, das Geräusch schon einmal gehört zu haben. Doch nicht am Samstagabend. Wann dann? Ich schwinge das Tor einige Male auf und zu, bis die Gänsehaut auf meinen Armen sich legt. Und dann erinnere ich mich.

4

Priska

Der Termin im Beerdigungsinstitut dauert länger als angenommen. Zum einen sind mehr Entscheidungen zu treffen, als ich erwartet habe, zum anderen benötigt Moritz für jede einzelne eine gefühlte Ewigkeit, was ich noch weniger erwartet habe. Moritz' übliche Antwort auf Entscheidungsfragen – egal, ob es um die Wahl eines Restaurants oder die Farbe neuer Schuhe geht – lautet: »Mir ist alles recht.« Ich dachte daher, dass es ihm nicht wichtig sein würde, in welcher Urne Volkers Asche beigesetzt wird oder welches Design die Trauerkarten haben, doch mein kleiner Bruder beschäftigt sich mit jeder Frage so intensiv, als hinge ein Leben davon ab. Erst überrascht mich das, dann irritiert es mich, irgendwann aber – nach einem Blick in das Gesicht des Bestatters, dessen Miene auch nach Moritz' dritter Runde durch den Ausstellungsraum noch unendliche Geduld zeigt – wird mir etwas klar. Es geht hier nicht um das Ergebnis, sondern um den Prozess. Moritz benötigt das Abwägen, welche Urne Volker gefallen hätte, ob er als Material Holz oder Granit bevorzugt, ob er lieber eine runde oder eine eckige Form gewählt hätte, zur Trauerbewältigung. Danach gebe ich meine Versuche auf, das Tempo zu beschleunigen, und begleite Moritz ein weiteres Mal durch den Ausstellungsraum, bis er sich für das achteckige Modell aus Granit entscheidet, das ich von Anfang an favorisiert habe, weil es Volkers Stil entspricht: hart, mit klarer Kante, edel, teuer.

Als wir das Beerdigungsinstitut verlassen, ist es bereits nach fünf, und wir geraten in die Rushhour. Moritz knetet gedankenverloren den Stoff seiner Baggy Jeans, während wir uns von einer Ampel zur nächsten voranquälen. Erst als wir auf der B76 aus Kiel herausfahren, sagt er: »Ich bin wirklich froh, dass ich dich habe, Sis. Wenn ich das alles allein organisieren müsste, würde ich durchdrehen.«

Während ich meinen Wagen mit einer Hand um eine Kurve steuere, drücke ich mit der anderen Moritz' Schulter. »Ich bin auch froh, kleiner Bruder.«

»Tut mir leid, dass ich für alles so ewig gebraucht habe. Ich will es halt echt so machen, wie Volker es sich wünschen würde.«

»Das hast du.«

»Auch mit der Urne? Ist sie nicht zu protzig?«

»Gerade das hätte Volker gefallen.«

Moritz lacht. Nur ein kleines, leises Lachen, doch es ist das erste seit Samstagabend. »Stimmt. Deswegen habe ich mich übrigens auch gefragt, ob wir die Urne nicht in einer dieser überirdischen Grabstätten beisetzen sollen. Wie nannte der Bestatter die?«

»Kolumbarium.«

»Ach ja. Ich glaube, es würde Volker gefallen, wenn seine Urne sichtbar hinter einer Glaswand stünde. Besser, als wenn sie in der Erde verbuddelt wird. Wärst du damit einverstanden?«

»Was dir besser gefällt. Du wirst öfter auf dem Friedhof sein als ich.«

»Vermutlich. Heidelberg liegt halt deutlich näher an Stuttgart. Aber du wirst doch zur Bestattung kommen, oder?«

»Natürlich.«

Ich habe mir bereits überlegt, dass ich mich davor nicht drücken kann, ebenso wenig vor der Abschiedszeremonie, die wir für Mittwochnachmittag im Beerdigungsinstitut geplant haben. Der Bestatter wird bis dahin Volkers Leichnam abholen und herrichten, anschließend soll er eingeäschert und nach Stuttgart überführt werden. Moritz hat zwar wegen Stefanie darauf gedrängt, dass wir den Termin auf morgen vorziehen, doch der Bestatter meinte, dass er das nicht gewährleisten könne, da der Leichnam zunächst freigegeben werden müsse. Mir passt das gut. Ich lege keinen Wert auf Stefanies Begleitung. Ärgerlich genug, dass sie sich bei Mella einquartiert hat. Je weniger ich mit ihr bis zu ihrem Abflug zu tun habe, desto besser.

»Gut«, sagt Moritz. »Ohne dich würde ich das nicht durchstehen.«

»Du hast ja noch Anna.«

»Stimmt.«

Mehr sagt Moritz nicht dazu, und eine Weile fahren wir schweigend, dann fällt mir eine Frage ein, die ich Moritz schon die ganze Zeit hatte stellen wollen.

»Wieso hast du mir nie erzählt, dass du asexuell bist?«

Es dauerte eine Weile, bis Moritz antwortet. Als ich ihm einen Seitenblick zuwerfe, sehe ich, dass er rot geworden ist.

»Ich dachte, es könnte dich stören.«

Das überrascht mich. »Warum sollte es mich stören? Es ist doch deine Sache, mit wem du schläfst – oder eben nicht.«

»Das stimmt, aber ich habe manchmal den Eindruck, es stört dich, dass wir so unterschiedlich sind. Zumindest irritiert es dich, weil du mit Unterschieden nicht gut umgehen kannst. Ich wollte nicht darauf herumreiten, dass ich in noch einem Punkt das genaue Gegenteil von dir bin. Deswegen habe ich es auch Volker nie gesagt. Er hätte es ebenfalls nicht verstanden. Ihr seid euch ziemlich ähnlich.«

Die Bemerkung ärgert mich. »Ich bin ganz anders.«

Moritz lächelt. »Das glaubst du nicht wirklich, oder?«

»Ich würde Flo nie betrügen.«

»Das glaube ich dir, weil Flo dein wunder Punkt ist. Aber du hast nicht viele wunde Punkte – genau wie Volker. Ihr seid aus demselben Holz geschnitzt.«

Die Bemerkung ärgert mich noch mehr, nicht nur weil sie wahr ist, sondern weil sie Erinnerungen weckt, die ich mir gerade jetzt nicht leisten kann.

»Du bist aus demselben Holz geschnitzt wie ich, Priska«, war ein weiterer Standardsatz meines Vaters, neben »Jetzt gilt's.« Er hat ihn in meiner Kindheit ebenfalls regelmäßig von sich gegeben. Nachdem ich mich zum ersten Mal getraut hatte, vom Fünfer zu springen. Nachdem ich bei den Bundesjugendspielen eine Ehrenurkunde eingeheimst hatte. »War doch klar, du bist aus demselben Holz geschnitzt wie ich.« Als ich mir beim Tennis einmal den Knöchel verstauchte, was höllisch wehtat. »Wer aus dem Fischerholz geschnitzt ist, heult nicht.« Als Kind war der Satz das Größte für mich. Ich empfand ihn als höchste Auszeichnung, weil ich genauso sein wollte wie mein Vater.

Und du hast es geschafft, flüstert eine Stimme in meinem Kopf. Du bist so geworden wie er. Er hätte auf dem Steg genauso gehandelt wie du!

Als wir nach Hause kommen, ist Flos Stellplatz im Carport frei, dafür klingelt mein Handy. Doch es ist nicht mein Ehemann, sondern seine Mutter. Ich werfe Moritz den Haustürschlüssel zu und bedeute ihm, schon mal hineinzugehen, während ich ein Stück die Straße entlangspaziere.

»Hallo, Imke! Wie geht es dir? Kann ich etwas für dich tun?«

Es kommt selten vor, dass Flos Mutter sich bei mir meldet statt bei ihm. Das bedeutet jedoch nicht, dass wir uns nicht gut verstehen. Ich mag Imke, obwohl sie ein ganz anderer Typ ist als ich, definitiv mehr Bauchgefühl als kühlrationale Überlegung. Imke ist eine fröhliche, extrovertierte Daueroptimistin, die es typischerweise binnen Sekunden schafft, Menschen für sich einzunehmen. Sie ist unglaublich hilfsbereit, ohne dabei aufdringlich zu sein – das Gegenteil der Klischeeschwiegermutter, die sich ständig einmischt und ungebetene Ratschläge verteilt.

»Priska, Liebes, eigentlich rufe ich an, um *dich* zu fragen, wie es *dir* geht – und ob *ich* etwas für *dich* tun kann. Florian hat dir bestimmt meine Grüße ausgerichtet, aber ich wollte dir noch einmal persönlich sagen, wie unendlich leid es mir tut.«

Ich hasse es, die Trauernde spielen zu müssen. Ich habe in den letzten Tagen einige Beileidsbekundungen entgegengenommen, und bei allen habe ich mich schlecht gefühlt, doch nicht so schlecht wie bei Imke, bei der die Worte von Herzen kommen, weil dort für Imke die Quelle von allem ist. »Das ist lieb von dir. Ich kann gar nicht sagen, wie es mir geht. Es war ein schrecklicher Schock, aber ich bin froh, dass die Polizei die Umstände von Volkers Tod so schnell aufgeklärt hat, so dass wir die Beisetzung vorbereiten können. Moritz und ich kommen gerade vom Bestatter. Noch einmal vielen Dank für den Tipp. Er war sehr freundlich.«

»Das ist gut. Ich erinnere mich an den Bestatter, der uns nach Andreas' Tod begleitet hat. Er war eine große Hilfe. Wir haben uns damals ein wenig angefreundet, seit er im Ruhestand ist, kommt er manchmal ins Café. Und was habt ihr beschlossen?«

Während ich Imke von unseren Plänen erzähle, sehe ich Flo in seinem Van die Straße entlangfahren. Ich werfe ihm eine Kusshand zu und erzähle Imke von der geplanten Abschiedszeremonie, die sie prompt lobt.

»Das ist gut. Abschied zu nehmen ist wichtig. Habt ihr für danach schon Pläne? Ich lade euch gerne ins Café ein. Ich könnte den Nebenraum reservieren, und ein Blick aufs Meer ist das beste Mittel gegen Trauer, das es gibt.«

Ich lehne hastig ab. »Danke, das ist nicht nötig. Wir werden nur zu viert sein. Die richtige Trauerfeier findet später in Stuttgart statt.«

»Soll ich dann vielleicht an der Abschiedszeremonie teilnehmen? Ich weiß natürlich, dass Flo dich unterstützt, aber falls du

Verstärkung möchtest ... Deine Mutter wird ja sicherlich nicht kommen.«

Diesen Vorschlag lehne ich noch hastiger ab. Imke ist der letzte Mensch auf Erden, den ich mit ins Beerdigungsinstitut nehmen möchte. »Nein danke.« Und weil das vielleicht etwas schroff klang, füge ich hinzu: »Was hältst du davon, wenn wir dich am nächsten Wochenende besuchen?«

»Das wäre schön. Es müsste am Sonntag sein, am Samstag habe ich eine geschlossene Gesellschaft.«

»Prima. Flo meldet sich wegen der Details.«

Als ich mein Handy wegstecke, merke ich, dass meine Hand feucht von Schweiß ist. Ich wische sie an dem schwarzen Wollmantel ab, den ich für den Besuch beim Bestatter gewählt habe, dann gehe ich zu Flo hinüber. Ich gebe ihm zur Begrüßung einen Kuss, umarme ihn jedoch nicht, denn sein Arbeitsoverall ist staubbedeckt.

»Und? Problem gelöst?«, frage ich.

»Es war ein bisschen knifflig, aber wir haben es hingekriegt. Möchtest du Details?«

Wie Flo genau weiß, habe ich mich noch nicht einmal für die Geschichten von der Sanierung unseres Hauses interessiert. »Heb sie dir für heute Nacht auf, wenn ich nicht einschlafen kann. Was ist das? Bist du unter die Prepper gegangen?«

Flo hievt zwei prall gefüllte Einkaufstaschen vom Beifahrersitz. »Anna und Moritz bleiben länger, schon vergessen? Außerdem habe ich Stefanie zum Brunch eingeladen.«

Ich gerate auf meinen High Heels ins Wanken. »Du hast was?«

»Ich bin gar nicht dazu gekommen, es dir zu sagen. Als ich Stefanie heute Mittag zu Mella begleitete, fragte sie mich, wo sie morgen im Dorf frühstücken könne. Da mir außer dem Frühschoppen im Dorfwirt nichts einfiel, habe ich sie zu uns eingeladen. Ob ich für vier oder fünf koche ...« Flo zuckt mit den Achseln. »Du hast doch nichts dagegen, oder?«

»Natürlich habe ich etwas dagegen. Du kannst nicht einfach fremde Leute einladen, ohne mich zu fragen.«

»Sorry, aber dazu war keine Zeit. Und ich war sicher, du wärst einverstanden. Stefanie ist schließlich keine Fremde, und du wolltest sie nicht ernsthaft verhungern lassen, oder?«

»In Plön gibt es jede Menge Bäcker.«

»Schon, aber ...« Flo mustert mich ratlos. »Es tut mir leid«, sagt er schließlich, »du hast recht, ich hätte es mit dir absprechen sollen. Ich bin allerdings gar nicht auf den Gedanken gekommen, dass du etwas dagegen haben könntest. Stefanie gehört doch quasi zur Familie.«

»Nicht zu meiner«, fauche ich.

»Sie war die Freundin deines Vaters.«

»Das waren Dutzende in den vergangenen zehn Jahren. Würde ich die alle in meine Familie aufnehmen, könnte ich einen verdammten Clan gründen.«

Flos Mundwinkel zucken, weil er das für einen Witz hält, doch ich lache nicht mit, also wird seine Miene wieder ernst. »Ich finde, du übertreibst ein wenig. Stefanie scheint eine nette Frau zu sein, und sie hatte deinen Vater offensichtlich sehr gern. Es wäre unhöflich gewesen, sie nicht einzuladen.«

»Sagt der Mann, dessen Vater seine Mutter auf Händen getragen und garantiert nicht ein einziges Mal betrogen hat. Aber vielleicht erinnerst du dich mal, dass ich andere Erfahrungen gemacht habe. Also entschuldige bitte, dass ich auf Volkers Freundin allergisch reagiere.«

Ich funkele Flo an. Er kratzt sich unsicher im Nacken.

»Du hast recht, das war ein Fehler«, sagt er schließlich. »Es tut mir leid.«

Einer der verfluchten Nachteile daran, dass ich Flo so liebe, ist, dass ich ihm nie lange böse sein kann. »Akzeptiert.«

Ich grinse Flo an, er grinst zurück.

»Und was machen wir jetzt mit Stefanie?«

Flo überlegt. »Ich kann sie nicht wieder ausladen, das wäre unverschämt. Aber ich könnte versuchen, meinen Fehler bei dir wiedergutzumachen. Ich hätte da auch schon ein paar Ideen.«

Er beugt sich vor und flüstert mir drei ins Ohr. Schon bei der zweiten werde ich feucht.

5

Anna

Ich finde erst nach dem Zubettgehen die Gelegenheit, mit Moritz über meine Entdeckung zu sprechen, weil Priska ihren Bruder mit Beschlag belegt. Die beiden sitzen am Esstisch, diskutieren über den Text für die Trauerkarte und erstellen eine Liste von möglichen Adressaten. Ich helfe unterdessen Florian beim Kochen, was wunderbar harmonisch funktioniert, obwohl ich sonst lieber allein vor mich hin schnippele.

Auch das Abendessen ist entspannter als in den vergangenen Tagen. Priska ist nicht mehr so hibbelig, sie scheint so kurz nach dem Tod ihres Vaters erstaunlich gute Laune zu haben. Sie und Florian werfen einander ständig verstohlene Blicke zu, als teilten sie irgendein Geheimnis. Ich muss dabei an das Geheimnis denken, das Stefanie mir anvertraut hat. Florian hat gesagt, dass Stefanie morgen zum Brunch kommt. Ich hoffe, dass sie dann von ihrer Schwangerschaft erzählt.

Um zehn Uhr erklärt Priska, dass sie müde ist, obwohl sie hellwach wirkt. Florian und sie gehen nach oben, Moritz und ich folgen kurz darauf. Während ich mir die Zähne putze, höre ich Gekicher aus Priskas und Florians Schlafzimmer, das neben dem Bad liegt, und als ich mich wasche, höre ich noch ganz andere Geräusche. Mein Blick fällt im Spiegel auf das Tattoo auf meinem linken Oberarm, mein Motto, das ich mir bei Dr. Gerdes erarbeitet habe: »Liebe ohne – aber niemals ohne Liebe.«

Ich habe lange nicht geglaubt, dass das möglich ist – Liebe ohne Sex. Ich habe lange nicht geglaubt, dass Liebe für alle da ist, auch für mich, auch für Menschen, die anders sind – oder abartig, wie Niklas es genannt hat, als ich ihm sagte, dass ich einfach nicht könne. Er warf mir vor, es nicht ernsthaft zu versuchen, doch das ist nicht wahr. Ich habe es versucht. Obwohl ich nie sexuelles Verlangen gefühlt hatte, obwohl ich nie den Wunsch empfunden hatte, einen anderen Körper nackt an meinem zu spüren, ihn in mir zu spüren, auf mir, neben mir, unter mir. Ihn mit meinen Händen, Lippen, Brustwarzen zu berühren. Haut an Haut. Dennoch habe ich es versucht, natürlich, denn ich wollte normal sein, ich wollte wie alle Sechzehnjährigen sein. Ich habe mich ausgezogen und Niklas erlaubt, mich zu berühren, doch es war ein Fiasko. Ich habe nicht den kleinsten Funken sexueller Erregung gespürt. Da waren überhaupt keine positiven Gefühle. Da war zunächst nur Gleichgültigkeit, die sich jedoch in immer stärkeren Widerwillen verwandelte. Das Gefühl, dass ich meinen Körper nicht einfach benutzen lassen konnte für den Spaß eines anderen. Dass es übergriffig und unfair von Niklas war, das zu verlangen. Dass er wegbleiben sollte von mir, von meiner Haut. Meine Haut gehört mir.

»Liebe ohne – aber niemals ohne Liebe.«

Es war mein zweites Tattoo, das erste ist ein Zitat von Eleanor Roosevelt: »No one can make you feel inferior without your consent.« Niemand kann dir ohne deine Zustimmung das Gefühl geben, minderwertig zu sein. Ich kreuze meine Arme vor der Brust und decke für einen Augenblick mit meinen Händen beide Schriftzüge ab. Sofort habe ich das Gefühl, dass mir eine Fremde aus dem Spiegel entgegenblickt. Dann schlüpfe ich in meinen Flanellpyjama und husche ins Gästezimmer.

Moritz sitzt in seinem Balou-T-Shirt im Bett und surft mit seinem Tablet im Internet. »Mist«, murmelt er vor sich hin.

»Was ist Mist?«, frage ich, während ich mir Wollsocken anziehe. Ich schlafe immer mit Socken, sonst bekomme ich kalte Füße.

»In Stuttgart gibt es nur einen Friedhof mit einem Kolumbarium, und da werden die Urnennischen mit Steinplatten verschlossen, nicht mit gläsernen. Ich bin sicher, Volker hätte sich eine gläserne gewünscht.«

»Das tut mir leid.«

»Und was das alles kostet! Ich hätte nicht gedacht, dass Sterben so teuer ist.«

»Ich denke, üblicherweise bezahlt man die Bestattungskosten aus dem Nachlass.«

»Echt?« Moritz klingt erleichtert. »Das wusste ich nicht. Volker hat bestimmt einen Batzen hinterlassen.«

»Weißt du, ob er ein Testament gemacht hat?«

»Keine Ahnung. Darüber habe ich noch nicht nachgedacht.«

Das ist einer der Gründe, warum ich Moritz liebe. Obwohl er ständig knapp bei Kasse ist, hat er noch keinen Gedanken an ein mögliches Erbe verschwendet. Ich krabbele aufs Bett und setze mich im Schneidersitz auf die Bettdecke neben Moritz' ausgestreckte Beine.

»Ich würde gerne etwas mit dir besprechen.«

»Klar.« Er wischt weiter über sein Tablet.

»Könntest du das solange weglegen? Bitte?«

Moritz klappt das Cover des Tablets zu und legt seine Hände flach darauf. »Schieß los!«

»Es geht um Folgendes«, beginne ich, breche dann aber ab, als mir Zweifel kommen. Was ich zu sagen habe, ist tatsächlich ernst, möglicherweise sogar sehr ernst. Vielleicht sollte ich noch einmal überlegen, bevor ich schlafende Hunde wecke? Doch ich habe schon den ganzen Nachmittag überlegt.

»Erinnerst du dich daran, wie wir am Freitag nach unserer Ankunft vor dem Haus standen und auf Priska warteten? Erinnerst du dich an die Geräusche, die wir gehört haben?«

»Geräusche? Ich nehme an, da waren alle möglichen. Autos. Vögel. Worauf willst du hinaus?«

»Ich habe ein bestimmtes Geräusch gehört und möchte wissen, ob du es auch vernommen hast. Versuchst du bitte, dich zu erinnern?«

Moritz lehnt seinen Kopf an die Wand und schließt die Augen. »Nee, tut mir leid«, sagt er, als er sie wieder öffnet.

Ich bin etwas enttäuscht, aber nicht verwundert. »Da war so ein metallisches Quietschen oder Knarzen. Es war nicht sehr laut, aber durchdringend. Ich habe es gehört, während wir vor dem Haus standen.«

Moritz zuckt mit den Achseln. Die Bewegung überträgt sich auf sein T-Shirt, es sieht aus, als würde Balou tanzen. »Wenn du das sagst, war es bestimmt so. Warum ist das so wichtig?«

Ich erzähle Moritz von dem Tor im Bretterzaun, das ich heute entdeckt habe. »Als ich es aufgedrückt habe, hat es ganz schauerlich gequietscht. Es klang genauso wie das Geräusch, das ich gehört habe, während wir auf Priska warteten. Ich bin sicher, dass am Freitagnachmittag jemand das Tor geöffnet hat.«

Ich blicke Moritz erwartungsvoll an, doch er sagt bloß: »Dann wird wohl jemand hindurchgegangen sein.«

»Aber das Tor gehört zum Grundstück, auf der Waldseite ist ein Schild angebracht, auf dem ›Privat‹ steht. Niemand außer Priska und Florian und ihren Gästen sollte das Tor benutzen, aber die beiden waren nicht da.«

Moritz runzelt die Stirn. »Meinst du, jemand Unbefugtes hat das Grundstück betreten? Das ist natürlich möglich, allerdings verstehe ich nicht, was du daran so bedeutungsvoll findest. Es hat ja niemand bei Priska eingebrochen oder so.«

Ich kann nicht glauben, dass Moritz nicht bemerkt, worauf ich hinauswill. »Am Freitagnachmittag ist dein Vater gestorben.«

Jetzt wird Moritz blass. »Meinst du, dass es einen Zusammenhang gibt?«

»Ich finde es zumindest eigenartig, dass an dem Nachmittag zwei Personen unbefugt das Grundstück betreten haben.«

Moritz trommelt unruhig auf sein Tablet. »Aber wie sollte ein Zusammenhang aussehen? Volker hätte sich ja wohl kaum mit jemandem in Priskas Garten verabredet, zumal er hier niemanden kannte. Woher hätte die zweite Person also wissen sollen, dass er dort ist? Außerdem hätte dieser Jemand sich längst gemeldet – und er hätte Volker gerettet. Volker ist doch nur ertrunken, weil er handlungsunfähig und niemand bei ihm war. Es sei denn ... Scheiße!« Moritz muss plötzlich würgen. »Kann es sein, dass Volker durch das Tor gegangen ist?«

Ich schüttele den Kopf. »Er war auf dem Steg.«

»Das wissen wir nicht. Er ist zwar vom Steg ins Wasser gefallen, aber das heißt nicht, dass er die ganze Zeit dort war.«

Ich denke darüber nach. »Aber Volker ist schon um kurz nach halb vier gekommen, und wir waren erst um kurz vor halb fünf dort.«

»Hauptkommissar Niebel konnte nicht genau sagen, wann Volker gestorben ist. Was, wenn ihm die Warterei im Garten zu langweilig wurde und er zwischendurch eine Runde durch den Wald spaziert ist? Was, wenn er wiedergekommen ist, während wir vor dem Haus auf Priska gewartet haben? Was, wenn er erst nach unserer Ankunft gestorben ist?«

Der Gedanke ist so verstörend, dass ich ihn instinktiv ablehne. »Das kann nicht sein.« Ich suche fieberhaft nach einem Grund und finde einen. »Dann hätten wir Volker gehört. Er hat doch bestimmt einen Schrei ausgestoßen. Außerdem muss es einen Platscher gegeben haben, als er ins Wasser fiel.«

»Den haben wir vielleicht nicht gehört. Das Grundstück ist groß, und das Haus liegt dazwischen. Oder wir haben ihn gehört, aber nicht beachtet. Mir ist auch das quietschende Tor nicht aufgefallen.«

»Mir schon. Mir wäre auch ein Platscher aufgefallen.«

Moritz schüttelt erregt den Kopf. »Woher willst du das wissen? Verdammt, Anna, verstehst du nicht, was das bedeutet? Wir hätten Volker vielleicht retten können. Ich hätte ihn retten können!«

Moritz schubst das Tablet zur Seite. Seine Hand zittert, und ich greife danach.

»Das kannst du nicht wissen. Es ist unwahrscheinlich, dass es dein Vater war ...«

Moritz schneidet mir das Wort ab. »Es ist sogar sehr wahrscheinlich, schließlich war Volker im Garten. Und das heißt, ich hätte ihn retten können, wenn ich ebenfalls dort gewesen wäre. Aber du wolltest das nicht! Du wolltest vor dem Haus warten. Deinetwegen war ich nicht im Garten!«

»Meinetwegen? Aber ich konnte doch nicht wissen ...«

»Niemand konnte es wissen, Anna. Aber deinetwegen waren wir nicht im Garten. Deinetwegen!«

Das letzte Wort ist wie ein Stromstoß, und ich ziehe meine Hand zurück. Der Vorwurf ist so ungerecht und schmerzhaft, dass mir die Luft wegbleibt.

Moritz und ich starren einander an. Uns trennen nur wenige Zentimeter, doch es fühlt sich plötzlich nach Kilometern an. Dann atmet Moritz langsam aus, seine Schultern sacken herab, und er greift nach meiner Hand.

»Entschuldige bitte, das war Schwachsinn. Natürlich ist es nicht deine Schuld. Es ist meine. Wenn ich aufmerksamer gewesen wäre, wenn ich besser hingehört hätte ...«

Ich widerspreche vehement. »Es war auch nicht deine Schuld, Moritz, das darfst du nicht denken. Es war ein Unfall, ein tragischer Unfall.« Ich rutsche näher, um Moritz in die Augen zu sehen. »Du konntest nicht wissen, dass Volker im Garten ist.«

Ich blicke Moritz so lange beschwörend an, bis er schließlich nickt, doch ich kann spüren, dass es halbherzig ist.

»Was hältst du davon, wenn wir mal schlafen?«, fragt er. »Ich bin ziemlich groggy.«

In dieser Nacht halte ich die ganze Zeit Körperkontakt zu Moritz, indem ich meine Hand auf seine Hüfte lege, dennoch fühle ich mich schon wieder von ihm abgeschnitten. Moritz liegt auf der Seite, mit dem Rücken zu mir, und tut, als würde er schlafen. Doch er vergisst zu schnarchen, außerdem kann ich spüren, dass er wach ist, dass er grübelt, dass er sich Vorwürfe macht.

Auch ich mache mir Vorwürfe. Warum bloß habe ich nicht meinen Mund gehalten? Warum bloß habe ich Moritz von dem Tor erzählt? Mir hätte doch klar sein müssen, dass es Salz in eine frische Wunde streut, und ebenso hätte mir klar sein müssen, dass Moritz annehmen könnte, Volker habe das Tor geöffnet. Der Gedanke ist naheliegend. Schließlich war Volker im Garten. Er hatte keine Hemmungen, das Grundstück seiner Tochter uneingeladen zu betreten, natürlich hätte er keine gehabt, das Tor zu benutzen. Wieso bin ich also nicht selbst auf den Gedanken gekommen, dass er es war?

Doch ist es wirklich wahrscheinlich, dass Volker in den wenigen Minuten starb, in denen Moritz und ich vor dem Haus auf Priska warteten? Dass er ausgerechnet in diesem Zeitraum ins Wasser fiel, ohne dass ich es gehört habe? Es war schließlich still. Daran erinnere ich mich genau. Ich habe die Stille vor dem Haus genossen. Da waren nur Vogelstimmen und das Kratzen und Rascheln, das die Frau aus dem Haus gegenüber beim Rechen ihrer Beete verursacht hat. Ein Auto. Dann das Quietschen des Tores, ein Rascheln im Laub. Ich bin mir sicher, da war sonst nichts. Oder bilde ich mir das nur ein? Glaube ich nur, nichts gehört zu haben, weil ich mir wünsche, dass Volker früher gestorben ist, zu einem Zeitpunkt, an dem Moritz neben mir im Auto saß, so dass ihn auch nicht der kleinste Bruchteil einer Verantwortung treffen kann?

Doch ist das wirklich die bessere Variante? Jemand hat schließlich das Tor benutzt, und wenn es nicht Volker war, sondern jemand anderes, dann stellt das die Theorie der Polizei infrage, dass Volker bei seinem Unfall allein war.

Irgendwann schläft Moritz doch noch ein, und beruhigt durch sein Schnarchen falle ich ebenfalls in einen unruhigen Schlummer, aus dem ich erst geweckt werde, als im Haus eine Toilettenspülung rauscht. Kurz darauf huscht jemand am Gästezimmer vorbei und die Treppe hinunter. Priska auf dem Weg zu einer frühmorgendlichen Joggingrunde? Ich taste nach meinem Handy und checke die Uhrzeit. Kurz nach sechs, zur selben Zeit ist Priska auch am Samstag losgezogen.

Ich liege eine Weile lauschend da, bis ein entferntes Klicken signalisiert, dass die Haustür geöffnet und geschlossen wurde, dann schlüpfe ich leise aus dem Bett, suche im Dunkeln nach meinen Sachen und gehe ins Bad. Nachdem ich mich angezogen habe, schleiche ich noch einmal ins Schlafzimmer und hole meinen Skizzenblock, dann gehe ich die Treppe hinunter. Im Flur ist es überraschend hell, das Licht der Außenbeleuchtung fällt durch das kleine Fenster neben der Haustür, und in dem Moment klappert der Briefschlitz. Ein weißer Briefumschlag segelt durch die Luft und landet auf den Eichendielen. Spontan hebe ich ihn auf. PRISKA JANSEN steht in Großbuchstaben auf der Vorderseite. Wer bringt um diese Zeit Post vorbei?

Ich lege den Brief im Wohnzimmer auf den Esstisch. Dann hole ich mir ein Glas Wasser, schalte eine Leselampe ein, mache es mir auf der Couch gemütlich und schlage in meinem Skizzenblock eine leere Seite auf. Ich hoffe, dass das Zeichnen mich vom Grübeln abhält. Außerdem muss ich bis zum nächsten Montag Ideen zu einem Pärchentattoo für zwei fanatische Bergsteigerinnen entwerfen, also schreibe ich »Olga + Irina« in die Mitte des Blattes und zeichne dann alles darum herum, was mir zu den beiden einfällt. Die Silhouette des Kilimandscharo, den die beiden zusammen bestiegen haben, einen Bergstiefel, ein Kletterseil, Olgas Colliedame namens Miss Fit, Irinas Kettenanhänger in Form eines Kleeblatts und so weiter. So gehe ich immer vor, wenn ich Tattoos entwerfe. Sobald ich den Stift in die Hand nehme, sprießen die Ideen üblicherweise wie von selbst, doch heute ist das nicht der Fall. Stattdessen wandern meine Gedanken immer wieder zu dem Gespräch mit Moritz, und ich ertappe mich dabei, wie ich das quietschende Tor neben Miss Fit zeichne.

So wird das nichts. Ich schlage eine neue leere Seite auf und fange noch einmal von vorne an, doch auch im zweiten Anlauf lässt meine Kreativität mich im Stich, und so blättere ich auf der Suche nach Inspiration durch den Skizzenblock. Das erste Blatt ziert ein Porträt von Moritz, das ich angefertigt habe, während er Netflix geschaut hat. Die nächsten Seiten sind gefüllt mit Ornamenten, die ich für eine professionelle Pokerspielerin entworfen und in die ich die Spielfarben Kreuz, Pik, Herz und Karo eingearbeitet habe. Es folgen weitere Zeichnungen von Moritz, ein Porträt meiner Mitbewohnerin Inga und weitere Tattooentwürfe. Die letzte Zeichnung habe ich am Samstagfrüh ebenfalls auf diesem Sofa angefertigt. Sie zeigt den Großen Plöner See, wie ich ihn durchs Schlafzimmerfenster gesehen habe, als ich nicht schlafen konnte. Das dunkle Wasser, der Bootssteg – bei dessen Anblick es mich fröstelt – und die schwarz gekleidete Gestalt, die im verwilderten Garten stand. Mittlerweile weiß ich, dass es Priska gewesen sein muss, die anschließend zu ihrer Joggingrunde aufgebrochen ist.

Ich hatte den kleinen Vorfall zwischenzeitlich vergessen, doch jetzt fällt mir wieder ein, wie eigenartig Priskas Verhalten war, und ich frage mich, was dahintersteckt. Was wollte Priska am Samstagmorgen um kurz nach sechs im Dunkeln in ihrem Garten? Wieso hat sie sich mitten auf die Wiese gestellt, dort einige Minuten gewartet, als würde sie auf etwas lauschen, und ist dann wieder gegangen? Nicht, dass es mich etwas angeht, schließlich darf Priska in ihrem Garten machen, was sie möchte, dennoch war es eigenartig.

So wie einiges an Priskas Verhalten eigenartig ist, zum Beispiel ihre Beziehung zu ihrem Vater – oder besser gesagt ihre Nichtbeziehung. Hat wirklich Volker alle geplanten Treffen abgesagt, wie Priska es behauptet, oder hat sie es getan, wie er es Stefanie erzählt hat? Stimmt es gar, dass Priska ihren Vater nicht bei ihrer Hochzeit dabeihaben wollte und als Ausrede ihre Mutter vorgeschoben hat? Ich weiß nicht, was ich denken soll. Lieber würde ich Priska glauben, Volker hat schließlich sein ganzes Leben auf Lügen aufgebaut. Doch wieso hat er sich dann entschieden, Priska zu besuchen? Spricht die Tatsache, dass er am Freitagnachmittag hierhergekommen ist, nicht für seine beziehungsweise Stefanies Sicht? Und ist das der Grund, warum Volker seinen Besuch nicht angekündigt hat? Weil er fürchtete, dass Priska ablehnen würde? Aber warum hat er es auch Stefanie nicht gesagt? Warum hat er seiner Freundin erzählt, er fahre zu einem Bekannten? Und warum ist er überhaupt gekommen? Nur um seine Tochter zu sehen? Aber wieso hätte er das vor Stefanie geheim halten sollen? Wieso ist er nicht am Samstag mit ihr gemeinsam hergefahren?

»Sag mal, Anna, stehst du immer so früh auf, oder kannst du in meinem alten Bett nicht schlafen?«

Ich fahre erschrocken zusammen. Priska steht in der offenen Wohnzimmertür. Ihr Gesicht liegt im Schatten, weil der Schein der Leselampe nicht bis zu ihr hinreicht, doch ihre Haare glänzen im Flurlicht hinter ihr wie ein Heiligenschein. Sie trägt ihre schwarze Laufkleidung.

»Oh, guten Morgen, Priska. Ich habe dich gar nicht gehört.« Hastig klappe ich meinen Skizzenblock zu.

Priska kommt ins Wohnzimmer. »Hast du gezeichnet? Darf ich mal sehen?«

»Nichts Vorzeigbares.«

»Kann es sein, dass du zu bescheiden bist?« Priska geht in die Küche, nimmt sich ein Glas aus dem Schrank und hält es unter den Wasserhahn. Dann leert sie es in einem Zug, füllt es erneut und kommt um den Küchentresen herum. »Was ist das?« Sie nimmt den Brief vom Esstisch.

»Der lag im Flur. Jemand hat ihn durch den Briefschlitz geworfen. Ich habe es zufällig mitbekommen.«

Priska stellt ihr Wasserglas ab, schiebt ihren Finger unter die Lasche des Briefumschlags und reißt ihn auf. Sie entnimmt einen gefalteten Din-A4-Bogen, faltet ihn auseinander, liest – und erstarrt. Ihre Finger krallen sich in den Brief, so dass er Knicke bekommt.

»Alles in Ordnung?«

Ich muss die Frage zweimal wiederholen, bis Priska reagiert. Dann hebt sie ruckartig den Kopf. Sie sieht total eigenartig aus, leichenblass mit weit aufgerissenen Augen.

»Alles bestens. Hast du zufällig mitbekommen, wer den Brief eingeworfen hat?«

»Nein. Steht das denn nicht darin?«

»Die Unterschrift ist unleserlich.«

»Worum geht es denn?«

»Nur ein weiteres Kondolenzschreiben.« Priska faltet den Brief sorgfältig zusammen und steckt ihn in den Umschlag zurück. »Ich gehe duschen.«

6

Priska

Als mein Wecker um sechs Uhr klingelt, fühle ich mich schon großartig, bevor ich richtig wach bin, doch es dauert noch einen Moment, bis mir klar wird, warum. Es ist vorbei! Die Angst vor Entdeckung, das ständige Auf-der-Hut-sein-Müssen, das Jedes-Wort-abwägen-Müssen, all das ist vorbei! Die Polizei hat ihre Ermittlungen eingestellt, Volkers Tod ist offiziell als Unfall eingestuft. Ich kann mit meinem Leben weitermachen. Und – last but not least – ich hatte die halbe Nacht lang gigantischen Sex! Und obwohl ich deswegen nicht allzu viel Schlaf hatte, bin ich so energiegeladen, dass ich platzen könnte. Oder besser noch: laufen. Höchste Zeit, mein Training wieder aufzunehmen.

Behutsam schiebe ich Flos Hand von meiner Hüfte und schlüpfe aus dem Bett, suche mir im Dunkeln meine Sportklamotten zusammen und schleiche ins Bad.

Zehn Minuten später laufe ich die Straße entlang Richtung Forst. Es ist noch dunkel, der weiße Schein meiner Stirnlampe tanzt vor mir auf und ab. Laut Trainingsplan steht heute nur eine kleine Runde an, doch nachdem ich in den letzten Tagen nicht trainieren konnte, ist der Plan ohnehin Makulatur. Ich kann laufen, wie ich will, und das bedeutet Tempo!

Bis zum Rand des Forsts mäßige ich mich noch, laufe mich locker warm, doch dann lege ich los, ziehe das Tempo immer mehr an, bis ich durch den dunklen Wald sprinte wie ein Reh auf der

Flucht vor dem Jäger. Nur dass ich nicht mehr gejagt werde, ich bin frei, frei, frei!

Meine Füße sind ebenfalls frei. Frei zu entscheiden, wohin sie laufen sollen. Immer tiefer folge ich ihnen in den Wald hinein, auf Wege, die ich nicht kenne, doch ich mache mir keine Sorgen. Ich habe mein Handy dabei, und falls ich mich verlaufe, wird GPS mich retten. Ich renne und renne, so lange, bis ich nicht mehr kann, dann verfalle ich in ein gemütliches Joggingtempo, schließlich gehe ich nur noch und sehe mich um.

Ich bin auf einem schmalen Pfad, der von Laubbäumen gesäumt wird. Rechts geht es etwas hinunter in eine flache, dicht bewachsene Senke. Es dauert einen Augenblick, bis mir klar wird, dass ich diesen Ort kenne. Ich habe es nur nicht gleich bemerkt, da ich sonst über einen anderen Weg hierherlaufe. Das ist die Stelle, an der ich Volkers Mantel versteckt habe. Wenn ich richtig orientiert bin, kann ich in der einsetzenden Dämmerung sogar den Busch ausmachen, unter den ich ihn geschoben habe.

Seltsam, dass meine Füße mich ausgerechnet hierher getragen haben. Es gibt mehrere Stellen im Forst, mit denen ich positive Erinnerungen verknüpfe: Strecken, auf denen ich regelmäßig das Runner's High spüre, Stellen, an denen ich mit Flo gepicknickt habe. Auch den ein oder anderen Quickie haben wir im Forst schon hingelegt. Doch in gewisser Weise ist auch diese Senke mit einer positiven Erinnerung verknüpft, denn sie ist Teil meiner erfolgreichen Strategie, mich den Folgen einer Handlung zu entziehen, zu der ich mich nie fähig geglaubt hätte.

Nein, das ist sie nicht! Das ist Bullshit. Ich kenne nur einen Menschen, der das so betrachten würde, und dieser Mensch ist tot. Volker hat es immer geschafft, jede seiner Handlungen zu rechtfertigen, sie in ein positives Licht zu rücken, selbst den Betrug an meiner Mutter und mir. Selbst als ich ihn nach Jahren des Schweigens wieder getroffen habe, hat er sich nicht dafür entschuldigt.

»Ich habe Evi durch meine Beziehung zu Moritz und seiner Mutter nichts weggenommen. Sie war nie an mir interessiert, nur an der gesellschaftlichen Stellung, die ich ihr bieten konnte. Die hat sie durch die Scheidung selbst zerstört.«

»Du hast mir etwas weggenommen.«

»Im Gegenteil, ich habe dir einen Bruder geschenkt. Du sagst doch selbst, dass du Moritz nicht mehr missen möchtest.«

Ja, das habe ich gesagt, und es ist wahr. Doch es wiegt nicht auf, was Volker mir nehmen wollte.

Aber ich will nicht mehr an Volker denken. Ich laufe wieder los, um von der Senke wegzukommen, doch meine positive Stimmung ist verflogen, und die Gedanken an Volker laufen mit. Ich renne schneller, doch ich kann sie nicht abschütteln. Und plötzlich sind da diese Bilder, die ich seit Tagen auf Abstand halte: Volkers rotes, vor Angst verzerrtes Gesicht. Seine Hand, die zu seiner Brust fährt, dann zu den Taschen seiner Hose. Seine Panik. Sein Sturz ins Wasser. Wie er mit den Armen um sich schlägt.

Obwohl ich vom Laufen ohnehin schwitze, spüre ich, wie mir die Erinnerungen noch mehr Schweiß aus den Poren treiben. Ich bleibe stehen und atme tief durch. So geht das nicht! Ich darf mich von diesen Bildern nicht verrückt machen lassen. Ich bin in Sicherheit. Und ich bin kein schlechter Mensch. Ich hatte keine Wahl. Ich konnte nur einen von uns retten, Volker oder mich. Ich habe mich für mich entschieden. Niemand kann mir das vorwerfen. Ich bin nicht schuld an Volkers Tod, er ist selbst schuld. Ich wollte nicht, dass er stirbt. Das habe ich nie gewollt. Ich wollte nur, dass er mich in Ruhe lässt. Ich wollte, dass er aus meinem Leben verschwindet, weil dort niemals Platz für ihn und Flo sein kann.

Als ich eine halbe Stunde später nach Hause zurückkehre, habe ich mich wieder im Griff, was auch nötig ist, denn mir ist eingefallen, dass Stefanie zum Brunch kommt. Ich bin mittlerweile sicher, dass sie nicht weiß, warum Volker mich am Freitag aufgesucht hat, doch sie weiß genug, um mir das Leben schwerzumachen. Ich will nicht, dass sie Flo erzählt, dass ich den Kontakt zu Volker abgebrochen habe. Natürlich würde Flo mir glauben, nicht ihr, doch ich habe es satt, mir immer neue Lügen ausdenken zu müssen.

Als ich die Haustür aufsperre, brennt im Wohnzimmer Licht. Anna sitzt mit ihrem Zeichenblock auf der Couch und fährt erschrocken zusammen, als ich sie anspreche. Ein wenig seltsam ist sie schon. Ich bin immer noch nicht sicher, was ich von ihr halten soll. Es macht mich ganz kirre, wenn ich sehe, wie sie Moritz verfolgt wie ein Hündchen, das Angst hat, beim Gassigehen vergessen zu werden. Und ihre Reaktion, als Moritz ihre Asexualität erwähnt hat, war ziemlich übertrieben. Andererseits bin ich wohl die Letzte, die sich über die Sexualität anderer mokieren sollte. Und solange Moritz mit ihr glücklich ist …

Ich hole mir ein Glas Wasser, als ich den Brief auf dem Esstisch entdecke.

»Was ist das?«

»Der lag im Flur. Jemand hat ihn durch den Briefschlitz geworfen. Ich habe es zufällig mitbekommen.«

Ich reiße den Umschlag auf, und im nächsten Moment wird mir schlecht.

Ich weiß selbst nicht, wie ich es schaffe, einen halbwegs geordneten Abgang hinzulegen und die Treppe hinaufzugehen, doch kaum habe ich die Tür zum Badezimmer hinter mir geschlossen, stürze ich zur Toilette, klammere mich um die Schüssel und übergebe mich. Ich würge und würge, bis mein Magen sich von innen nach außen stülpt und meine Speiseröhre brennt. Dann will ich aufstehen, doch ich schaffe es nicht, also bleibe ich sitzen und lehne meinen Kopf an die kühle gefliese Wand. So sitze ich da, während mich Wellen von Panik überfluten, eine nach der anderen. Der Schweiß strömt mir aus allen Poren, ich schwitze so stark, dass ich binnen Sekunden klatschnass bin und mir von meinem eigenen Schweißgeruch wieder schlecht wird, doch ich habe nichts mehr in mir, das ich hervorwürgen könnte.

Ich schaffe es erst, mich hochzurappeln, als von außen auf die Türklinke gedrückt wird. Ich halte den Atem an, weil ich mir nicht sicher bin, dass ich wirklich abgeschlossen habe. Doch die Tür öffnet sich nicht, und kurz darauf höre ich Schritte, die sich entfernen. Ich atme einmal tief durch und schaffe es, mich zum Waschbecken zu schleppen und mir den Mund auszuspülen. Dann lasse ich mich auf den Rand der Badewanne sinken.

Was um alles in der Welt soll ich jetzt tun?

Ich zerre den Briefumschlag aus der Tasche meiner Trainingsjacke und lese noch einmal die Nachricht, in der vergeblichen Hoffnung, dass ihr Inhalt sich auf dem Weg vom Wohnzimmer in den ersten Stock auf wundersame Weise verändert hat, doch das ist nicht der Fall.

Ich weiß was du getan hast. Ich habe dich auf dem Steg gesehen. Mein Schweigen kostet 10 000 Euro. Ich melde mich wieder.

Als ich die vier kurzen, gedruckten Sätze zum dritten Mal lese, rollt eine weitere Panikwelle heran, doch ich zwinge mich, sitzen zu bleiben und weiterzuatmen. Ich muss mich zusammenreißen. Ich muss überlegen, was ich tun kann. Aber kann ich überhaupt etwas tun?

Ich werde erpresst. Irgendjemand weiß, was ich getan habe. Nein, nicht irgendjemand. Ich weiß genau, wer es ist: Sven Ahrens. Der verdammte alte Mann von nebenan, der den ganzen Tag nichts Besseres zu tun hat, als aus dem Fenster zu starren. Er hat mich am Freitagnachmittag gesehen, das hat er mir ja selbst gesagt. »Böses Mädchen« – so hat er mich genannt. »Böses Mädchen.«

Und ich habe nicht reagiert! Wieso zum Teufel habe ich nicht reagiert? Wieso habe ich nichts unternommen? Wie konnte ich einfach annehmen, dass der Mann zu dement ist, um ... Ja, um was zu tun? Zu dement, um einen kohärenten Brief zu verfassen, in einen Computer einzugeben und auszudrucken? Natürlich ist er das. Doch wer ist dann der Erpresser?

Die Antwort liegt auf der Hand. Es ist kein Erpresser, sondern eine Erpresserin. Mella. Es kann nur Mella sein. Sven Ahrens muss seiner Enkelin erzählt haben, was er gesehen hat, und Mella hat es nicht an die Polizei weitergegeben, weil sie die Gelegenheit nutzen möchte, ohne Anstrengung an Geld zu kommen. Faules kleines Miststück! Wenn ich daran denke, was Flo alles für sie getan hat! Wenn ich daran denke, dass ich für sie auf ihren Opa aufgepasst habe! Am liebsten würde ich hinüberrennen und dem kleinen Biest die geschminkten Augen auskratzen.

Leider ist das keine Option. Und es ist ebenfalls keine Option, hier zu sitzen und in aggressiven Fantasien zu schwelgen. Doch was sind meine Optionen?

Ich greife zur Zahnbürste und putze meine Zähne, während ich überlege. Option A: Ich zahle. Ich gebe dem gierigen Miststück das Geld, das es nicht verdient. Zehntausend Euro ist eine vergleichsweise kleine Summe. Flo und ich haben zwar unser ganzes Geld ins Haus gesteckt, aber ich könnte heimlich einen Kredit aufnehmen. Außerdem ist da Volkers Nachlass. Ich habe mich eigentlich schon entschieden, meinen Anteil am Erbe auszuschlagen, doch vielleicht sollte ich das noch einmal überdenken. Zehntausend Euro wären ein geringer Preis, wenn ich mir dadurch Sicherheit erkaufe. Doch das ist natürlich der springende Punkt: Würde ich mir mit dem Geld Sicherheit erkaufen? Wird Mella sich mit dieser Einmalzahlung zufriedengeben? Oder wird sie bei nächster Gelegenheit ihre Forderung erhöhen? Ich hätte nicht Wirtschaftswissenschaften studieren müssen, um diese Frage zu beantworten. Natürlich wird Mella, wenn ich einmal zahle, regelmäßig mehr verlangen. Sie wäre blöd, es nicht zu tun. Sie hätte mich mein Leben lang in der Hand. Das kann sie vergessen!

Option B: Ich ignoriere den Brief und unternehme nichts. Was wird dann passieren? Nun, im schlimmsten Fall wird Mella mit ihrem Wissen zur Polizei gehen. Doch was weiß sie eigentlich? Im Grunde genommen nur, was ihr verwirrter alter Opa ihr erzählt hat. Sie hat keine Beweise. Um Mellas Anschuldigung zu überprüfen, müsste die Polizei mit Sven Ahrens sprechen. Doch selbst wenn der die Fragen halbwegs strukturiert beantwortet, würde anschließend meine Aussage gegen seine stehen. Und kein Gericht der Welt würde mich aufgrund des verwirrten Zeugnisses eines dementen alten Mannes verurteilen. Zumal man mir kein Motiv nachweisen könnte. Wieso hätte ich Volkers Tod wünschen sollen? Nur, weil wir uns nicht gut verstanden haben? Lächerlich.

Natürlich würden Mellas Anschuldigungen nicht nur die Polizei erreichen, sondern auch im Ort die Runde machen, vielleicht sogar im Job, und das wäre ziemlich unangenehm. Aber Flo würde mir glauben und zu mir halten, und das ist das Einzige, was zählt. Vielleicht würde uns die Sache sogar enger zusammenschweißen. Vielleicht würde sie sogar dazu führen, dass wir hier wegziehen.

Je länger ich darüber nachdenke, desto besser gefällt mir Option B. Es würde kein Spaziergang werden, aber ich könnte damit durchkommen. Falls mir nichts Besseres einfällt, kann ich auf Option B zurückgreifen.

Und damit wäre ich bei Option C: Ich schaffe es irgendwie, Mella zum Schweigen zu bringen. Vor meinem geistigen Auge rauscht eine kurze Filmsequenz vorbei, in der Mella die enge Treppe in ihrem Haus hinunterfällt und – ihr bemaltes Gesicht grotesk verzerrt – auf dem Treppenabsatz liegen bleibt. Doch dann zoomt mein Geist auf ihren schwangeren Bauch, und ich weiß, das ist keine Option. Ich bin nicht gewalttätig. Ich bin nur eine Frau, die ihren Mann liebt. Vielleicht gibt es ja einen gewaltfreien Weg, Mella am Reden zu hindern. Das Mädchen ist kein

Engel, war es nie. Bestimmt hat sie das eine oder andere dreckige kleine Geheimnis. Es könnte sich lohnen, mehr über ihr nichtsnutziges Leben zu erfahren.

    Ich spüle ein letztes Mal meinen Mund aus und stelle meine Zahnbürste ins Glas zurück. Ein Blick in den Spiegel verrät mir, dass ich beschissen aussehe, doch das lässt sich mit einer Dusche, einem Föhn und etwas Make-up reparieren. Und dann gehe ich zum Gegenangriff über. Ich fange beim Brunch damit an. Wie praktisch, dass Flo Stefanie eingeladen hat, die gerade bei Mella wohnt. Vielleicht kann sie mir sagen, wann Mella heute aufgestanden ist.

7

Anna

Als Priska zum Brunch herunterkommt, ist sie wie verwandelt. Ich könnte schwören, dass der Brief, den ich im Hausflur gefunden habe, sie zutiefst schockiert hat, doch davon ist ihr nichts anzumerken. Ihr ist auch nichts von der Abneigung gegen Stefanie anzumerken, die sie gestern gezeigt hat. Im Gegenteil. Als Stefanie mit einem Blumenstrauß und einer Flasche Wein als Gastgeschenk eintrifft, die sie gestern noch besorgt haben muss, nimmt Priska ihr beides mit überraschender Herzlichkeit ab. Auch beim Essen ist sie höflich zugewandt, und bleibt es selbst dann, als Stefanie erklärt, dass sie an der Abschiedszeremonie teilnehmen möchte, die Priska und Moritz für morgen Nachmittag geplant haben.

»Es ist mir sehr wichtig, Volker noch einmal zu sehen. Wenn ich wirklich begreifen soll, dass er tot ist …« Stefanie tupft sich eine Träne aus dem Augenwinkel und legt eine Hand auf ihren Bauch.

»Natürlich kommst du mit«, sagt Moritz sofort. »Wir wollten dich sowieso dabeihaben.«

Priska nickt ebenfalls. »Allerdings haben wir keine Zeremonie mit Trauerredner oder Ähnliches geplant. Wir dachten, dass jeder ein paar Minuten allein mit Volker bekommen soll. Anschließend wollen wir in ein Café in der Nähe gehen, das der Bestatter empfohlen hat. Der Termin ist um zwei Uhr, wir wollen um Viertel nach eins losfahren.«

»Das passt mir sehr gut.«

»Dann ist das abgemacht. Hast du denn schon mit Mella gesprochen, ob du die Ferienwohnung verlängern kannst?«

Stefanie nickt. »Sie sagte, das sei kein Problem, weil in der Nebensaison hier nichts los ist. Die nächste Buchung hat sie erst über Silvester.«

»Wie ist die Ferienwohnung denn so?«, wirft Florian ein. »Ich habe sie noch nie gesehen. Mellas Mutter hat sie noch eingerichtet. Sie ist mit drei Sternen klassifiziert, nicht wahr?«

»Ja, sie genügt völlig. Ich habe alles, was ich brauche. Letzte Nacht war es wunderbar ruhig. Fast zu ruhig. Ich konnte erst nicht einschlafen, weil mir die gewohnten Stadtgeräusche gefehlt haben. Dafür bin ich dann allerdings auch erst nach acht Uhr aufgewacht.«

»Ach ja?« Priska beugt sich vor. »War Mella da auch schon wach?«

»Zumindest kam Musik von oben. Ziemlich laute.«

»Tja, Rücksichtnahme ist wohl nicht gerade Mellas Stärke.« Priska schneidet eine Grimasse. »Vermutlich ist sie eine recht gewöhnungsbedürftige Gastgeberin.«

Stefanie nickt. »Das ist richtig. Allerdings lebt sie auch in etwas besonderen Verhältnissen. Allein mit ihrem kranken Großvater, wenn ich das richtig verstanden habe?«

»Ihre Mutter ist vor einem halben Jahr gestorben«, erklärt Florian. »Seitdem kümmert sich die halbe Nachbarschaft um Mella und Sven. Ich war schon einige Male drüben, um etwas zu reparieren, und Priska hat erst vor kurzem auf Sven aufgepasst.«

»Tatsächlich?« Stefanie legt ihr Brötchen, in das sie gerade hatte beißen wollen, zurück auf den Teller. »Das habe ich gestern auch gemacht.« Als wir alle sie überrascht ansehen, erklärt sie es näher. »Mella bat mich darum. Ehrlich gesagt fand ich es etwas ungewöhnlich, aber Mella hatte einen dringenden Termin, und die Nachbarin, die sich eigentlich um Herrn Ahrens kümmern sollte, hatte kurzfristig abgesagt. Da ich Zeit hatte, dachte ich:

Warum nicht? Allerdings versprach Mella mir, nur eine Stunde wegzubleiben, und dann waren es mehr als eineinhalb. Ich hatte eine Tischreservierung für ein Restaurant in Plön, die ich verschieben musste. Das war ziemlich ärgerlich.«

»Ich fürchte, das ist typisch für Mella, sie ist leider sehr unzuverlässig. Keine guten Voraussetzungen für das Baby.« Priska nimmt sich noch etwas Rührei und sieht Florian fragend an. »Weißt du, ob Mella mittlerweile irgendwelche Pläne für die Zeit nach der Geburt hat? Wird sie eine neue Ausbildung anfangen?«

Florian zuckt mit den Achseln. »Ich glaube, sie träumt immer noch von einer Tiktok-Karriere. Ich habe versucht, ihr das auszureden, aber sie hat mich ausgelacht. Ehrlich gesagt mache ich mir Sorgen, was aus dem Kind werden soll. Mella ist ja schon mit Svens Pflege überfordert. Allein mit einem Kind ...«

»Kommt denn der Vater des Babys nicht bald zurück?«, fragt Stefanie. »Wie heißt er noch? Mirko?«

Priskas Hand, die gerade zu ihrer Cappuccinotasse greifen wollte, stoppt in der Luft. »Was meinst du damit? Mella weiß nicht, wer der Kindsvater ist. Es war ein anonymer One-Night-Stand. Das hat sie zumindest in der Straße herumerzählt. Hat sie zu dir etwas anderes gesagt?«

Stefanie fasst sich verlegen an ihren Perlenohrring. »Nicht direkt zu mir, ich habe es zufällig mitbekommen.«

Priska beugt sich vor. »Jetzt rück es schon raus!«

»Nun ja, ich will nicht klatschen ...« Stefanie zögert. »Ich bin gestern Abend, als ich aus dem Restaurant zurückkam, noch einmal zu Mella in die Küche gegangen, weil ich sie um eine extra Wolldecke bitten wollte. Die Ferienwohnung liegt im Souterrain und ist ziemlich kühl. Mella telefonierte gerade. Sie sprach mit jemandem über etwas namens ›Monero‹, wenn ich das richtig verstanden habe. Sie sagte, sie habe die Info von einem gewissen Mirko und dass dieser bald aus, nun ja, aus dem Jugendarrest entlassen werde. Es klang so, als sei Mirko Mellas Freund, ich kann mich aber natürlich auch irren. Vielleicht solltet ihr es besser nicht weitererzählen.«

»Keine Sorge, das Tratschen überlassen wir den Tratschtanten, davon haben wir einige in der Straße. Ist übrigens noch O-Saft da? Nein? Ich hole frischen.« Florian steht auf.

»Also, ich tratsche es bestimmt nicht weiter«, sagt Priska, »aber spannend finde ich es schon. Noch irgendwelche Geheimnisse aus dem Hause Ahrens, die wir für uns behalten sollen?«

Sie grinst Stefanie verschwörerisch an, was ich ziemlich überraschend finde. Ich glaube, Stefanie teilt die Überraschung, sie scheint jedoch gleichzeitig froh zu sein, dass Priska heute nicht so feindselig ist wie gestern. »Nein, keine finsteren Geheimnisse«, sagt sie, »allerdings scheint Mellas Großvater zu denken, ich hätte eins. Als ich gestern bei ihm saß, hat er mich aus heiterem Himmel ein böses Mädchen genannt. Es war ziemlich seltsam.«

Priska stellt mit einem Klirren ihre Tasse ab. »Er hat dich ein böses Mädchen genannt? Wieso das?«

Stefanie zuckt mit den Achseln. »Ich habe keine Ahnung. Ich saß mit Herrn Ahrens in seinem Zimmer zusammen. Ich habe zunächst versucht, mich mit ihm zu unterhalten, was jedoch nicht funktioniert hat, also habe ich stattdessen meinen Gedanken nachgehangen. Und plötzlich drehte er mir seinen Kopf zu und nuschelte: ›Böses Mädchen.‹ Ich bin regelrecht erschrocken.«

»Das ist ja eigenartig.«

»Was ist eigenartig?« Florian kommt mit einem Krug Orangensaft zurück.

Priska erklärt es ihm.

Florian lacht. »Das musst du dir nicht zu Herzen nehmen, Stefanie, das sagt Sven häufig. Es ist eine Marotte von ihm. Keine Ahnung, woher die kommt.«

Priska mustert Florian verblüfft. »Du hast es gewusst? Warum hast du es nie erzählt?«

»Ich wusste nicht, dass dich das interessiert.« Florian zuckt mit den Achseln. »Fairerweise hätte Mella Stefanie warnen können, aber ich glaube, sie findet es lustig, weil Sven es auch gelegentlich zu Elsa und Helga sagt. Hat er es zu dir nicht gesagt?«

Priska schüttelt den Kopf. »Das heißt Sven Ahrens beleidigt zum Spaß Leute?«, fragt sie noch einmal nach.

Florian setzt sich. »Ich denke nicht, dass Sven weiß, was die Worte bedeuten. Ich glaube, einzelne Phrasen sind das Einzige, was in seinem Sprachgedächtnis hängengeblieben ist. ›Klopf auf Holz!‹, ist eine weitere.« Er gießt sich Orangensaft ein. »Svens Zustand hat sich seit Claudias Tod zusehends verschlechtert. Ich glaube, seitdem hat er keinen zusammenhängenden Satz mehr herausgebracht. Wenn er etwas von sich gibt, dann passt es nie zur Situation.«

»Tja, ich bin froh, dass du es mir erklärt hast«, meint Stefanie. »Es war wirklich ein unangenehmes Erlebnis.«

»Das glaube ich dir. Auf den Schreck noch ein Croissant?« Florian schwenkt einladend den Brotkorb. Wir lehnen ab.

»Nein, vielen Dank«, sagt Stefanie. »Es war alles köstlich, aber ich habe mein Limit erreicht, vor allem mein Limit an Koffein, ich muss mich da gerade etwas einschränken. Apropos – in dem Zusammenhang möchte ich euch gerne etwas sagen.« Stefanie streicht sich verlegen eine Strähne hinters Ohr. »Ich hatte es schon gestern tun wollen, doch dann dachte ich, es sei nicht der richtige Zeitpunkt, aber vermutlich gibt es den nie. Und natürlich wollte eigentlich Volker es euch mitteilen …«

Sie bricht ab. Alle sehen sie erwartungsvoll an, nur ich bin erleichtert, weil ich weiß, was kommt.

»Ja?«, sagt Priska schließlich.

Stefanie berührt nervös ihren Bauch. »Ich bin schwanger. Ihr werdet eine Halbschwester oder einen Halbbruder bekommen.«

8

Priska

Es fühlt sich an, als hätte mir ein Pferd in den Magen getreten, und mein erster Gedanke lautet: Es reicht. Genug ist genug. Seit eineinhalb Stunden spiele ich nun schon Theater. Seit eineinhalb Stunden gebe ich die nette, interessierte Tochter, die sich um ein gutes Verhältnis zur letzten Freundin ihres verstorbenen Vaters bemüht, doch jetzt reicht es. Mehr geht nicht! Ich kann Aufmerksamkeit heucheln. Ich kann Sympathie heucheln. Ich kann Interesse heucheln. Ich kann meinetwegen auch Begeisterung für Nachbarschaftsklatsch und -tratsch heucheln, aber ich kann keine Begeisterung dafür vortäuschen, dass mein Vater es schon wieder getan hat.
Im Gegensatz zu Moritz, der allerdings nichts vortäuschen muss. Mein kleiner Bruder ist so hin und weg von der Aussicht, großer Bruder zu werden, dass es ihn nicht auf dem Stuhl hält. Er springt auf und schließt Stefanie in die Arme. Auch Flo freut sich. Natürlich, Kinder sind für ihn leider das Größte. Anna scheint ebenfalls happy, ob allerdings über Stefanies Schwangerschaft oder darüber, dass Moritz glücklich ist, kann ich nicht sagen. Ich kann nur sagen, dass ich mich nicht freue und dass ich keine Ahnung habe, wie ich es schaffen soll, auch nur halbwegs angemessen zu reagieren.
Zum Glück rettet Flo mich. »Darauf müssen wir anstoßen. Nein, keine Widerrede, du auch, Stefanie. Wir haben von unse-

rer Einweihungsparty noch alkoholfreien Sekt im Keller. Er sollte halbwegs kalt sein. Ich hole ihn.«

»Ich mache das schon.«

Ich schlängele mich an Flo vorbei und fliehe in den Keller, wo ich mich auf eine Umzugskiste sinken lasse in der Hoffnung, dass sie mein Gewicht aushält. Als Flo und ich eingezogen sind, haben wir alles, was wir nicht dringend benötigen – angefangen bei meiner Skiausrüstung bis hin zu meinen Uniunterlagen – in den Keller gestellt. Wir sind noch nicht dazu gekommen, alles auszupacken, weil es an Zeit und Lust fehlte. Doch jetzt würde ich mich lieber zehn Stunden lang durch staubige Kisten wühlen, als zehn Minuten in der Gesellschaft der Vorstufe eines künftigen weiteren Halbgeschwisters und seiner Mutter zu verbringen.

Denn meine Wut ist so enorm, dass ich Angst habe, mich völlig zu vergessen. Wie kann das verdammt noch mal sein? Wie konnte das passieren? Wie kann eine Frau in einer Welt der Kondome, der Pille, der Spirale, der Temperaturmessung und meinetwegen auch des verdammten Koitus Interruptus ungeplant schwanger werden? Nicht eine naive Achtzehnjährige wie Mella, sondern eine reife Zweiundvierzigjährige? Und wie konnte Volker das schon wieder zulassen? Wieso hat dieser Vollidiot nichts aus den Fehlern der Vergangenheit gelernt? Wieso? Wieso? Wieso?

Natürlich sind diese Fragen müßig, dennoch schaffe ich es erst, mich davon loszureißen, als mir ein Rat einfällt, den mir ausgerechnet mein Vater einmal nach einem verpatzten Tennismatch gegeben hat. Ich lag in Führung, als der Schiedsrichter mit einer krassen Fehlentscheidung meiner Gegnerin die Chance zum Break eröffnete. Ich regte mich so darüber auf, dass ich von da an unkonzentriert spielte und Fehler über Fehler machte. Als ich mich hinterher bitterlich beklagte, sagte Volker: »Hör auf zu jammern! Du hast dich selbst geschlagen, weil du deine Konzentration verschoben hast. Denke immer daran: Du kannst nur beschränkt beeinflussen, was andere tun, aber du allein entscheidest, worauf du dich konzentrierst.«

Der Rat war damals gut, und er ist es jetzt. Ich kann nichts an Stefanies Schwangerschaft ändern, und ich habe ohnehin Besseres zu tun. Ich muss mich auf die Person konzentrieren, die den Brief geschrieben hat. Ich dachte, es sei Mella, doch nach dem, was Flo erzählt hat, bin ich nicht mehr sicher. Nicht nur, weil Sven Ahrens offenbar wahllos Leute als böses Mädchen bezeichnet, sondern weil er nicht mehr in der Lage ist, zusammenhängende Sätze von sich zu geben, womit die Wahrscheinlichkeit, dass er Mella erzählt hat, was er auf dem Bootssteg gesehen hat, stark gesunken ist. Doch wenn Mella den Brief nicht geschrieben hat, wer dann? Sven Ahrens ist der Einzige, der mich von seinem Fenster aus gesehen haben kann, denn Mella war nicht zu Hause.

Doch halt, das stimmt gar nicht. Mella lässt ihren Großvater nie für längere Zeit allein. Wenn sie nicht zu Hause war, dann hat jemand anderes auf ihn aufgepasst, sie hat es mir ja sogar erzählt, entweder Elsa Rövekamp oder Helga Frerichs. Hat eine von den beiden den Brief geschrieben?

Die erste Antwort, die mir dazu durch den Kopf schießt, lautet: ausgeschlossen. Elsa und Helga sind beide so respektabel, dass Pflichtbewusstsein und Gewissenhaftigkeit ihnen aus allen Poren tropfen. Wenn die beiden nicht gerade selbst gute Werke tun, sind sie damit beschäftigt, andere dazu anzuhalten. Wenn eine der beiden gesehen hätte, was auf dem Bootssteg passiert ist, hätte sie erstens sofort etwas unternommen und zweitens aller Welt brühwarm davon erzählt. Abgesehen davon, dass beide mich siezen, während ich im Brief geduzt wurde.

Andererseits hat ja nun irgendjemand den Brief geschrieben. Jemand hat etwas gesehen, und neben Sven Ahrens kommen nur die beiden infrage. Außerdem klagt Elsa oft genug darüber, dass die Inflation ihre Rente fresse und dass sie weniger Buchungen habe, seit sie den Preis für ihre Ferienwohnung anheben musste.

Hat sie also der Versuchung nachgegeben? Sie könnte mich im Brief geduzt haben, um ihre Urheberschaft zu verschleiern. Einen Drucker besitzt sie auch, wie ich zufällig weiß, weil sie mir einmal erzählt hat, dass sie damit die Rechnungen für die Mieter ihrer Ferienwohnung ausdruckt. Und sie könnte am Freitagnachmittag zu den Ahrens gegangen sein, nachdem ich zum Lauftraining aufgebrochen bin.

Nun, es kommt mir zwar nicht sehr wahrscheinlich vor, aber zumindest sollte ich herausfinden, wer von den beiden am Freitagnachmittag bei Sven Ahrens war.

Zwanzig Minuten später klingele ich bei Elsa Rövekamp, in der Hand ein Glas mit Kürbischutney von Imke, auf das ich mich schon selbst gefreut hatte. Ich habe mit den anderen pflichtschuldig ein halbes Glas Sekt getrunken, Stefanie mit zusammengebissenen Zähnen gratuliert und mich dann mit »rasenden Kopfschmerzen« entschuldigt. Ich bräuchte dringend frische Luft. Natürlich wollten Flo und Moritz mich begleiten, doch ich habe es geschafft, das halbwegs höflich abzuschmettern.

»Frau Jansen, das ist ja eine Überraschung.« Elsa hält einen Staublappen in der Hand, über der ausgebeulten Jeans, in der sie immer herumläuft, trägt sie eine Kittelschürze, wie ich sie aus alten Filmen kenne. »Ich putze gerade.«

»Es tut mir leid, Sie dabei zu stören. Ich bin gekommen, um mich bei Ihnen dafür zu bedanken, dass Sie gestern so beherzt einschreiten wollten, als Sie dachten, wir hätten einen Eindringling auf unserem Grundstück. Das war sehr aufmerksam von Ihnen, daher als kleines Dankeschön …« Ich halte ihr das Glas hin. »Selbstgemachtes Kürbischutney.«

Überrascht nimmt Elsa das Präsent entgegen. »Ach, das ist ja nett. Natürlich wäre es nicht nötig gewesen, aber dennoch sehr nett. Ich wusste gar nicht, dass Sie selbst einkochen. Durchs Fenster sehe ich immer nur Ihren Mann am Herd stehen.«

»Florian liebt es zu kochen. Er kann sich dabei entspannen.«

»Ach so.« Elsa zögert. Sie scheint nicht so recht zu wissen, was sie von der Situation – ich freiwillig vor ihrer Haustür – halten soll, doch dann gibt sie sich einen Ruck. »Möchten Sie nicht hereinkommen?«

»Ich möchte auf keinen Fall stören.«

»Ach, ich könnte ohnehin eine Pause vertragen.«

Ich folge Elsa in eine Küche, die aus demselben Jahr zu stammen scheint wie die Kittelschürze. Angesichts der beigefarbenen Schränke und der braunen und grünen Fliesen packt mich das Grausen, obwohl alles blitzsauber ist.

»Ich setze nur schnell Kaffee auf. Sie trinken doch ein Tässchen mit?«

Während Elsa sich an der Kaffeemaschine zu schaffen macht, fragt sie mich, woher ich den Kürbis für das Chutney hatte. Wir hätten doch sicherlich selbst noch nichts angebaut, wenn ich etwas gesagt hätte, hätte sie mir von ihrer reichlichen Ernte abgegeben. Eine Weile reden wir übers Gärtnern – das heißt, Elsa redet, ich nicke –, dann ist der Kaffee fertig, und Elsa kommt wieder auf den vermeintlichen Anlass für meinen Besuch zu sprechen.

»Ich finde, Nachbarn müssen zusammenhalten. Man kann nie wissen, wann man einander braucht – auch wenn sich zum Glück ja herausgestellt hat, dass Ihr Eindringling gar kein richtiger Eindringling war. Allerdings war ich überrascht, dass Sie die Freundin Ihres Vaters gar nicht kannten. Sie und Ihr Vater standen sich wohl nicht nahe?«

Elsas Augen blitzen neugierig, doch ich bin nicht hier, um Informationen zu geben, sondern zu bekommen.

»Das kann man so nicht sagen. Allerdings wohnte mein Vater in Stuttgart, also nicht gerade um die Ecke, und da er mit seiner Freundin noch nicht lange zusammen war ...« Ich nehme einen Schluck von dem Kaffee, der so schwach ist, dass er den Namen kaum verdient.

»Nun, in dem Fall kommt sie hoffentlich schnell über seinen Tod hinweg«, erklärt Elsa. »Ich habe mich ohnehin gewundert: Sie scheint ja deutlich jünger zu sein als er. Ich habe übrigens mitbekommen, dass sie die Ferienwohnung der Ahrens gemietet hat. Bleibt sie lange?«

»Bis morgen Abend. Morgen Nachmittag findet eine kleine Abschiedszeremonie für meinen Vater in Kiel statt.«

»Ach ja? Erwarten Sie noch weitere Gäste?« Elsa beugt sich über die Wachstuchdecke. »Sie wissen, dass meine Ferienwohnung ebenfalls leer steht?«

Ich nicke. »Die Zeremonie wird allerdings nur im kleinen Kreis stattfinden. Die eigentliche Trauerfeier wird mein Bruder in Stuttgart ausrichten.« Ich beuge mich ebenfalls vor. »Im Vertrauen: Wir hatten überlegt, der Freundin meines Vaters Ihre Ferienwohnung zu empfehlen, allerdings fühlen wir uns Mella gegenüber ein wenig verpflichtet. Sie hat es ja nicht leicht.«

Elsa presst für einen Augenblick ihre Lippen aufeinander. »Tja, viele haben es heutzutage nicht leicht – obwohl Mella und Sven allein tatsächlich nicht zurechtkämen. Allerdings frage ich mich seit geraumer Zeit, ob Mella das überhaupt will. Sie macht keinerlei Anstalten, sich selbst zu helfen. Wenn es mir um den alten Sven nicht so leidtäte, hätte ich mein Engagement längst eingestellt. Helga Frerichs sieht das übrigens ebenfalls so – zumal sie künftig ohnehin nicht mehr so viel Zeit haben wird. Sie ist zum zweiten Mal Großmutter geworden, wussten Sie das schon?«

»Wie schön.«

»Ihre jüngere Tochter hat am Sonntagabend entbunden. Helga ist gestern zu ihr nach Hamburg gefahren. Sie wird mindestens eine Woche dort bleiben und auch in Zukunft wohl häufig hinfahren, so dass sie keine Zeit mehr haben wird, sich um den alten Sven zu kümmern. Ich fürchte, es wird an mir hängen bleiben.«

Elsas Mundwinkel ziehen sich nach unten, doch ich nehme

ihr die Unzufriedenheit nicht ganz ab. Ich glaube, sie ist liebend gerne unersetzbar.

»Ich finde es wirklich bewundernswert, was Sie alles für die Ahrens tun. Mella kann froh sein, dass sie Sie hat. Sie sind ja wirklich oft drüben und leisten Herrn Ahrens Gesellschaft, wenn Mella unterwegs ist. Waren Sie nicht auch am Freitagnachmittag bei ihm? Mella hat mir das erzählt.«

Elsa trinkt einen Schluck von ihrem Kaffee. »Nein, das stimmt nicht, da hat Mella mal wieder etwas durcheinandergebracht. Am Freitagnachmittag war Helga bei Sven. Ich habe im Vorgarten meine Hecke geschnitten. Erinnern Sie sich nicht? Ich habe Ihnen zugewinkt, als Sie von der Arbeit kamen und zum Joggen losliefen.«

»Ach ja, richtig. Dann müssten Sie doch auch meinen Vater gesehen haben, als er kam?«

»Ich bin zwischendurch zum Grünplatz gefahren. Der Hauptkommissar, der hier war, vermutete, Ihr Vater müsse in der Zwischenzeit eingetroffen sein. Wirklich eine schreckliche Tragödie.«

9

Anna

Ich habe den Eindruck, dass keiner von uns – außer vielleicht Moritz – an Priskas Kopfschmerzen glaubt. Nachdem sie gegangen ist, verflüchtigt sich die ausgelassene Stimmung, die die Nachricht von Stefanies Schwangerschaft kurzfristig ausgelöst hat.

»Vielleicht sollte ich auch wieder in meine Ferienwohnung hinübergehen«, schlägt Stefanie vor, doch Moritz erinnert sie daran, dass sie mit ihm die Liste der Trauerkartenempfänger durchgehen wollte.

Während die beiden sich mit Stift und Papier bewaffnen, helfe ich Florian beim Abräumen. Als ich die Holzlöffel abtrockne, die Florian gespült hat, fällt mein Blick durchs Küchenfenster. Ein weißer Lieferwagen fährt die Straße entlang. Als er weg ist, sehe ich, wie Priska den ultragepflegten Vorgarten des Hauses gegenüber betritt. Florian bemerkt es ebenfalls. Er unterbricht sein Tun und beobachtet schweigend, wie Priska klingelt und im Haus verschwindet. Dann greift er zur schmutzigen Pfanne und taucht sie ins Spülwasser.

Als die Küche aufgeräumt ist, sind Moritz und Stefanie so in ihr Tun vertieft, dass ich sie nicht unterbrechen will, also gehe ich nach oben ins Gästezimmer, das Moritz nach dem Aufstehen wie üblich chaotisch zurückgelassen hat. Ich mache das Bett und räume ein bisschen auf, bevor ich mich mit meinem Skizzenblock in einen Korbstuhl ans Fenster setze. Doch anstatt mir kreative Ideen zu liefern, macht mein Gehirn da weiter, wo es heute früh unterbrochen wurde. Bei dem quietschenden Tor; bei Priskas eigenartigem Benehmen; bei ihrem frühmorgendlichen Ausflug in den dunklen Garten; bei Stefanies Behauptung, Priska habe Treffen mit Volker verweigert statt umgekehrt; bei Evis angeblicher Behauptung, sie hätte nichts gegen Volkers Teilnahme an Priskas Hochzeit gehabt; und schließlich bei dem Brief, der heute früh für Priska eingeworfen wurde und der ihr das Blut aus dem Gesicht getrieben hat.

Ich glaube nicht, dass es ein Kondolenzschreiben war. Auf einige nett gemeinte Worte des Beileids hätte Priska nicht so verstört reagiert. Außerdem war in dem Umschlag keine Karte, sondern ein DIN-A4-Blatt. Doch was stand darauf, das Priska so erschreckt hat? Und wieso wollte sie wissen, wer den Brief eingeworfen hat? War die Unterschrift wirklich unleserlich? Aber selbst wenn – geht denn nicht aus dem Inhalt hervor, von wem der Brief stammt? Oder war es ein anonymer Brief? Gar eine Art Drohbrief? Das würde Priskas Reaktion erklären, aber wer sollte sie bedrohen?

Ich schüttele den Kopf. Schluss mit den Spekulationen. Ich mache mir sowieso schon zu viele Gedanken über Moritz' Schwester, ich muss aufpassen, dass sie nicht zu einer fixen Idee wird. Doch es fällt mir schwer, mich auf etwas anderes zu konzentrieren. Ich bin zu unruhig. Wehmütig denke ich an zu Hause, an unsere enge, gemütliche Wohnküche und an Inga. Ich vermisse sie. Wenn ich zu Hause wäre, würde ich ihr alles erzählen, was mich bedrückt. Inga hat die Gabe, meine Gedanken zu sortieren.

Ich werfe einen Blick auf die Uhr, es ist halb zwei. Wenn ich Glück habe, hat Inga Zeit. Ich muss ihr sowieso noch mitteilen, dass wir zwei Tage später zurückkehren. Doch als ich Ingas Nummer wähle, werde ich sofort auf die Mailbox weitergeleitet. Während ich eine Nachricht hinterlasse, fällt mein Blick aus dem

Fenster. Es ist ein grauer, kalter, stürmischer Tag. Vielleicht brauche ich einfach nur etwas frische Luft.

Als ich ums Haus herum in den Garten komme, sehe ich Florian am Seeufer stehen. Er hat eine Wollmütze über die blonden Haare gezogen, die Hände in den Taschen seiner Jeans vergraben und blickt übers Wasser. Als ich mich nähere, dreht er sich um.

»Anna, hätte ich gewusst, dass du auch rausgehst, hätte ich auf dich gewartet.«

Ich frage mich, ob Florian je den Gastgebermodus abschaltet. »Ich möchte nur ein bisschen frische Luft schnappen.«

»Davon gibt es hier genug, auch wenn sie da draußen natürlich noch besser ist.« Florian nickt Richtung Seemitte. »Ich kann es kaum erwarten, endlich ein eigenes Boot zu besitzen. Am Wasser zu sein ist schon genial, aber auf dem Wasser zu sein, schlägt alles. Nirgendwo gewinnt man besser Abstand vom eigenen Leben.«

»Möchtest du denn Abstand von deinem Leben?«

Florian lächelt. »Meistens nicht, allerdings hätte ich nichts dagegen, etwas Abstand von den letzten Tagen zu gewinnen. Natürlich nicht von Moritz und dir«, fügt er hastig hinzu, »sondern von …«

Er macht eine Bewegung zu der Stelle, an der ich Volkers Leiche entdeckt habe. Die Wasseroberfläche kräuselt sich im Wind, doch darunter ist es ruhig. Ich kann bis auf den Grund sehen, Sand und Steine klar erkennen.

Eine Weile blicken wir gemeinsam ins Wasser. Es fühlt sich sicher und vertraut an, so neben Florian zu stehen, seine Gabe, anderen ein Gefühl des Willkommenseins zu vermitteln, ist wirklich verblüffend.

»Es tut mir leid, dass Priska vorhin einfach verschwunden ist«, sagt er nach einer Weile. »Die Nachricht von Stefanies Schwangerschaft war wohl ein ziemlicher Schock für sie.«

»Bei der Vorgeschichte finde ich das nicht erstaunlich.«

»Ja, vielleicht ist das der Grund, allerdings …« Florian zögert. »Ich frage mich, ob ich mir Sorgen um Priska machen muss«, sagt er dann.

Die Bemerkung überrascht mich. »Inwiefern?«

Florian kickt mit der Schuhspitze gegen ein Stück Baumrinde, das der Wind vom Wald herübergeweht hat. »Weil sie ganz eigenartig auf Volkers Tod reagiert. Ich kann gar nicht genau sagen, woran ich das festmache, aber irgendetwas scheint sie zu beunruhigen.« Er schüttelt den Kopf. »Es ist wirklich beschissen, wie das alles passiert ist. Wieso hat Volker sich nicht angekündigt? Wieso ist er überhaupt plötzlich aufgetaucht, nachdem er vorher alle Treffen abgesagt hat?«

Ich habe mir zwar vorgenommen, nicht mehr so viel über die vielen Unstimmigkeiten nachzudenken, die Priska umgeben, doch ich bin zu neugierig, um nicht nachzufragen. »Wie war das eigentlich mit den Absagen? Kamen sie wirklich so kurzfristig und ohne Begründung?«

»Absolut. Jedes Mal hat Volker einen Tag vorher Priska angerufen. Er hat sich nicht einmal entschuldigt, sondern einfach gemeint, so etwas passiere halt.«

»Meinst du, er war beleidigt, weil er nicht zur Hochzeit kommen durfte?«

Florian zuckt mit den Achseln. »Falls ja, wäre es verdammt unfair von ihm gewesen, es an Priska auszulassen. Es war schließlich nicht ihre Schuld.«

»Aber hätte sie ihre Mutter wirklich nicht überzeugen können, mit Volker zusammen an der Hochzeit teilzunehmen?«

»Keine Chance!« Florian schnaubt. »Glaube mir, Priska hat es versucht. Sie meinte, sie habe sich den Mund fusselig geredet, aber für Evi ist Volker immer noch ein rotes Tuch. So sehr, dass Priska vor der Hochzeit sogar meine Mutter und mich gewarnt hat, Evi bloß nicht auf Volker anzusprechen.«

»Nicht sehr mütterlich von Evi.«

Florian nickt langsam. »Ehrlich gesagt, habe ich mich deswegen auch über sie geärgert. Aber noch mehr habe ich mich über Volker geärgert. Er hatte Priska nach der Scheidung schon einmal verloren, man sollte meinen, er hätte sich danach extra bemüht, den Kontakt zu halten oder sogar zu vertiefen, doch er scheint kein Interesse daran gehabt zu haben. Ich habe mich schon gefragt, ob es an mir gelegen hat, ob er auf mich eifersüchtig war. Manche Väter sind ja ziemlich besitzergreifend, wenn es um ihre Töchter geht.« Er sieht mich fragend an. »Weißt du mehr darüber? Hat Moritz vielleicht mal irgendetwas erwähnt?«

Ich schüttele den Kopf.

»Hat er sonst etwas über Priskas Kindheit erzählt?«

»Nur, dass sie wohl ganz anders war als seine, weil sie in ganz unterschiedlichen Verhältnissen mit ganz unterschiedlichen Müttern aufgewachsen sind. Moritz' Mutter ist ziemlich lässig, und Priskas ist eher konservativ, nicht wahr?«

Florian nickt.

»Wieso fragst du nach Priskas Kindheit?«

Florian schiebt eine Hand unter seine Mütze und kratzt sich am Hinterkopf. »Ach, nur so. Ich würde das Verhältnis zwischen Priska und ihrem Vater gerne besser verstehen.« Er lächelt schief. »Reichlich spät, ich weiß. Ich hätte mich eher darum kümmern sollen, vor allem hätte ich mich darum kümmern sollen, dass ich Volker kennenlerne. Ich weiß schließlich aus eigener Erfahrung, wie schnell es dafür zu spät sein kann.« Er blickt übers Wasser.

»Dein Vater ist auch plötzlich gestorben, oder?«, frage ich nach einer Weile.

Florian antwortet nicht sofort. Er holt etwas aus seiner Tasche, wiegt es auf der Hand und betrachtet es. Es ist ein runder, flacher Stein. Dann geht Florian in die Hocke, holt aus und schleudert den Stein übers Wasser. Er hüpft mindestens ein Dutzend Mal, bevor er versinkt.

»Wow.«

Florian lächelt. »Mein Vater hat es mir beigebracht. Seitdem sammle ich immer geeignete Steine, wenn ich unterwegs bin. Möchtest du auch?« Er hält mir einen zweiten Stein hin.

Ich schüttele den Kopf.

Florian wirft den Stein hoch in die Luft und fängt ihn wieder auf. Dann sagt er: »Mein Vater starb bei einem Verkehrsunfall, als er eines Nachts von einem Diavortrag, den er besucht hatte, mit dem Fahrrad über eine Landstraße zurück nach Hause fuhr. Er wurde in einer Kurve von einem Auto erfasst. Der Fahrer beging Fahrerflucht, es gab keine Zeugen, dennoch gelang es der Polizei und einem Sachverständigen aufgrund der Spurenlage, den Unfall zu rekonstruieren. Demnach fuhr der Unfallfahrer mit erhöhter Geschwindigkeit um die Kurve und sah meinen Vater deshalb zu spät. Möglicherweise war der Fahrer auch unaufmerksam oder betrunken, denn er bremste nicht ab und machte viel zu spät eine Ausweichbewegung, so dass er meinen Vater mit dem rechten Kotflügel voll erfasste und in den Straßengraben schleuderte. Mein Vater wurde erst eine halbe Stunde später gefunden, von einer aufmerksamen Autofahrerin, die sein Fahrrad bemerkte, das aus dem Graben ragte. Sie rief einen Rettungswagen, doch mein Vater starb auf dem Weg ins Krankenhaus. Die Notärztin sagte uns später, dass er vielleicht hätte gerettet werden können, wenn der Unfallfahrer selbst eine Ambulanz gerufen hätte.« Florian verstummt.

»Das ist schrecklich«, murmele ich beklommen.

Florian steckt seinen Stein zurück in die Tasche. »Das war es. Ich werde nie den Augenblick vergessen, als meine Mutter mitten in der Nacht bei mir klingelte. Nachdem sie informiert worden war, hatte sie die Polizisten überredet, sie zu mir zu fahren. Sie wäre selbst dazu nicht mehr in der Lage gewesen, und sie wollte es mir nicht am Telefon sagen.« Florian schweigt einen Augenblick lang. »Ohne Imke wäre ich damals durchgedreht. Ich war schon einunddreißig, aber ich habe mich gefühlt wie ein kleiner verlorener Junge – bis ich einige Monate später Priska kennenlernte. Beides war im selben Jahr, das Schlimmste und das Beste, das mir je passiert ist.«

10

Priska

Nachdem ich mich von Elsa Rövekamp verabschiedet habe, gehe ich nicht direkt nach Hause, sondern nehme den Fußweg, der durch das Wäldchen zum Hundestrand führt.

Das Gespräch mit Elsa hat mich davon überzeugt, dass ich sowohl sie als auch Helga Frerichs als Briefschreiberin ausschließen kann. Elsa war am Freitagnachmittag nicht bei Sven Ahrens und kann daher nicht aus seinem Fenster gesehen haben. Helga war zwar dort, doch sie ist gestern nach Hamburg gefahren und kann daher heute früh keinen Brief bei uns eingeworfen haben. Zwar könnte sie jemand anderen damit beauftragt haben, doch ich bezweifle das. Helga ist eine dieser hypernervösen Frauen, die es kaum schaffen, von ihrer Haustür zur Garage zu gehen, ohne ihre Handtasche zu verlieren oder wenigstens ihren Schlüssel fallen zu lassen. Wenn sie gerade zum zweiten Mal Großmutter geworden ist, ist in ihrem Gehirn garantiert kein Platz für etwas anderes, schon gar nicht für eine kriminelle Verschwörung.

Doch damit stellt sich eine andere Frage: Wenn die Person, die mir den Brief geschickt hat, mich nicht durch Sven Ahrens' Fenster gesehen hat, von wo aus dann? Mir fallen nur zwei Möglichkeiten ein, die ich bereits ausgeschlossen hatte, vielleicht voreilig. Die erste: Jemand hat vom See aus beobachtet, was auf dem Bootssteg zwischen Volker und mir passiert ist. Ich bin zwar sicher, dass kein Boot in der Nähe war, aber möglicherweise hat jemand von einem Boot oder gar vom Festland auf der anderen Seeseite aus mit dem Fernglas genau zum entscheidenden Zeitpunkt das diesseitige Ufer beobachtet. Es wäre natürlich ein irrer Zufall, und wenn das so ist, dann kann ich nichts weiter unternehmen.

Die zweite Möglichkeit: Jemand hat mich über den Zaun, der unser Grundstück umgibt, aus dem Wäldchen heraus beobachtet. Ich dachte zwar, dass der Zaun mit seinen zwei Metern dafür zu hoch ist, aber vielleicht habe ich mich geirrt. Der Waldboden ist schließlich nicht bretteben, vielleicht gibt es einen erhöhten Punkt, der mir bisher nie aufgefallen ist und der einen geeigneten Blickwinkel bietet.

Um das zu überprüfen, gehe ich langsam den Fußweg zwischen Eichen und Buchen hindurch zum Hundestrand, wobei ich nach einer geeigneten Erhebung Ausschau halte, doch ich entdecke keine. Von keinem Punkt des Wäldchens aus kann man unseren Garten oder den Bootssteg einsehen oder von unserem Haus mehr erkennen als das obere Stockwerk und das Dach. Dasselbe gilt für den Uferbereich, der innerhalb des Wäldchens dicht bewachsen ist. Bis auf den Bereich des Hundestrandes, allerdings versperren auch dort Büsche die Sicht.

Erst als ich schließlich noch einmal direkt auf der Waldseite an unserem Zaun entlangstapfe auf der Suche nach einer größeren Ritze zwischen den Brettern oder etwas Ähnlichem, mache ich eine Entdeckung: Der Zaun reicht nicht ganz bis zum Ufer, auf dem letzten Meter bilden wuchernde Büsche und Bäume die Grenze zwischen privat und öffentlich. Die Stelle ist nicht sonderlich gut zugänglich, doch wenn man sich die Mühe macht und es einen nicht stört, dass einem Äste ins Gesicht schlagen, dass sich Ranken in den Hosenbeinen verhaken und dass einige Stockenten lautstark protestieren, kann man ans Wasser gelangen. Und von hier aus kann ich unseren Bootssteg ohne Schwierigkeiten sehen – ebenso wie Flo und Anna, die in der Nähe am Ufer stehen.

Ich beobachte Flo und Anna einige Augenblicke, bevor ich mich wieder auf den Rückweg mache. Während ich über den Waldweg zur Straße gehe, versuche ich mir darüber klar zu werden, was meine Entdeckung zu bedeuten hat. Meine frühere Annahme, dass niemand außer Sven Ahrens Volker und mich auf dem Bootssteg gesehen haben kann, ist offenbar falsch. Es gibt eine Möglichkeit. Jemand – ein Tourist, ein Nachbar, wer auch immer – kann sich in die Büsche am Ende unseres Zauns geschlagen und von dort aus beobachtet haben, was passiert ist. Doch eins ist sicher: Wenn das jemand getan hat, dann nicht zufällig. Der Bereich am Wasser mag für Stockenten und Blässhühner attraktiv sein, aber nicht für Zweibeiner ohne Schwimmhäute zwischen den Zehen. Wenn jemand dort war, dann aus einem bestimmten Grund. Aber aus welchem? Um unser Grundstück zu beobachten? Wieso sollte jemand Interesse daran haben, was Flo und ich dort tun? Ein Perverser? Ein Spanner? Doch von der Stelle aus kann man nicht durch die Fenster ins Haus sehen, und ein Perverser, der hofft, im Oktober etwas Interessantes draußen im Garten zu erblicken, müsste schon sehr anspruchslos sein. Wer dann? Ein Einbrecher, der glaubt, bei uns wäre etwas zu holen? Zumindest fände der es wohl naheliegend, von Einbruch auf Erpressung umzusatteln.

Ich spiele eine Weile mit diesem Gedanken, sonderlich überzeugend finde ich ihn jedoch nicht. Andererseits: Irgendjemand hat den Brief geschrieben, also hat irgendjemand mich gesehen. Es sei denn ... Es sei denn, der Briefschreiber hat gelogen. Es sei denn, er oder sie hat gar nichts beobachtet, sondern nur einen Verdacht. Es sei denn, er oder sie hat den Brief geschickt, um zu sehen, wie ich reagiere. Um mich aus der Reserve zu locken. Allerdings müsste die Person dann auch die Möglichkeit haben, meine Reaktion zu beobachten.

An diesem Punkt meiner Gedankenkette erreiche ich die Straße, ziehe mich jedoch wieder in den Schutz der Bäume zurück, als ich Stefanie vor unserer Haustür stehen sehe. Offenbar hat sie sich gerade verabschiedet. Gut so, meinetwegen kann sie mit ihrem Bastard gleich ins Nirwana verschwinden.

Ich warte, bis Stefanie weg ist, dann gehe ich zu unserem Haus. Als ich im Flur meine Schuhe ausziehe, kommt Moritz aus dem Wohnzimmer. Er wirkt immer noch ganz beseelt.

»Hi, geht's deinem Kopf wieder besser?«

»Alles gut.«

»Du hast Stefanie gerade verpasst. Das war mal eine Nachricht, was? Schade, dass sie noch nicht weiß, was es wird. Falls es ein Mädchen wird, wird sie bestimmt so schlau wie du. Ich könnte ihr Schach beibringen oder ihm. Ein Schachgroßmeister in der Familie wäre cool.«

Ich gehe Moritz voraus ins Wohnzimmer. Auf dem Esstisch liegt die Liste der Trauerkartenempfänger. Jemand hat Notizen an den Rand geschrieben.

»Bist du die Liste mit Stefanie durchgegangen?«

Moritz lässt sich auf einen Stuhl fallen. »Stefanie hat sie um einige Leute ergänzt, die wir vergessen hatten. Die Adressen kannte sie nicht auswendig, sie wird sie mir später schicken. Soll ich dir die Namen erläutern?«

»In einer Minute.«

Ich gehe in die Küche, wo ich eins der übrig gebliebenen Schokocroissants aus der Papiertüte fische, bevor ich mich Moritz gegenübersetze. Ersatzbefriedigung. Seit ich den verdammten Brief bekommen habe, lechze ich nach einer Zigarette. Aber ich gewöhne mir das Rauchen bestimmt nicht wieder an.

Während ich mein Croissant esse, geht Moritz mit mir die Namen durch, die Stefanie ergänzt hat. Ich höre nur mit einem halben Ohr hin, weil meine Gedanken um den Briefschreiber kreisen und um die Frage, ob er oder sie etwas beobachtet hat oder nicht. Und dann kommt mir ein Gedanke: Moritz und Anna sind am Freitag kurz nach Volkers Sturz ins Wasser eingetroffen.

Möglicherweise haben die beiden jemanden in der Nähe bemerkt, während sie vor dem Haus standen.

Ich warte, bis Moritz eine Pause einlegt. »Sehr gut, ich bin sicher, die Liste ist jetzt perfekt. Ich möchte mit dir noch über etwas anderes reden. Hast du am Freitag, als du hier angekommen bist, irgendjemanden in der Nähe des Hauses bemerkt?«

Einer der Vorteile von Moritz' Phlegma ist, dass er Dinge nicht hinterfragt, daher muss ich mir keinen komplizierten Vorwand ausdenken, sondern kann meine Frage einfach stellen. Doch seiner Reaktion nach zu schließen scheint mein kleiner Bruder die Frage gar nicht einfach zu finden. Sein Blick weicht meinem aus, fahrig fährt er mit den Händen über seine Liste und kratzt sich an der Stirn, wie er es macht, wenn er nervös ist.

»Sorry, Sis, ich hätte es dir sagen sollen«, bringt er schließlich heraus. »Ich hatte es auch wirklich vor. Ehrlich! Ich habe nur auf den richtigen Moment gewartet. Es tut mir so leid, so wahnsinnig leid.«

Einen Augenblick lang denke ich, dass Moritz etwas mit dem anonymen Brief zu tun hat, doch natürlich ist das Unfug. »Wovon redest du?«

»Ich nehme an, Anna hat es dir gesagt? Vermutlich wollte sie es mir abnehmen, aber ehrlich gesagt hätte ich es lieber selbst getan. Ich wollte es dir nicht verheimlichen, echt nicht.«

»Was wolltest du nicht verheimlichen?«

»Dass ich Volker hätte retten können. Dass er noch gelebt hat, als wir kamen. Anna hat gehört, wie er durch das Tor in eurem Zaun gegangen ist.«

Zum zweiten Mal an diesem Tag habe ich den Eindruck, dass ein Pferd zugetreten hat, dieses Mal gegen Moritz' Kopf, weshalb dieser wirres Zeug redet. Denn eins weiß ich genau: Als Moritz und Anna kamen, war Volker schon tot. Als Moritz mir seine Whatsapp schickte, lag Volker bereits auf dem Grund des Sees. Er ist höchstens durch das Tor zu einer anderen Welt gegangen –

nicht, dass ich das glaube –, aber bestimmt nicht durch das Tor in unserem Zaun.

»Erklär mir das genau!«

Moritz macht das, und weil er sich dabei in Selbstvorwürfen ergeht, dauert es eine geraume Zeit. Doch der zentrale Punkt ist klar: Anna hat am Freitagnachmittag, während sie mit Moritz vor dem Haus stand, das Quietschen unseres Tores gehört. Und das bedeutet, dass sie mich gehört hat, als ich mit Volkers Mantel vom Bootssteg in den Wald gelaufen bin, um ihn dort zu verstecken. Shit!

Nicht, dass es mich wundert. Als ich vom Bootssteg weggelaufen bin, war ich in Panik, aber natürlich war mir klar, dass das Öffnen des Tores ein Risiko darstellt. Doch ich hatte keine Wahl, das Tor war mein einziger Weg runter vom Grundstück, und ich hätte nie gedacht, dass Anna sich das Geräusch merken und wiedererkennen würde. Hat die verdammte Frau Luchsohren?

Doch ich kann sie später verfluchen, jetzt muss ich mir eine angemessene Reaktion überlegen. Moritz sieht so unglücklich aus, dass es mich ins Herz sticht. Er scheint sich wirklich eine Mitschuld an Volkers Tod zu geben.

Mir schießt der Gedanke durch den Kopf, ihn darin zu bestärken, denn solange Moritz denkt, dass Volker durch das Tor gegangen ist, bringt er es nicht mit mir in Verbindung. Das wäre jedoch grausam. Ich habe Moritz schon zu viel angetan.

Ich strecke meine Hand aus und lege sie auf die meines kleinen Bruders. »Moritz, hör mir gut zu: Dich trifft überhaupt keine Schuld an Volkers Tod. Nicht die geringste! Ich hatte meine Schwierigkeiten mit ihm, aber du warst ein toller Sohn. Wenn jemanden eine Mitschuld trifft, dann mich. Ich war nicht zu Hause, als er kam. Wäre ich nicht joggen gegangen ...«

Moritz unterbricht mich. »Aber du wusstest nicht, dass er kommen wollte!«

»Genauso wenig wusstest du es. Das heißt, selbst wenn Volker das Tor benutzt hat, als du schon hier warst, hättest du das nicht wissen können. Abgesehen davon bin ich absolut sicher, dass er schon tot war. Das Tor schließt nicht gut, vermutlich hat der Wind es aufgedrückt. Das kommt manchmal vor.«

11

Anna

Als Inga zurückruft, bin ich noch mit Florian im Garten.

Inga ist so extrovertiert, wie ich introvertiert bin. Sie spielt die Empörte, weil ich ihr auf die Mailbox gequatscht habe, dass ich zwei Tage später nach Hause komme – »Du hast mir Stein und Bein geschworen, morgen Abend mit mir *Love And Death* zu bingen und dafür zu sorgen, dass ich um Mitternacht ins Bett gehe. Ohne dich bleibe ich garantiert bis zum Weckerklingeln vor dem Bildschirm hängen und versemmle am Donnerstag meine Statistik-Klausur.« –, doch als ich ihr von Volkers Tod erzähle, schaltet sie sofort drei Gänge hinunter.

»O Süße, das tut mir wahnsinnig leid. Der arme Moritz! Wie ist denn das passiert? Ich wusste gar nicht, dass sein Vater am Wochenende auch dabei sein sollte. Ich dachte, ihr besucht nur seine Schwester und den Schwager.«

Während ich Inga alles erzähle, was passiert ist, gehe ich am Ufer entlang Richtung Bretterzaun, bis ich außerhalb von Florians Hörweite bin. Inga, der Infojunkie, saugt alles auf wie ein Schwamm.

»Puh«, meint sie schließlich, »da habe ich mich noch über deine Befürchtung lustig gemacht, das Wochenende könnte stressig werden – und dann stolperst du direkt in eine Mordermittlung. Wie war die Polizei denn so? Wurdet ihr gegrillt? Wie bei CSI?« Inga ist ein Crimefan.

»Wir wurden befragt. Und die Kripobeamten waren zwar von der Mordkommission, aber ich glaube nicht, dass es echte Mordermittlungen waren. Es war von vornherein ziemlich klar, dass es ein Unfall war, nur waren die Umstände halt sehr eigenartig, weil Volker niemandem gesagt hat, dass er kommen wollte. Außerdem fanden die Polizisten die Sache mit dem Mantel verdächtig.«

»Welcher Mantel?«

»Volker trug einen Kaschmirmantel, als er in Kiel losfuhr, hatte jedoch keinen an, als wir ihn fanden. Er lag auch nicht in seinem Wagen oder irgendwo in der Nähe. Die Polizisten zogen daraus den Schluss, es könne doch jemand bei Volker gewesen sein, als er starb. Aber der Verdacht hat sich nicht erhärtet, und da die Obduktion keine Hinweise auf Fremdverschulden ergeben hat, haben sie die Theorie wieder fallen gelassen.«

»Wow«, kommentiert Inga, »für mich klingt das durchaus nach ernsthaften Ermittlungen. Obduktion, Fremdverschulden, Verdacht. Kein Wunder, dass dir das auf die Stimme geschlagen hat. Du hast dich auf der Mailbox angehört wie der Pekinese von Frau Schiller, wenn sie beim Einkaufen mal wieder die Leckerlies vergessen hat. Deswegen habe ich ja sofort zurückgerufen.«

Viele Menschen halten Inga aufgrund ihrer flippigen, übersprudelnden Art für oberflächlich. Ich habe das auch ungefähr fünf Minuten lang gedacht, als ich sie während meines freiwilligen sozialen Jahres im Krankenhaus kennenlernte. Tatsächlich ist Inga jedoch der reinste Schwingungsdetektor und so empathisch, dass ich Gefühle nicht einmal dann vor ihr verbergen kann, wenn ich es versuche.

»Ehrlich gesagt gibt es da noch etwas, das mich beunruhigt. Es betrifft«, ich sehe mich um, ob Florian wirklich außer Hörweite ist, »Moritz' Schwester.«

»Das Wunderweib? Ist sie so übermenschlich, wie du befürchtet hast?«

»Sie ist eher seltsam. Warte mal kurz!« Mit dem Handy am Ohr gehe ich am Zaun entlang und schlüpfe durch das quietschende Tor in den Wald. Ich finde zwar, dass es kein Lästern ist, wenn ich mit meiner besten Freundin meine Eindrücke teile, dennoch möchte ich das nicht auf Priskas Grund und Boden tun.

Ich nehme den Pfad zum Hundestrand, während ich Inga alles erzähle, was mir in den letzten Tagen an Priskas Verhalten aufgefallen ist. Es kommt so viel zusammen, dass ich den Strand erreiche, bevor ich auch nur halb fertig bin, also folge ich weiter dem Pfad, der in einem Bogen zur Straße führt, wo in diesem Augenblick ein Mercedes mit überhöhtem Tempo entlangrast.

»Was sagst du dazu?«, frage ich, als der Wagen weg ist.

Ungewöhnlicherweise sagt Inga erst einmal gar nichts, und als sie es schließlich tut, klingt ihre Stimme ernst. »Ich würde lieber zunächst hören, was du davon hältst.«

Ich stoße mit der Spitze meines Wanderschuhs in einen kleinen Laubhaufen, den der Wind am Straßenrand zusammengetrieben hat. »Ich weiß es nicht, deswegen habe ich dich ja angerufen. Im Grunde mag ich Priska, sie ist eigentlich sehr freundlich, zumindest wenn sie sich bemüht. Aber irgendetwas stimmt mit ihr nicht. Ich habe mich sogar schon gefragt, ob sie auf Drogen ist. Und, na ja, ich bin sicher, dass sie viel lügt.« Erst als ich es ausspreche, wird mir klar, dass ich wirklich davon überzeugt bin.

»In welchen Punkten?«

»Mindestens in Bezug auf ihren Vater. Ich glaube, dass es an Priska liegt, dass es zwischen ihr und Volker zuletzt keinen Kontakt gab. Dass sie die vereinbarten Treffen abgesagt und darüber nicht nur Moritz und mich, sondern auch Florian angelogen hat.«

»Du glaubst echt, dass Priska lügt – nicht Volker, der dafür bekannt ist, auf Olympialevel die Wahrheit zu verbiegen?«

»Genau deswegen.« Ich wechsle mein Handy ans andere Ohr, während ich versuche, meine Argumente zu sortieren. »Wie du sagst, lebte Volker nach seiner eigenen fragwürdigen Moral, er machte selbst kein Geheimnis daraus. Als wir neulich mit ihm essen waren, hat er zum Beispiel freimütig von irgendwelchen höchstens halblegalen Steuersparmodellen erzählt, und er hat jeder Kellnerin auf den Hintern geguckt, während Stefanie danebensaß. Er hat sich überhaupt keine Mühe gegeben, einen guten Eindruck zu machen. Nach dem Motto: Nehmt mich, wie ich bin, oder lasst es bleiben, mir egal. Wenn die vereinbarten Treffen an ihm gescheitert wären, wäre ihm das nicht peinlich gewesen.«

»Und du glaubst, Priska ist die Meinung anderer so wichtig, dass sie sich lieber Lügen ausdenkt als zuzugeben, dass sie einfach keinen Bock auf ihren Erzeuger hat?« Inga klingt skeptisch. »So hast du sie nicht geschildert.«

»Ich glaube, Priska ist Florians Meinung wichtig. Florian geht Familie über alles, er hat selbst seinen Vater verloren und kann nicht begreifen, dass Priska und Volker sich nicht um mehr Verständnis füreinander bemüht haben. Außerdem glaube ich nicht, dass Priska nur keinen Bock auf Volker hatte. Ich glaube, zwischen den beiden ist irgendetwas Schwerwiegendes vorgefallen. Deswegen wollte Priska Volker auch nicht bei ihrer Hochzeit dabeihaben.«

»Du glaubst, die Geschichte, dass ihre Mutter nicht bereit war, gemeinsam mit ihrem Vater an der Hochzeit teilzunehmen, war ebenfalls gelogen?«

»Das glaube ich. Ich habe Florian darauf angesprochen, und er hat etwas Bemerkenswertes gesagt, nämlich, dass Priska ihn und seine Mutter vor der Hochzeit extra gebeten habe, ihre Mutter nicht auf die Sache mit Volker anzusprechen. Ich glaube, sie hatte Angst, ihre Mutter könnte Florian die Wahrheit erzählen.«

»Vielleicht wollte sie ihrer Mutter nur den Schmerz ersparen, über ihren Exmann reden zu müssen?«

Ich schüttele den Kopf, obwohl Inga das nicht sehen kann. »Das wäre nicht nötig gewesen. Florian ist nicht der Typ, andere auf ihre offenen Wunden anzusprechen. Er ist wirklich unglaublich zuvorkommend und gibt sich sehr viel Mühe, dass Moritz und ich uns hier wohlfühlen.«

»Und hast du irgendeine Vorstellung, was zwischen Priska und ihrem Vater vorgefallen sein könnte?«

»Auf jeden Fall ist es nicht nur die Tatsache, dass Volker als Bigamist entlarvt wurde, als Priska dreizehn war. Die schiebt sie gerne vor, aber Moritz hat mir erzählt, dass die beiden sich während des Studiums wieder versöhnt hatten. Irgendetwas hat das in den letzten zwei oder drei Jahren wieder geändert. Und was auch immer es ist – ich glaube, Volker wollte es genauso geheim halten wie Priska. Das wäre zumindest eine Erklärung dafür, dass er Stefanie nicht von seinem geplanten Besuch erzählt hat. Er wollte sich allein mit Priska treffen.«

»Hm.« Mehr erwidert Inga nicht.

Während sie nachdenkt, gehe ich im Schatten der Bäume ein Stück die Straße hinunter, bis mir Ingas Schweigen zu lange dauert.

»Hey, bist du noch da? Ich habe dich nicht angerufen, damit meine Gedanken in deinem Beisein weiterkreisen, sondern damit du dem ein Ende setzt. Kannst du nicht irgendetwas Scharfsinniges sagen?«

Inga lacht auf. »Und ich dachte, alles, was ich von mir gebe, sei scharfsinnig. Aber gut, wie wäre es damit: Warum kreisen die Gedanken überhaupt in deinem Kopf? Warum beschäftigt dich das Thema so?«

»Das findest du scharfsinnig? Wenn Moritz' Schwester ein Geheimnis hat ...«

»... dann geht das zunächst nur sie etwas an«, fällt Inga mir ins Wort.

»Das finde ich nicht. Immerhin belügt sie ja deswegen alle. Florian, Moritz.«

»Dann geht es Florian und Moritz etwas an. Hast du schon mit Moritz darüber gesprochen?«

Ein schwarzes Eichhörnchen flitzt vor mir über den Asphalt in den Wald, und ich sehe zu, wie es mit kratzenden Füßchen an einem Stamm hochklettert und im Geäst verschwindet, bevor ich antworte. »Noch nicht. Ich wollte mich nicht in die Nesseln setzen, indem ich seine vergötterte Schwester kritisiere.«

»Und das ist dein Problem, nicht wahr?«

Ich runzele die Stirn. »Das verstehe ich nicht.«

»Na ja«, sagt Inga, »ich stimme dir zu: Nach allem, was du erzählt hast, verhält Priska sich seltsam, und es mag da wirklich ein Geheimnis zwischen ihr und ihrem Vater gegeben haben, das sie sorgsam hütet. Aber das ist ihr gutes Recht, und normalerweise bist du nicht so kritisch anderen gegenüber. Du lässt ihnen ihre Geheimnisse und Spleens, deshalb frage ich mich, warum du bei Priska so wenig wohlwollend bist. Suchst du nach Gründen, sie von dem Podest hinunterzustoßen, auf das Moritz sie gestellt hat? Weil du eifersüchtig auf sie bist?«

»Natürlich nicht!«

»Dann fällt mir nur ein anderer Grund ein: Glaubst du, dass Priska etwas mit dem Tod ihres Vaters zu tun hat?«

»Haha!«

»Ich meinte das ernst.«

»Bitte?« Ich bin ehrlich entsetzt. »Wie kommst du denn darauf?«

»Nach allem, was du erzählt hast, finde ich den Gedanken ziemlich naheliegend. Eine Frau hat offensichtlich große Differenzen mit ihrem Vater, die sie jedoch geheim hält. Dann stirbt der Vater unter verdächtigen Umständen auf dem Grundstück der Frau, während sie angeblich gerade durch einen Forst joggt, wobei sie sich verirrt, obwohl sie jeden Tag da entlangläuft. Dann verhält die Frau sich wiederholt verdächtig, schleicht im Dunkeln in der Nähe des Tatortes herum, belügt die Polizei darüber … Soll ich weitermachen?«

»Nein, vielen Dank.« Ich wechsle das Handy ans andere Ohr, vielleicht klingt Inga da weniger beunruhigend. »Wie oft habe ich dir eigentlich schon gesagt, dass du zu viel True Crime siehst, Inga? Priska ist keine unheimliche Protagonistin auf RTLplus oder Netflix, sie ist Moritz' Schwester.«

»Das eine schließt das andere nicht aus.«

»Bullshit. Abgesehen davon war Volkers Tod ein Unfall. Er ertrank nach einer Angina-pectoris-Attacke.«

»So wie ich das verstanden habe, ist das aber nur eine Vermutung. Genau genommen konnte dieser Hauptkommissar doch nicht erklären, warum Volker vom Steg gestürzt ist. Vielleicht hat Priska ihn gestoßen.«

Wie gesagt, Inga ist ein Infojunkie. Was man ihr einmal sagt, speichert sie ab.

»Das hat Priska garantiert nicht getan.«

»Wieso bist du da so sicher?«

»Weil es lächerlich ist. Abgesehen davon war Priska wirklich nicht zu Hause. Eine Nachbarin hat gesehen, wie sie losgejoggt ist, und Moritz und ich standen vor dem Haus, als sie zurückkam.«

»Das hast du bisher nicht gesagt.« Inga klingt enttäuscht. »Aber gut: Wenn Priska ein Alibi hat, dann sind wir wieder bei meiner Ausgangsfrage: Wieso beschäftigt dich das Verhältnis zwischen Priska und ihrem Vater so sehr? Du glaubst, dass die beiden ein Geheimnis haben. Aber wenn du dich aus reiner Neugier dafür interessieren würdest, wärst du nicht so beunruhigt.«

Jetzt verstehe ich, worauf Inga hinauswill. Ich bin mittlerweile am Ortseingangsschild angekommen, mache kehrt und gehe die Straße wieder hinauf, während ich nachdenke. Und langsam – wie so oft in Gesprächen mit Inga – klären sich meine Gedanken, und eine Antwort auf Ingas Frage zeichnet sich in meinem Kopf ab. Unscharf zunächst, doch je länger ich darüber nachdenke, desto klarer wird sie, und als ich sie ausspreche, habe ich keinen Zweifel mehr daran.

»Ich glaube, dass Priska etwas über Volkers Tod weiß.«
»Und was?«
Die Antwort darauf habe ich teilweise ebenfalls klar im Kopf. »Ich glaube, dass sie mindestens weiß, warum Volker sie aufsuchen wollte. Als wir von der Polizei befragt wurden, hat Priska behauptet, Volker sei bestimmt nur so auf einen Spontanbesuch vorbeigekommen, doch ich glaube das nicht. Ich glaube, er ist aus einem bestimmten Grund hierhergefahren, und Priska kennt den Grund genau. Vermutlich hat er etwas mit dem Geheimnis zu tun, das sie und Volker teilen.«

12

Priska

Am Nachmittag schlägt Flo vor, dass wir nach Plön fahren. Alle stimmen zu, obwohl nur Moritz wirklich Lust auf einen Ausflug zu haben scheint. Während wir über die Plöner Uferpromenade spazieren und anschließend zum Schloss hochgehen, ist er der Einzige, der auf Flos Bemerkungen reagiert. Flo ist ein echter Lokalpatriot, es gibt wenig über seine Heimat, das er nicht weiß, doch heute stoßen seine Anekdoten auf mehrheitlich taube Ohren. Ich kenne die meisten ohnehin schon, außerdem muss ich ständig an den verdammten Brief denken. Auch Anna scheint in Gedanken versunken, so sehr, dass sie noch nicht einmal Moritz im Auge behält. Dafür ertappe ich sie ein- oder zweimal dabei, wie sie mich anstarrt. Zufall, bestimmt, aber es bestärkt mich in meiner Vermutung, dass Anna doch ziemlich anders ist.

Auch das Wetter trägt nicht zur Stimmung bei. Der Himmel hat sich im Laufe des Tages immer mehr zugezogen und graue Wolkenmassen aufeinandergeschichtet. Als wir die Aussichtsterrasse mit Blick über den See erreichen, fallen die ersten Tropfen. Flo, der gerade erzählt, wie das Plöner Schloss irgendwann zur Sommerresidenz irgendeines dänischen Königs wurde, will sich davon nicht bremsen lassen, doch bald regnet es so heftig, dass wir in einem Café am Markt Zuflucht suchen.

Wir sind nicht die Einzigen, die meisten Tische sind besetzt, wir ergattern nur noch einen in der Nähe zu den Toiletten. Auch die Schlange am Bestelltresen ist lang, so dass Moritz und ich fast zehn Minuten warten müssen, in denen er über sein neues Lieblingsthema spricht: Stefanies Baby. Ich bin froh, dass die Aussicht, großer Bruder zu werden, Moritz' Kummer über Volkers Tod lindert, aber ich wünschte, er würde über etwas anderes reden. Doch erst, als wir wieder bei Flo und Anna sitzen, kommt es zu einem Themenwechsel, dessen Richtung mir allerdings auch nicht passt. Aus irgendeinem Grund lenkt Flo das Gespräch mit irritierender Beharrlichkeit auf Moritz' und meine Kindheit und fragt uns aus, als wollte er unsere Biografien schreiben. Ich habe nicht die geringste Lust auf diese Reise in die Vergangenheit, Moritz scheint es jedoch ein Bedürfnis zu sein, in Erinnerungen zu schwelgen, also spiele ich schließlich die Konversationsbälle, die in mein Feld rollen, an ihn weiter, so dass ich meinen Gedanken nachhängen kann, während mein kleiner Bruder von Ausflügen mit Volker zum Eishockey und vom Besuch eines Schachturniers schwärmt.

    Meine Gedanken hingegen sind keineswegs schwärmerisch. Wer zum Teufel hat mir den Brief geschrieben, und hat er oder sie wirklich etwas gesehen, oder hat er oder sie nur einen Verdacht und will eine Reaktion provozieren? Je länger ich darüber nachdenke, desto weniger kann ich mich für eine Alternative entscheiden. Die Wahrscheinlichkeit, dass mich jemand zufällig beobachtet hat, erscheint mir gering. Die Wahrscheinlichkeit, dass es jemand war, der daraufhin ein Erpresserschreiben verschickt, noch geringer. Doch die Alternative überzeugt mich ebenfalls nicht. Wer sollte mir einen Erpresserbrief geschrieben haben, um zu sehen, wie ich reagiere? Die Polizei hat die Ermittlungen eingestellt. Jeder weiß, dass Volkers Tod ein Unfall war. Wieso sollte einer meiner Nachbarn daran zweifeln und mich verdächtigen und mit dem Brief provozieren wollen? Und sonst kann es niemand gewesen sein, es sei denn …

    Stefanie! Der Gedanke schießt mir so plötzlich in den Kopf, als hätte ihn jemand mit einer Pistole abgefeuert, und er überzeugt mich sofort. Stefanie! Natürlich! Sie könnte die Briefschreiberin sein. Denn erstens hat sie Zweifel an der Unfallthese – zumindest fand sie es seltsam, dass Volker aus heiterem Himmel eine Angina-pectoris-Attacke gehabt haben soll –, und zweitens hat sie sich nebenan bei Mella einquartiert. Angeblich, um bei den Bestattungsvorbereitungen zu helfen, doch vielleicht ging es ihr in Wahrheit darum, mich aus der Nähe beobachten zu können?

Aber wieso sollte sie das für nötig halten? Wieso sollte sie mich verdächtigen? Hat Volker ihr doch etwas über den Grund für seinen Besuch bei mir erzählt? Oder ...?

Ich habe plötzlich das Gefühl, dass es zu still ist am Tisch. Ich blicke hoch und direkt in Annas Augen, die mich schon wieder anstarrt – doch nicht nur sie.

»Erde an Priska – bist du noch da?«

Die Frage kommt von Flo, auf dessen Stirn sich eine kleine Falte gebildet hat. Offensichtlich habe ich schon länger gepennt. Ich muss mich zusammenreißen.

»Sorry, ich war abgelenkt. Was möchtest du wissen?«

»Ob du früher auch Schach gespielt hast.«

Aha, es geht immer noch um Kindheitserinnerungen. »Ein wenig, allerdings nicht so viel wie Moritz. Volker hat es mir zwar beigebracht, aber ich war mehr für Tennis. Für Schach fehlte mir die Geduld. Ewig herumsitzen und darauf warten, dass das Gegenüber einen Zug macht ...« So wie jetzt, schießt es mir durch den Kopf, so wie mit dem verdammten Briefschreiber.

Moritz lacht. Er hat einen Milchschaumrand an der Oberlippe. »Genau das liebe ich am Schach. Herumsitzen. Deswegen war Tennis nichts für mich, obwohl Volker immer wieder versucht hat, mich dafür zu begeistern. Er konnte es gar nicht fassen, einen so unsportlichen Sohn zu haben. Er wollte mich sogar mal zu morgendlichen Dauerläufen verpflichten, doch Mandy hat ihm einen Vogel gezeigt, und irgendwann hat er akzeptiert, dass aus mir kein zweiter Boris Becker wird. Im Nachhinein vermute ich, dass ich das Priska zu verdanken habe. Sie war so ein Crack, dass Volker seinen Ehrgeiz an ihr abarbeiten konnte.«

»Ich wusste nicht, dass du so intensiv Tennis gespielt hast«, sagt Flo zu mir.

»Es ist schon lange her.«

»Wann hast du damit aufgehört?«

»Als ich fünfzehn war.« Nachdem das Getuschel im Tennisverein nachgelassen hatte. Eigentlich hatte ich direkt nach der Scheidung aufhören wollen, doch meine Mutter bestand darauf, weiter in den Club zu gehen. Damit hatte sie zwar vermutlich recht, dennoch machte es mir keinen Spaß mehr. Die Liebe zum Tennis war etwas, das ich mit meinem Vater geteilt hatte.

»Klingt, als sei Volker ziemlich ehrgeizig gewesen«, meint Flo.

Ich zucke mit den Achseln. »Er wollte uns Möglichkeiten eröffnen und uns zeigen, dass Leistung sich lohnt. Leistung war ihm wichtig, er war ein Arbeitstier.«

Flo guckt überrascht. »So hatte ich ihn mir bisher nicht vorgestellt, eher so als Lebemensch.«

»Er war beides«, erklärt Moritz. »Sein Motto war: Wer feste arbeitet, kann auch Feste feiern. Er war ein echtes Feierbiest.« Er guckt wehmütig. »Ihr hättet ihn an seinem sechzigsten Geburtstag erleben müssen. Volker hat mit Priskas Hilfe eine Feier im Golden-Twenties-Stil geschmissen. Meine Güte, das Ambiente war so nobel, dass ich mich ohne Priska nicht mal über die Türschwelle getraut hätte. Sie sah umwerfend aus, sie trug so ein goldenes Paillettenkleid mit Fransen am Rocksaum. Außerdem hatten Volker und sie extra Charleston tanzen gelernt. Die beiden haben das Parkett gerockt, dass den Gästen die Spucke wegblieb. Wartet, ich glaube, ich habe davon noch Bilder. Der Abend war magisch.«

Moritz zieht sein Handy hervor und fängt an zu scrollen. Während die drei sich über die Fotos beugen, lehne ich mich auf meinem Stuhl zurück. Ich erinnere mich auch ohne Bilder nur zu gut an diesen Abend. Moritz hat recht: Ich sah umwerfend aus. Zu dem goldenen Kleid hatte ich mir von meiner Friseurin eine Wasserwelle mit Federstirnband stylen lassen, und um meinem Outfit die Krone aufzusetzen, rauchte ich den ganzen Abend lang aus einer Zigarettenspitze.

Und der Abend war magisch, zumindest bis zu einem gewissen Zeitpunkt. Er war magisch, weil er genau das bot, was ich damals suchte: einen ganzen Raum voller schöner, reicher, einflussreicher Menschen, einen ganzen Pool an nützlichen Kontakten – mit Volker als umschwärmtem Mittelpunkt. Deshalb hatte ich mich darauf eingelassen. Der Abend signalisierte gewissermaßen die endgültige Versöhnung zwischen Volker und mir, die sieben Jahre zuvor mit einem gemeinsamen Mittagessen begonnen hatte, zu dem ich mich von Moritz hatte breitschlagen lassen.

Dabei war dieses erste gemeinsame Mittagessen nach einer Dekade Funkstille ein Fiasko. Es dauerte nicht einmal eine halbe Stunde, weil ich bereits beim Betreten des Restaurants auf hundertachtzig war. Ich hatte all die Wut, die sich im Laufe der Jahre in mir angestaut hatte, mitgebracht und schüttete sie Volker noch vor dem Hauptgang vor die Füße. Da Volker nicht der Typ war, selbst berechtigte Vorwürfe schweigend einzustecken, schoss er sofort zurück, was dazu führte, dass wir uns im vollbesetzten Restaurant gegenseitig anbrüllten. Die nächste Begegnung war ebenfalls alles andere als harmonisch, aber immerhin schaffte ich es, Volker meine Vorwürfe in normaler Tischlautstärke zu machen, und er versuchte wenigstens ansatzweise zuzuhören. Dennoch hätte ich mich wohl nicht zu weiteren Treffen bereit erklärt, wenn Moritz – plump, aber wirkungsvoll – nicht behauptet hätte, ich würde kneifen.

Im Laufe der nächsten Jahre trafen Volker und ich uns zwar nicht oft, jedoch regelmäßig, erst zum Essen, dann auch gelegentlich zum Tennis, und bei diesen Begegnungen näherten wir uns einander weiter an. Ich behielt zwar meine Skepsis ihm und vor allem seinem berühmten Charme gegenüber bei, aber meine kindliche Wut legte sich und machte erwachsenen Gefühlen der Wertschätzung und des Respekts Platz. Der Anerkennung, dass Volker und ich uns ähnlicher waren, als ich es jahrelang hatte wahrhaben wollen, und der Erkenntnis, dass er mir – mit seinem Wissen, seinen Erfahrungen, seinen Verbindungen – nützlich sein konnte. Als Volker mich bat, ihn bei der Planung für seine Geburtstagsfeier zu unterstützen, sagte ich zu, weil ich wusste, dass es für mich eine Gelegenheit sein würde, vor den richtigen Leuten zu glänzen.

Und es war wahrhaft ein glänzender Abend – bis zu dem Zeitpunkt, als Volker derart heftig eine der Kellnerinnen anbaggerte, dass seine aktuelle Geliebte ihm auf der Stelle den Laufpass gab und ich ihm dummerweise anbot, ihn an ihrer Stelle nach Hause zu fahren. Volker war so betrunken, dass die meisten Taxifahrer seine Beförderung abgelehnt hätten, während ich nüchtern geblieben war, um auf seine Geschäftsfreunde einen guten Eindruck zu machen.

Und das war der Beginn. An diesem Abend kam die Lawine ins Rollen, die Volker und mich auf den Bootssteg geführt hat. Wäre dieser Abend nicht gewesen, säße ich jetzt nicht hier. Ich hätte Flo nie kennengelernt, aber dafür wäre ich nicht für den Tod eines Menschen verantwortlich. Ich wäre noch immer die Frau, die ich war, als ich auf Volkers Sechzigstem Charleston getanzt habe. Eine Frau, die keine Erpresserbriefe fürchten muss. Unabhängig, stark, ohne wunde Punkte. Die Frau, die ich immer sein wollte.

Der Wunsch, wieder diese Frau zu sein, überfällt mich so unerwartet wie heftig. Und ebenso heftig ist die Wut auf Volker, die den Wunsch begleitet. Denn er ist dafür verantwortlich, dass ich diese Frau nicht mehr bin. Es ist seine Schuld. Seine, seine, seine!

Nein, ist es nicht, flüstert eine Stimme in meinem Kopf. Es ist meine Schuld. Volker hat zwar Fehler gemacht, aber ich habe eine Entscheidung getroffen. Eine bewusste Entscheidung. Diese

Entscheidung hat mich auf den Bootssteg geführt. Diese Entscheidung hat Volker dorthin geführt. Diese Entscheidung hat ihn getötet. Und damit ist es meine Schuld. Meine, meine, meine.

Es ist meine Schuld. Die Erkenntnis überkommt mich so rasant und mit solcher Klarheit, dass ich plötzlich das Gefühl habe, neben mir zu stehen. Als hätte mich eine riesige Hand gepackt und aus meinem Körper herausgezogen und würde mir mein Leben von außen zeigen. Von draußen vor dem Café. Siehst du die Frau dort, die mit ihrem Mann, ihrem Bruder und dessen Freundin am Tisch bei den Toilettentüren sitzt und tut, als wäre sie normal? Sie ist eine Mörderin! Sie hat ihren eigenen Vater umgebracht!

Nein, das habe ich nicht! Sofort und mit aller Kraft stemme ich mich gegen dieses Gefühl. So darf ich nicht denken. Ich muss das abschalten, sofort. Ich bin kein böser Mensch, ich habe nur reagiert. Volker hat die Karten gemischt und verteilt, ich habe nur mein verdammtes Blatt gespielt. Ich muss diese Gedanken abschalten!

»Was sollen wir abschalten?«

Erst als Flo die Frage noch einmal wiederholt, wird mir klar, dass ich den letzten Gedanken laut ausgesprochen habe. Mindestens den letzten – welchen noch?

Ich blicke in die Runde. Flo mustert mich halb besorgt, halb irritiert. Moritz und Anna sehen mich an, als wäre ich gerade mit kleinen grünen Antennen auf dem Kopf aus einer Raumkapsel gestiegen.

»Entschuldigt bitte«, sage ich. »Ich war in Gedanken weit weg. Worum geht's gerade?«

Ich lächle krampfhaft, doch niemand erwidert mein Lächeln. Alle gucken betreten, bis Flo schließlich sagt: »Wir haben darüber geredet, wie gern dein Vater gefeiert hat.«

»Tja, Volker ließ nie eine Party aus. Oder eine Gelegenheit, sich sinnlos zu betrinken. Oder eine Gelegenheit, mit seinem

Schwanz auf Tauchfahrt zu gehen. Oder eine andere verdammte Gelegenheit, das Leben anderer ins Chaos zu stürzen.«

Erst als die Worte raus sind, wird mir klar, wie absolut unpassend sie sind und dass sie nichts mit Flos Bemerkung zu tun haben, dafür alles mit dem Aufruhr in meinem Kopf.

Für einige Augenblicke herrscht Schweigen am Tisch, dann sagt Flo mit erzwungener Ruhe: »War das wirklich nötig, Priska?«

Dass Flo mich vor anderen kritisiert, kann nur bedeuten, dass es Zeit ist, einen Rückzieher zu machen, doch darin war ich nie gut. Außerdem stehe ich noch immer unter dem Eindruck meiner außerkörperlichen Erfahrung. Sie dröhnt in meinem Kopf, so dass ich keinen klaren Gedanken fassen kann. »Es ist zumindest realistischer, als Volker im Nachhinein zu verklären. Auch noch so viel selige Erinnerungsschwelgerei ändert nichts daran, dass er ein mieses Arschloch war.«

»Während es absolut nicht mies ist, seine Eltern gegeneinander auszuspielen?« Die Bemerkung kommt von Moritz, der neben mir sitzt, mit starren Schultern und ebensolchem Blick.

Ich runzele die Stirn. »Ich weiß nicht, wovon du redest«, beginne ich, doch dann überfällt mich eine Ahnung, was mein kleiner Bruder meinen könnte, und mir wird heiß. Verdammt! Das kann nicht sein. Das kann er nicht wissen. Das darf er nicht wissen!

»Dann erkläre ich es dir«, sagt Moritz, bevor ich ihn stoppen kann. »Du hast Volker nicht zu deiner Hochzeit eingeladen mit der Begründung, dass deine Mutter dann nicht käme. Dabei wäre Evi damit einverstanden gewesen.«

»Bitte?«

Ich lege so viel ungläubigen Ärger in die zwei Silben, wie es mir nur möglich ist, doch Moritz sieht mich fest an.

»Volker hat es mir erzählt, Priska. Er hat Evi zufällig getroffen und auf die Hochzeit angesprochen, weil er so wütend war. Evi sagte, ihr wäre es egal gewesen, ob er kommt oder nicht.«

»Das ist nicht wahr«, sage ich scharf. »Das ist eine Lüge.«

»Bist du sicher?«

»Natürlich bin ich sicher. Verdammt noch mal, Moritz, ich habe Evi regelrecht bekniet, damit sie zustimmt, dass Volker auch kommt, aber sie hat sich geweigert und …«

Ich tue so, als wüsste ich vor lauter Empörung nicht mehr weiter, während ich mit einem Seitenblick schnell überprüfe, wie die anderen reagieren. Flo guckt verblüfft drein, während Anna mich schon wieder anstarrt. Ihr Blick hat etwas Lauerndes. Was stimmt mit dieser Frau nicht? Doch darüber kann ich mir jetzt keine Gedanken machen. Ich wende mich wieder an Moritz. »Glaubst du mir etwa nicht?«

Wie erhofft wird Moritz unsicher, doch er macht keinen Rückzieher. »Ich möchte dir gern glauben, Priska, aber ich bin sicher, dass Volker Evi wirklich getroffen und dass sie das wirklich gesagt hat. Er sagte auch, du hättest die vereinbarten Treffen abgesagt, nicht er.«

»Das ist nicht wahr!«

»Wieso hätte er das erfinden sollen?«

»Weil er ein notorischer Lügner war, deswegen.«

Ich starre Moritz an, und schließlich senkt er den Blick. Unglücklich zieht er seine Zähne über seine Unterlippe. »Kann es sein, dass Evi gelogen hat?«, fragt er schließlich. »Oder dass es ein Missverständnis gegeben hat?«

Ich muss das hier beenden, sofort. Mit einem lauten Schrappen schiebe ich meinen Stuhl über die Bodenfliesen zurück und stehe auf. »Es gab kein Missverständnis, Moritz. Evi hat sich geweigert, Volker bei der Hochzeit zu begegnen. Das hat sie zu mir gesagt und garantiert auch zu ihm. Und was die geplanten Treffen angeht: Die hat Volker abgesagt, kurzfristig, ohne Erklärung oder Entschuldigung. Ich weiß nicht, warum er dir gegenüber nicht dazu stehen wollte, aber ich weiß etwas anderes: Volker war sein ganzes Leben lang ein Lügner. Wenn du dennoch lieber ihm glaubst als mir, bitte! Ich möchte jetzt gehen.«

13

Anna

Während der Rückfahrt von Plön sagt keiner von uns ein Wort. Nicht einmal Florian fällt etwas ein, um uns aus der ungemütlichen Stimmung herauszuholen, in die Priskas Ausbruch im Café uns gestürzt hat. Wir sind alle erleichtert, als wir am Haus ankommen. Priska wartet kaum, bis wir die Türen ihres Wagens geschlossen haben, bevor sie ihn absperrt und zur Haustür eilt. Moritz verschwindet ohne ein Wort durch den Durchgang Richtung Garten, so dass Florian und ich allein zurückbleiben.

»Tja«, meint Florian nach einem Augenblick des Schweigens, »wenigstens hat es aufgehört zu regnen.«

Ich blicke zur Straße, auf der sich Pfützen gebildet haben, in die immer noch einzelne Tropfen fallen. »Nur fast.«

»Mehr kann man manchmal nicht erwarten.« Florian lächelt bemüht. »Kommst du mit rein?«

Ich schüttele den Kopf.

»Dann bis später.«

Florian geht zur Haustür, die bereits hinter Priska ins Schloss gefallen ist, während ich im Carport stehen bleibe. Ich bin unschlüssig, was ich tun soll. Soll ich Moritz folgen oder lieber nicht? Ich möchte gern mit ihm reden, doch will er das auch? Ich weiß es nicht, und der Zweifel tut weh. Schließlich knöpfe ich den Kragen meines Dufflecoats zu, setze die Kapuze auf und gehe in den Garten.

Moritz steht auf dem Bootssteg und starrt mit gesenktem Kopf ins Wasser, genau auf die Stelle, an der ich Volker entdeckt habe. Er dreht sich nicht um, als ich mich neben ihn stelle, doch als ich meine Hand versuchsweise in seine schiebe, hält er sie fest, und ein Teil der Anspannung in mir löst sich.

Eine Weile stehen wir Hand in Hand da, dann sage ich: »Darf ich mir etwas wünschen?« Ich muss die Frage noch einmal wiederholen, bis Moritz antwortet.

»Klar.«

»Schließ mich bitte nicht aus.«

Zum ersten Mal wendet Moritz seinen Blick vom Wasser ab und schaut auf mich herunter. Seine Brillengläser sind mit Regentropfen gesprenkelt. »Wie meinst du das?«

»Wenn du traurig bist oder wütend oder was auch immer – ich hasse es, wenn du mich dann ausschließt und einfach wegrennst.«

»Das tue ich doch gar nicht.«

»Du hast es gerade eben gemacht.«

»Oh.« Moritz denkt einen Augenblick lang nach. »Das hatte nichts mit dir zu tun. Ich wollte über das nachdenken, was Priska gesagt hat. Es betrifft dich nicht.«

Das muss ich erst einmal schlucken. »Aber es betrifft mich, wenn du mich einfach stehenlässt. Und wenn es dir nicht gut geht, betrifft mich das auch. Ich möchte dir helfen.«

»Das tust du. Ich bin total froh, dass du hier bist.«

Moritz streckt einen Zeigefinger aus und schiebt sacht ein paar meiner Ponyfransen unter meine Kapuze. »Aber es gibt Dinge«, fährt er fort, »die ich mit mir selbst ausmachen muss. Schließlich kannst du Volker nicht wieder lebendig machen und mir auch nicht erklären, warum er mich schon wieder angelogen hat. Ich dachte, das hätten wir hinter uns, aber ...«

Moritz lässt seine Hand sinken und die Schultern hängen. Ich benötige einen Augenblick, um zu verstehen, was er gerade gesagt hat.

»Heißt das, du glaubst, dass Volker die Begegnung mit Evi erfunden hat?«

Moritz zuckt mit den Achseln. »Ich weiß es nicht. Vielleicht hat er Evi wirklich getroffen, vielleicht nicht. Vielleicht gab es ein Missverständnis, oder Evi hat gelogen. Aber Volker hat auf jeden Fall gelogen, als er behauptet hat, Priska hätte die Treffen abgesagt.«

»Wieso bist du da so sicher? Im Café klangst du ganz anders.«

Moritz seufzt. »Weil ich Volker glauben wollte. Aber Priska hat ja recht: Er war ein Lügner.«

»Wieso hätte er dich in dem Punkt anlügen sollen?«

»Keine Ahnung, das war der Grund, warum ich hergekommen bin. Ich wollte darüber nachdenken.«

»Und du hältst es für ausgeschlossen, dass Priska die Unwahrheit sagt?«, frage ich vorsichtig.

Moritz reibt sich mit dem Handrücken über seine Stirn. »Du hast doch mitbekommen, wie sehr der Vorwurf sie verletzt hat.«

Das habe ich, und ich fand Priskas Reaktion eher übertrieben als überzeugend, doch ich bezweifle, dass Moritz offen für Kritik an seiner Schwester wäre. »Du könntest natürlich Evi anrufen und sie fragen, wie es genau war«, schlage ich vor.

Moritz schüttelt den Kopf. »Was soll das bringen? Wenn sie Volker angelogen hat, würde sie mich auch anlügen.«

Ich finde das nicht sonderlich logisch, aber ich spüre, dass Moritz das Thema nicht weiterverfolgen will. »Hast du dich eigentlich schon mal gefragt, ob zwischen Priska und Volker irgendetwas vorgefallen ist?«, frage ich stattdessen. »Egal, ob nun Volker oder Priska die geplanten Treffen abgesagt hat – es ist doch in jedem Fall seltsam, dass es zwischen den beiden in den letzten zwei Jahren fast keinen Kontakt gab. Vielleicht gibt es dafür einen besonderen Grund, von dem du nicht weißt?«

Moritz sieht mich überrascht an. »Was sollte das für ein Grund sein?«

»Das weiß ich nicht. Vielleicht haben die beiden sich gestritten.«

»Das hätte Priska mir erzählt.«

Die absolute Gewissheit, mit der Moritz das vorbringt, verblüfft mich.

»Du weißt schon, dass Schwestern ihren Brüdern nicht alles erzählen, oder?«

»Dinge, die Volker betreffen, schon. Außer …«

Moritz bricht ab und starrt auf den See. Der Regen ist wieder stärker geworden. Die feinen Tropfen erzeugen sich überschneidende Ringe auf der Wasseroberfläche.

»Außer?«, wiederhole ich.

Moritz reibt nachdenklich über seine weichen Bartstoppeln. »Volker hat neulich etwas Komisches zu mir gesagt. Wie war das noch? Ach ja, er wollte wissen, ob Priska ihn nach der Feier zu seinem sechzigsten Geburtstag nach Hause gefahren hat.«

»Nach der Golden-Twenties-Party, von der du vorhin erzählt hast? Wusste Volker denn nicht mehr, wie er nach Hause gekommen ist?«

»Er war nicht mehr sicher. Er war ziemlich betrunken an dem Abend, deshalb nahm Priska ihn mit. Als ich ihm das sagte, wollte er wissen, ob Priska mir hinterher etwas Bestimmtes erzählt hätte. Ich fragte, was das sein solle, aber er meinte nur, das wüsste ich dann schon. Es klang alles ein bisschen mysteriös, und ich fand es komisch, dass Volker plötzlich über seinen Sechzigsten reden wollte. Der liegt schließlich über zwei Jahre zurück.« Moritz zuckt mit den Achseln. »Andererseits kann es nichts Wichtiges gewesen sein. Wie gesagt, das hätte Priska mir erzählt.«

»Vielleicht nicht. Es würde erklären, warum Priska und Volker kaum noch Kontakt hatten.«

»Daran war Priskas Umzug hierher schuld.« Moritz reckt sein Kinn und hält sein Gesicht in den Regen, bevor er sich die Kapuze seines Parkas über den Kopf zieht. »Warum interessiert dich das so?«

Ich zögere mit der Antwort. »Na ja, ich finde, dass die Beziehung zwischen Priska und Volker irgendwie eigenartig war – und dass sie sich seit seinem Tod auch eigenartig verhält. Zum Beispiel vorhin im Café. Sie war total geistesabwesend, hat sich nicht an der Unterhaltung beteiligt, und dann blafft sie uns plötzlich an, dass wir etwas abschalten sollen.«

Moritz nickt langsam. »Das war wirklich untypisch für sie, aber ich würde es nicht eigenartig nennen. Ich glaube, Priska ist einfach gestresst.«

»Mir sind noch andere Sachen aufgefallen. Zum Beispiel hat Priska heute Morgen einen Brief bekommen, der sie total erschreckt hat. Sie ist kreidebleich geworden und hat behauptet, es sei eine Beileidskarte, aber das kann nicht stimmen. Und es stimmte auch nicht, als Priska Hauptkommissar Niebel erzählt hat, sie sei am Donnerstag zuletzt im Garten gewesen. Ich habe sie am Samstagmorgen dort gesehen und ...«

Moritz unterbricht mich, indem er meine Hand loslässt und einen Schritt von mir wegtritt. »Moment mal, wovon redest du? Was für ein Brief? Und wieso beobachtest du Priska im Garten?«

Ich spüre, wie ich erröte. »Es war beide Male bloßer Zufall.«

Ich erkläre Moritz die Zusammenhänge, doch er ist nicht überzeugt.

»Warum soll Priska nicht in ihren eigenen Garten gehen? Und warum soll in dem Briefumschlag keine Beileidsbekundung gewesen sein, nur weil es ein DIN-A4-Bogen war? Vielleicht hat jemand einen handschriftlichen Brief verfasst, statt eine vorgedruckte Karte zu schicken. Ist doch nett.«

»Aber der Brief hat Priska erschreckt«, beharre ich. »Sie war völlig verstört.«

Moritz runzelt die Stirn. »Bist du sicher, dass du dir das nicht einbildest? Hast du Priska danach gefragt?«

»Sie meinte, es sei alles in Ordnung.«

»Na dann ...«

»Ich bin sicher, es war gelogen. Und Priska ist am Samstagmorgen nicht einfach nur in ihren Garten gegangen. Wenn sie einfach nur frische Luft hätte schnappen wollen – warum hat sie das der Polizei verschwiegen?«

Moritz zuckt mit den Achseln. »Wahrscheinlich hat sie es einfach vergessen, weil es keine Bedeutung hatte. Sorry, Anna, aber ich habe das Gefühl, du machst aus ein paar Mücken eine Horde Elefanten. Hast du etwas gegen Priska?«

Ich ärgere mich, weil ich schon wieder erröte. »Natürlich nicht! Ich mag sie.«

»Das verbirgst du geschickt.«

Ich beiße mir auf die Unterlippe. »Ich habe nur geschildert, was ich gesehen habe.«

Moritz' Schultern entspannen sich wieder. »Und das glaube ich dir ja«, sagt er beschwichtigend. »Ich denke nur, du interpretierst etwas völlig Falsches hinein. Wie mit dem Tor, das du am Freitagnachmittag gehört hast. Du warst sicher, jemand sei im Garten gewesen, dabei hat der Wind das Tor im Zaun aufgedrückt.«

»Der Wind?«

»Ja. Das Tor schließt nicht gut, deshalb drückt der Wind es manchmal auf. Priska hat mir erzählt, dass das öfters vorkommt. Aber was hältst du davon, wenn wir reingehen, bevor wir klatschnass sind? Der Regen wird immer stärker.«

14

Priska

Ich habe das Gefühl, dass mein Kopf platzt. Selbstverständlich ist es unhöflich, die anderen einfach vor der Haustür stehen zu lassen, doch ich kann nicht anders. Ich muss allein sein. Ich muss nachdenken. Sonst platzt mir der Schädel.

Ich ziehe in Rekordgeschwindigkeit Jacke und Schuhe aus, flitze nach oben und laufe ins Bad, wo ich die Tür zweimal abschließe, bevor ich mich auf den Rand der Badewanne sinken lasse, um in Ruhe meine Gedanken zu sortieren.

Leichter gesagt als getan. Ich habe so viele Gedanken in meinem Kopf, dass ich nicht weiß, wohin mit ihnen. Sie schießen von allen Seiten heran, als wäre ich auf dem Tennisplatz umzingelt von Ballkanonen, die ihren Inhalt auf mich abfeuern. Nur, dass es nicht darum geht, Tennisbälle abzuwehren, sondern Bedrohungen. Es werden immer mehr – dabei ist der Tag erst halb rum. War ich wirklich glücklich, als ich heute Morgen aufgestanden bin? Habe ich wirklich geglaubt, ich hätte es geschafft? Habe ich wirklich geglaubt, es wäre vorbei?

Nichts ist vorbei. Erst der verdammte Brief, dann Stefanies verfluchte Schwangerschaft und jetzt auch noch mein kleiner Bruder, der sich gegen mich wendet. Was kommt als Nächstes? Und wie zur Hölle soll ich darauf reagieren? Wie soll ich damit umgehen, dass mein Lügengebäude um mich herum zusammenbricht? Decken, Wände, selbst der Boden unter meinen Füßen?

Ich kann doch nicht bis in alle Ewigkeit wacklige Lüge auf wacklige Lüge türmen!

Aber genau das musst du tun, flüstert eine Stimme in meinem Kopf. Was hast du denn erwartet? Dass du einen Menschen umbringst und dann fröhlich weitermachst, als wäre nichts passiert?

Ich habe keinen Menschen umgebracht!

Du bist eine Mörderin. Das bedeutet, dass du von nun an allein bist. Dass du außen vor bist. Du gehörst nicht mehr zur Gesellschaft. Dein altes Leben ist vorbei, und dein neues ist kein Leben, es ist nichts weiter als eine riesige Täuschung, und dein ganzes Trachten wird sich darum drehen, diese Täuschung aufrechtzuerhalten.

Ich bin keine Mörderin!

Du hast deinen Vater getötet.

Das habe ich nicht. Ich habe ihn nicht einmal berührt.

Wie praktisch, dass das nicht nötig war.

Ich springe vom Badewannenrand auf. So geht das nicht! Ich darf mich nicht verrückt machen. Ich muss mich von diesen Gedanken befreien. Ich muss mich von dieser Stimme befreien.

Ich fühle mich plötzlich wie ausgedörrt. Ich gehe zum Waschbecken, halte meinen Mund unter den Wasserstrahl und trinke in langen, gierigen Zügen, dann lasse ich das Wasser laufen, um irgendein anderes Geräusch zu hören als die Stimme in meinem Kopf, und blicke in den Spiegel.

Ich sehe aus wie immer. Ich habe halb erwartet, eine Irre zu sehen, die Stimmen hört, doch ich sehe aus wie immer. Ein bisschen erschöpft und erschrocken, doch ansonsten wie immer. Ich zwinge mich zu einem kleinen Lächeln. Noch mehr wie immer. Und *wie immer* bedeutet: Ich sehe gut aus. Ich sehe außerordentlich attraktiv aus. Ich sehe kompetent aus. Wie eine Frau, die alles im Griff hat. Eine Frau, auf deren Wort Chefs hören. Eine Frau, nach deren Wort sich Kollegen richten. Eine Frau, nach der Männer sich umdrehen. Eine Frau, die von anderen Frauen beneidet wird.

Und ich bin diese Frau. Die Stimme hat unrecht. Nichts hat sich verändert – höchstens dies: Ich habe mein Leben verteidigt, und das hat mich stärker gemacht. Noch stärker. Deshalb werde ich mich von ein paar Hindernissen und Bedrohungen nicht kleinkriegen lassen. Ich werde sie angehen, die dringendste zuerst.

Und das ist der Brief. Was auch immer Volker zu Moritz oder sonst wem über die Hochzeit oder die Entfremdung zwischen uns gesagt hat – er hat niemandem die eine Sache erzählt. Die eine Sache hat er mit in sein nasses Grab genommen. Und alles andere ist egal. Alles andere kann ich abstreiten. Mein Wort gegen seins. Und selbst wenn ich als Lügnerin entlarvt werde, werde ich nicht als Schlimmeres dastehen. Doch mit dem Brief verhält es sich anders. Wenn der Briefschreiber oder die Briefschreiberin wirklich etwas gesehen hat, dann geht von ihm oder ihr eine Gefahr aus. Wenn es nicht Stefanie ist, die nur eine Reaktion erzeugen wollte.

Ist es Stefanie? Je länger ich mit meiner neu gewonnenen Klarheit darüber nachdenke, desto überzeugender finde ich die Vermutung, und das ist zur Abwechslung ein erfreulicher Gedanke. Denn wenn es Stefanie ist, dann ist der Brief ein Bluff. Stefanie war am Freitagnachmittag nicht hier. Sie kann nichts gesehen haben, und sie kann nichts wissen. Hätte Volker ihr unser Geheimnis anvertraut, hätte sie längst etwas gesagt – vor allem mit dem Bastard in ihrem Bauch.

Ja, wenn es Stefanie ist, dann ist alles gut, dann kann ich den Brief ignorieren. Aber ich darf mich nicht einfach darauf verlassen. Ich brauche Gewissheit. Nur woher nehme ich die?

Ich habe keine Ahnung, und prompt schlägt mein Herz schneller, als eine neue Welle von Panik heranjagt. Doch sie bekommt mich nicht. Ich blicke in den Spiegel, blicke mein kompetentes, attraktives Ich an. Denk nach, Priska! Wie kannst du dir Gewissheit verschaffen? Wie kannst du herausfinden, wer den Brief geschrieben hat? Wie kannst du herausfinden, wer den Brief bei dir eingeworfen hat? Wie …?

Bevor ich eine weitere Frage formulieren kann, habe ich die Antwort. Sie springt mich förmlich an. Sie ist so naheliegend, dass ich direkt darüber hätte stolpern müssen. Natürlich! Der Möchtegernerpresser hat den Brief persönlich bei uns eingeworfen. Er muss es selbst getan haben, denn es war keine Briefmarke darauf – abgesehen davon, dass unser Postbote nicht morgens zwischen sechs und sieben kommt. Und es muss zwischen sechs und sieben gewesen sein, weil der Brief nicht da war, als ich zum Lauftraining aufgebrochen bin, erst als ich zurückkam. Ich muss also nichts weiter tun, als mich morgen früh auf die Lauer zu legen.

Zehn Minuten später ist mein Plan fertig. Ich werde mir für morgen halb sechs meinen Wecker stellen. Falls Flo fragt, behaupte ich, dass ich joggen gehe, doch stattdessen werde ich mich in unserem Carport verstecken und von dort aus unsere Haustür beobachten. Zwar kann ich nicht sicher sein, dass morgen früh ein zweiter Brief eintrifft, doch im ersten stand, dass der Absender sich wieder melden werde, und wenn er wirklich Geld will, muss er mir wohl oder übel mitteilen, wie ich es ihm zukommen lassen soll. Und wenn er das tut, dann weiß ich Bescheid. Und dann werde ich zum Gegenschlag ausholen.

Die Aussicht, etwas gegen den Briefschreiber zu unternehmen, beflügelt mich so sehr, dass ich meinen kleinen Spionageeinsatz kaum erwarten kann, allerdings habe ich bis dahin anderes zu tun. Ich muss mich dringend wieder als Gastgeberin betätigen und bei Moritz Schönwetter machen.

Doch als ich das Bad verlasse und die Treppe hinuntergehen will, fällt mein Blick durch die offene Tür ins Schlafzimmer, wo Flo damit beschäftigt ist, Klamotten auf dem Bett zu stapeln.

»Hi, was ist denn hier los? Packst du für einen Trip zum Nordpol?«

Flo ist gerade im Begriff, seinen dicken Winterparka aufs Bett zu legen, wo schon mein Daunenmantel und andere Kleidungsstücke liegen, hält jedoch inne. »Gibt's dich auch noch?«, fragt er betont kühl.

Flo ist selten gereizt, und noch seltener lässt er es sich anmerken. Wenn er es tut, dann in der Regel, weil jemand seiner Ansicht nach den Bogen überspannt hat. Dieser Jemand bin offenbar ich, und ich muss nicht lange nachdenken, um herauszufinden, was meinen Mann so irritiert.

»Ja, mich gibt's noch. Entschuldige bitte, dass ich vorhin einfach abgedüst bin. Ich hatte brutale Kopfschmerzen.«

»Schon wieder? Oder immer noch?«

Die Frage verwirrt mich, bis mir einfällt, dass ich heute Morgen schon einmal Kopfschmerzen vorgeschützt habe, nachdem Stefanie ihre Babybombe hat platzen lassen. »Beides. Ich habe schon den ganzen Tag Kopfschmerzen, aber sie sind mal besser, mal schlechter. Als wir vorhin hier angekommen sind, war mir regelrecht übel, ich dachte, ich verziehe mich besser ins Bad.«

»Ach ja? Haben die Migränetabletten nicht geholfen, die du dir von Elsa Rövekamp geholt hast?«

Die Frage verwirrt mich vollends. »Wovon redest du?«

Flo legt erst den Winterparka aufs Bett, bevor er antwortet. »Die Frage ist wohl eher, wovon du redest, Priska. Als du heute Morgen behauptet hast, du bräuchtest frische Luft, weil du Kopfschmerzen hättest, bist du direkt zu Elsa hinübergegangen. Warum? Ist dir das Aspirin ausgegangen? Oder ist die Luft da frischer als bei uns?«

»Nee, das kann man so nicht sagen«, erwidere ich, um Zeit zu gewinnen, während ich mich frage, woher Flo von meinem Besuch bei Elsa weiß. Er muss mich wohl durchs Küchenfenster gesehen haben.

»Warum warst du dann dort?«

Ich runzele die Stirn. »Ich wusste nicht, dass wir schon wieder in einem Zeitalter leben, in dem Frauen gegenüber ihren Männern Rechenschaft ablegen müssen, wenn sie das Haus verlassen. Soll ich dich beim nächsten Mal vorher um eine schriftliche Einverständniserklärung bitten?«

Flo verschränkt die Arme vor der Brust. »Weich mir nicht aus, Priska, und tu nicht so, als wäre meine Frage übergriffig. Es geht nicht darum, ob du bei Elsa warst oder nicht. Es geht darum, warum du mich angelogen hast. Und warum du mich ständig mit deinen Gästen allein lässt.«

»Es sind auch deine.«

»Moritz ist *dein* Bruder, Stefanie war die Freundin *deines* Vaters. Also: Können wir das Geplänkel bitte lassen und zum Kern der Sache kommen?«

Ich habe mich rettungslos in Flo verknallt, bevor ich wusste, wer er ist. Was mich zu ihm hinzog, war schiere Lust gepaart mit dem überwältigenden Gefühl, nach Hause gekommen zu sein, das Flos Präsenz mir vermittelte. Als wir uns dann näher kennenlernten, hoffte ein Teil von mir, dass sich dieses Gefühl mit der Zeit verflüchtigen würde, während ein anderer sich davor fürchtete. Ich hoffte und fürchtete gleichzeitig, dass Flo sich hinter seiner hübschen, charmanten Oberfläche als leicht zu manipulierender Idiot entpuppen würde, wie die meisten Männer. Doch Flo ist kein Idiot. Er lässt sich nicht mit Bullshit ablenken. Es ist nicht leicht, ihn zu manipulieren, es kostet Mühe – und ich hasse es. Ich will mit Flo eine Beziehung auf Augenhöhe führen, obwohl ich an das Konzept früher nie geglaubt habe. Doch natürlich kenne ich seine Schwachstellen. Zum Beispiel die: Flo setzt sich lieber mit Ebenbürtigen auseinander. Menschen, die sich klein machen oder Schwäche zeigen, wecken seinen Beschützerinstinkt.

Ich lasse mich mit einem Seufzer auf eine Ecke des Bettes sinken, die Flo nicht mit Kleidung bedeckt hat, und blicke zu ihm hoch. »Kannst du dir das nicht denken?«, sage ich leise. »Du weißt schließlich genau, dass ich Stefanie gar nicht im Haus haben wollte – dennoch habe ich mich beim Brunch zusammengerissen. Aber als sie von ihrer Schwangerschaft gesprochen hat, war mir das einfach zu viel. Nach allem, was ich mit Volker durchgemacht habe, hatte ich das Gefühl, er würde mich noch einmal betrügen. Ich musste das erst einmal in meinen Kopf kriegen.«

»Und es mit Elsa besprechen, weil sie deine Lieblingsratgeberin ist?«

»Natürlich nicht! Als ich rausging, fiel mir ein, dass ich versprochen hatte, ihr ein Glas von Imkes Kürbischutney zu bringen. Elsa und ich hatten mal darüber geredet, und nachdem sie gestern so nett war, wollte ich das endlich erledigen. Sozusagen als Dankeschön. Und als sie mich hineingebeten hat, konnte ich ja wohl schlecht ablehnen. Aber ganz ehrlich, Kopfschmerzen wären mir lieber gewesen als zwanzig Minuten Nachbarschaftstratsch.«

Ich grinse Flo versuchsweise an, doch er ist noch nicht so weit.

»Das heißt, du hattest heute Morgen keine Kopfschmerzen«, stellt er fest. »Und vorhin im Café?«

»Was war im Café?«

Flo lehnt sich an den Kleiderschrank. »Es wundert mich nicht, dass du das fragst, Priska, weil du nämlich so geistesabwesend warst, dass du auch gleich zu Hause hättest bleiben können. Was ist los mit dir? Was geht dir ständig im Kopf rum? Wieso benimmst du dich so seltsam?«

»Ich benehme mich nicht seltsam. Ich hatte lediglich keine Lust auf einen Trip in meine Kindheit, deshalb habe ich mich aus dem Gespräch ausgeklinkt und über andere Sachen nachgedacht.«

»Und über welche?«

»Über nichts Besonderes.«

Flo schüttelt den Kopf. »Das glaube ich dir nicht. Du warst nicht einfach nur geistesabwesend, Priska, du wirktest völlig …«, er sucht nach einem passenden Begriff, »… verkrampft. Und dann hast du uns angeblafft, dass wir etwas abschalten sollen. Worum ging's da?«

Ich hebe hilflos die Hände, mit den Handflächen nach oben. »Ehrlich, Flo, ich kann es nicht sagen. Ich weiß nicht mehr, woran ich gedacht habe.«

»Machst du dir über etwas Sorgen? Beunruhigt dich etwas?«

»Nein!«

Im nächsten Augenblick frage ich mich, ob diese kategorische Antwort klug war. Ich sehe Flo an, dass er mir nicht glaubt, doch glücklicherweise überwiegt seine Besorgnis seine Skepsis. Er zieht sich einen Korbstuhl heran, setzt sich mir gegenüber und greift nach meinen Händen.

»Hör mal, Priska«, sagt er in einem sanften Ton, über den ich mich unter anderen Umständen ärgern würde, »ich weiß, dass du Dinge am liebsten mit dir selbst ausmachst, aber ich wünschte, du würdest darüber mit mir reden. Ich bin für dich da.«

»Und das ist lieb von dir, aber wirklich, Flo, es gibt nichts zu erzählen. Ich bin einfach nur gestresst, was auch kein Wunder ist. Wie hast du dich denn gefühlt, als dein Vater gestorben ist?«

Flo lässt meine Hände los und lehnt sich zurück. »Ich war nicht gestresst, ich war schockiert und traurig.«

»Weil du Andreas bedingungslos geliebt hast. Meine Beziehung zu Volker war kompliziert.«

»Und wieso?«

»Das weißt du doch.«

Flo schüttelt den Kopf. »Das tue ich nicht. Ich dachte, der Grund wäre Volkers heimliches Zweitleben, aber nachdem Moritz uns heute die Fotos von der Golden-Twenties-Party gezeigt hat, glaube ich das nicht mehr. Du und Volker, ihr habt euch an seinem Sechzigsten gut verstanden. Ist danach etwas passiert?«

Verdammt! »Nein!«

»Was ist es dann?«

Ich frage mich, warum Flo auf einmal so verbissen nachfragt, doch eigentlich überrascht es mich nicht. Flo ist zwar nicht übertrieben sensibel, aber aufmerksam. Ihm entgeht wenig, und ich habe ihm in den letzten Tagen wahrlich genug zum Beobachten gegeben. Diese Erkenntnis nützt mir jedoch nichts, ich muss irgendwie aus dieser Nummer raus. Nur wie?

»Du hast recht, Flo«, sage ich schließlich, »es gibt Dinge, die ich dir nicht über Volker erzählt habe und die es mir schwermachen, so um ihn zu trauern, wie Moritz es tut. Aber ich möchte darüber nicht reden. Ich möchte nicht nachtreten. Volker ist tot. Mit all seinen Fehlern. Belassen wir es dabei, okay?«

Flo runzelt die Stirn. »Ich bin mir nicht sicher, ob das eine gute Idee ist. Meinst du nicht, es könnte dir helfen, darüber zu reden? Was auch immer es ist?«

»Es würde nur alte Wunden aufreißen.«

»Hm.« Flo denkt einige Augenblicke lang nach. »Dann sag mir wenigstens eins: Hat wirklich dein Vater die geplanten Treffen abgesagt, oder warst du es?«

Ich bemühe mich um einen gekränkten Gesichtsausdruck. »Natürlich Volker!«

»Warum hat er dann behauptet, du seist es gewesen?«

Ich greife zu Flos Hand und sehe ihm in die Augen. »Ich weiß, es klingt hart, aber Volker war wirklich ein notorischer Lügner. Ich weiß, dass ihr das nicht gerne hört, und es macht mir wirklich keinen Spaß, es ständig zu wiederholen, doch es ist die Wahrheit.«

»Eine schwierige Wahrheit.«

Ich zucke mit den Achseln. »Nicht allen wurden perfekte Eltern in die Wiege gelegt.«

Flo nickt langsam. Er blickt auf meine Hand in seiner, dann hebt er sie zu seinen Lippen und küsst meine Fingerknöchel, einen nach dem anderen. Es ist eine dieser zarten Gesten, auf die ich nicht so stehe, aber sie signalisiert das Ende unserer Auseinandersetzung.

Ich entziehe Flo meine Hand und deute auf die Kleiderstapel. »Verrätst du mir jetzt, was du hier machst?«

»Ich suche meinen schwarzen Anzug für morgen. Hast du eine Ahnung, wo er ist?«

»Wann hattest du ihn denn zuletzt an?«

»Bei der Beerdigung von Imkes Onkel Theo.« Flo klatscht sich die flache Hand vor die Stirn. »Ach verdammt, ich musste direkt danach zur Baustelle, deshalb habe ich mich bei Imke umgezogen. Vermutlich liegt der Anzug immer noch dort.«

15

Anna

Ich nutze die erste Gelegenheit nach dem Abendessen, mich ins Gästezimmer zu verziehen. Wie am Vorabend haben Florian und ich zusammen gekocht, wobei Florian allerdings so in Gedanken war, dass er kaum ein Wort gesagt hat. Währenddessen haben Priska und Moritz sich draußen auf der Terrasse ausgesprochen. Ich weiß nicht, worüber die beiden geredet haben, aber als sie wieder hereinkamen, wirkten sie wie ein Herz und eine Seele. Nach dem Essen schlägt Florian eine Runde *Siedler von Catan* vor, doch keiner hat große Lust zu spielen, und schließlich einigen die anderen drei sich auf einen Filmabend, während ich mich ausklinke, um endlich mit meinem Tattoo für Olga und Irina voranzukommen. Das behaupte ich zumindest, doch in Wahrheit möchte ich nachdenken. Nicht über die beiden Bergsteigerinnen, sondern über Priska.

Ich bin mir absolut sicher, dass sie schon wieder gelogen hat. Ihre Behauptung, der Wind habe am Freitagnachmittag das Tor im Zaun aufgedrückt und zum Quietschen gebracht, kann einfach nicht stimmen. Das Tor schließt gut, es ist sogar ein wenig schwergängig. Ich glaube nie und nimmer, dass es schon jemals vom Wind aufgedrückt wurde – und schon gar nicht am Freitagnachmittag, als nur eine leichte Brise wehte. Doch warum hat Priska es dann behauptet? Wieso hat sie Moritz diese Lüge aufgetischt? Was hat es mit dem verdammten Tor auf sich? Weiß

Priska, wer am Freitagnachmittag hindurchgegangen ist? Aber woher sollte sie es wissen, sie war doch nicht hier? Und wieso hält sie es geheim?

Das ergibt keinen Sinn, nichts an Priskas Verhalten ergibt einen Sinn. Oder ist es meine Obsession mit der Frau, die keinen Sinn ergibt? Liegt es an mir, dass ich sie seltsam finde? Weil ich Seltsamkeiten dort entdecke, wo keine sind? Doch Inga hat sie auch bemerkt.

Beim Gedanken an Inga erwacht in mir der Wunsch, sie noch einmal anzurufen und ihr alles zu erzählen, was seit heute Mittag passiert ist, doch ich lande wieder nur auf der Mailbox. Als ich mein Handy wegstecke, fällt mein Blick auf meinen Skizzenblock, und mir kommt eine andere Möglichkeit in den Sinn, meine Gedanken zu klären.

Ich schnappe mir den Block und meinen Bleistift, setze mich in den Korbsessel und lege los. Ich schreibe »Priska« in die Mitte eines leeren Blattes, dann zeichne ich alles um sie herum, was mir in den letzten Tagen an ihr aufgefallen ist. Das ist so viel, dass das Blatt schon bald gefüllt ist, und ich beginne ein zweites und schließlich ein drittes. So entsteht ein wildes Durcheinander, aus einem anonymen Briefumschlag, einem Bretterzaun mit geöffnetem Tor, einem Bretterzaun mit geschlossenem Tor, einer dunklen Gestalt, die durch einen Garten schleicht, Volkers verschwundenem Kaschmirmantel, einem Fragezeichen, in dessen Bögen ich Priskas und Volkers Gesichter einfüge und das das Geheimnis symbolisiert, das die beiden verbindet. Ich zeichne sogar den Bootssteg und deute Volkers Leichnam im Wasser an.

Ich zeichne wie wild. Ich zeichne und zeichne, bis alles, das mich bedrückt, belastet, quält, aus meinem Inneren über meine Hand in den Bleistift und aufs Papier geflossen ist. Erst als mir nichts mehr einfällt, reiße ich die drei Blätter entgegen meiner Gewohnheit aus dem Skizzenblock und lege sie nebeneinander auf die silber-weiß-gestreifte Bettdecke. Dann betrachte ich mein

Werk und warte auf eine Eingebung, die jedoch nicht kommt. Ich verändere die Anordnung der Blätter. Wieder nichts. Erst als ich die Blätter noch einmal anders anordne, übereinander statt nebeneinander, fällt mir etwas auf.

Am unteren Rand des oberen Bildes habe ich den Zaun mit dem offenen Tor gezeichnet. Am oberen Rand des mittleren Bildes habe ich Priskas schwarze Silhouette platziert, die durch den Garten schleicht. Nur, dass es aus meiner Perspektive so aussieht, als würde sie auf das Tor zuschleichen.

Irgendwo in meinem Gehirn macht es Klick, so wie in den Momenten der Erleuchtung, in denen ich eine zündende Idee für ein Tattoomotiv habe. Allerdings muss die Idee, die mir gerade durch den Kopf geschossen ist, ein Blindgänger sein, denn Priska ist am Freitagnachmittag garantiert nicht durch das Tor gegangen. Sie war nicht hier, sie war im Forst, sie hat – in Ingas Crimesprech – ein Alibi. Und dennoch bin ich davon überzeugt, dass meine Skizzen mir den richtigen Weg weisen.

Ich lege den Kopf schief, betrachte sie noch einmal aus einer anderen Perspektive, dann neige ich den Kopf zur anderen Seite – und dann sehe ich es. Die Wahrheit springt mich an, als hätte sie nur auf diesen Moment gewartet. Priskas sogenanntes Alibi ist wertlos, es beweist nichts, rein gar nichts. Ihre Nachbarin hat zwar gesehen, wie Priska vor Volkers Ankunft über die Straße zu ihrer Trainingsrunde aufgebrochen ist, und Moritz und ich standen vor dem Haus, als Priska über die Straße zurückkam, doch das heißt nicht, dass sie während des gesamten Zeitraums weg war. Sie kann zwischendurch zurückgekehrt sein. Sie kann durch das Wäldchen und durch das Tor in ihrem Zaun unbemerkt in ihren Garten gelangt sein und diesen unbemerkt wieder verlassen haben. Fast unbemerkt. Denn ich habe sie gehört. Ich habe das Quietschen des Tores gehört, als sie es geöffnet hat.

Ich bin auf einmal felsenfest davon überzeugt, dass es so gewesen ist. Als Moritz und ich am Freitag hier ankamen, war Priska hinter dem Haus im Garten. Sie war dort, als Moritz ihr per Whatsapp unsere Ankunft mitgeteilt hat. Und anstatt direkt zu uns zu kommen, hat sie das Grundstück durch das Tor im Zaun verlassen, ist durch das Wäldchen zur Straße und von dort zu uns gelaufen und hat uns erzählt, sie käme gerade vom Halbmarathontraining. Sie hat uns angelogen. Sie hat sich die größte Mühe gegeben, zu verheimlichen, dass sie im Garten war, und dafür fällt mir nur ein Grund ein. Sie war mit ihrem Vater im Garten. Sie war bei Volker, als er starb.

Die Erkenntnis ist so ungeheuerlich, dass mir schwindelig wird, und ich lasse mich in den Korbstuhl fallen. Ich fühle mich wie auf einem schwankenden Schiff, während bei mir Erleuchtung auf Erleuchtung folgt – wie umkippende Dominosteine. Priska war bei ihrem Vater, als er starb. Sie wusste, dass er tot ist. Sie wusste, dass seine Leiche im See liegt. Sie wusste es das ganze Wochenende über und hat nichts gesagt. Deshalb wollte sie auf keinen Fall, dass Moritz nach unserer Ankunft zum Steg hinausging. Deshalb ist sie am Samstagmorgen in den Garten geschlichen. Deshalb war sie ständig so hibbelig und geistesabwesend. Deshalb hat sie jedes Mal so heftig reagiert, wenn Volker erwähnt wurde. Deshalb hat sie sich so eigenartig verhalten.

Doch wieso hat sie das getan? Wieso hat sie nichts gesagt? Und wie kann das überhaupt sein? Hauptkommissar Niebel hat doch gesagt, dass Volker nur gestorben ist, weil er nach seiner Angina-pectoris-Attacke allein und hilflos war. Wie kann Priska dabei gewesen sein und ihm nicht geholfen haben? Wieso ist sie nicht zu ihm ins Wasser gesprungen? Wieso hat sie ihn nicht gerettet?

Die Antwort auf diese Fragen ist so monströs, dass sich alles in mir zusammenkrampft. Priska hat Volker nicht gerettet, weil sie ihn nicht retten wollte. Sie wollte, dass er starb. Oder ist es sogar noch schlimmer? Hat Priska nachgeholfen? Hat sie Volker ins Wasser gestoßen? Ist die Frau, deren Schwägerin ich werden möchte, eine Mörderin?

Auf meiner Brust lastet plötzlich ein solcher Druck, dass ich zu ersticken glaube. Ich versuche, tief ein- und wieder auszuatmen, doch ich schaffe es nicht. Ich japse nach Luft wie eine Ertrinkende, und der Gedanke verstärkt den Druck auf meiner Brust noch mehr. Hat Volker so empfunden? Hat er so empfunden, während Priska ihm beim Sterben zusah?

Es dauert eine Ewigkeit, bis ich meinen Atem halbwegs unter Kontrolle bekomme. Und dann klingelt mein Handy.

»Brr! Halt! Stopp! Noch einmal von vorn!«, verlangt Inga. »Das war mir mindestens hundert Wörter pro Minute zu schnell. Du glaubst, dass Priska für Volkers Tod verantwortlich ist? Heute Mittag hast du gesagt, sie hätte ein Alibi.«

»Das ist nichts wert.«

»So viel habe ich bereits verstanden, und dass es etwas mit einem Wäldchen und einem Tor zu tun hat. Aber vergiss nicht, Süße, dass ich die Topographie rund um Priskas Haus nicht kenne. Also, noch einmal langsam und zum Mitschreiben, bitte!«

Ich bleibe stehen und atme einige Male tief und zittrig durch, bevor ich einen zweiten Versuch starte, Inga meinen Gedankengang zu erklären. Ich bin auf der Straße unterwegs, die parallel zum Seeufer in den nächsten Ort führt. Ich habe das Haus verlassen, weil ich es drinnen nicht mehr ausgehalten habe. Eigentlich wollte ich ins Wäldchen gehen, doch dort ist es mir zu dunkel. Selbst hier auf der Straße kann ich mich nur mühsam orientieren. Es ist fast zehn, es nieselt, die Wolken hängen so tief, dass Mond- und Sternenlicht keine Chance haben hindurchzudringen. Außer mir ist niemand unterwegs, zumindest nicht zu Fuß. Nur alle paar Minuten fährt ein Auto vorbei, erfasst mich mit seinen Scheinwerfern und lässt mich wieder in der Dunkelheit zurück. Mir ist das recht. Meine Gedanken sind sowieso schwärzer als die schwärzeste Nacht.

Bei meinem zweiten Versuch, Inga alles zu erklären, bemühe

ich mich, erst nachzudenken, statt einfach alles aus mir heraussprudeln zu lassen, und das klappt besser.

»Wow«, sagt Inga schließlich, dann wiederholt sie es noch einmal, bevor sie in schweigendes Nachdenken verfällt.

Die plötzliche Stille ist mir unheimlich. »Sag was!«, verlange ich. »Glaubst du, dass ich den Verstand verloren habe?«

Ich höre, wie Inga mit den Zähnen klappert, ein Tick von ihr, wenn sie wegen etwas unschlüssig ist. »Ehrlich gesagt, ich hoffe es. Denn dann könnte ich alles, was du gerade gesagt hast, als übertrieben abtun, aber so ...« Inga lässt ihre Zähne noch einmal klappern. »Okay«, sagt sie schließlich in bestimmtem Ton, »lass es uns mal der Reihe nach durchgehen. Punkt eins: Du sagst, dass Priska doch kein Alibi hat. In dem Punkt gebe ich dir recht. So, wie du die Umgebung des Hauses geschildert hast, hätte Priska unbemerkt zurückkommen können. Punkt zwei: Du sagst, dass du am Freitagnachmittag das Quietschen des Tores gehört hast. Da ich deine Luchsöhrchen kenne, glaube ich dir das sofort, und wenn du sagst, dass der Wind das Tor nicht aufgedrückt haben kann, dann glaube ich dir auch das. Ich gehe also davon aus, dass am Freitagnachmittag wirklich jemand das Tor benutzt hat, doch – und damit sind wir bei Punkt drei – es ist keineswegs sicher, dass es Priska war.«

Ich protestiere sofort. »Warum sonst hätte sie Moritz die Lüge aufgetischt, dass es der Wind war?«

»Das ist verdächtig, da gebe ich dir recht, allerdings gibt es dafür auch eine andere Erklärung. Du hast gesagt, die Sache mit dem Tor habe Moritz zu schaffen gemacht, weil er glaubte, es sei Volker gewesen. Vielleicht hat Priska ihn angelogen, um ihn von seinen Schuldgefühlen zu befreien.«

Ich lasse mir das durch den Kopf gehen. Nachdem ich mich in den Gedanken verbissen habe, dass Priska selbst das Tor geöffnet hat, finde ich es schwierig, mich auf einen anderen einzulassen. »Hast du noch weitere Punkte?«

»Nummer vier: Priskas eigenartiges Benehmen. In dem Punkt gebe ich dir ebenfalls recht: Wenn sie dabei war, als ihr Vater starb, wäre das für vieles eine Erklärung. Allerdings verstehe ich nicht, wie ihr frühmorgendlicher Ausflug in den Garten da reinpassen soll. Du glaubst, dass sie hinausgegangen ist, um nach Volkers Leiche zu sehen. Wieso hat sie das dann nicht gemacht?«

Darüber habe ich mittlerweile nachgedacht. »Ich glaube, dass Priska Angst hatte, beobachtet zu werden, und deswegen den Plan aufgegeben hat. Vielleicht hat sie etwas gehört. Das würde zu ihrem Verhalten passen. Sie ist erst zielstrebig Richtung Steg gegangen, bevor sie abrupt stehen geblieben ist. Dann schien sie zu lauschen, und schließlich hat sie den Garten wieder verlassen. Und auf jeden Fall wollte sie ihre Aktivitäten verheimlichen. Als sie heute Morgen vom Joggen zurückkam, hatte sie eine Stirnlampe um den Hals hängen. Wenn ihr Ausflug in den Garten harmlos war, wieso hat sie dann die Lampe nicht eingeschaltet?«

»Auch dafür könnte es eine andere Erklärung geben. Vielleicht war die Batterie leer.«

»Glaubst du das wirklich?«

Inga schweigt wieder für einen Augenblick. »Ich weiß nicht, was ich glauben soll«, sagt sie schließlich, »aber ich weiß eins: Ich finde all das, was du mir gerade erzählt hast, zutiefst beunruhigend.«

»Weil du fürchtest, dass ich den Verstand verloren habe?«

»Weil ich fürchte, dass du mit deiner Theorie recht haben könntest. Deshalb meine ich, dass du mit jemandem darüber reden solltest.«

Ich bin zutiefst erleichtert, dass Inga mich nicht für verrückt hält, doch ihr Vorschlag behagt mir nicht. »Moritz würde niemals glauben, dass seine Schwester dazu fähig wäre. Er reagiert schon überempfindlich, wenn ich sie nur leicht kritisiere. Er sucht immer nach Gründen, ihr Verhalten zu entschuldigen. Er würde wütend auf mich werden. Was, wenn er Schluss macht?«

»Dann wäre er ein Arsch und hätte dich nicht verdient«, entgegnet Inga trocken. »Aber eigentlich dachte ich nicht an Moritz, sondern an die Polizei. Dieser Hauptkommissar Niebel kann besser beurteilen, ob deine Beobachtungen sich zu einem sinnvollen Verdacht zusammensetzen. Und er kann den Verdacht überprüfen.«

Ich bin so entsetzt, dass ich stehen bleibe. »Ich soll mit Hauptkommissar Niebel reden? Auf gar keinen Fall! Der Mann war total unsympathisch. Er würde mich auslachen.«

»Das glaube ich nicht. Wenn du ihm ganz einfach erzählst, was du mir erzählt hast ...«

»Das werde ich ganz bestimmt nicht tun«, unterbreche ich Inga. »Er würde mich für verrückt erklären. Er würde mir niemals glauben. Und was, wenn Priska davon erführe? Oder Moritz? Er würde sofort Schluss machen.«

»Ich glaube schon, dass man dich bei der Polizei ernst nehmen würde«, widerspricht Inga. »Du hast doch selbst gesagt, dass sie die Umstände von Volkers Tod verdächtig fanden. Sie würden deine Angaben zumindest überprüfen. Und du könntest sie bitten, deine Aussage vertraulich zu behandeln.«

»Und wie soll das funktionieren? Um meine Angaben zu überprüfen, müsste sie noch einmal mit Priska reden, und wenn sie in dem Gespräch zum Beispiel das Tor erwähnt, wüsste Priska sofort, dass die Information von mir kommt.«

Inga schweigt einen Augenblick lang. »Wahrscheinlich hast du recht«, gibt sie dann zu. »Aber ich fürchte, du hast keine Wahl.«

»Ich könnte das Ganze einfach vergessen.«

»Glaubst du das wirklich?«

Ich muss nicht lange über die Frage nachdenken. »Nein.«

»Das dachte ich mir. Und deshalb musst du mit jemandem reden. Und zwar möglichst bald – schon zu deinem Schutz.«

»Zu meinem Schutz?«, wiederhole ich perplex.

»Natürlich. Ich will schließlich nicht, dass du als Nächste im See landest. Wenn Priska wirklich für den Tod ihres Vaters verantwortlich ist – und wie gesagt, ich weiß es nicht –, aber wenn es so ist, dann stellt sich die Frage, wozu sie sonst noch fähig ist. Wenn sie herausfindet, dass du sie verdächtigst ...«

Inga beendet den Satz nicht, und das ist auch nicht nötig. Mir läuft es jetzt schon eiskalt den Rücken hinunter. Ich reiße mich zusammen. »Das ist doch Unsinn. Sie wird es nicht herausfinden. Ich werde es ihr bestimmt nicht sagen.«

»Du nicht, aber du hast mit Moritz darüber gesprochen, wie seltsam du Priskas Verhalten findest. Wenn er ihr davon erzählt ... Abgesehen davon weißt du nicht, warum Priska Volkers Tod gewünscht hat. Vielleicht gab es ein persönliches Motiv, aber vielleicht ist sie auch eine durchgeknallte Psychopathin.«

»Jetzt übertreibst du. Priska hatte Differenzen mit Volker. Wenn sie wirklich seinen Tod gewünscht hat, was ich ja nicht einmal sicher weiß, dann deswegen. Weil irgendetwas zwischen den beiden vorgefallen ist.«

»Auch in dem Fall wäre sie eine Tochter, die ihren Vater hat sterben lassen. Für mich ist das eine ziemlich klare Definition einer Psychopathin.«

Ich will Inga instinktiv widersprechen, doch dann wird mir klar, dass sie recht hat. Selbst wenn Priska nicht aktiv Volkers Tod betrieben hat, selbst wenn sie ihn »nur« hat sterben lassen: Welche Frau tut so etwas? Nur einer Psychopathin ist das Leben anderer Menschen egal. Nur einer Psychopathin ist das Leben ihres Vaters egal. Und wenn ihr das Leben ihres Vaters egal ist, dann auch meins und vielleicht sogar ...

»Inga, du hast recht, aber ich muss auflegen. Hab dich lieb.«

Ich drücke das Gespräch weg und renne los. Ich renne so schnell, dass meine Lunge nach einem halben Kilometer brennt, doch das ist mir egal. Ich renne so schnell ich kann, getrieben von Bildern, die meinen Kopf fluten. Bilder, wie Priska Moritz während meiner Abwesenheit unter einem Vorwand nach draußen in den Garten lockt. Bilder, wie Priska Moritz vom Steg in den See stößt. Bilder, wie sie seinen Kopf unter Wasser drückt.

Erst als das hell erleuchtete Haus in Sicht kommt, werde ich langsamer und versuche, meinen Atem zu kontrollieren. Mein Finger zittert, als ich ihn auf die Klingel drücke.

Ausgerechnet Priska öffnet die Haustür. »Anna! Ich wusste gar nicht, dass du draußen bist. Du bist ja völlig außer Atem.«

Ihre Stimme ist total normal, ihr Gesichtsausdruck freundlich und besorgt. Beides steht in solch krassem Widerspruch zu den Gedanken in meinem Kopf, dass mir schwindelig wird. Doch das ist mir egal, mir ist gerade alles egal, bis auf eins.

»Wo ist Moritz?«, stoße ich hervor.

»Im Wohnzimmer, wo sonst? Ist alles okay?«

»Wenn es Moritz gut geht, dann ja.«

Ich stürze an Priska vorbei und reiße die Tür zum Wohnzimmer auf. Über den XXL-Bildschirm, der an der Wand hängt, flimmert eine Kampfszene aus *Fluch der Karibik*. Johnny Depp und Orlando Bloom duellieren sich mit klirrenden Säbeln zu fetziger Musik. Die Augen von Moritz und Florian kleben an den Bewegungen der Schauspieler, erst als ich weiter in den Raum trete, blicken sie mir entgegen.

»Anna, warst du draußen? Du bist ja ganz nass.«

Weiter kommt Moritz nicht. Ich lasse mich auf seinen Schoß fallen und schlinge meine Arme um ihn.

16

Priska

Um zwanzig vor sechs am nächsten Morgen beziehe ich meinen Beobachtungsposten in meinem Cabrio, und schon eine Viertelstunde später bereue ich, dass ich mich nicht in Flos Van versteckt habe, wo ich es zweifellos bequemer hätte. Ich habe den Beifahrersitz ganz nach hinten geschoben, dennoch weiß ich nicht wohin mit meinen Beinen, denn ich bin so weit auf dem Sitz hinuntergerutscht, dass ich gerade noch durchs Fenster spähen kann. Vielleicht ist das übertrieben – wenn der Briefschreiber nicht gerade Argusaugen hat, sollte er mich in der Dunkelheit des Carports ohnehin nicht erkennen können –, aber ich möchte auf Nummer sicher gehen. Ich möchte wissen, wer mich zu erpressen versucht, und dann möchte ich meinen Gegenschlag unbemerkt vorbereiten, ohne dass derjenige ihn kommen sieht.

Ich rutsche ein bisschen auf meinem Sitz herum und ziehe meine Beine zu mir heran, doch das wird nach einer Weile ebenfalls unbequem, also drehe ich mich stattdessen auf die Seite. Wenigstens ist mir nicht kalt. Ich habe daran gedacht, meinen Daunenmantel mitzunehmen. Dummerweise habe ich dafür mein Handy auf meinem Nachttisch vergessen. Ich hätte die Zeit, die ich hier totschlage, nutzen können, um Geschäftsmails zu schreiben oder mich zu informieren, was in der Welt zuletzt so los war. Stattdessen habe ich nur meine Gedanken zur Gesellschaft.

Die sind allerdings gar nicht so schlecht. Nach meinem kleinen, hysterischen Aussetzer gestern fühle ich mich wieder voll auf der Höhe. Ich werde diesen ganzen Schlamassel durchstehen. Heute ist schließlich der letzte Tag, den ich durchstehen muss. Nach der Trauerfeier wird Stefanie in ihren Flieger steigen, und morgen früh werden auch Anna und Moritz abreisen.

Und das keine Minute zu früh! So gern ich Zeit mit Moritz verbringe – momentan schwingt immer die Angst mit, dass er irgendetwas bemerkt. Und Anna wird von Tag zu Tag eigenartiger. Ihr Auftritt gestern Abend war einfach irre. Erst geht sie raus, ohne Bescheid zu geben, dann kommt sie zurück und führt sich auf, als sei Moritz von den Toten auferstanden. Die Frau hat einen an der Waffel. Ich kann nur hoffen, dass Moritz das auch bald merkt und sie in die Wüste schickt. Ich kann mir ohnehin nicht vorstellen, dass er sie wirklich liebt. Nicht auf diese Ich-kann-nicht-ohne-sie-leben-Weise, die einem den Verstand raubt.

Dabei habe ich früher nie an so eine Liebe geglaubt. Ich habe überhaupt nicht an Liebe geglaubt, schon gar nicht an dauerhafte Beziehungen, nur an kurzfristige Lust, an Chemie, an Dopamin und Serotonin und Adrenalin und was der menschliche Körper sonst noch ausschüttet, um Männer und Frauen dazu zu bringen, die Art zu erhalten. Und schon gar nicht habe ich an Liebe auf den ersten Blick geglaubt, an schicksalhafte Begegnungen, die Menschen dauerhaft verändern. Bis ich vor Imkes Café Flos Van gerammt habe.

Dabei weiß ich bis heute nicht, warum ich eigentlich dort war. Ich bin von Enzos Ristorante in Kiel direkt nach Laboe zum *Café im gelben Haus*, wie es offiziell heißt, gefahren, aber wozu? Um meine morbide Neugier zu befriedigen? Um einen Blick auf sie zu werfen? Vielleicht einige unverfängliche Worte mit ihr zu wechseln? Mehr hatte ich definitiv nicht vor, und deswegen war ich auch nicht enttäuscht, dass ihr Café wegen Betriebsferien geschlossen hatte. Ich war erleichtert. Ich sah es als Wink des Schicksals, als Hinweis, dass ich das Kapitel, das Volker so unvermittelt geöffnet hatte, wieder schließen könne, bevor ich angefangen hatte, es zu lesen. »Mach, dass du hier wegkommst!«, war der Gedanke, mit dem ich zu meinem Wagen zurückging. Deswegen hatte ich es eilig, und deswegen übersah ich Flos neuen Firmenvan.

Um fünf nach sechs geht das erste Licht in einem der Häuser an – hinter einem Fenster im ersten Stock von Nummer dreiundzwanzig –, und um zehn nach sechs fährt das erste Auto durch die Straße. Es kommt aus dem Nachbarort, und ich warte mit angehaltenem Atem, ob es vor unserem Haus anhalten wird. Das tut es nicht, es verringert lediglich die Geschwindigkeit – wenn auch nicht auf die vorgeschriebenen dreißig Kilometer pro Stunde. Danach herrscht wieder Stille, bis ein zweiter Wagen – ein alter Kombi, der aus der Gegenrichtung kommt – durch die Straße fährt. Er hält ebenfalls nicht an, dafür fungiert sein kaputter, röhrender Auspuff als Wecker, denn kurz darauf erwacht unsere Straße endgültig zum Leben. Hinter den Fenstern werden immer mehr Lampen eingeschaltet, und kurz darauf sehe ich auch den ersten Nachbarn. Die Außenbeleuchtung von Nummer siebenundzwanzig schaltet sich ein, und die gebeugte Gestalt von Herrn Wilke tritt, in einen scheußlichen schwarz-weiß-karierten Morgenmantel gehüllt, vor die Haustür.

Ich bin überrascht. Herr Wilke ist Rentner, ich hätte ihn nicht für einen Frühaufsteher gehalten. Und wieso trägt er einen Morgenmantel? Weil er nur kurz über die Straße gehen will, um einen Brief bei uns einzuwerfen? Bei dem Gedanken klopft mein Herz schneller, doch ich bezweifle es. Herr Wilke ist für seine achtundachtzig zwar noch einigermaßen fit, aber er sieht mehr schlecht als recht. Ausgeschlossen, dass er mich auf dem Bootssteg beobachtet hat. Doch was macht er um diese Zeit vor seiner Haustür? Die Antwort bekomme ich, als ein schwarzer Schatten an Wilkes Beinen vorbei in den Garten huscht. Natürlich. Wilkes Dackeldame Wilma soll ihr morgendliches Geschäft verrichten.

Gemeinsam mit Herrn Wilke warte ich darauf, dass Wilma fertig wird, dann verschwinden die beiden wieder im Haus. Einige Minuten lang gibt es nichts zu sehen, bis die Außenbeleuchtung bei Nummer dreiundzwanzig eingeschaltet wird. Doch auch Frau Nowak will nicht zu uns, sondern steigt in ihren Opel Corsa, vermutlich fährt sie zur Arbeit, sie leitet eine Supermarktfiliale in Plön.

Als Frau Nowak weg ist, nutze ich die Gelegenheit, meine Sitzposition noch einmal zu verändern. Es ist mittlerweile Viertel vor sieben, und mir kommen langsam Zweifel, ob mein Möchtegernerpresser noch erscheinen wird. Doch er muss. Ich muss wissen, wer es ist, und ich kann nicht jeden Morgen hier warten. Flo würde es mitbekommen, und ich will nicht, dass er noch misstrauischer wird. Es sei denn, mein Möchtegernerpresser hat sich entschlossen, sein Spiel nicht fortzusetzen. Es sei denn, er oder sie hat sich vielleicht nur einen besonders blöden einmaligen Scherz erlaubt.

Doch ich werfe diesen verlockenden Gedanken über Bord, als die Außenbeleuchtung von Nummer achtundzwanzig eingeschaltet wird. Nummer achtundzwanzig ist das Haus der Ahrens. Heißt das, ich liege mit meinem Verdacht gegen Stefanie richtig?

Angespannt starre ich zum Nachbargrundstück hinüber. Noch kann ich Stefanie nicht sehen, weil ein Busch im Vorgarten im Weg ist, doch dann tritt sie auf die Straße. Sie trägt eine dunkle Jacke, ihre blonden, ausnahmsweise nicht hochgesteckten Haare leuchten im Licht der Außenlampe. Sie zögert einen Augenblick, dann geht sie nach links, in meine Richtung.

Ja! Ich habe es gewusst. Genugtuung und Erleichterung steigen in mir hoch, als würde eine kleine Flamme wohlige Wärme erzeugen. Doch beides hält nicht lange an, denn je näher die Frau kommt, desto stärker wird mein Zweifel, dass es wirklich Stefanie ist. Die Frau bewegt sich anders, außerdem scheint sie kleiner zu sein, nicht so schlank. Und dann betritt sie unser Grundstück, unsere Außenbeleuchtung schaltet sich ein und scheint ihr direkt ins Gesicht. Es ist Mella.

Vor Überraschung ducke ich mich noch tiefer in meinen Sitz, und während der nächsten Sekunden sehe ich nichts, dann schiebe ich mich vorsichtig wieder hoch und spähe durchs Beifahrerfenster. Mella hat mittlerweile die Haustür erreicht. Ich halte unwillkürlich den Atem an, um zu sehen, ob sie vielleicht klingelt, doch das tut sie nicht. Sie nestelt in ihrer Jacke und holt etwas hervor. Etwas blitzt weiß im Licht der Außenlampe, dann schiebt Mella das Etwas durch den Briefkastenschlitz in der Tür und geht wieder davon.

Kaum ist Mella verschwunden, richte ich mich auf, doch ich kehre nicht sofort ins Haus zurück, sondern bleibe einen Augenblick lang in meinem Cabrio sitzen, um nachzudenken.

Mella! Wie kann das sein? Ich hatte sie doch ausgeschlossen. Mella kann mich am Freitagnachmittag nicht auf dem Steg gesehen haben, weil sie nicht zu Hause war, und ihr Großvater kann ihr nicht erzählt haben, was er gesehen hat, weil er gar nichts Sinnvolles mehr erzählen kann. Das hat Flo gesagt, und er hat mich garantiert nicht angelogen. Aber vielleicht hat Mella Flo angelogen? Vielleicht gaukelt Mella aller Welt vor, dass die Demenz ihres Großvaters weiter fortgeschritten ist, als das tatsächlich der Fall ist? Doch warum sollte sie das tun? Um Hilfe zu bekommen? Aber all die Helfer sind ja ebenfalls überzeugt, dass Sven Ahrens sehr krank ist.

Oder weiß Mella nichts, sondern vermutet nur etwas? Doch warum sollte sie das tun? Warum sollte sie die Unfalltheorie der Polizei anzweifeln? Warum sollte sie mich verdächtigen? Warum sollte sie sich überhaupt für mich interessieren? Soweit ich weiß, interessiert Mella sich nur für sich und irgendwelche Tiktok-Sternchen. Ich habe ihr sicherlich keinen Anlass gegeben, über mich nachzudenken. Ich habe seit Volkers Tod nicht einmal mit ihr gesprochen.

Doch halt, das stimmt nicht. Ich habe am Samstagvormittag mit Mella gesprochen, als ich auf ihren Großvater aufgepasst habe. Ich habe mit ihr gesprochen, als sie von ihren Besorgungen zurückkam und ich völlig fertig war, weil der Alte mich ein »böses Mädchen« genannt hatte. Und Mella ist das aufgefallen! Sie hat mehrmals nachgefragt, ob ich okay sei. Und dann habe ich sie gefragt, ob ihr Großvater wirklich an jedem Nachmittag in seinem Rollstuhl am Fenster sitzt. Verdammt!

Ich versuche, mich an den genauen Wortlaut des Gesprächs zu erinnern. Es gelingt mir nicht, dennoch ist klar, dass ich in dem Moment unvorsichtig war. Ich kann mir zwar nicht vorstellen, dass das kurze Gespräch allein ausgereicht hat, um Mellas Spatzenhirn in Bewegung zu setzen, doch wer weiß, was in der Nachbarschaft alles getratscht wird und was sie noch gehört hat. Was auch immer es war, es hat genügt, ihre Geldgier zu entfachen – und das Ergebnis wartet im Hausflur auf mich.

Ich steige aus meinem Cabrio und kehre zurück zum Haus. Als ich die Eingangstür aufschließe und das Flurlicht einschalte, erlebe ich eine Überraschung: Kein weißes Etwas liegt auf unserem Eichenparkett. Der Brief ist weg.

17

Anna

Als ich an diesem Morgen Priskas Wecker höre, bin ich kurz davor durchzudrehen. Ich habe die ganze Nacht lang kein Auge zugemacht. War Priska bei ihrem Vater, als er starb? Trägt sie eine Mitschuld an seinem Tod? Ist sie ein Monster? Oder bin ich ein Monster, weil ich der Schwester des Mannes, den ich liebe, so etwas zutraue? Ich habe diese Fragen die ganze Nacht lang hin und her gewälzt wie einen Felsbrocken, doch ich habe keine Antwort gefunden, im Gegenteil. Der Felsbrocken hat nach und nach alle Gewissheiten zermalmt. Ich fühle mich hin- und hergerissen. Einerseits habe ich das Gefühl, ich muss verrückt sein, Priskas Schuld überhaupt für möglich zu halten. Andererseits glaube ich, ich muss verrückt sein, angesichts aller Indizien überhaupt etwas anderes in Betracht zu ziehen.

Als die schwache, elektronische Melodie durch die Gästezimmertür dringt, bin ich erleichtert. Das Weckerklingeln bedeutet, dass die endlose Nacht zu Ende ist, dass ich mit dem Grübeln aufhören kann, dass ein neuer Tag beginnt. Doch es bedeutet auch, dass ich eine Entscheidung treffen muss. Was soll ich mit meinem Wissen machen? Soll ich mit jemandem reden? Mit wem? Allein bei dem Gedanken, mich an die Polizei zu wenden, bekomme ich keine Luft, und bei der Vorstellung, dass Hauptkommissar Niebel seine Ermittlungen wieder aufnimmt und alle erfahren, dass es meinetwegen ist, habe ich das Gefühl zu ersticken.

Aber was kann ich sonst tun? Schweigen und bis in alle Ewigkeit so tun, als wäre nichts? Ich glaube nicht, dass ich das schaffe – und zwar nicht nur, weil Priska dann ungestraft davonkäme. Und was wenn Inga recht hat und Priska wirklich gefährlich ist? Wie soll ich Moritz und mich vor ihr schützen? Natürlich werde ich heute dafür sorgen, dass keiner von uns beiden mit Priska allein ist, doch was ist in der Zukunft? Was ist, wenn Moritz in einem halben Jahr noch einmal seine Schwester besuchen will oder sie nach Heidelberg einlädt? Ich überstehe garantiert kein weiteres mehrtägiges Zusammensein, ohne mich zu verraten. Was also soll ich tun? Einen anonymen Brief an die Polizei schreiben, den sie wahrscheinlich nicht ernst nehmen wird?

Oder soll ich gar nichts tun, weil es nichts zu tun gibt? Weil nur meine Ängste und verrückten Ideen mit mir durchgehen? Weil meine Eifersucht auf Priska mir vorgaukelt, dass etwas mit ihr nicht stimmt? Obwohl in Wahrheit mit mir etwas nicht stimmt? Warum sonst bin ich asexuell?

An dieser Stelle werden meine Gedanken vom Rauschen der Toilettenspülung unterbrochen, und kurz darauf höre ich Schritte, die die Treppe hinunterhuschen. Priska auf dem Weg zu ihrem Lauftraining, denke ich, doch im nächsten Moment meldet sich mein Misstrauen. Trainiert Priska wirklich jeden Tag? Oder treibt sie um diese Zeit vielleicht ganz andere Dinge?

Ich schlage meine Bettdecke zurück und schleiche durch das dunkle Gästezimmer zur Tür, wo ich lauschend stehen bleibe. Doch kaum ertönt von unten das leise Klicken der Haustür, laufe ich ins Bad und blicke aus dem Fenster. Ich komme gerade rechtzeitig, um zu sehen, wie Priska im Schein der Außenbeleuchtung zum Carport geht. Sie verschwindet darunter, und ich erwarte, dass sie auf der anderen Seite im Schein der Straßenlaterne wieder auftaucht, doch das tut sie nicht. Stattdessen flackert ein gelber Lichtschimmer unter dem Carport hervor, wie vom Blinker eines Wagens.

Ich kann weder Priskas Cabrio noch Florians Van erkennen, doch ich vermute, dass Priska eins der Autos geöffnet hat. Will sie wegfahren? Von wegen Lauftraining!

Gespannt warte ich darauf, dass Priskas Cabrio unter dem Carport hervorkommt. Doch nichts passiert, und nach einer Weile beschleichen mich Zweifel, dass Priska überhaupt noch im Carport ist. Was sollte sie dort? Wahrscheinlicher ist, dass sie nur etwas aus einem der Autos geholt hat und dann ums Haus herum in den Garten gegangen ist, das hätte ich wegen des Carportdaches nicht sehen können.

Ich kehre zurück ins Schlafzimmer, um dort aus dem Fenster zu spähen. Hier scheint keine Straßenlaterne, und es dauert einige Augenblicke, bis meine Augen sich an die Dunkelheit gewöhnt haben, doch dann bin ich sicher, dass Priska nicht im Garten ist. Wo ist sie dann? War sie vielleicht im Garten und ist im selben Moment, als ich vom Bad ins Gästezimmer gegangen bin, vors Haus zurückgekehrt? Oder hat sie das Tor zum Wäldchen genommen? Vielleicht will sie doch trainieren?

Ich stehe so lange am Fenster, bis mir kalt wird, dann schlüpfe ich wieder ins Bett und kuschle mich an Moritz. Er wacht nicht auf, gibt nur das leise Brummen von sich, das er manchmal im Schlaf erzeugt, dreht sich dann von der Seite auf den Rücken und beginnt zu schnarchen. Doch heute Morgen vermag mich selbst dieses Geräusch nicht zu beruhigen. Während ich Moritz' Nähe spüre und warte, dass sich seine Körperwärme auf mich überträgt, kreisen meine Gedanken erneut, und schließlich halte ich es nicht mehr aus. Ich krabbele unter der Decke hervor, suche im Dunkeln meine Sachen zusammen und gehe ins Bad.

Als ich es eine Viertelstunde später geduscht und mit frisch gewaschenen Haaren wieder verlasse, dringt ein fahler Lichtschein die Treppe herauf. Zuerst denke ich, dass jemand unten das Flurlicht eingeschaltet hat, doch dafür ist der Lichtschein zu schwach.

Es muss die Außenbeleuchtung sein, die durch das Fenster neben der Haustür scheint. Und im nächsten Moment vernehme ich ein Klappern.

Das Geräusch ist so unerwartet und in der Stille so laut, dass ich zusammenfahre, doch mir ist klar, woher es stammt: Es ist das Klappern des Briefkastenschlitzes. Ich muss an den Brief denken, der gestern um diese Zeit kam und dessen Inhalt Priska so verstört hat. Der Brief, dessen Unterschrift angeblich unleserlich war. Hat der Absender erneut geschrieben?

Einem Impuls gehorchend husche ich die Treppe hinunter in den Flur. Der Brief liegt auf den Dielen vor der Haustür. Wie gestern ist es ein einfacher, länglicher, weißer Briefumschlag ohne Adressfenster, wie gestern steht PRISKA JANSEN in Großbuchstaben darauf. Wie gestern fehlen Briefmarke und weitere Adressangaben.

Ich zögere nur kurz, dann stecke ich den Brief in die Gesäßtasche meiner Jeans und lauf wieder nach oben. Als ich ins Schlafzimmer komme, ist Moritz wach und sieht reichlich verstört aus.

18

Priska

Mein erster Gedanke ist, dass Anna wie gestern früh aufgestanden ist, den Brief gefunden und auf den Esstisch gelegt hat, doch als ich die Tür zum Wohnzimmer öffne, ist es dort dunkel. Weder ist Anna da noch der Brief, wie ich feststelle, als ich das Licht einschalte. Also suche ich ein zweites Mal im Flur, gründlicher dieses Mal. Ich hebe sogar die Schmutztabletts an, auf denen wir die dreckigen Wanderschuhe abstellen, und sehe unter der Kommode nach, doch ich finde nur eine Staubmaus.

Seltsam! Der Brief muss hier sein, Mella hat ihn schließlich erst vor wenigen Minuten eingeworfen. Ich gehe die Kellertreppe hinunter, falls das verdammte Ding dort hingesegelt ist, dann kehre ich ins Wohnzimmer zurück, wo ich noch einmal auf dem Esstisch, auf dem Küchentresen, auf dem Couchtisch und sogar unter dem Sofa nachsehe. Ich suche an immer absurderen Stellen, bis ich schließlich bereit bin, mir einzugestehen, dass ich Mellas Brief nicht finden werde. Das kann nur eins bedeuten: Jemand hat ihn genommen. Doch wer? Und zu welchem Zweck?

Flo schließe ich sofort aus. Er legt alle Briefe, die für mich eingeworfen werden, auf die Kommode im Flur – so wie ich es umgekehrt mit seinen mache –, und er würde nie meine Post lesen. Bleiben Moritz und Anna, und ich kann nur hoffen, dass es Moritz ist. Für Moritz wäre es typisch, den Brief aufzuheben, um ihn mir zu geben, ihn dann gedankenverloren in eine Hosentasche zu stecken und zu vergessen. Allerdings ist Moritz in den letzten Tagen nicht einmal vor acht unten gewesen. Hat also Anna, die notorische Frühaufsteherin, den Brief an sich genommen? Doch warum hat sie ihn nicht auf den Esstisch gelegt? Weil sie es vergessen hat? Bestimmt nicht, in der Hinsicht ist Anna das Gegenteil von Moritz. Warum dann?

Ich lasse mich auf einen der Stühle am Esstisch sinken, um darüber nachzudenken, doch mir fällt kein Grund ein. Zumindest keiner, den ich mit einem harmlosen Versehen gleichsetzen kann. Ich kann nur einen Grund erkennen, warum Anna den Brief genommen haben sollte: um ihn zu lesen. Doch warum sollte sie das wollen? Aus purer Neugier? Weil sie sich daran aufgeilt, in fremden Sachen zu schnüffeln? Steht sie darauf statt auf Sex? Es muss wohl so sein, schließlich kann sie nicht ahnen, was der Brief bedeutet.

»Ach, hier steckst du. Guten Morgen.«

Ich fahre herum. Flo steht in der offenen Wohnzimmertür, er trägt Jeans und einen Pullover und ist barfuß.

»Puh, du hast mich erschreckt.«

»Sorry.« Flo kommt zu mir und küsst mich auf den Mund. Es ist ein richtiger Kuss, doch ich erwidere ihn nur halbherzig. »Ich habe dich vermisst, als ich aufgewacht bin«, murmelt Flo schließlich.

»Ich bin gelaufen.«

»Echt?« Er reibt seine Nase an meinem Hals. »Du riechst gar nicht verschwitzt.«

»Nur eine lockere Runde.«

»Klingt, als hätte ich mithalten können. Warum hast du mich nicht geweckt?«

»Ich wollte deinen Schönheitsschlaf nicht stören.«

»Während du auch ohne Schlaf schön bist? Wohl wahr.« Flo lächelt mich an, dann geht er in die Küche und schaltet die Kaffeemaschine ein. »Ich fahre übrigens gleich zum Bäcker. Irgendwelche Spezialwünsche?«

Ein Schokocroissant mit eingebackenem Hinweis, wo der verdammte Brief ist, denke ich, doch bevor ich etwas erwidern kann, wird die Wohnzimmertür erneut geöffnet. Ich erwarte, Anna zu sehen, doch überraschenderweise ist Moritz dabei. Seine Haare sind verstrubbelt, er sieht reichlich zerknittert aus.

»Guten Morgen. Oh, riecht das hier nach Kaffee? Bekomme ich auch einen?«

»Kaffee ja, Frühstück noch nicht.« Flo reicht Moritz den ersten Cappuccino und startet sofort einen zweiten. »Hallo, Anna, was möchtest du?«

»Nur ein Glas Wasser, bitte. Und guten Morgen übrigens.« Anna lächelt Flo an, dann blickt sie kurz in meine Richtung, sieht jedoch sofort wieder weg.

Während Flo Wasser sprudelt, stellt Moritz seine schon halbleere Cappuccinotasse auf den Esstisch und lässt sich auf einen Stuhl sinken. Sofort nimmt Anna sich den Stuhl daneben und rückt so nah wie möglich an Moritz heran, der das allerdings nicht zu bemerken scheint. Er wirkt ziemlich groggy.

»Du bist ja heute früh dran«, sage ich zu ihm. »Nicht gut geschlafen?«

Moritz schiebt mit einer Hand seine Brille hoch und reibt über seine Augen. »Nicht wirklich, obwohl dein Bett echt bequem ist. Besser als meine Matratze allemal. Ich habe von der Abschiedszeremonie geträumt – und von Game of Thrones. Ich stand an Volkers Sarg. Er war geschlossen, doch dann hob der Bestatter den Deckel an, und im selben Augenblick öffnete Volker die Augen. Sie waren so blau wie die von den Wiedergängern des Nachtkönigs.« Moritz schneidet eine Grimasse. »Zum Glück bin ich aufgewacht, bevor Volker mich angreifen konnte.«

»Klingt gruselig. Wann war das denn?«

Moritz leert seinen Cappuccino. »Vor einer Viertelstunde oder so.«

Ich wende mich an Anna, die so angestrengt in ihr Glas starrt, als gäbe es nichts Spannenderes, als zuzusehen, wie Gasperlen in einer Wassersäule hochsteigen. »Du hattest hoffentlich keine Alpträume?«

»Nein, ich habe gut geschlafen.« Auch jetzt blickt sie nicht auf.

»Und länger als sonst. Zumindest warst du heute nicht im Wohnzimmer, als ich vom Joggen zurückkam.«

»Ich war noch gar nicht unten. Ich bin erst kurz vor Moritz aufgewacht, vermutlich habe ich mich an die Umgebung gewöhnt.«

»Das wird's wohl sein«, erwidere ich leichthin, während durch meinen Kopf Bilder rauschen, wie ich Anna ihren kleinen dünnen Hals umdrehe. Ich bin sicher, dass sie mich gerade angelogen hat. Sie oder Moritz, einer von beiden muss heute schon unten gewesen sein, und Moritz würde mich nicht belügen.

Doch warum hat Anna den Brief genommen? Und hat sie ihn schon gelesen? Und wie komme ich da ran?

Ich muss dringend nachdenken. »Ich gehe mal duschen.«

19

Anna

Ich bin total erleichtert, als Priska das Wohnzimmer verlässt. Sie weiß es. Ich bin sicher, dass sie es weiß. Warum sonst hat sie mich so lauernd angestarrt? Warum sonst wollte sie wissen, wann ich aufgestanden bin? Dabei kann sie es gar nicht wissen. Sie war nicht da, als der Brief eingeworfen wurde. Sie weiß nichts von ihm. Dennoch bin ich so nervös, dass meine Hände zittern und ich mich nicht traue, zum Wasserglas zu greifen. Vielleicht sollte ich das Wasser ohnehin lieber über meinen Hintern schütten. Ich habe das Gefühl, der Brief brennt mir sonst ein Loch in meine Gesäßtasche.

Ich hatte noch keine Gelegenheit, ihn zu öffnen. Ich wollte es nicht während der fünf Minuten tun, die Moritz morgens im Bad benötigt, und danach wollte ich ihn nicht allein hinuntergehen lassen. Natürlich nicht! Ich habe nicht vor, heute von seiner Seite zu weichen, solange Priska in der Nähe ist. Doch wann soll ich dann den Brief lesen?

Florian kommt mir unerwartet zu Hilfe. Er schiebt seine leere Tasse von sich und steht auf. »Ich fahre jetzt zum Bäcker. Soll ich wieder eine Auswahl kaufen, oder habt ihr spezielle Wünsche? Es gibt allerdings nur wenige vegane Produkte«, fügt er entschuldigend in meine Richtung hinzu.

»Das macht nichts«, sage ich. »Die Brötchen in den letzten Tagen waren prima. Moritz, warum begleitest du Florian nicht? Dann kannst du dir vor Ort etwas aussuchen.«

Der Vorschlag klingt in meinen Ohren, als würde ich mit einem Kind oder einem Schwachsinnigen reden, doch zum Glück ist Moritz in der Hinsicht unempfindlich. »Warum nicht? Nimmst du mich mit, Flo?«

»Klar, ich sage nur Priska Bescheid.«

Ich beobachte durchs Küchenfenster, wie Florian und Moritz zu Florians Van gehen, und kaum ist der Wagen weg, ziehe ich meinen Dufflecoat an und verlasse ebenfalls das Haus. Ich wende mich nach rechts, Richtung Ortsmitte. Mein Ziel ist die kleine Uferpromenade, wo – so meine Hoffnung – ich den Brief ungestört lesen kann, ohne damit rechnen zu müssen, dass Priska plötzlich auftaucht.

Als ich an der Uferpromenade ankomme, ist es kurz vor acht, und wie erwartet ist wenig los. Der Spielplatz ist verwaist, eine unbenutzte Schaukel schwingt sacht im Wind. Zwischen den dauergeparkten Wohnmobilen auf dem Campingplatz ist niemand zu sehen, ich bin mir nicht einmal sicher, ob er überhaupt geöffnet ist. Doch ich bin nicht völlig allein. Ein Mann im Trainingsanzug absolviert eine Nordic-Walking-Runde, eine ältere Frau scheint ein Zwiegespräch mit einem Stockentenpaar zu führen, das es sich im Kies-Sand-Gemisch der öffentlichen Badestelle bequem gemacht hat.

Ich setze mich auf eine Bank mit Blick auf den See, hole den Briefumschlag aus der Tasche und betrachte ihn noch einmal. Das längliche Format ohne Adressfenster, die Großbuchstaben, die fehlenden sonstigen Angaben – ich bin überzeugt, der Brief ist vom selben Absender wie der Brief von gestern, also schiebe ich einen Finger zwischen Lasche und Briefumschlag. Dann halte ich jedoch inne, als mir klar wird, was ich im Begriff bin zu tun. Ich bin dabei, das Postgeheimnis zu verletzen. Ich bin dabei, einen Umschlag aufzureißen, der nicht an mich adressiert ist. Ich habe vor, einen Brief zu lesen, der nicht für mich ist. Einen Text, der mir vielleicht Geheimnisse über einen anderen Menschen enthüllt. Einen Text, von dem ich hoffe, dass er das tut. Ich, Anna Brühl, bin im Begriff, all das zu tun. Die Anna, die ihre eigene Privatsphäre als heilig betrachtet. Die Anna, die sich nicht einmal den Kugelschreiber einer Kollegin borgt, ohne vorher zu fragen. Die Anna, die nicht einmal die Postkarten ihrer Mitbewohnerin liest.

Ein Windstoß fegt über den See heran und lässt mich frösteln. Soll ich das wirklich tun? Was, wenn der Brief gar nichts mit Volkers Tod zu tun hat? Was, wenn es nur eine harmlose Nachricht ist, die mich nicht das Geringste angeht? Soll ich diese Grenze wirklich überschreiten?

Ich ziehe meinen Zeigefinger zurück und untersuche den Brief, um zu sehen, wie fest die Lasche mit dem Umschlag verklebt ist. Vielleicht kann ich sie so lösen, dass ich sie anschließend wieder zukleben kann, ohne dass man es bemerkt? Doch das kann ich vergessen. Die Lasche haftet zu fest. Shit!

Ich lasse meine Hand sinken und starre auf den See. Der Wind ist stärker als in den letzten Tagen. Unablässig schiebt er kleine, mit Gischt gekrönte Wellen vor sich her. Öffnen? Nicht öffnen? Was, wenn Priska nicht am Tod ihres Vaters schuld ist? Was, wenn ich ihr ein riesiges Unrecht zufüge? Doch was, wenn sie Volker ein noch viel größeres Unrecht zugefügt hat? Soll das ungesühnt bleiben? Weil ich Skrupel habe?

Kurzentschlossen schiebe ich meinen Zeigefinger wieder unter die Lasche, ein kurzer Ruck, ein Ratschen, und ich ziehe den Brief aus dem Umschlag. Ich falte den DIN-A4-Bogen auseinander und lese.

»Ich will das Geld in XMR. 80 XMR = 10 720 Euro. Wenn du nicht zahlst, sage ich der Polizei, was ich auf dem Steg gesehen habe. Sende das Geld an diese Monero-Adresse.« Dann folgt eine ewig lange Zahl.

Also doch. Ich hatte recht. All die kleinen Beobachtungen, die ich in den vergangenen Tagen gemacht habe, haben keinen monströsen Irrtum ergeben, sondern die schlichte Wahrheit. Priska hat ihren Vater getötet. Ich hatte recht, doch da ist kein Triumphgefühl. Ich fühle mich hohl, leer, als hätte ich tagelang gefastet. Dabei habe ich keinen Hunger, eher ist mir schlecht.

Und jetzt? Die Antwort auf die Frage liegt auf der Hand. Ich darf nicht mehr zögern, keine Ausreden mehr.

Ich hole mein Handy aus der Tasche meiner Jacke, öffne einen Browser und tippe »Kriminalpolizei Kiel« ins Suchfenster. Der dritte Treffer gibt mir die Adresse und Telefonnummer der Bezirkskriminalinspektion, und ich wähle die Nummer, ohne lange darüber nachzudenken. Dann warte ich mit klopfendem Herzen, was passiert.

Schon nach dem zweiten Klingeln wird abgenommen. »Bezirkskriminalinspektion Kiel, Sikorski, was kann ich für Sie tun?«

Die Stimme ist weiblich, freundlich, dennoch weckt sie in mir den Impuls, direkt wieder aufzulegen.

»Äh.« Die Aufregung verschlägt mir die Sprache, und ich presse meine freie Hand auf mein Herz, weil ich Angst habe, es könnte mir sonst aus der Brust springen. »Äh, guten Morgen. Könnte ich bitte Herrn Niebel sprechen? Ich meine, Kriminalhauptkommissar Niebel?«

»Wer spricht bitte?«

Ich schlucke. »Äh, Brühl, Anna Brühl.«

»Und in welcher Angelegenheit möchten Sie mit Kriminalhauptkommissar Niebel sprechen?«

»Es geht um einen, äh, Todesfall, den Herr Niebel bearbeitet.«

»Um welchen Todesfall?«

»Volker Fischer.«

»Einen Augenblick, bitte.«

Ein Klicken, dann eine Warteschleifenmelodie in meinem Ohr und der dringende Wunsch in mir, das Gespräch wegzudrücken.

Ich hätte erst überlegen sollen, was ich genau sagen möchte. Wenn ich bei Herrn Niebel so herumstottere, wird er mich nie ernst nehmen. Ich spüre, wie eine riesige Panikwelle heranrauscht, und versuche verzweifelt, dagegen anzuatmen. Dennoch bin ich so weit, mein Handy in den See zu schleudern, als die Stimme wieder ertönt.

»Frau Brühl? Kriminalhauptkommissar Niebel ist nicht im Haus. Kann er sich später bei Ihnen melden?«

»Ja, ja, bitte.«

»Unter dieser Nummer?«

Die Stimme liest meine Handynummer vom Display ab, doch in meinen Ohren ist nur noch Rauschen. Als die Frau auflegt, merke ich, wie mir vor lauter Überreiztheit die Tränen über die Wangen laufen.

20

Priska

Als Anna das Haus verlässt, stehe ich oben am Treppenabsatz, und kaum höre ich, wie sie die Haustür hinter sich zuzieht, flitze ich auch schon ins Gästezimmer. Ich brauche diesen Brief. Ich brauche ihn unbedingt und zwar am besten, bevor Anna ihn liest. Natürlich kann es sein, dass es dafür bereits zu spät ist oder dass Anna den Brief mit sich herumträgt, doch dies ist meine einzige Chance.

Unser Gästezimmer ist zum Glück spärlich eingerichtet. Außer meinem alten französischen Bett stehen darin zwei passende Kommoden, zwei Nachttischchen und ein Korbsessel. Ich fange mit den Nachttischen an, die jedoch so gut wie leer sind, bis auf ein Handyladekabel im einen und ein Brillenetui im anderen. Dann untersuche ich die Kommoden, die Moritz und Anna untereinander aufgeteilt haben. In Moritz' Kommode herrscht ein totales Durcheinander von frischen und benutzten Klamotten, die ich rasch durchwühle, wobei ich die Luft anhalte, denn Moritz leidet an Schweißfüßen und seine Socken riechen entsprechend. In Annas Kommode ist dagegen alles übersichtlich geordnet. Die wenigen noch frischen Teile liegen ordentlich gefaltet in der obersten Schublade, die benutzten in der untersten. Ich hebe alles kurz an, doch meine einzige Erkenntnis ist die, dass Annas Unterwäsche – alles aus weißer Biobaumwolle – genauso fad ist wie ihre Oberbekleidung. Ich frage mich flüchtig, ob Anna die Teile gruseligerweise auch gebraucht gekauft hat, aber eigentlich ist es mir egal. Meinetwegen kann Anna sich fifthhand einkleiden oder nackt durch die Gegend spazieren, solange sie ihre Finger von meinen Sachen lässt.

Schließlich drücke ich die Schublade wieder zu, um mir Annas Trolley vorzunehmen, doch als ich ihn öffnen will, stelle ich fest, dass er abgeschlossen ist. Mein Misstrauen Anna gegenüber steigt um weitere zehn Punkte an, und ich bin sofort überzeugt, dass Mellas Brief in dem Trolley ist. Wozu sonst sollte Anna ihn bei einem Privatbesuch in einem Privathaus abschließen?

Ich betrachte das Schloss. Es wirkt billig, genauso wie der Trolley, vermutlich könnte ich es mit einem Messer aufhebeln, aber das würde Anna bemerken. Ich brauche die Kombination. Doch welche Kombination wählt eine Briefdiebin?

Vermutlich nicht null null null oder eins zwei drei. Ich versuche es dennoch und probiere dann auch noch eins eins eins bis neun neun neun, doch das Schloss bleibt zu. Annas Geburtsdatum? Dummerweise kenne ich es nicht, und ich weiß auch nicht, wann sie und Moritz sich zum ersten Mal im Asexuellenforum geschrieben haben oder wann sie sich zum ersten Mal im echten Leben begegnet sind. Dafür kenne ich Moritz' Geburtsdatum. Zwölfter April. Ich versuche es mit eins zwei vier. Nichts. Dann mit vier eins zwei, und das Schloss schnappt auf.

Ja! Ich balle die Hand triumphierend zur Faust – Überbleibsel meiner Zeit auf dem Tenniscourt – und klappe den Deckel von Annas Trolley hoch. Der Inhalt ist spärlich. Ein kleiner grüner Plüschfrosch, ein kleines Holzglücksschwein, ein roter Igelmassageball, Annas Skizzenblock und ein Etui mit Bleistiften. Mehr ist nicht im Trolley, und ich sehe auf einen Blick, dass Mellas Brief nicht dabei ist. Er könnte höchstens zwischen den Seiten des Skizzenblocks stecken, also blättere ich diesen rasch durch. Fehlanzeige. Doch als ich den Block zur Sicherheit noch einmal anhebe und schüttle, segeln mir drei Blätter entgegen. Als ich sie zurücklegen will, fällt mein Blick auf meinen Namen, der in der Mitte eines der Blätter prangt. Ein Kringel ist darum gemalt, davon gehen Strahlen aus, die zu kleinen Skizzen am Rand führen. Das Ganze sieht aus wie eine Mindmap.

Ich studiere die Skizzen. Die erste zeigt einen Bretterzaun mit einem Tor darin, und zwar nicht irgendeinen Bretterzaun, sondern den, der unser Grundstück auf der Ostseite begrenzt. Was soll das? Die zweite Skizze zeigt eine schwarze Frauensilhouette in einem dunklen Garten. Wieder ist es nicht irgendein Garten, es ist unser Garten inklusive Bootssteg. Und die Frau – bin das ich? Die dritte Zeichnung zeigt einen Briefumschlag, der genauso aussieht wie der Umschlag, in dem Mellas erster Brief war. Mein Name steht in Großbuchstaben darauf. Die vierte Zeichnung zeigt unseren Bootssteg und im Wasser darunter einen Schatten. Etwa Volkers Leichnam?

»Priska? Wir sind wieder da.«

Ich zucke zusammen, als Flos Stimme durch den Flur zu mir heraufschallt. Hastig schiebe ich die drei Blätter zusammen und lege sie in den Skizzenblock zurück, doch dann überlege ich es mir anders. Ich breite die Blätter erneut aus, zücke mein Handy und schieße drei Fotos. Dann stecke ich die Skizzen wieder in den Block, lege den Block in den Trolley, verschließe ihn und verlasse das Gästezimmer.

21

Anna

Ich sitze am Frühstückstisch wie auf Kohlen. Ich bin so nervös, dass ich es kaum schaffe, etwas zu essen, und das Vollkorndinkelbrötchen schmeckt heute wie Pappe.

Es ist mittlerweile fast neun Uhr, doch Hauptkommissar Niebel hat mich noch nicht zurückgerufen. Ich habe so viel Angst, seinen Anruf zu verpassen, dass ich mein Handy extra laut gestellt habe, doch bisher ist es still. Nur auf dem Rückweg von der Uferpromenade habe ich eine Whatsapp von Inga bekommen, die wissen will, wie es mir geht und was ich vorhabe. Ich habe noch nicht geantwortet. Ich war zu nervös, um etwas Sinnvolles zu tippen, und Zurückrufen kam nicht infrage, weil ich meine Nummer nicht blockieren wollte.

Dabei überlege ich unentwegt, wann »später« ist. Die Frau am Telefon der Bezirkskriminalinspektion hat gesagt, Hauptkommissar Niebel würde später zurückrufen, doch was bedeutet das? Dass er um acht Uhr noch nicht im Büro war und mich anruft, sobald er seinen Dienst antritt? Dass er zu einer Mordermittlung gerufen wurde, die den ganzen Tag dauern kann, und dass er sich deshalb frühestens abends bei mir meldet – wenn überhaupt? Oder dass er sich irgendwann am Sankt-Nimmerleins-Tag meldet, wenn er gerade nichts anderes zu tun hat?

Während ich einen Schluck Kräutertee nehme, um das Pappgemisch in meinem Mund hinunterzuspülen, verwünsche ich in

Gedanken die Mitarbeiterin der Polizei, weil sie sich so unpräzise ausgedrückt hat. Dabei müsste ich mich gerechterweise über mich selbst ärgern. Ich hätte sagen müssen, dass es dringend ist. Ich hätte darauf bestehen müssen, dass Hauptkommissar Niebel sofort informiert wird. Aber das werde ich nachholen. Gleich nach dem Frühstück – solange ich sicherstellen kann, dass Moritz nicht allein mit Priska ist.

22

Priska

»Bist du sicher, dass du das essen möchtest, Schatz?«

Erst als Flo mich anspricht, bemerke ich, dass ich die Erdbeermarmelade auf mein Spiegelei geschmiert habe statt auf mein Croissant. Verdammt! Doch eigentlich ist es kein Wunder. Wie soll ich mich aufs Frühstück konzentrieren, wenn in meinem Kopf das blanke Chaos herrscht? Es ist, als würden Annas Zeichnungen in meinem Kopf rotieren. Mein Name aufgespießt in der Mitte, und die kleinen Skizzen wirbeln darum herum, werden durch mein Gehirn geschleudert, bis ich nicht mehr weiß, wo oben und unten ist.

Warum hat Anna diese Zeichnungen angefertigt, was hat sie sich dabei gedacht? Ich habe keine Ahnung, doch es kann nichts Gutes bedeuten. Und eins ist klar: Anna hat Mellas Brief nicht einfach nur geklaut, weil sie neugierig ist oder weil sie eine obskure Ersatzbefriedigung für ihr sexloses Leben braucht, es steckt mehr dahinter. Doch was?

Die harmloseste Erklärung, die mir einfällt, ist die, dass sie mich stalkt. Dass sie sich aus irgendeinem irren, aber letztendlich belanglosen Grund für mich interessiert, doch so klar bin ich immerhin, zu erkennen, dass das Wunschdenken ist. Wäre es Anna lediglich um mich gegangen, hätte sie weder unseren Zaun gezeichnet noch den Bootssteg oder Porträts von Volker. Alles, was Anna gezeichnet hat, hat entweder mit Volkers Tod zu tun oder mit mir. Und das kann nur bedeuten, dass Anna einen Zusammenhang sieht. Nur wie zum Teufel hat sie den hergestellt? Und was zum Teufel weiß sie genau? Ich habe keine Ahnung, doch eins ist klar: Anna weiß zu viel. Mittlerweile hat sie garantiert Mellas Brief gelesen und weiß deshalb mindestens, dass ich erpresst werde. Die Eine-Million-Frage lautet: Was wird sie mit diesem Wissen tun?

Ich schiebe die Marmelade von meinem Ei, während ich Anna beobachte. Sie scheint genauso wenig Appetit zu haben wie ich. Und sie wirkt nervös. Doch warum ist *sie* nervös, verdammt? Weil sie irgendeinen Plan verfolgt? Will sie den Brief jemandem zeigen? Moritz? Flo? Gar der Polizei?

Und was zum Teufel kann ich dagegen unternehmen? Ich kann die Frau nicht einfach herumlaufen und Unheil stiften lassen. Aber wie kann ich sie stoppen? Und wie kann es überhaupt sein, dass ich sie stoppen muss? Ausgerechnet sie! Ausgerechnet Anna! Die schüchterne, kleine, asexuelle Anna!

Ich habe das Gefühl, ich werde langsam wahnsinnig. Ich muss mich zusammenreißen. Ich muss mir überlegen, was ich dieser neuen Bedrohung entgegensetzen kann. Dazu muss ich jedoch wissen, wie groß sie genau ist. Weiß zum Beispiel auch Moritz Bescheid? Verdächtigt er mich ebenfalls? Ich mustere meinen kleinen Bruder. Er hat einen Milchschaumschnurrbart und erzählt Flo gerade eine Anekdote aus seinem Gitarrenladen. Nein, Moritz verdächtigt mich garantiert nicht. Aber vielleicht wäre es eine gute Idee, mit ihm zu reden. Anna hat ihm erzählt, dass sie das Quietschen des Tores gehört hat. Vielleicht hat sie ihm noch mehr erzählt.

Ich nehme mir vor, Moritz bei der ersten Gelegenheit zu einem Vier-Augen-Spaziergang rauszuschleppen, doch das erweist sich als schwierig, weil Anna heute noch mehr an ihm klammert als sonst. Als Flo nach dem Frühstück den Tisch abräumt, springt Anna nicht wie sonst auf, um ihm zu helfen, sondern bleibt neben

Moritz sitzen, als wäre sie mit Pattex an ihm festgeklebt. Erst als Moritz seine Hilfe anbietet, tut sie das ebenfalls, so dass wir uns in der Küche alle gegenseitig auf die Füße treten. Als Moritz sich ans Fenster stellt, stellt Anna sich daneben. Als er sich auf die Couch setzt, tut sie es ebenfalls.

Ich überlege gerade, ob ich nicht Flo bitten soll, Anna zu fragen, ob sie ihm beim Kochen helfen kann, da legen sich von hinten Flos Arme um mich.

»Einen Fünfer für deine Gedanken«, murmelt er, nachdem er mir einen Kuss auf die Wange gegeben hat.

»Ich denke gerade übers Mittagessen nach.«

»Übers Mittagessen?« Flo lacht leise. »Seit wann bist du so verfressen? Wir haben gerade erst gefrühstückt – noch dazu so Köstlichkeiten wie Spiegelei mit Marmelade.«

»Ich möchte nur nicht, dass unsere Gäste verhungern.«

»Keine Sorge. Ich habe heute Morgen beim Bäcker extra mehr gekauft, falls jemand vor der Abschiedszeremonie noch etwas essen möchte. Und falls das nicht reicht, gibt's Enzos Tiramisu.«

»Du machst Enzos Tiramisu? Hat Imke dir etwa das Geheimrezept verraten?« Ich bin überrascht. Enzos Tiramisu ist legendär. Enzo ist der Besitzer des Restaurants, in dem Flos Mutter gearbeitet hat, als sie mit ihm schwanger wurde. Enzo hat Imke sein Tiramisurezept zu Flos Geburt geschenkt, allerdings unter der Bedingung, dass sie es niemals weitergibt.

»Nee, natürlich nicht«, erwidert Flo. »Imke bringt ein paar Portionen vorbei.«

»Bitte?«

»Sie müsste jeden Augenblick hier sein.«

Ich habe plötzlich das Gefühl zu fallen. Als hätte sich der Boden unter mir geöffnet – für einen Fahrstuhlschacht direkt in die Hölle.

Ich drehe mich zu Flo um. »Imke kommt vorbei?«, herrsche ich ihn an. »Wieso? Wann habt ihr das abgemacht?«

Flo mustert mich stirnrunzelnd. »Ich habe sie gestern angerufen, weil ich wissen wollte, ob mein schwarzer Anzug bei ihr ist. Sie sagte, sie müsse heute Morgen ohnehin ein paar Torten nach Plön liefern, da würde sie ihn mir vorbeibringen. Und da sie weiß, wie sehr du Tiramisu liebst, sagte sie, sie würde welches mitbringen – plus zwei Stück in der veganen Variante. Hey, wieso bist du schon wieder so gereizt?«

Bevor ich antworten kann, klingelt es an unserer Haustür.

23

Anna

Ich mag Imke Jansen auf Anhieb, weil sie Florian so ähnlich ist. Sie ist fast so groß wie er, genauso blond und genauso herzlich. Sie hat dieselbe Gabe, eine Wohlfühlatmosphäre um sich herum zu schaffen. Vor allem jedoch mag ich Imke, weil ihr Kommen mir die Möglichkeit gibt, noch einmal in der Bezirkskriminalinspektion anzurufen. Solange Florian und seine Mutter dabei sind, wird Priska es nicht wagen, Moritz etwas anzutun. Also entschuldige ich mich bei der ersten Gelegenheit, schlüpfe in Schuhe und Jacke und verlasse das Haus.

In der Bezirkskriminalinspektion nimmt dieselbe Mitarbeiterin meinen Anruf entgegen wie zwei Stunden zuvor. Als ich noch einmal nach Hauptkommissar Niebel frage, erwidert sie: »Ich habe Ihre Nachricht bereits weitergegeben. Kriminalhauptkommissar Niebel ist in einem Einsatz.«

»Können Sie nicht versuchen, ihn zu erreichen? Es ist sehr dringend.«

»Das haben Sie heute Morgen nicht gesagt.« Die Mitarbeiterin schweigt einen Augenblick lang, und ich bilde mir ein, dass ich in der Stille hören kann, wie sie versucht, meine Glaubwürdigkeit einzuschätzen. »Ich werde sehen, was ich für Sie tun kann. Kann ich Kriminalhauptkommissar Niebel etwas Konkretes ausrichten?«

Ich starre auf das unbebaute Grundstück gegenüber von Priskas und Florians Haus. Mittlerweile stehen drei Autos dort. Moritz' Honda, Stefanies Mietwagen und ein weißer Kastenwagen mit einem Logo und dem Schriftzug *Café im gelben Haus*. Ja, denke ich. Dass ich Angst habe. Dass ich durchdrehe, wenn Herr Niebel sich nicht sofort meldet. Dass er sofort kommen muss, um Moritz und mich vor seiner irren Schwester zu retten.

»Ich glaube, Volker Fischers Tod war kein Unfall, er wurde ermordet.« Es ist das erste Mal, dass ich das Wort ausspreche, und ich sehe mich unwillkürlich um, ob jemand lauscht.

Die Mitarbeiterin klingt unbeeindruckt. »Ich werde das weitergeben.«

Dann legt sie auf, und ich bleibe allein zurück. Ich habe es getan. Jetzt gibt es kein Zurück mehr. Überraschenderweise setzt der Gedanke mich nicht noch stärker unter Druck, im Gegenteil, ich spüre, wie ein Teil der Anspannung aus meiner Brust weicht.

Ich beschließe, draußen auf den Rückruf zu warten. Es ist ein kalter, grauer, windiger Tag, und ich knöpfe meinen Dufflecoat am Hals zu, während ich langsam die Straße entlang Richtung Ortsmitte gehe. Am liebsten würde ich einen langen Spaziergang durch den Wald machen, doch ich traue mich nicht. Florians Mutter hat gesagt, dass sie nur kurz bleiben möchte, und wenn sie fährt, muss ich wieder reingehen.

Als ich das Ende der Straße erreiche, kehre ich deshalb wieder um, und als ich zum zweiten Mal am Haus von Priskas und Florians Nachbarin Mella vorbeigehe, kommt Stefanie heraus. Sie trägt eine Umhängetasche über der Schulter und zieht einen Trolley hinter sich her. Wie sie auf ihren roten High Heels den gepflasterten Weg entlangstöckelt, wirkt sie ziemlich hektisch. Als der Trolley an einer Unebenheit im Untergrund hängenbleibt, zerrt sie ihn grob weiter, und als ich ihr einen »Guten Morgen« wünsche, zuckt sie zusammen.

»Meine Güte, Anna, hast du mich erschreckt.«

»Das tut mir leid. Kann ich dir helfen?«

Der Trolley ist schon wieder stehen geblieben, eins der Räder hat sich in einer Ranke aus einem der Büsche verfangen, die den Vorgarten überwuchern.

»Es geht schon.« Stefanie zerrt an ihrem Trolley, aber erfolglos. »Verdammt!« Sie bückt sich, wobei ihr jedoch ihre Umhängetasche im Weg ist, und flucht erneut. Es wundert mich. Irgendwie passen Flüche und Stefanie nicht zusammen.

»Warte, ich mache das.« Ich gehe in die Hocke und befreie das Rad von der Ranke. Als ich mich aufrichte, mustere ich Stefanie. Ihre Haare sind nicht so perfekt hochgesteckt wie sonst, und trotz Make-up sieht sie ziemlich fertig aus.

»Danke.« Stefanie zieht kurz die Mundwinkel nach oben. »Man sollte wirklich meinen, dass Mella bei den Preisen, die sie für ihre Fewo nimmt, mindestens die Wege freihält, aber offenbar ist das zu viel verlangt.«

Ich weiß nicht, was ich erwidern soll. Stefanie klingt deutlich gereizter, als es dem Anlass angemessen wäre.

»Ist das der Grund, warum du jetzt schon auscheckst? Sagtest du gestern nicht, du könntest in der Fewo bleiben, bis wir zur Abschiedszeremonie fahren?«

»Was das betrifft …« Nervös schiebt Stefanie eine Haarsträhne hinters Ohr. »Es ist etwas dazwischengekommen. Ich werde nicht mit euch fahren.« Sie beißt sich auf die Unterlippe. »Es kann sein, dass ich gar nicht komme.«

»Ist das dein Ernst?«, frage ich überrascht. »Aber wieso? Weil Priska so unfreundlich war?«

Stefanie schüttelt den Kopf. »Es hat nichts mit Priska zu tun. Ich muss vorher etwas erledigen, und je nachdem, was dabei herauskommt … Aber es ist gut, dass ich dich treffe. Kennst du den Namen des Beerdigungsinstituts?«

»Leider nein.«

»Kein Problem. Falls ich kommen will, kann ich ja Moritz anrufen. Also, Anna, noch einmal Danke, man sieht sich.«

Stefanie geht über die Straße und öffnet per Fernbedienung den Passat. Ich sehe ihr perplex hinterher. Das klang nicht, als würde Stefanie erwarten, dass wir uns heute noch einmal treffen – oder überhaupt in nächster Zeit. Aus einem Impuls heraus folge ich ihr und spreche sie noch einmal an.

»Moritz würde ziemlich enttäuscht sein, wenn du nicht zur Abschiedszeremonie kommst. Ihm ist es wichtig, dass du dabei bist. Er hat sich dafür bei Priska ins Zeug gelegt.«

Stefanie antwortet nicht sofort. Sie öffnet den Kofferraumdeckel des Passats, wirft ihre Umhängetasche hinein und wuchtet den Trolley hinterher. Dann schließt sie den Deckel und lehnt sich dagegen. »Er wird's verkraften.«

»Aber du wirst ihm wenigstens Bescheid sagen, oder?« Ich mustere Stefanie, doch sie weicht meinem Blick aus.

»Es wäre mir lieber, du würdest es ihm sagen«, erwidert sie schließlich.

Ich schüttele den Kopf. »Ganz bestimmt nicht. Moritz wird einen Grund wissen wollen. Was soll ich ihm dann erzählen? Dass du etwas Besseres vorhattest?«

»Natürlich nicht.«

»Was dann?«

Stefanie zögert erneut, schließt für eine Weile die Augen. Als sie sie wieder öffnet, sind sie voller Tränen. »Wenn ich nicht zur Abschiedszeremonie komme, dann weil Volker mich nur hierher begleitet hat, um hier oben mit einer anderen Frau zu schlafen. Ist das ein hinreichender Grund?« Dann fängt sie an zu weinen.

24

Priska

Als ich feststelle, dass das Fach mit den Kaffeebohnen leer ist, möchte ich aufgeben. Dabei habe ich alles vorbereitet. Ich habe Wasser und frische Milch in die Kaffeemaschine gefüllt. Ich habe vier Tassen samt Untertassen aus dem Schrank genommen. Ich habe auf jede Untertasse einen Löffel gelegt und die Zuckerdose und das Stevia bereitgestellt, das Flo für Imke aufbewahrt. Ich muss nur noch eine Schranktür öffnen, eine frische Packung Kaffeebohnen aufreißen und die Dinger in die Maschine füllen. Doch dieser eine kleine, zusätzliche Schritt ist mir zu viel. Erst Mella, dann Anna, jetzt Imke. Ich kann nicht mehr. Ich kann nicht mehr kämpfen. Nicht an noch einer Front.

Hinter mir ertönt Lachen. Es ist Moritz, der sich über eine Bemerkung von Imke amüsiert. Wie die meisten Männer – asexuell oder nicht – ist er völlig ihrem Charme erlegen, das war schon auf unserer Hochzeit so. Moritz und Imke sitzen mit Flo im Wohnzimmer. Wo Anna ist, weiß ich nicht. Sie ist schon wieder irgendwohin verschwunden, um was auch immer zu machen. Eigentlich müsste ich mich darum kümmern, ich muss herausfinden, was sie im Schilde führt. Und ich muss überlegen, wie ich Mella loswerde. Und ich muss Smalltalk mit Imke machen und dafür sorgen, dass das Gespräch nicht in die falsche Richtung läuft und dass sie am besten bald wieder fährt, aber ich schaffe es nicht. Ich schaffe es nicht einmal mehr, eine Schranktür zu öffnen. Ich fühle mich wie gelähmt. Wie ein Reh im Scheinwerferlicht. Wie jemand auf einem Bahngleis, der einen Zug auf sich zurasen sieht und der dennoch nicht weggehen kann. So wie damals vor zwei Jahren, an jenem Tag, als ich die Wahrheit über Flos Mutter erfuhr. Dass sie die Frau war, zu der Enzo mich geschickt hatte. Dass sie die Frau war, von der Volker gesprochen hatte.

Als Flo vorschlug, mich seiner Mutter vorzustellen, kannten wir uns seit sieben Wochen. Es war ein Samstagmorgen, ich hatte bei Flo übernachtet, und wir saßen beim Frühstück in seiner Wohnung. Es war ein unglaublich trüber, nasser Dezembertag, und auch meine Stimmung war alles andere als sonnig, denn ich hatte am Vortag mein Projekt bei der Landesbank in Kiel zu einem erfolgreichen Abschluss gebracht. Am Montag wurde ich wieder in der Zentrale in Stuttgart erwartet, und bei dem Gedanken, fortan über siebenhundert Kilometer von Flo entfernt zu leben, wurde mir ganz schlecht.

Die letzten sieben Wochen hatten mich auf eine Weise verändert, die ich nie für möglich gehalten hätte, weil ich nie zuvor verliebt gewesen war. Als ich Flo kennenlernte, hatte ich noch nie eine ernste Beziehung zu einem Mann gehabt, nur belanglose Bettgeschichten und kurze Affären. Ich hatte mich nie einem Mann gegenüber so stark geöffnet, dass ich ihm die Gelegenheit gegeben hatte, mich zu verletzen. Das war natürlich Absicht. Nachdem Volkers Lügen aufgeflogen waren und mein Prinzessinnenleben zu Staub zerfallen war, hatte ich mir vorgenommen, nie wieder einem anderen Menschen so viel Macht einzuräumen, dass er mir den Boden unter den Füßen wegziehen könnte. Ich wollte mein Leben auf einem unzerstörbaren Fundament aufbauen, und das bedeutete für mich, dass ich nicht auf andere Menschen setzte, sondern ganz allein auf mich. Auf meine Stärken, meine Fähigkeiten, meine Leistungen.

Im Nachhinein glaube ich, dass ich mich schon am ersten Tag, den wir zusammen in Laboe verbrachten, in Flo verliebt habe, auch wenn mir das damals nicht klar war. Zwar war ich selbst überrascht, wie wohl ich mich mit ihm fühlte, wie schwerelos, wie er es mir ermöglichte, mich im Hier und Jetzt an etwas so Belanglosem wie einem bunten Kutter im Hafen zu erfreuen oder über eine Möwe zu lachen, die einem Touristen die Pommes klaute, doch ich dachte, das sei nur eine besonders hohe Dosis Chemie, die mein Körper ausschüttete, um mir zu signalisieren, dass ich mit diesem sexy Typ schlafen sollte. Ich war sicher, dass sich das bald wieder normalisieren würde. Dass Flo nach ein paar gemeinsam verbrachten Nächten wie jeder Kerl vor ihm zu einem nervigen Typen schrumpfen würde, dessen Anblick in mir nichts als Langeweile und den Wunsch auslöste, ihn elegant loszuwerden.

Doch das Gegenteil war der Fall. Nach jedem Treffen mit Flo, nach jedem Sex, nach jedem Kuss, nach jedem gemeinsamen Aufwachen, nach jeder gemeinsam verbrachten Minute wollte ich mehr. Und mehr. Und mehr. Und Flo erging es ebenso, wie ich wusste, ohne dass wir es besprochen hatten. Nach sieben Wochen wussten wir beide ohne Zweifel, dass wir zusammengehören. Wir wussten es genauso, wie wir wussten, dass es Samstag war und dass es draußen in Strömen regnete.

»Shit«, sagt Flo, nachdem er eine Wetter-App gecheckt hat. »Den Ausflug an den Strand können wir vergessen. Nichts gegen ein bisschen Regen, aber wenn wir da rausgehen, können wir uns auch gleich mit Klamotten in die Ostsee schmeißen.«

»Klamotten sind überbewertet. Lass uns nackt am Strand spazieren gehen.«

Flo grinst. »Ich bin dabei, allerdings bezweifle ich, dass die Frau es ist, wegen der ich gestern die Heizung anmachen musste, weil ihr zarter Bürohintern bei neunzehn Grad abfrieren könnte.«

»Du musst zugeben, es wäre schade drum.«

»Absolut.« Flo grinst mich über den Tisch hinweg an, und ich grinse zurück, ein dämlich-seliges Grinsen, das ich seit Wochen nicht loswerde.

»Dann müssen wir wohl zu Hause bleiben, und uns gegenseitig den Hintern wärmen«, sage ich schließlich.

»Oder wir gehen in ein Café.«

»In das neue, das in den Arkaden aufgemacht hat?«, frage ich überrascht. Ich hätte nicht gedacht, dass Flo an unserem letzten gemeinsamen Tag in einem Café abhängen will.

»Eigentlich meine ich das Café meiner Mutter.«

Bei den Worten blickt Flo mich erwartungsvoll an, doch ich erwidere erst einmal nichts. Es ist plötzlich total still im Raum. Lief nicht gerade noch NJoy im Radio?

»Du möchtest mich deiner Mutter vorstellen?«, sage ich schließlich.

Flo guckt auf einmal ernst. »Ich möchte, dass die beiden wichtigsten Menschen in meinem Leben sich kennenlernen. Und meine Mutter ist schon ganz wild darauf, dich zu treffen.«

»Hast du ihr etwa von mir erzählt?«

»Dachtest du, ich würde ihr verheimlichen, dass ich meine Traumfrau getroffen habe? Hast du deinen Eltern nichts von mir gesagt?«

»Doch, klar«, behaupte ich, obwohl ich bisher nicht einmal mit Moritz über Flo geredet habe, weil ich nicht weiß, wie ich meine Gefühle in Worte fassen soll. Wir haben noch nie über Beziehungen geredet, weil es da bisher nichts zu erzählen gab. Und mit meinen Eltern rede ich ohnehin nie über Gefühle. Aber ich habe schon mitbekommen, dass das bei Flo anders ist. Er hat ein enges Verhältnis zu seiner Mutter, das sich nach dem Tod seines Vaters Anfang des Jahres noch einmal vertieft hat.

»Also? Was meinst du?« Flo greift über den Tisch nach meiner Hand und streicht mit seinen Daumen so zart über meinen Handrücken, dass es nicht nur dort ein Prickeln auslöst. Am liebsten würde ich mit ihm den ganzen Nachmittag im Bett bleiben, doch ich nicke. »Klar, wenn du möchtest.«

»Gut. Dann fahren wir nach Laboe. Ich rufe meine Mutter gleich an.« Flo lässt meine Hand los und greift zu seinem Handy.

Ich bin verwirrt. »Nach Laboe? Ich dachte, deine Mutter wohnt immer noch in Heikendorf, wo du aufgewachsen bist.«

»Genau, und ihr Café ist in Laboe.«

»Aber du hast mir doch erzählt, dass sie gern mit dem Fahrrad zur Arbeit fährt.«

Flo zuckt mit den Achseln. »Von Heikendorf bis Laboe ist es nicht weit. Die beiden Orte liegen direkt nebeneinander an der Förde.« Er mustert mich. »Habe ich echt noch nie erwähnt, dass das Café meiner Mutter in Laboe ist? Sonst wären wir uns ja nicht begegnet.«

Ich starre Flo entsetzt an. »Wie meinst du das?«

»Als du mir vor dem Café im gelben Haus reingefahren bist. Ich war an dem Tag nur in Laboe, weil ich etwas im Café erledigt hatte.«

Ich stehe auf einmal auf einem Bahngleis, und ein Zug rast auf mich zu. Ich sehe ihn kommen, ich weiß, es wird gleich zum Zusammenprall kommen, doch ich gehe nicht weg, denn ich kann es nicht fassen. Ich kann nicht glauben, dass der Zug wirklich auf diesem Gleis fährt. Von all den Millionen Gleisen auf der Welt ausgerechnet auf diesem! »Das Café im gelben Haus in Laboe ist das Café deiner Mutter?«, wiederhole ich.

Flo nickt. »Genau. Auch wenn die meisten es Imkes Café nennen. Meine Mutter heißt Imke. Hey, alles in Ordnung?«

Nein, das ist es nicht. Ich wurde gerade von einem Zug überrollt.

»Priska, Liebes, geht es dir gut?« Imkes Stimme reißt mich aus meinen Gedanken. Sie steht neben dem Küchentresen, als sei sie unschlüssig, ob sie willkommen ist oder nicht. Ihre Miene ist leicht besorgt.

Ich schüttele mich. »Alles bestens.«

»Ich wollte fragen, ob ich helfen kann.«

»Das ist lieb, aber ich habe alles im Griff. Ich muss nur Kaffeebohnen nachfüllen.«

Imkes Stimme hat mich aus meiner Lähmung gerissen. Ich öffne die Schranktür und hole eine frische Packung Kaffeebohnen heraus. Nachdem ich die Maschine befüllt und die erste Tasse gestartet habe, wende ich mich an Imke. »Es ist übrigens sehr lieb, dass du extra vorbeigekommen bist, um Flo seinen Anzug zu bringen. Und vielen Dank für das Tiramisu. Ich freue mich schon darauf.«

»Ich hoffe, es ist wenigstens ein kleiner Seelentrost.«

»Das ist sehr lieb von dir.«

Danach stehen wir schweigend beieinander, obwohl ich es sonst leicht finde, mich mit Imke zu unterhalten. Als die erste Tasse Cappuccino fertig ist, nehme ich sie aus der Maschine und starte die zweite. Mein Blick wandert zum Fenster. Anna geht mit Stefanie draußen vorbei, und mein Puls schnellt sofort nach oben. Was haben die beiden miteinander zu schaffen?

Imke hat die beiden auch bemerkt. »Ist das nicht Anna? Sagte sie nicht, sie wolle telefonieren?«

»Anna sagt viele Dinge.« Erst als ich Imkes erstaunten Blick sehe, wird mir klar, dass mein Tonfall wohl nicht allzu freundlich war.

»Und wer ist die andere Frau?«, will Imke wissen.

»Das ist Stefanie, die Freundin meines Vaters. Die beiden waren zusammen hier oben. Sie hat die Fewo der Ahrens gemietet, weil sie heute mit ins Beerdigungsinstitut kommen möchte.«

»Das ist die Freundin deines Vaters?« Imke kneift ihre Augen ein wenig zusammen, während sie durchs Fenster starrt. Sie soll eigentlich eine Brille tragen, tut es aus Eitelkeit allerdings selten. »Wie eigenartig.«

»Wieso eigenartig? Stefanie möchte sich von Volker verabschieden.«

»Das meine ich nicht. Sie war gestern im Café, na ja, vorm Café.«

Mir wird schlagartig eiskalt, und ich habe das Gefühl, nicht richtig atmen zu können, als hätte mich jemand in einen kalten See gestoßen. »Stefanie war im Café im gelben Haus? Was ... Was wollte sie denn bei dir?«

Imke zuckt mit den Achseln. »Ich vermute, einen Kaffee trinken, aber sie kam zu spät, zwanzig nach sechs oder so. Ich hatte schon aufgeräumt und wollte gerade nach Hause fahren, als sie an die Tür klopfte. Ich überlegte erst, sie anzusprechen und auf einen anderen Tag zu vertrösten, aber ich hatte es eilig.«

25

Anna

»Ich muss mir diese Heulerei wirklich abgewöhnen. Ich glaube, ich habe in den letzten vier Tagen mehr geweint als in den letzten vierzig Jahren.« Stefanie schiebt ihre rechte Hand in die eine Tasche ihrer Businesshose, dann in die andere. »Ach verdammt, ich habe heute Morgen nicht einmal ein Taschentuch eingesteckt. Hättest du eins für mich?«

Ich reiche ihr eins der beiden frischen Baumwolltücher, die ich immer dabeihabe.

Stefanie nimmt es, betupft vorsichtig ihre Augen und schnäuzt sich, dann atmet sie tief durch und betrachtet blinzelnd das Taschentuch.

»Ich wusste gar nicht, dass heute noch jemand Stofftaschentücher verwendet.«

»Besser für die Umwelt«, erkläre ich.

»Aber schlechter fürs Ausborgen. Ich nehme an, du möchtest es jetzt nicht zurück? Soll ich es waschen und dir irgendwann zukommen lassen?«

»Du kannst es gerne behalten.«

»Na dann …«

Stefanie knüllt das Taschentuch zusammen, steckt es jedoch nicht ein. Sie macht nicht den Eindruck, als würde sie es waschen und wiederverwenden wollen. Das wollen die Leute nie, zu viel Mühe.

Eine Weile schweigen wir uns an, bis Stefanie schließlich sagt: »Ich sollte vermutlich mein Make-up ausbessern.«

»Es ist ein bisschen ramponiert«, stimme ich zu.

Stefanie schneidet eine Grimasse. »Das ist dann wohl alles, was mir aus der Beziehung zu Volker geblieben ist. Ramponiertes Make-up, ein gebrochenes Herz und das ...« Sie streicht mit einer Hand über ihren flachen Bauch.

Sie sieht aus, als wollte sie wieder anfangen zu weinen, deshalb sage ich schnell: »Bist du denn sicher, dass das überhaupt stimmt? Ich meine, dass Volker dich hier oben mit einer anderen Frau betrogen hat? Wie kommst du denn überhaupt darauf?«

Stefanie antwortet nicht sofort. Sie öffnet den Kofferraum und kramt in ihrer Umhängetasche. Sie holt ein Reise-Make-up-Set heraus, betrachtet sich in einem kleinen Schminkspiegel und repariert notdürftig ihr Make-up. Dann schließt sie den Kofferraum wieder und lehnt sich dagegen.

»Volker hat sich am Donnerstag nicht mit einem Bekannten getroffen«, erklärt sie, »das war eine Lüge. Er hat eine alte Freundin besucht.«

»Und woher weißt du das?«

Stefanie seufzt. »Weil ich zu der Adresse gefahren bin, die er ins Navi programmiert hat. Nicht aus Misstrauen«, fügt sie hinzu, »sondern weil ich Antworten gesucht habe. Ich saß gestern den ganzen Nachmittag in der Ferienwohnung herum, weil ich nicht wusste, was ich sonst tun sollte, aber das Alleinsein ist mir überhaupt nicht bekommen. Mir fiel die Decke auf den Kopf, und ich habe gegrübelt und gegrübelt. Ich habe über Volkers Unfall nachgedacht und mit all den Zufällen gehadert, die dazu geführt haben. Und ich habe auch damit gehadert, dass Volker mich angelogen hat, dass er so ein Geheimnis um seinen Besuch bei Priska gemacht und mir nicht gesagt hat, dass er ihretwegen mit in den Norden wollte. Das dachte ich zumindest, aber dann fiel mir irgendwann auf, wie seltsam es ist, dass Volker Priska nicht schon am Donnerstag besucht hat, dass er sich da mit einem Bekannten getroffen hat – als sei der ihm noch wichtiger gewesen. Und dann kam mir die Idee, dass ich versuchen könnte, den Bekannten zu finden und zu fragen. Ich dachte, Volker hätte ihm vielleicht anvertraut, was es mit seinem Besuch bei Priska auf sich hatte. Ich kannte zwar den Namen des Bekannten nicht, aber ich dachte, ich könne einfach zu der Adresse fahren, die Volker ins Navi eingegeben hat. Das Ding speichert alles ab.«

»Und das hast du dann gemacht?«, frage ich.

Stefanie nickt. »Volker hat zwei Adressen einprogrammiert, die erste war ein Restaurant in Kiel. Ich nahm an, Volker habe sich dort mit seinem Bekannten getroffen, deshalb fuhr ich hin. Als ich ankam, war es gerade halb sechs und noch nichts los, also hatte der Besitzer Zeit für mich. Er war sehr nett und verständnisvoll, ein älterer Italiener. Volkers Name sagte ihm nichts, doch als ich ihm ein Foto zeigte, meinte er, dass Volker am Donnerstagmittag im Restaurant gewesen sei, allerdings nicht, um jemanden zu treffen, sondern weil er eine Freundin suchte, die einmal in dem Restaurant gearbeitet hat. Volker sagte, er wolle sie unbedingt wiedersehen.«

»Und du glaubst, er hat sie wiedergesehen?«, frage ich, als Stefanie nicht weiterredet. »Aber welcher Restaurantbesitzer gibt denn einfach einem Fremden die Privatadresse einer Mitarbeiterin?«

Stefanie schüttelt den Kopf. »Das hat er nicht gemacht. Er hat Volker nur erzählt, dass die Freundin mittlerweile ein eigenes Café eröffnet habe. Dort ist Volker hingefahren, das Café war die zweite Adresse im Navi.«

»Aber kann es nicht sein, dass Volker sich mit der Freundin nur unterhalten wollte?«

Stefanies Hände ballen sich zu Fäusten. »Warum hat er mir das dann nicht erzählt? Warum hat er behauptet, sich mit einem männlichen Bekannten getroffen zu haben? Abgesehen davon ...« Sie bricht ab und weicht meinem Blick aus.

»Ja?«

Stefanie errötet. »Volker hatte am Donnerstagabend keine Lust, mit mir zu schlafen. Das war noch nie vorgekommen. Er war in der Hinsicht immer ziemlich … na ja, du weißt schon. Aber am Donnerstagabend hatte er keine Lust. Er behauptete, er sei müde, und er war überhaupt ziemlich nervös und mit seinen Gedanken weit weg.«

Ich weiß nicht, was ich davon halten soll. Ich habe keine Ahnung, wie viel Sex normale Paare normalerweise haben. Doch ich weiß, dass Menschen gut darin sind, sich aufgrund falscher Annahmen selbst unglücklich zu machen. »Ich finde, du solltest in dieses Café fahren und die Freundin fragen, was passiert ist, bevor du entscheidest, nicht zur Abschiedszeremonie zu kommen.«

Stefanie schneidet eine Grimasse. »Was glaubst du, was ich vorhabe? Ich war gestern noch dort, aber das Café hatte bereits geschlossen. Also dann, wünsch mir Glück!«

Stefanie geht um den Passat herum. Doch als sie die Fahrertür öffnet, hält sie inne und starrt auf Imkes weißen Kastenwagen. »Was macht der denn hier?«, fragt sie überrascht.

»Meinst du den Wagen von Florians Mutter?«

Stefanie schüttelt den Kopf. »Ich meine den Wagen mit dem Logo vom Café im gelben Haus. Das ist das Café, zu dem Volker gefahren ist und bei dem ich gestern war. Das seiner Freundin von früher gehört. Ist sie etwa hier?«

Ich bin völlig perplex. »Das Café im gelben Haus in Laboe? Aber das kann nicht sein. Das Café gehört Florians Mutter, ebenso wie der Wagen. Imke Jansen.«

»Genau. Imke. Das ist der Name von Volkers früherer Freundin.«

26

Priska

Mir ist schlecht. Es fühlt sich an, als hätte mir ein Elefant in den Magen getreten. Stefanie war in Imkes Café!
»Geht's dir gut?« Imke mustert mich besorgt.
Ich presse eine Hand auf meinen Bauch und schlucke. »Alles bestens.«
»Du bist ganz blass – und dir bricht der Schweiß aus.«
Ich schlucke noch einmal. Und noch einmal. Es hilft nichts. »Entschuldige bitte!«
Ich stürze an Imke vorbei und schaffe es gerade noch ins Gäste-WC, wo ich den Toilettendeckel hochreiße und mich übergebe. Ich breche alles hervor, was ich zum Frühstück gegessen habe. Es war nicht viel, doch die Angst würgt jeden einzelnen Bissen nach oben, bis nur noch Magensäure übrig ist. Dann lasse ich mich auf den Boden sinken und fange an zu weinen. Der Schock ist so groß, dass mein Körper sich nicht anders zu helfen weiß.

Stefanie war in Imkes Café! Stefanie weiß von Imke! Und das bedeutet: Stefanie weiß alles. Sie kennt die Wahrheit, und damit ist es nur eine Frage der Zeit, bis alle die Wahrheit kennen. Ich habe verloren. Ich habe den Kampf endgültig verloren. Und damit werde ich alles verlieren. Flo, Moritz, vielleicht sogar meine Freiheit.

Flo! Ich werde Flo verlieren. Bei dem Gedanken krampft mein Magen sich erneut zusammen, doch als ich mich über die Toilettenschüssel beuge, kommt nichts mehr. In mir ist nur noch Leere und Angst.

»Priska? Alles in Ordnung?«

Ich schrecke hoch, als Flos Stimme durch die Tür des Gäste-WCs dringt. Ich habe keine Ahnung, wie lange ich schon neben der Toilette auf dem Boden kauere.

»Ja, alles bestens«, gebe ich mit krächzender Stimme zurück, obwohl es längst zu spät ist für diese Scharade.

»Meine Mutter sagt, dir sei schlecht geworden.«

»Marmelade mit Ei war wohl doch keine so gute Idee. Mach dir keine Sorgen, ich komme gleich.«

Mit angehaltenem Atem warte ich darauf, dass Flo wieder geht. Er scheint zu zögern, schließlich sagt er: »Wie du meinst.«

Als ich höre, wie Flos Schritte sich entfernen, lasse ich meinen Kopf gegen die geflieste Wand sinken. Und jetzt? Was zur Hölle soll ich jetzt tun? Was kann ich überhaupt tun?

Die Antwort liegt auf der Hand: nichts! Wenn Stefanie die Wahrheit kennt, dann kann ich nichts tun, außer darauf zu warten, dass sie sie mir entgegenschleudert. Mir, Flo, Moritz, Imke. Und Stefanie wird es tun, natürlich wird sie es tun – so wie Volker es tun wollte. Ich frage mich bloß, worauf sie noch wartet. Wieso hat sie mich nicht längst mit der Wahrheit konfrontiert? Sie muss sie schließlich schon seit Tagen kennen. Volker ist am Freitag gestorben, und niemand sonst kann ihr die Wahrheit verraten haben.

Aber kann das wirklich stimmen? Dass Stefanie die ganze Zeit die Wahrheit kannte und dennoch geschwiegen hat? Das ergibt keinen Sinn. Und wieso ist sie gestern nach Laboe in Imkes Café gefahren? Wenn sie die ganze Geschichte kennt – und Imkes Rolle darin –, wieso hätte sie dann noch zu ihr fahren sollen? Heißt das, Stefanie kennt doch nicht die ganze Wahrheit? Hat Volker ihr nur einen Teil erzählt? Und versucht sie jetzt, den Rest zu ergänzen?

Bei diesem letzten Gedanken keimt Hoffnung in mir auf. Wenn das so ist, dann habe ich noch eine Chance. Ich muss nur verhindern, dass Stefanie das fehlende Puzzleteil findet. Ich muss nur verhindern, dass sie mit Imke spricht.

In dem Moment klingelt es an der Haustür.

27

Anna

»Das verstehe ich nicht«, sagt Stefanie. »Wie kann Florians Mutter eine alte Freundin von Volker sein? Das wäre doch wirklich ein irrer Zufall.«

Ich verstehe es ebenfalls nicht. Ich bin total verwirrt. »Kann es sein, dass du dich irgendwie vertan hast? Dass du dich vielleicht in der Adresse geirrt hast?« Es erscheint mir nicht sehr wahrscheinlich, aber immerhin wahrscheinlicher als die Vorstellung, dass Priska zufällig einen Mann geheiratet hat, dessen Mutter mal etwas mit ihrem Vater hatte.

Stefanie schüttelt den Kopf. »Ich bin genau zu der Adresse gefahren, die Volker ins Navi programmiert hat. Ins Café im gelben Haus. Dieselbe Adresse, die Enzo mir gegeben hat.«

»Enzo?«

»Der Besitzer des Restaurants, zu dem Volker zuerst gefahren ist.« Stefanie mustert mich. »Sagt dir der Name etwas?«

Ich nicke langsam. »Florian hat einige Male erwähnt, dass seine Mutter früher in einem italienischen Restaurant gearbeitet hat, das einem Enzo gehört. Er hat ihr Kochen beigebracht. Aber das ist ewig her, es war noch vor Florians Geburt.«

Stefanie runzelt ihre hohe Stirn. »Warum wollte Volker plötzlich eine Frau wiedersehen, die er vor über dreißig Jahren gekannt hat? Ich hätte nicht mal gedacht, dass er sich noch an alle Frauen erinnert, mit denen er vor drei Jahren etwas hatte.«

Mir kommt das ebenfalls eigenartig vor, doch bevor ich etwas erwidern kann, schließt Stefanie mit einem Ruck die Wagentür und geht aufs Haus zu.

»Was hast du vor?«, rufe ich ihr nach.

Stefanie dreht sich um. »Was wohl? Ich werde diese Imke fragen, was Volker bei ihr wollte.«

28

Priska

Mein Herz hört auf zu schlagen, als hinge mein Leben an einer Herz-Lungen-Maschine, die jemand zeitgleich mit dem Klingeln an der Haustür abgeschaltet hat. Mein Herz hört auf, seinen Job zu machen, mein ganzer Körper stellt seinen Dienst ein. Für einige Augenblicke ist da nichts, nur dröhnende Stille, dann schlägt mein Herz weiter, mir bricht der Schweiß aus, und ich schnappe nach Luft.

Stefanie!

Ich bin überzeugt, dass Stefanie vor der Tür steht und zu Imke will. Entweder hat sie ihren Wagen gesehen, oder Anna hat ihr erzählt, dass Imke bei uns ist, in jedem Fall gibt es für mich keinen Zweifel: Stefanie steht draußen vor der Tür. Die Wahrheit steht draußen vor der Tür. Und sie will herein!

Die Erkenntnis schießt wie ein Stromstoß durch meinen Körper, und ich stehe so schnell auf, dass mir schwindelig wird. Egal! Ich muss zur Tür!

Ich drehe den Wasserhahn auf und halte kurz meinen Mund und meine Hände darunter, wobei mein Blick in den Spiegel fällt. Ich sehe fürchterlich aus, meine Wimperntusche ist verschmiert, und ist dieses Bröckchen da an meinem Kinn etwa …? Egal! Ich habe keine Zeit. Ich muss verhindern, dass Stefanie mit Imke spricht, ich muss zur Haustür, bevor jemand anderes sie öffnet.

Ich greife zum Handtuch und wische mir übers Gesicht, während ich bereits die Tür aufschließe. Doch als ich das WC verlassen will, stolpere ich geradewegs in Flo.

»Ich dachte, du wärst im Wohnzimmer?« Panik schraubt meine Stimme zu einem Quietschen hoch.

»Es hat geklingelt.« Flo mustert mich. »Meine Güte, Priska, wie siehst du denn aus? Was ist passiert?«

»Nichts.«

»Hast du geweint?«

»Nein. Ich muss zur Haustür.«

Ich will an Flo vorbei, doch er hält mich an den Schultern fest.

»So, wie du aussiehst? Dein Make-up ist völlig verschmiert, und ehrlich gesagt, solltest du dringend deine Zähne putzen.« Er rümpft die Nase.

»Das tue ich danach. Geh du zurück ins Wohnzimmer.«

»Ich denke, du gehst besser zurück ins Bad.«

Flo versucht, mich sanft in Richtung Gäste-WC zu schieben, doch ich stoße ihn mit aller Kraft weg.

»Nein!«

Mein Schrei gellt durch den Flur, so laut, dass man ihn garantiert draußen vor der Haustür hören kann. In diesem Moment ist mir das egal. Mir ist alles egal. Ich muss vor Flo zu dieser Tür, ich muss verhindern, dass Stefanie ins Haus kommt.

Nach meinem Schrei herrscht für einige Sekunden Stille. Dann macht Flo einen Schritt zurück. »Bist du verrückt geworden?«, herrscht er mich an.

»Nein, ich ... Entschuldige bitte. Ich möchte nur zur Tür gehen.«

»Und warum? Was ist los mit dir?«

»Nichts. Ich ...«

Flo schneidet mir das Wort ab. »Nein, das schlucke ich nicht mehr. Mir reicht's jetzt, Priska! Du benimmst dich wie eine Verrückte. Ich will auf der Stelle wissen, was mit dir los ist und warum du unbedingt selbst die Haustür öffnen möchtest. Und wenn du noch einmal behauptest, dass nichts ist ...«

»Aber es ist wirklich nichts. Ich ...«

Flo gibt mir nicht die Gelegenheit, den Satz zu beenden. Wortlos dreht er sich um, geht zur Haustür und reißt sie auf.

29

Anna

Etwas ist passiert. Ich sehe es an Florians Gesichtsausdruck, außerdem habe ich Priskas Schrei durch die Haustür gehört. Mein erster Gedanke gilt Moritz. Hat Priska ihm etwas angetan? Aber er war doch in Sicherheit, Florian und seine Mutter waren doch bei ihm. Ihm kann nichts geschehen sein. Dennoch schaffe ich es nicht, mich zu beherrschen.

»Geht es Moritz gut?«, platzt es aus mir heraus.

Es dauert einige Augenblicke, bis Florian antwortet. »Natürlich geht es Moritz gut«, sagt er schließlich gereizt. »Was soll mit ihm sein?«

»Ich dachte nur ...« Mehr fällt mir nicht ein, mein Herz klopft mir bis zum Hals und beruhigt sich nur langsam wieder. Ich spüre, wie ich vor Verlegenheit rot werde.

Florian wendet sich an Stefanie. »Guten Morgen. Kommst du wegen der Abschiedszeremonie? Wir wollen eigentlich erst in zwei Stunden los.«

Stefanie spürt die angespannte Atmosphäre ebenfalls, sie zögert einen Moment, bevor sie antwortet. »Nein, ich komme nicht wegen der Zeremonie. Ich habe eine Bitte, die vielleicht etwas merkwürdig klingt. Ich würde gern mit deiner Mutter sprechen.«

»Mit meiner Mutter?« Florian blinzelt irritiert. »Ich wusste nicht, dass du sie kennst.«

»Das tue ich nicht, aber es hat sich herausgestellt, dass sie Volker kannte. Darüber würde ich gern mit ihr sprechen.«

Florian blinzelt stärker. »Du glaubst, dass meine Mutter Priskas Vater kannte? Du musst dich irren. Wie kommst du darauf?«

»Er war am Donnerstag in ihrem Café. Bitte, darf ich hereinkommen und es erklären?«

Florian öffnet die Tür weit. »Natürlich. Ich bin zwar sicher, dass du dich irrst, aber klar, komm rein.«

Er tritt zur Seite, um uns vorbeizulassen. Erst jetzt bemerke ich, dass Priska hinter Florian steht. Sie lehnt an der Tür zum Gäste-WC. Sie ist kreidebleich, und ihre von Wimperntusche verschmierten Augen sind weit aufgerissen. Sie sagt keinen Ton, auch nicht, als Stefanie sie knapp begrüßt.

Florian öffnet die Tür zum Wohnzimmer. »Imke, ich möchte dir gern Stefanie Buchholz vorstellen. Sie war die Freundin von Priskas Vater. Sie möchte dich etwas fragen.«

30

Priska

Als ich den anderen ins Wohnzimmer folge, fühle ich mich wie ein Schaf, das zur Schlachtbank trottet. Ich habe mich schon oft gefragt, warum die dummen Viecher nicht in letzter Minute ausbüchsen, warum sie nicht um ihr Leben kämpfen, warum sie freiwillig diesen letzten Gang antreten. Jetzt weiß ich es. Weil es sinnlos wäre.

Ich kann nicht länger davonlaufen. Die Wahrheit ist hier, Stefanie wird sie aussprechen, ob ich dabei bin oder nicht. Die Wahrheit ist hier, in diesem Raum. Flo wird sie hören, und dann werde ich ihn verlieren. Es wird geschehen, ob ich dabei bin oder nicht. Und es gibt nichts, das ich dagegen tun kann. Nichts kann mich retten. Es wird kein zweites Wunder geschehen. Nicht so wie auf dem Steg, als Volker während unseres Streits plötzlich keine Luft mehr bekam. Die Luft, die ihm fehlte, bekam ich zum Atmen, doch jetzt ist sie aufgebraucht.

31

Anna

Ich habe meinen Anruf bei der Polizei völlig vergessen. Er fällt mir erst wieder ein, als mein Handy klingelt und die angespannte Stille zerreißt, die im Wohnzimmer herrscht. Wir haben uns alle um den Esstisch versammelt. Florian sitzt mit Imke auf der einen Seite des Tisches, Stefanie und Priska sitzen gegenüber. Moritz hat sich den Stuhl am Kopfende gekrallt, und ich habe einen zweiten daneben geschoben.

Als mein Handy losplärrt, starren mich alle an, und ich spüre, wie ich rot werde. Ich ziehe mein Handy aus der Tasche, das Display zeigt eine unbekannte Nummer. Bestimmt ist es Hauptkommissar Niebel, dennoch drücke ich den Anruf weg. Ich möchte nicht vor den anderen mit ihm sprechen, aber ich möchte auch auf gar keinen Fall den Raum verlassen, denn ich bin sicher, dass hier gleich etwas Entscheidendes passiert. Es geht nicht nur um die Frage, ob Volker Stefanie betrogen hat oder nicht. Es geht um viel mehr, auch wenn ich nicht weiß, um was. Doch Priska weiß es. Ich sehe es ihr an. Sie weiß, was kommt, und sie sieht schrecklich aus. Wie jemand, der auf seine Hinrichtung wartet.

Nachdem ich mein Handy ausgestellt habe, herrscht wieder Stille. Jetzt sehen wir alle Stefanie an, doch sie scheint nicht so recht zu wissen, wie sie das Gespräch beginnen soll. Vielleicht ist ihr die Situation mit den vielen Zuhörern unangenehm. Schließlich gibt sie sich einen Ruck.

»Wie Florian schon sagte, Frau Jansen, würde ich Sie gerne etwas fragen.«

»Ich bin gespannt.« Imke lächelt freundlich. Sie scheint außer Moritz die Einzige zu sein, die nicht nervös ist. Auch Florian wirkt angespannt. Er sieht immer wieder zu Priska hin, doch wenn sie in seine Richtung schaut, blickt er weg. Irgendetwas ist zwischen den beiden vorgefallen.

Stefanie erwidert Imkes Lächeln nicht. »Vermutlich können Sie sich denken, worum es geht.«

Imke schüttelt den Kopf. »Leider nein.«

Stefanie runzelt die Stirn. »Das kann ich mir ehrlich gesagt nicht vorstellen, aber gut: Ich wüsste gern, warum Volker Sie am letzten Donnerstag in Ihrem Café in Laboe aufgesucht hat.«

Imke blinzelt überrascht. »Sie meinen Priskas Vater?«

»Natürlich. Volker Fischer.«

»Aber er hat mich nicht aufgesucht.«

Stefanie presst für einen Moment die Lippen aufeinander. »Bitte, Frau Jansen, ich verstehe, dass Ihnen das peinlich ist – mir ist dieses Gespräch auch unangenehm –, aber ich muss es wirklich wissen. Und bevor Sie es weiter abstreiten: Ich weiß, dass Volker bei Ihnen im Café war.«

Langsam verschwindet das freundliche Lächeln aus Imkes Gesicht. »Ich versichere Ihnen, das war er nicht. Ich kenne ihn ja nicht einmal. Er war nicht auf Florians und Priskas Hochzeit.«

»Sie kennen ihn von früher.«

»Bestimmt nicht!« Imke klingt langsam ebenfalls gereizt. Sie wendet sich an Florian. »Kannst du mir erklären, worum es hier geht? Ist das ein Scherz?«

»Ich glaube nicht.« Florian blickt Stefanie an. »Meine Mutter pflegt nicht zu lügen. Wie kommst du darauf, dass sie Volker kennt?«

»Ein Freund von ihr hat es mir erzählt.« Stefanie lehnt sich auf ihrem Stuhl zurück und verschränkt die Arme vor der Brust.

»Ich habe gestern versucht, nachzuvollziehen, was Volker am Donnerstag gemacht hat, und bin zu den beiden Adressen gefahren, die er ins Navi einprogrammiert hat. Die erste Adresse ist ein Restaurant in der Kieler Altstadt. Der Besitzer hat mir erzählt, dass Volker am Donnerstagmittag bei ihm gewesen sei und sich nach einer alten Freundin namens Imke erkundigt habe, die einmal in dem Restaurant gearbeitet hat. Der Besitzer erklärte Volker daraufhin, dass diese Imke mittlerweile das Café im gelben Haus in Laboe betreibe.« Stefanie blickt Imke an. »Das Restaurant, bei dem ich war, heißt Enzos Ristorante, Enzo ist der Besitzer. Oder wollen Sie behaupten, ihn auch nicht zu kennen?«

Imke schüttelt perplex den Kopf. »Ich kenne Enzo gut, und es stimmt, dass ich einmal bei ihm gearbeitet habe. Aber das ist ewig her, und ich habe keinen Bekannten namens Volker Fischer.« Sie blickt Stefanie an. »Haben Sie vielleicht ein Foto von ihm?«

Während wir anderen gespannt warten, holt Stefanie ihr Handy hervor und wischt darüber, dann reicht sie es Imke, deren Gesichtsausdruck sich verändert.

»Das ist Priskas Vater?«, fragt sie verblüfft. »Er war tatsächlich am Donnerstagnachmittag im Café. Ich habe mich länger mit ihm unterhalten, weil wenig los war. Aber er hat seinen Namen nicht genannt und auch nicht erzählt, dass er Priskas Vater ist. Wie eigenartig!«

»Und worüber haben Sie geredet?«

Imke zuckt mit den Achseln. »Wir haben nur Smalltalk gemacht. Er wollte wissen, was man sich in Laboe und Umgebung ansehen kann. Es war ein Gespräch, wie ich es ständig mit Touristen führe. Ach ja, und er interessierte sich für die Fotos, die im Café hängen.«

»Fotos?«

»Wir haben dort eine Wand mit Fotos von Feiern, die im Café stattgefunden haben, unter anderem auch mit Fotos von Flos und

Priskas Hochzeit. Allerdings …« Imke bricht ab und wirft einen Blick zu Florian. Plötzlich wirkt sie unsicher.

»Allerdings?«, hakt Stefanie nach.

Imke antwortet erst nach einer Weile. »Ich kannte während der Zeit, als ich bei Enzo arbeitete, einen Volker, aber das muss ein anderer gewesen sein.«

»Sind Sie sicher? Vielleicht sehen Sie sich das Foto noch einmal an?«

Stefanie hält Imke erneut ihr Handy hin, doch Florian mischt sich ein.

»Vielleicht solltest du dir lieber ein Foto von früher ansehen. Moritz, hast du nicht im Café erzählt, dass du einige ältere Fotos von Volker eingescannt hast? Du hast es erwähnt, als wir über deine Kindheit sprachen.«

Moritz zieht sein Handy aus seiner Jeanstasche. »Ich bin mir nicht sicher, ob ich sie übertragen habe. Ich habe sie nach der Beerdigung meiner Oma auf meinen Laptop eingescannt. Warte mal!«

Während Moritz über sein Handy wischt, herrscht angespannte Stille.

»Hier ist eins«, sagt Moritz schließlich und reicht sein Handy Florian, der es an Imke weitergibt.

Imke wirft einen Blick aufs Display – und wird schlagartig blass. Sie lässt die Hand mit dem Handy sinken. »Das ist Priskas Vater?«, fragt sie mit belegter Stimme.

»Erkennst du ihn?«, fragt Florian. »Hast du ihn wirklich früher gekannt?«

Imke antwortet nicht. Kreidebleich starrt sie auf das Handy in ihrer Hand, dann legt sie es auf den Tisch und schubst es in Moritz' Richtung. Ich ziehe es heran und betrachte das Bild. Es zeigt Volker in seinen Zwanzigern. Er steht auf einem Tennisplatz mit roter Asche. Weiße Hose, weiße Shorts, Tennisschläger unter dem Arm. Blonde wilde Haare, ein selbstbewusstes Grinsen im

Gesicht. Es ist das erste Foto von Volker in jungen Jahren, das ich sehe, und zum ersten Mal verstehe ich, warum die Frauen so verrückt nach ihm waren. Volker sah nicht nur gut aus damals, sondern auch nett, nicht so geleckt. Er erinnert mich sogar ein bisschen an Florian.

An Florian. O mein Gott!

Ich blicke über den Tisch zu Florian, der fragend und etwas besorgt dreinblickt, dann zu Imke, die immer noch kreidebleich ist, dann zu Priska, die Imke gegenübersitzt und sie anstarrt, als hinge ihr Leben von ihr ab. Mir ist plötzlich eiskalt, doch bevor ich etwas sagen kann, schiebt Imke ihren Stuhl zurück.

»Entschuldigt mich bitte, das war ein ziemlicher Schock, ich muss nachdenken.«

Sie steht auf. Florian tut es ihr gleich.

»Hey, was ist denn auf einmal los?«

»Ich muss nachdenken.«

Florian legt eine Hand auf den Arm seiner Mutter. »Geht's dir nicht gut? Was hast du denn?«

Imke lächelt Florian an, ein gequältes, verkrampftes Lächeln. Dann legt sie eine Hand an seine Wange. »Ich muss nachdenken. Okay? Ich gehe ein bisschen raus.«

»Soll ich mitkommen?«

»Nein!« Imkes Stimme klingt schrill, dann ist sie verschwunden. Und mein Handy klingelt erneut.

Ich nehme den Anruf draußen auf der Terrasse an. Es ist nicht Hauptkommissar Niebel, wie ich erwartet habe, sondern Kommissarin Brandt.

»Frau Brühl? Wir haben eine Mitteilung erhalten, dass wir Sie dringend zurückrufen sollen. Es geht um den Tod von Volker Fischer.«

»Ja, genau. Er wurde getötet. Ich weiß, von wem und wieso.«

Eine Viertelstunde später gehe ich wieder ins Wohnzimmer. Moritz, Florian und Stefanie sitzen immer noch am Esstisch. Imke ist noch nicht zurückgekehrt, dafür ist Priska ebenfalls weg.

32

Priska

Ich weiß, dass es vorbei ist, aber ich kann nicht aufgeben. Ich kann nicht im Haus herumsitzen und warten, dass Imke zurückkommt. Ich kann nicht. Ich kann einfach nicht, deshalb behaupte ich, dass ich mich frisch machen möchte, doch im Flur schlüpfe ich in Turnschuhe und Jacke und folge Imke nach draußen. Sie geht die Straße hoch in Richtung Ortsmitte. Sie geht schnell, als hätte sie ein Ziel, das sie dringend erreichen möchte, doch das Gegenteil ist der Fall, wie ich nur zu gut weiß. Imke will nirgendwohin, sie ist auf der Flucht. Auf der Flucht vor der Erkenntnis, wen ihr Sohn geheiratet hat. So wie ich vor zwei Jahren vor der Erkenntnis fliehen wollte, mit wem ich sieben Wochen lang geschlafen hatte. Dass Flo derjenige war, von dem mein Vater mir wenige Monate zuvor nach der Party zu seinem sechzigsten Geburtstag erzählt hatte.

Ich stehe in meinem goldenen Fransen-Pailletten-Kleid auf dem Parkplatz des Schlossrestaurants in der Nähe von Stuttgart und tausche meine goldenen High Heels, für die ich ein Vermögen bezahlt habe, gegen die Sneakers, die ich extra mitgenommen habe, weil ich mit den hohen Absätzen nicht Auto fahren kann. Es ist eine kühle Septembernacht, genau genommen ein kühler, sehr früher Septembermorgen, aber trotz meiner bloßen Arme friere ich nicht. Ich bin zu sehr erhitzt vom Tanzen, von den vielversprechenden Gesprächen, die ich mit Volkers Geschäftsfreunden geführt habe, den nützlichen Kontakten, die ich geknüpft habe, und besonders von der Gewissheit, dass ich wieder einmal geliefert habe. Volker und ich haben geliefert. Wir haben gerade die Party des Jahres geschmissen. Über diese Party werden Volkers Geschäftsfreunde noch wochenlang reden – und über mich, über Volkers brillante, geschäftstüchtige Tochter.

Ich werfe den Kofferraumdeckel meines BMW zu und gehe um den Wagen herum. Volker sitzt bereits auf dem Beifahrersitz. Na ja, er liegt eher, aufrecht sitzen kann er nicht mehr, er ist zu betrunken. Volker verträgt einiges, doch heute hat er definitiv sein Limit erreicht. Es ist der einzige Minuspunkt des Abends, aber wenigstens hat er damit gewartet, bis die meisten Gäste schon gegangen waren.

Ich lasse mich hinters Lenkrad gleiten und stecke den Schlüssel ins Zündschloss. »Wenn du kotzt, musst du mir einen neuen Wagen kaufen.«

Volker brummt etwas Unverständliches, vielleicht ist es auch ein Schnarchen. Ich drehe die Heizung hoch und starte den Motor. Ich liebe es, nachts Auto zu fahren, wenn ich die Straßen und Lichter der Stadt für mich allein habe und zügig vorankomme. Schon zwanzig Minuten später parke ich vor dem Neubau, in dem Volker sich vor zwei Jahren das Penthouse gesichert hat.

»Volker? Aufwachen, wir sind da.«

Mein Vater reagiert nicht, auch nicht beim zweiten Ansprechen. Schließlich beuge ich mich über ihn und rüttle ihn wach.

»Schon da?«, nuschelt er.

»Zeit, dass du dir einen bequemeren Schlafplatz suchst.«

»Ah, na dann … Danke fürs Fahren.«

»Du schuldest mir was.«

»Klar, wie immer. So kenne ich meine Tochter.«

Volker kichert ein betrunkenes Kichern und versucht, meine Wange zu tätscheln, trifft jedoch nur mein Ohr. Dann tastet er nach dem Griff der Beifahrertür. Er findet ihn und schafft es, die Tür aufzustoßen, doch als er aus dem Wagen steigt, schwankt er so sehr, dass er sich an der Tür festhalten muss, um nicht umzukippen. Verdammt! So kommt er nie bis nach oben. Ich löse meinen Sicherheitsgurt und steige aus dem Wagen.

Fünf Minuten später schließe ich mit Volkers Schlüssel die Eingangstür zu seinem Penthouse auf, stolpere mit ihm über die Schwelle und bugsiere ihn ins Wohnzimmer, wo ich ihn auf seine erdbraune Ledercouch schubse. Ich bin schweißgebadet und gehe in die Küche, um mir ein Glas Wasser einzuschenken. Nachdem ich es geleert habe, fülle ich es erneut, bringe es Volker und zwinge ihn, es zu trinken. Als er drei Gläser Wasser intus hat, ist er etwas frischer, und ich hoffe, dass er von jetzt an allein zurechtkommt.

»Wenn ich dir einen letzten Tipp geben darf: Zieh deine Schuhe aus und schlaf deinen Rausch hier aus. Gute Nacht.«

Ich wende mich ab, doch Volker lallt. »Priska, Schatz, warte noch!«

Ich kann mich nicht daran erinnern, wann mein Vater mich zuletzt Schatz genannt hat – oder Schasch, denn so klingt es. Vermutlich war ich damals zwölf. »Was ist denn noch?«

»Ich muss dir was sagen.« Muschirwaschagen.

»Aber schnell.«

»Danke!«

»Fürs Hochbringen? Du schuldest mir was dafür.«

Volker grinst mich von unten herauf an, ein betrunken-debiles Grinsen. »Schon klar. Aber das meine ich nicht. Für heute Abend. Es war großartig. Es ist großartig, eine Tochter zu haben.«

Gegen meinen Willen freue ich mich über die Bemerkung, aber das behalte ich für mich. »Gute Nacht!«

Doch Volker ist noch nicht fertig. »Weißt du, ich habe dich vermisst. Während der Zeit, als ... Du weißt schon.«

Ja, ich weiß. Die Zeit, in der Volker und ich keinen Kontakt hatten, und der Grund dafür gehören nicht zu den Dingen, die ich vergessen werde. Sie gehören allerdings auch nicht zu den Dingen, über die ich jetzt sprechen möchte, doch Volker redet bereits weiter.

»Ich habe nachgedacht. Du hast recht.« Duhaschresch. »Ich hätte dich nicht all die Jahre anlügen sollen. Ich muss mich bei dir entschuldigen. Ich hätte längst ...«

Volker bricht mitten im Satz ab, sein Kopf fällt auf die Sofalehne. Ich denke schon, dass er eingeschlafen ist, doch dann reißt er die Augen auf.

»Entschuldigung«, bellt er.

Es ist das erste Wort seit einer Stunde, das Volker klar und deutlich ausspricht, und ich bin so verblüfft, dass ich mich auf den Glastisch setze. Ich hätte nicht gedacht, dass ich noch einmal eine Entschuldigung von meinem Vater hören würde – wobei es mir allerdings lieber wäre, er wäre dabei nüchtern.

»Du bist mir wichtig«, fährt Volker fort, bekommt dann jedoch einen Schluckauf und muss gleichzeitig rülpsen, was er mit einem weiteren peinlichen Grinsen quittiert.

Mir reicht's! »Gute Nacht, Volker, erzähl mir den Rest ein anderes Mal.«

Ich stehe auf, doch Volker streckt eine Hand aus und packt meinen Arm.

»Muss erst noch was sagen.« Muscherschnochwaschagen. »Ist wichtig.« Ischwischig. »Ich will nicht, dass wir uns noch mal streiten.«

»Das will ich auch nicht. Und solange du mir nicht eine Drittfamilie beichtest ...«

Ich grinse über meinen schlechten Witz, doch Volker grinst nicht. Er stiert mich an, anders kann ich seinen Blick nicht beschreiben. Er stiert mich eine lange Zeit an.

»Keine Drittfamilie«, nuschelt er dann, »drittes Kind.«

»Haha.«

»Es ist wahr.« Eschischwa.

Ich frage mich, was das soll. »Volker, mir ist wirklich nicht nach deinen Witzen.«

»Kein Witz.« Volkers Kopf pendelt unkontrolliert von links nach rechts, es soll vermutlich ein Kopfschütteln sein. »Ich habe noch einen Sohn.«

33

Anna

»Wo ist Priska?«

Ich muss meine Frage dreimal stellen, bevor Moritz, Florian und Stefanie überhaupt bemerken, dass ich im Raum bin. Sie sitzen noch immer am Esstisch und diskutieren über mögliche Verbindungen zwischen Volker und Imke, und es ist klar, dass sie keine Ahnung haben, warum Imke davongelaufen ist.

»Sie sagte, sie wolle sich frisch machen«, erwidert Moritz schließlich.

»Sie ist also im Haus?«

Moritz zuckt mit den Achseln. »Wo sonst?«

»Das heißt, du weißt es nicht sicher?«

Moritz blinzelt hinter seinen Brillengläsern. »Ich habe es nicht überprüft. Warum auch?«

Ich antworte nicht, sondern laufe nach oben. Die Tür des Badezimmers ist nur angelehnt, ich öffne sie weit, doch Priska ist nicht darin, deshalb klopfe ich an die Tür ihres Schlafzimmers. Keine Antwort, und als ich nachsehe, ist der Raum auch leer, ebenso wie die anderen Räume im ersten Stock.

Ich sprinte die Treppe wieder hinunter und sehe im Gäste-WC nach, dann schiebe ich die Jacken und Mäntel in der Garderobe zur Seite. Priskas hellblaue Softshelljacke fehlt. Shit!

»Was machst du da?«

Ich fahre herum. Florian steht in der Wohnzimmertür, an ihm

vorbei kann ich die neugierigen Gesichter von Moritz und Stefanie sehen.

»Priska ist nicht oben, sie ist rausgegangen«, erkläre ich.

»Na und?«

»Weißt du, ob sie deiner Mutter gefolgt ist?«

Florian runzelt die Stirn. »Ich wusste ja nicht einmal, dass sie rausgegangen ist. Ich vermute nicht, weil Imke allein sein wollte. Wieso fragst du das? Was ist denn los?«

»Wir müssen deine Mutter suchen, sofort.«

»Und warum?«

Ich zögere. Ich sehe Florian an. Er wirkt irritiert. Kein Wunder. Er hat keine Ahnung, was vorgeht. Er weiß nicht, dass er der Grund für alles ist. Er weiß nicht, dass sein Leben heute zusammenbrechen wird. Und ich will nicht diejenige sein, die es ihm sagt. Ich mag ihn. Er ist ein guter Mensch. Er hat es nicht verdient. Aber ich habe keine Zeit.

»Wir müssen deine Mutter finden, bevor Priska ihr etwas antun kann.«

Florian lacht auf. »Bist du jetzt vollkommen übergeschnappt?«

»Es ist wahr. Priska ist schuld am Tod ihres Vaters. Sie war bei ihm, als er starb. Sie hat ihn entweder getötet oder zumindest nicht gerettet. Und jetzt möchte sie deine Mutter töten, damit sie dir nicht die Wahrheit sagen kann.«

»Ach, und was ist die Wahrheit?«

»Dass Volker auch dein Vater war.«

34

Priska

Ich weiß nicht, ob es Absicht oder Zufall ist, der Imke zur Uferpromenade und zum öffentlichen Badestrand führt. Sie geht über das weiche Kies-Sand-Gemisch und betritt dann die Planken des Badestegs, der fast zwanzig Meter in den See hineinreicht. Erst am Ende hält sie an, steckt die Hände in die Taschen ihrer bunten Jacquardjacke und blickt übers Wasser. Es ist später Vormittag, außer uns beiden ist niemand hier, doch es ist nicht still. Der Wind, der an Imkes kurzen silberblonden Haaren und an ihrem weißen Knitterschal zerrt, rauscht in den Korbweiden am Ufer. Wellen schwappen ans Ufer. Über dem Steg kreist kreischend eine Möwe. Auf dem Dauercampingplatz hinter mir knattert eine Plane.

Imke steht eine lange Zeit am Ende des Badestegs und blickt auf den See, während ich auf der Uferpromenade stehe und mich frage, was in ihrem Kopf vorgeht. Dabei kann ich es mir denken. Imke versucht den Mut zu finden, eine Beichte abzulegen. Und ich habe nicht mehr viel Zeit, das zu verhindern.

Imke ist so versunken in ihre Gedanken, dass sie mich nicht kommen hört. Erst als ich sie anspreche, fährt sie herum und verliert fast das Gleichgewicht.

»Priska, du hast mich erschreckt.«

»Entschuldige bitte«, sage ich ruhig. »Ich wollte sehen, wie es dir geht.«

Die Frage ist überflüssig. Imke gehört zu den Frauen, denen man ihre Gefühle leicht an der Mimik ablesen kann, und jetzt sieht sie zutiefst unglücklich und gequält aus.

»Ich fürchte, nicht gut. Ich ...« Sie bricht ab und greift zu dem losen Ende ihres Schals, streicht darüber, zerdrückt den Stoff zwischen den Fingern, bevor sie ihre Hand wieder sinken lässt. »Entschuldige bitte, Priska«, sagt sie schließlich, »du musst meine Reaktion auf das, was Frau Buchholz erzählt hat, sehr eigenartig finden. Aber es war ein Schock! Ich hätte das nie für möglich gehalten, niemals! Es ist doch gegen jede Wahrscheinlichkeit!«

Sie ballt die Hände zu Fäusten und starrt an mir vorbei auf den See. Ich erwidere nichts.

»Es tut mir so leid, es tut mir so unendlich leid«, fährt Imke fort. »Wenn ich das geahnt hätte, wenn ich das auch nur entfernt für möglich gehalten hätte, hätte ich etwas gesagt, aber ...« Sie schüttelt den Kopf. »Andreas und ich haben uns natürlich gefragt, ob wir es Flo sagen sollen, aber wir haben uns dagegen entschieden. Er war ein so glückliches Kind und hat Andreas so sehr geliebt. Wir hatten Angst, ihm etwas zu nehmen, ohne ihm etwas dafür geben zu können. Natürlich dachten wir nie daran ...« Tränen schießen in Imkes Augen, doch sie blinzelt sie weg und sagt schließlich mit fester Stimme zu mir: »Entschuldige bitte, Priska, du musst denken, dass ich wirres Zeug rede. Ich werde es dir erklären.«

»Das musst du nicht.«

Imke versteht mich falsch. »Doch, das muss ich. Ich muss dir und Flo etwas sehr Wichtiges sagen. Gehen wir zusammen zum Haus zurück?«

Sie legt einen Arm um mich, doch ich bewege mich nicht vom Fleck.

»Mir wäre es lieber, wenn wir zu zweit darüber reden.«

Imke schüttelt den Kopf. »Nein, Liebes, es betrifft auch Flo. Er muss dabei sein.«

»Mir wäre es lieber, du sagst es ihm nicht.«

Imke runzelt die Stirn. »Das ist ausgeschlossen, Priska. Und sobald du weißt, worum es geht, wirst du das verstehen.«

»Ich weiß es schon«, erwidere ich. »Ich weiß, dass du vor fünfunddreißig Jahren eine kurze Affäre mit meinem Vater hattest. Ich weiß, dass du schwanger wurdest. Ich weiß, dass Volker auch Flos Vater war.«

Mit angehaltenem Atem warte ich auf Imkes Reaktion, doch ausnahmsweise zeigt ihr Gesicht nicht, was sie fühlt, es zeigt gar nichts. Imke steht vollkommen starr da. Ihr Arm auf meiner Schulter wird zu Blei, dann fällt er herab, und Imke tritt einen Schritt zurück.

»Was sagst du da?«

Ich wiederhole es.

Imke starrt mich aus weit aufgerissenen Augen an. »Du weißt es schon? Aber woher? Ich habe es ja selbst bis vor zwanzig Minuten nicht gewusst. Niemand hat es gewusst.«

»Volker hat es gewusst.«

Imke blickt verwirrt. »Das kann nicht sein. Woher? Unsere Affäre dauerte nicht einmal drei Wochen, es war nur ein Urlaubsflirt, und als er nach Frankfurt zurückfuhr, wusste ich selbst noch nicht, dass ich schwanger bin. Er kann es nicht gewusst haben.«

»Er erfuhr es ein Jahr später«, erkläre ich. »Er war im nächsten Sommer noch einmal hier oben. Er wollte dich wiedersehen, also ging er in Enzos Ristorante. Du warst zwar da, aber an dem Tag nicht als Kellnerin, sondern als Gast mit deinem Baby. Volker war so irritiert, dass er Enzo nach dem Alter des Kleinen fragte. Als ihm klar wurde, dass er als Vater infrage kommt, suchte er schleunigst das Weite.«

So hat Volker es mir zumindest in den Stunden nach der Golden-Twenties-Party erzählt, und ich habe ihm geglaubt. Es wäre eine typische Reaktion für ihn gewesen.

»Das habe ich nicht gewusst«, erwidert Imke leise. Sie greift zu ihrem Schal, als suchte sie Halt.

Ich mustere sie neugierig. »Wieso hast du es Volker eigentlich nie gesagt? Du hättest ihn doch wenigstens informieren können.«

Imke seufzt. »Das ist kompliziert.« Sie schweigt einen Augenblick lang, dann gibt sie sich einen Ruck. »Als ich feststellte, dass ich schwanger war, war ich völlig entsetzt. Ich war zwanzig, ich hatte ein Jahr zuvor Abitur gemacht und seitdem die meiste Zeit durchgefeiert – wenn ich nicht gerade jobbte. Mir gefiel mein freies Leben so sehr, dass ich nicht mal Lust hatte, ein Studium oder eine Ausbildung zu beginnen, erst recht wollte ich mir kein Kind aufbürden. Als die Frauenärztin sagte, dass ich schwanger sei, machte ich sofort einen Termin bei der zuständigen Beratungsstelle und dann in einer Klinik, die Abbrüche durchführt. Ich fuhr auch hin, doch ...« Imke schüttelt den Kopf. »Ich konnte es nicht. Ich hätte vorher nie gedacht, dass ich in der Hinsicht so ...«, sie sucht nach einem geeigneten Wort, »... so sentimental sein würde, aber ich brachte es nicht fertig. Ich saß den ganzen Vormittag lang vor der Klinik auf einer Bank und weinte. Vermutlich hätte ich da auch noch die nächsten Tage verbracht, wenn sich nicht irgendwann ein junger Mann, ein Student, zu mir gesetzt hätte. Er fragte, was los sei, und in dem Moment war ich so durcheinander, dass ich mich ihm tatsächlich anvertraute.«

»Und ein wildfremder Student überredete dich, das Kind zu bekommen?«, frage ich skeptisch.

Imke schüttelt lächelnd den Kopf. »Er ließ mich einfach reden. Er war ein toller Zuhörer und half mir, meine Gedanken zu klären – viel besser als die Frau bei der Schwangerschaftskonfliktberatung. Wir redeten den ganzen Tag und den ganzen Abend und trafen uns am nächsten Nachmittag wieder. Ich hatte damals niemand anderen zum Reden. Meine Eltern waren nicht allzu erbaut über meinen ›unsteten Lebenswandel‹, wie sie das nannten«, Imke malt Gänsefüßchen in die Luft, »deswegen hatte ich ihnen nichts von der Schwangerschaft erzählt. Ich wollte das selbst regeln.«

»Und warum hast du Volker nicht Bescheid gesagt, als du dich entschlossen hast, das Kind zu behalten?«

Imke seufzt. »Weißt du, die Gespräche mit dem Studenten waren wirklich hilfreich. Ich dachte nicht nur über die Schwangerschaft nach, sondern über mein Leben, wie ich es gestalten wollte, wie ich eine mögliche Mutterschaft gestalten wollte. Dabei wurde mir nicht nur klar, dass ich mein Kind wirklich bekommen wollte, sondern auch, dass ich Volker nicht in meinem Leben haben wollte.« Imke errötet. »Versteh mich nicht falsch, Liebes, Volker war bestimmt ein netter Mann. Als Urlaubsflirt war er toll, aber als Vater schien er mir, na ja, nicht so geeignet. Abgesehen davon war ich sicher, dass er die Vaterrolle ohnehin nicht annehmen würde. Das Beste, das ich mir hätte erhoffen können, wäre ein finanzieller Beitrag gewesen, und darauf wollte ich nicht angewiesen sein. Außerdem ...«

»Außerdem?«

»Außerdem hatte ich mich mittlerweile in Andreas verliebt. Er war der Student. Und ich wusste, dass er ein idealer Vater sein würde.«

»Und er hatte kein Problem, das Kind eines anderen Mannes anzunehmen?«, frage ich.

Imke lächelt. »Nicht das Geringste. Er hat Flo über alles geliebt, von der ersten Minute an.«

»Aber dein Umfeld muss doch gewusst haben, dass er nicht der Vater sein konnte.«

Imke zuckt mit den Achseln. »Seine Eltern wussten es, aber für sie hat es nie einen Unterschied gemacht. Meine Eltern wussten es nicht. Ich wohnte damals nicht mehr bei ihnen und erzählte ihnen nie genau, mit wem ich mich traf. Und die Freundinnen aus meiner wilden Zeit, die es sich denken konnten, habe ich gebeten, es für sich zu behalten.«

»Und Flo hast du es auch nicht erzählt«, sage ich.

Imke nickt langsam. »Ja, und das war ein Fehler. Aber ich hätte nie gedacht, dass so etwas passieren könnte. Dass von allen Frauen in der Welt, Flo sich ausgerechnet in die eine verlieben würde, die ...« Sie bricht ab und greift meine Hände. »Es tut mir so leid, Priska, so unendlich leid.«

Ich glaube Imke das, sie wirkt tief erschüttert, und ich möchte mir das zum Vorteil machen, aber vorher gibt es noch eine Frage, die ich ihr schon immer stellen wollte, während ich gleichzeitig gehofft habe, ich würde nie die Gelegenheit dazu bekommen.

»Warst du denn gar nicht misstrauisch, als du mich kennengelernt und erfahren hast, dass mein Vater Volker Fischer heißt?«

Imke schüttelt den Kopf. »Wieso hätte ich das sein sollen? Fischer ist ja weiß Gott kein seltener Name. Und als ich ihn kennenlernte, lebte Volker in Frankfurt. Wieso hätte ich einen Volker Fischer aus Frankfurt mit einer Priska Fischer aus Stuttgart in Verbindung bringen sollen? Abgesehen davon hatte ich seit über dreißig Jahren nicht mehr an ihn gedacht. Er spielte in meinem Leben keine Rolle. Für mich war Flo immer Andreas' Kind. Andreas war ein wunderbarer Vater und ein wunderbares Vorbild. Seinetwegen ist Flo zu dem Mann geworden, der er ist. Zu dem wunderbaren, liebevollen, klugen, glücklichen Mann, der er ist. Und die Vorstellung, dass ich ihn nun zutiefst unglücklich machen muss ...« Imkes Hände zittern.

»Dann tu es nicht«, sage ich.

»Bitte?«

Ich wiederhole es. »Sag es Flo nicht, mach ihn nicht unglücklich.«

Imke betrachtet mich irritiert. »Aber das geht nicht, Priska, und das weißt du genau. Er muss die Wahrheit erfahren.« Sie runzelt die Stirn. »Ich verstehe ohnehin nicht, warum du es ihm nicht schon längst gesagt hast. Dein Vater ist am Freitag gestorben, du musst es seit mindestens fünf Tagen wissen. Wie konntest du Flo das vorenthalten?«

»Weil ich ihn nicht verlieren möchte.«

Imke blinzelt. »Was soll das bedeuten?«

Ich zucke mit den Achseln. »Dass ich mit Flo zusammenbleiben möchte. Dass ich möchte, dass alles so bleibt, wie es ist.«

Imke blinzelt schneller. »Er ist dein Halbbruder! Du kannst nicht mit ihm zusammenbleiben.«

»Ich liebe ihn. Und er liebt mich. Wir sind glücklich zusammen.«

Imke lässt meine Hände los und tritt einen Schritt zurück. »Das kann nicht dein Ernst sein, Priska. Ist das ein makabrer Scherz, weil du wütend auf mich bist, weil ich Flo nicht gesagt habe, wer sein biologischer Vater ist? Weil das alles nicht passiert wäre, wenn ich es getan hätte?«

Ich schüttele den Kopf. »Ich bin nicht wütend, und es ist mein Ernst. Ich möchte, dass du Flo nichts sagst. Dass du uns glücklich bleiben lässt.«

»Aber das kann ich nicht, Priska, das musst du doch einsehen.« Imke mustert mich beschwörend. »Priska, Liebes, ich glaube, du bist durcheinander. Du stehst unter Schock – was nur allzu verständlich ist. Du hast innerhalb weniger Tage deinen Vater verloren und erfahren, dass dein Ehemann dein Halbbruder ist. Es ist nur natürlich, dass du Angst hast, noch einen Menschen zu verlieren, den du liebst. Aber das ist unmöglich. Du und Flo, ihr könnt nicht zusammenbleiben.«

»Warum nicht? Nenn mir einen einzigen Grund!«

»Priska, Liebes, es gibt Hunderte. Es ist illegal. Ihr könntet niemals Kinder bekommen. Ihr ...«

Ich falle Imke ins Wort. »Ich sorge dafür, dass wir keine bekommen. Das tue ich schon die ganze Zeit.«

»Aber das ist doch nicht der einzige Punkt, Priska. Ihr dürft nicht mehr miteinander schlafen. Es wäre Inzest.«

»Solange es keiner weiß ...«

Imke schüttelt entsetzt den Kopf. »Priska, du weißt nicht, was du redest. Du darfst nicht mehr mit Flo schlafen. Und du wirst es auch nicht wollen, wenn du es erst einmal wirklich verinnerlicht hast, dass er dein Halbbruder ist.«

»Ich habe es schon längst verinnerlicht – und ich habe seitdem Hunderte Male mit ihm geschlafen.«

Imke reißt die Augen auf. »Du hast was? Wie lange weißt du es denn schon?«

Mir wird klar, dass ich mich verraten habe, doch ich kann jetzt keinen Rückzieher machen. Nicht, wenn ich Imke überzeugen will, dass es mir ernst ist. »Schon lange.«

»Wie lange?« Imkes Stimme klingt rau.

»Ich wusste es schon vor der Hochzeit.«

»Nein!«

Imke schreit das Wort geradezu, und dann holt sie aus, ohne Überlegung, aus einem Instinkt heraus. Doch mein Instinkt bringt mich dazu, mich zu ducken, so dass Imkes Schlag ins Leere geht. Ihr Arm fällt schlaff herab, und sie steht keuchend vor mir.

»Du Schlampe!«, zischt sie. »Du kranke Schlampe! Wie konntest du Flo das antun?«

Ich zucke mit den Achseln. »Ich habe ihm nichts angetan, ich habe ihn glücklich gemacht. Ich liebe ihn.«

»Das hat mit Liebe nichts zu tun. Das ist pervers. Du bist pervers, du ...« Imke scheint nicht mehr weiter zu wissen. Dann holt sie tief Luft. »Das hat jetzt ein Ende. Ich rede mit Flo, sofort!«

Sie will an mir vorbeigehen, doch ich versperre ihr den Weg.

Imkes Augen werden schmal. »Was soll das? Lass mich vorbei!«

»Nur, wenn du nicht mit Flo redest.«

»Ich werde ganz bestimmt mit ihm reden.«

Imke versucht, sich auf dem schmalen Steg an mir vorbeizudrängen, doch ich behaupte meine Position.

»Geh zur Seite!«

»Nur, wenn du versprichst zu schweigen.«

»Du bist verrückt.«

Imke will mich zur Seite schieben, doch ich bleibe breitbeinig stehen und halte dagegen. Schließlich macht Imke keuchend einige Schritte zurück.

»Das ist lächerlich«, zischt sie.
»Das mag sein.«
»Du kannst mich nicht den ganzen Tag hier festhalten.«
»Nur, bis du mir versprichst, nicht mit Flo zu reden.«
»Das werde ich niemals tun.«
»Dann wird es ein langer Tag.«
»Bestimmt nicht.«
Im nächsten Augenblick geht alles blitzschnell. Imke ist nur wenige Schritte von mir entfernt, doch die nutzt sie, um Anlauf zu nehmen. Als sie gegen mich prallt, hat sie so viel Schwung, dass ich das Gleichgewicht verliere. Ich kann mich nur auf den Beinen halten, weil ich Imkes Arm packe, und für einige Augenblicke ringen wir miteinander. Dann schaffe ich es, Imke mit aller Kraft von mir zu stoßen. Im nächsten Moment höre ich ein dumpfes Krachen. Der Steg vibriert, als Imkes Kopf auf die Planken schlägt. Dann kippt sie zur Seite in den See.

Déjà-vu. Das ist alles, woran ich im ersten Moment denken kann. Déjà-vu. Der Streit. Der Sturz. Der Aufprall auf den Steg. Der Fall ins Wasser. Déjà-vu.

Auch Volker wollte Flo die Wahrheit sagen. Auch Volker war entschlossen, mein Leben zu zerstören. Auch Volker hat mich als krank und pervers beschimpft. Auch Volker hat das Gleichgewicht verloren. Auch Volker ist mit dem Kopf auf den Steg gestürzt, bevor er ins Wasser gekippt ist. Auch Volker ist bäuchlings auf dem Wasser getrieben. Auch aus Volkers Mund sind zuerst noch Luftblasen an seinem Kopf vorbei zur Seeoberfläche gestiegen.

Doch ich habe Volker nicht ins Wasser gestoßen. Ich habe ihn nicht angefasst. Und ich habe nicht gewusst, dass er an Angina-pectoris-Attacken leidet, die durch Stress ausgelöst werden. Ich hatte keine Ahnung, was los ist, als er sich plötzlich an sein Herz griff, als er einen hochroten Kopf bekam und zu keuchen begann. Ich wusste nicht, was es war, das mir das Leben rettete.

Genauso wenig habe ich Imke ins Wasser gestoßen. Zumindest wollte ich es nicht. Ich wollte sie nur nicht vorbeilassen. Ich wollte sie nur nicht mit Flo reden lassen. Ich kann ihn nicht verlieren!

Doch ich werde ihn verlieren. Denn in einem Punkt ist Imke nicht wie Volker. Sie leidet an keiner Herzschwäche. Sie wird nicht ertrinken. Sie kann sich retten.

Aber warum tut sie es nicht? Warum treibt sie bäuchlings auf dem Wasser? Warum bewegt sie sich nicht? Ist es ein Trick?

Ich gehe in die Hocke, und just in diesem Moment kommt die Sonne heraus. Ich habe gar nicht bemerkt, dass der Wind die Wolken auseinandergetrieben hat. Nur gerade so weit, dass einige Sonnenstrahlen hindurchfallen können, und sie scheinen genau auf Imkes Gestalt, beleuchten ihre bunte Jacke und lassen ihr kurzes, nasses, silberblondes Haar glänzen. Es glänzt jedoch nicht gleichmäßig, an Imkes Hinterkopf ist eine dunklere Stelle. Ich beuge mich vor, um besser sehen zu können. Es ist Blut.

Mein Blick gleitet automatisch von Imkes Hinterkopf zu der Stelle, an der er auf die hölzernen Stegplanken geprallt ist. Auch dort ist Blut. Und dann wird mir klar: Imke ist bewusstlos. Sie rettet sich nicht, weil sie es nicht kann. Sie ist auf meine Hilfe angewiesen.

Déjà-vu.

35

Priska

Es tut mir leid, Imke! Glaube mir, das habe ich nicht gewollt. Und wenn es eine andere Möglichkeit gäbe, würde ich sie wählen. Wenn es eine Möglichkeit gäbe, dein Leben zu bewahren und gleichzeitig mein Leben mit Flo zu retten, dann würde ich sie ergreifen. Du bist immer eine tolle Schwiegermutter gewesen, und ich habe dich immer gemocht. Als wir uns das erste Mal begegnet sind, bin ich fast gestorben vor Angst, aber nachdem ich verstanden hatte, dass du keine Gefahr bist, habe ich zugelassen, dass du mich ins Herz geschlossen hast wie eine Tochter. Deshalb glaube mir: Es tut mir wirklich leid. Doch es ist die einzige Möglichkeit. Es gibt keinen anderen Weg.

Willst du dir das wirklich noch einmal einreden? Die Stimme in meinem Kopf ist plötzlich wieder da. *Es gibt einen anderen Weg, Priska, es gibt immer einen anderen Weg.*

Nein, den gibt es nicht! Es gibt nur diesen einen, wenn ich mit Flo zusammenbleiben möchte.

Und das ist das Einzige, das zählt? Das, was du möchtest?

Das ist das Einzige, das für mich zählt. Und es ist mein Recht, die Dinge so zu sehen. Jeder ist seines Glückes Schmied. Ich bin nur für mich verantwortlich.

Was ist mit Flo? Trägst du für ihn keine Verantwortung?

Doch, natürlich! Deshalb tue ich das nicht nur für mich, ich tue es auch für ihn. Er liebt mich so sehr, wie ich ihn liebe.

Wüsste er, wer du wirklich bist, würde er dich hassen. Und du liebst ihn auch nicht. Liebe bedeutet, dass man nicht nur für sich die richtigen Entscheidungen trifft, sondern auch für den Menschen, den man liebt. Niemand tötet die Mutter des Mannes, den er liebt.

Ich habe keine Wahl!

Bullshit! Natürlich hast du eine Wahl. Du kannst dich entscheiden, gut oder böse. Du hast dich schon einmal falsch entschieden, willst du es wirklich wieder tun? Du hast erlebt, was es mit dir gemacht hat. Und das war erst der Beginn.

Dies wäre das Ende. Es wäre endgültig vorbei. Flo und ich könnten ...

Was denn? Glücklich bis ans Ende aller Tage leben? Bist du wirklich so naiv?

Ich bin nicht naiv!

Dann bist du schlicht böse?

»Sei still!«, schreie ich lauthals, dann sehe ich mich erschreckt um, doch niemand hat mich gehört, niemand ist in der Nähe. Außer Imke und mir ist niemand hier. Und das bedeutet: Ich kann gehen. Ich kann mich einfach so aufrichten und gehen. Und später, wenn Imke gefunden wird, kann ich sagen, dass ich nicht hier war. Es hat schon einmal geklappt, es wird wieder klappen.

Ich lausche kurz. Die Stimme ist weg. Und ich bin jetzt auch weg!

Ich drücke mich aus meiner gebückten Haltung hoch, dann drehe ich mich um und gehe mit schnellen Schritten davon. Das habe ich zumindest vor, doch seltsamerweise bewege ich mich nicht vom Fleck. Ich stehe immer noch auf dem Steg. Ich stehe auf dem Steg und blicke ins Wasser, wo Imke immer noch reglos treibt. Etwas hat sich verändert. Neben ihrem Kopf steigen keine Luftblasen auf. Heißt das, es ist vorbei?

»Nein!« Erneut schreie ich aus vollem Hals, dann springe ich ins Wasser.

Teil IV

1

Aussage der Beschuldigten Priska Jansen

Datum: 30. Oktober 2024, 19:50 Uhr.
Anwesend: KHK Niebel, KK Brandt, Priska Jansen, Rechtsanwältin Johanna Gräfe

Mein Name ist Priska Viktoria Jansen, geborene Fischer. Ich mache diese Aussage in Anwesenheit meiner Anwältin Johanna Gräfe. Ich mache diese Aussage freiwillig. Ich möchte damit einen Beitrag leisten, den Tod meines Vaters, Volker Ernst Fischer, am 25. Oktober dieses Jahres aufzuklären.

Das Verhältnis zwischen meinem Vater und mir war schon seit vielen Jahren nicht gut, zeitweise war es sogar sehr schlecht, nachdem ich im Alter von dreizehn Jahren erfahren hatte, dass mein Vater ein Doppelleben führte und nicht nur seit der Zeit vor meiner Geburt eine Geliebte besaß, sondern auch einen zwölf Jahre alten Sohn, meinen Halbbruder Moritz Klose. Als Folge dieser Entdeckung ließen meine Eltern sich scheiden, und ich hatte jahrelang keinen Kontakt zu meinem Vater. Dies änderte sich erst während meines Studiums. In dieser Zeit lernte ich meinen Halbbruder Moritz besser kennen, und auf dessen Anstoß hin kam es zu einer Wiederannäherung zwischen meinem Vater und mir. In den folgenden Jahren trafen mein Vater und ich uns etwa vier- bis sechsmal im Jahr. Ich würde die Beziehung als von gegenseitiger Anerkennung geprägt, aber emotional distanziert beschreiben.

Im September vor zwei Jahren feierte mein Vater in großem Rahmen seinen sechzigsten Geburtstag. Auf dieser Feier betrank er sich so stark, dass ich ihn nach Hause fahren und in seine Wohnung begleiten musste. Dort vertraute mein Vater – der in betrunkenem Zustand zur Sentimentalität neigte – mir an, dass er neben Moritz und mir noch ein drittes Kind habe, einen Sohn, den er als junger Mann mit einer Frau namens Imke gezeugt hatte, die damals in Enzos Ristorante in Kiel arbeitete. Ich war verärgert, wenn auch nicht sehr überrascht über diese Information. Ich beschloss, sie nicht weiterzuverfolgen, zumal ich bei einem Telefonat wenige Tage später erkannte, dass mein Vater in nüchternem Zustand keine Erinnerung an unser Gespräch hatte.

Zwei Wochen später zog ich aus beruflichen Gründen für einige Monate nach Kiel. Obwohl ich mir vorgenommen hatte, keine Nachforschungen zum dritten Kind meines Vaters anzustellen, musste ich gelegentlich daran denken, und als ich zufällig an Enzos Ristorante vorbeikam, ging ich spontan hinein und fragte nach einer früheren Mitarbeiterin namens Imke. Zu meiner Überraschung konnte der ältere Besitzer sich gut an sie erinnern und erzählte mir, dass Imke mittlerweile ein eigenes Café in Laboe besitze, das Café im gelben Haus.

Am nächsten Samstag fuhr ich aus Neugier nach Laboe, musste jedoch feststellen, dass das Café im gelben Haus Betriebsurlaub hatte. Ich beschloss daraufhin, die Angelegenheit nicht weiterzuverfolgen, und ging zu meinem Wagen, um nach Kiel zurückzukehren. Auf dem Parkplatz rammte ich jedoch versehentlich einen anderen Wagen. Auf diese Weise lernte ich meinen späteren Mann, Florian Jansen, kennen. In der Folge dieses Treffens verliebten Florian und ich uns ineinander und begannen eine Beziehung.

Ich möchte betonen, dass ich zu diesem Zeitpunkt nicht wusste, dass Florian Jansen der Sohn der Besitzerin des Cafés im gelben Haus war, von der ich nur den Vornamen kannte, und dass es mir auch nicht möglich gewesen wäre, dies zu erahnen. Wir begegneten uns zufällig auf einem öffentlichen Parkplatz, es gab für mich keinen Anlass anzunehmen, dass eine Verbindung zwischen Florian und dem nahe gelegenen, zu diesem Zeitpunkt geschlossenen Café bestand. Dass dem so war, erfuhr ich erst sieben Wochen später, als Florian mir erzählte, dass seine Mutter die Besitzerin des Cafés im gelben Haus sei.

Die Erkenntnis, dass Florian höchstwahrscheinlich der Sohn war, den mein Vater vor über dreißig Jahren gedankenlos gezeugt hatte, war für mich ein Schock. Ich war zutiefst bestürzt und beendete die Beziehung zu Florian, nahm sie jedoch kurze Zeit später wieder auf, weil der Gedanke, ohne Florian zu leben, für mich unerträglich war. Ich erzählte niemandem davon, dass Florian möglicherweise mein Halbbruder ist, insbesondere habe ich es Florian gegenüber nie erwähnt. Er war bis zum heutigen Tag davon überzeugt, der leibliche Sohn von Andreas Jansen, Ehemann von Imke Jansen, geborene Schröder, zu sein.

Nachdem ich mich entschieden hatte, die Beziehung mit Florian fortzusetzen, schränkte ich den Kontakt zu meinem Vater auf ein Minimum ein, um zu verhindern, dass dieser Florian kennenlernte. Ich hatte Angst, mein Vater könnte die Wahrheit herausfinden.

Zu den Ereignissen am vergangenen Freitag, den 25. Oktober, möchte ich Folgendes ausführen: Mein Mann und ich erwarteten für ein verlängertes Wochenende Gäste, mein Halbbruder Moritz Klose und seine Freundin Anna Brühl wollten gegen sechzehn Uhr dreißig kommen. Ich war bereits am frühen Nachmittag zu Hause, weil ich vor ihrem Eintreffen eine Runde joggen wollte. Ich lief etwa um 15:15 Uhr los und kam etwa um 15:55 Uhr zurück. Als ich zurückkehrte, benutzte ich das Tor im Bretterzaun, der unser Grundstück von dem angrenzenden Wäldchen trennt. Das tue ich oft, weil ich gerne nach dem Training im Garten dehne.

Als ich den Garten betrat, sah ich einen Mann auf unserem Bootssteg stehen. Ich erkannte ihn erst beim Näherkommen, es war mein Vater. Das überraschte mich sehr, denn ich hatte wie erwähnt fast keinen

Kontakt mehr zu ihm, und mein Vater hatte seinen Besuch nicht angekündigt. Aus einem bestimmten Grund, wie mir schnell klar wurde: Mein Vater war gekommen, um mich zur Rede zu stellen, weil er herausgefunden hatte, dass Florian sein Sohn ist.

Ich kann nicht mit Sicherheit sagen, wie mein Vater dies herausgefunden hat, ich kann nur wiedergeben, was er mir erzählt hat. Demnach war mein Vater frustriert und verärgert, weil ich ihn nicht zu meiner Hochzeit eingeladen und seine Versuche, Florian kennenzulernen, abgeblockt hatte. Als mein Halbbruder Moritz ihm eines Tages Fotos von der Hochzeit zeigte, auf denen auch Florians Mutter Imke zu sehen war, kam diese meinem Vater bekannt vor. Es dauerte jedoch eine Weile, bis ihm klar wurde, dass Florians Mutter Imke ihn an die Frau namens Imke erinnerte, mit der er fünfunddreißig Jahre zuvor in Kiel eine kurze Affäre gehabt und einen Sohn gezeugt hatte. Zunächst hielt mein Vater die Ähnlichkeit für Zufall, doch als er bei einem weiteren Treffen Moritz bat, noch einmal die Hochzeitsfotos sehen zu dürfen, fiel ihm auf, dass auch Florian ihn an jemanden erinnerte: an ihn selbst dreißig Jahre zuvor. Und als er nachrechnete, erkannte er, dass Florian genauso alt war wie sein ihm unbekannter Sohn.

Daraufhin keimte in meinem Vater der Verdacht, dass Florian tatsächlich dieser Sohn sein könne und dass ich deswegen den Kontakt zu ihm abgebrochen habe. Als seine Freundin, Frau Stefanie Buchholz, kurz darauf geschäftlich nach Kiel reiste, begleitete mein Vater sie und nutzte die Gelegenheit, Nachforschungen anzustellen. Am Donnerstag, den 24. Oktober, fuhr er zu Enzos Ristorante und fragte dort nach einer früheren Mitarbeiterin namens Imke. So wie ich zwei Jahre zuvor wurde mein Vater auf Imkes Café im gelben Haus in Laboe hingewiesen. Er fuhr dorthin und erkannte Imke sofort. Er hatte wohl ursprünglich vor, mit ihr über den gemeinsamen Sohn zu reden, doch das stellte sich als unnötig heraus. Im Café hingen Fotos von Florians und meiner Hochzeitsfeier, außerdem stand auf der Speisekarte Imkes Nachname: Jansen, so wie mein Ehename. Meinem Vater wurde klar, dass sein Verdacht richtig war und dass ich tatsächlich meinen Halbbruder geheiratet hatte.

Am nächsten Tag, Freitag, der 25. Oktober, fuhr mein Vater zu mir, um mich zur Rede zu stellen. Es kam zu einem Streit zwischen uns, bei dem wir auf dem Bootssteg standen. Mein Vater machte mir heftige Vorwürfe, nannte mich »abartig« und »krank« und verlangte, dass ich mich von Florian trenne. Als ich mich weigerte, regte mein Vater sich so sehr auf, dass ich Angst bekam, er könne auf mich losgehen. Um ihm und mir die Gelegenheit zu geben, etwas herunterzukommen, ging ich ins Haus. Ich trank ein Glas Wasser und wartete einige Minuten, bevor ich zurückkehrte. Zu meiner Verwunderung war mein Vater jedoch nicht mehr im Garten, nur sein Mantel hing an einem Pfosten des Bootsstegs. Als ich dorthin ging, entdeckte ich meinen Vater am Grund des Sees. Der Anblick war ein schrecklicher Schock für mich. Mir war sofort klar, dass mein Vater tot war, dennoch wollte ich natürlich ins Wasser springen, um ihn zu bergen. Doch in dem Moment bekam ich eine Whatsapp von Moritz, der mir mitteilte, dass er mit Anna vor meinem Haus stünde.

Ich schäme mich sehr für das, was ich als Nächstes getan habe. Ich geriet in Panik. Mittlerweile weiß ich, dass mein Vater in den Minuten meiner Abwesenheit einen Angina-pectoris-Anfall erlitten haben muss, in dessen Folge er in den See stürzte und ertrank. Doch in dem Moment konnte ich mir seinen Tod nicht erklären. Ich hatte Angst, man könne mich verantwortlich machen. Außerdem hatte ich Angst, mein Geheimnis würde ans Tageslicht kommen. Ich beschloss daher, so zu tun, als hätte ich nichts von der Anwesenheit meines Vaters gewusst. Ich nahm seinen Mantel, lief durch das Tor in unserem Bretterzaun, versteckte den Mantel im Wald und lief dann zurück zum Haus, wo ich vorgab, ich sei gerade von meinem Halbmarathontraining zurückgekehrt.

Ich schäme mich sehr für das, was ich getan habe. Ich weiß, ich hätte anders handeln sollen. Ich kann es nur damit erklären, dass ich in Panik war und Angst hatte, dass mein Geheimnis auffliegen könne. Ich liebe meinen Mann Florian Jansen über alles und hatte Angst, ihn zu verlieren.

Kiel, 30. Oktober 2024, Priska Jansen

2

Anna

Es ist schon nach Mitternacht, der Samstag ist bereits angebrochen, als Stefanie mich zu Hause in Heidelberg absetzt. Eigentlich wollte ich bei Moritz übernachten, doch er meinte, dass er lieber allein sein möchte. So geht das schon seit Tagen. Moritz hat sich wieder von mir zurückgezogen. Die Kluft zwischen uns scheint mit jeder Stunde größer zu werden, und das macht mir wahnsinnige Angst.

»Da wären wir. Warte, ich gebe dir deinen Koffer.«

Stefanie steigt aus Moritz' Honda, öffnet die Heckklappe und reicht mir unnötigerweise meinen Trolley. Einen Augenblick lang sehen wir einander im Schein der Straßenlaterne an.

»Danke«, sage ich schließlich. »Für alles. Ohne dich wären die letzten Tage …« Ich breche ab. »Die Hölle gewesen«, wollte ich sagen, doch das waren sie ohnehin.

Stefanie mustert mich besorgt. »Bist du okay? Soll ich noch mit hochkommen? Entschuldige, wenn ich das so deutlich sage, aber du siehst völlig fertig aus.«

»Ich komme klar.«

Stefanie zögert, bevor sie endlich nickt. »Dann bis Sonntag. Wir sehen uns bestimmt, wenn ich Moritz seinen Wagen zurückbringe.«

»Bestimmt«, behaupte ich, obwohl ich mir keineswegs sicher bin. Moritz hat zum Abschied nur gesagt, dass er sich melden werde.

Ich ringe mir ein letztes Lächeln für Stefanie ab, dann wende ich mich ab und schließe die Haustür auf. Doch kaum ist sie hinter mir ins Schloss gefallen, lasse ich mich dagegensinken, und das Lächeln verschwindet von meinen Lippen. Ich fühle mich auf einmal so kraftlos, dass ich mich frage, wie ich meinen Trolley drei Treppen hinaufschleppen soll. Eine Weile stehe ich da, während ich durch die Tür höre, wie Stefanie davonfährt. Dann umfasse ich den Trolley mit festem Griff und quäle mich die Treppe hoch. Als ich vor unserer Wohnungstür ankomme, zittere ich vor Anstrengung und Erschöpfung so sehr, dass ich meinen Schlüssel fallen lasse, der laut klirrend auf den Steinfliesen landet. Im selben Moment geht das Licht im Treppenhaus aus. Shit!

Ich bücke mich und taste im Dunkeln nach dem Schlüssel. Als ich mich wieder aufrichte, wird die Tür zu unserer Wohnung geöffnet. Das Flurlicht strahlt Inga von hinten an, so dass ich nur ihre Silhouette erkennen kann. Doch Inga erkennt wie immer sofort, was mit mir los ist. Ohne ein Wort nimmt sie mich in die Arme, und ich fange an zu weinen.

Kurz darauf sitze ich auf dem dunkelgrünen Samtsofa, das Inga von einer Tante geerbt hat, in unserer Wohnküche. Es ist warm hier drin. Während sie auf mich gewartet hat, hat Inga die Heizung voll aufgedreht. Sie hat mir auch eine heiße Schokolade gekocht, doch ich habe sie bis jetzt nicht angerührt. Ich kann die Tasse nicht halten, weil meine Hände so stark zittern, und ich weine immer noch. Ich weine und weine, während die Anspannung der letzten drei Tage sich langsam von meiner Brust löst, bis ich endlich wieder frei atmen kann. Ich habe das Gefühl, ich habe seit drei Tagen nicht geatmet, seit Priska uns in diesen Alptraum gestürzt hat. Ich habe einfach nur versucht zu funktionieren, um Moritz zu unterstützen und ihm den Halt zu geben, den er braucht, nachdem seine Schwester ihm den Boden unter den Füßen weggezogen hat. Aber jetzt kann ich nicht mehr.

Während ich weine, rauschen Bilder durch meinen Kopf, Szenen aus den letzten Tagen, die sich mir eingebrannt haben, während andere in meiner Erinnerung schon jetzt verschwimmen. Wie Florian und ich uns gestritten haben, nachdem ich ihm gesagt hatte, dass Volker auch sein Vater war. Wie er mich für verrückt erklärte. Wie Moritz in dieselbe Kerbe haute. Nur Stefanie war bereit, mir zu glauben, während Florian und Moritz immer wütender auf mich wurden. Doch dann klingelte Florians Handy. Priska war dran und sagte ihm, dass sie mit seiner Mutter in einem Rettungswagen unterwegs in die Klinik in Preetz sei. Ich erinnere mich, dass wir dorthin rasten. An die Aufregung und Angst im Krankenhaus, bis die Ärzte Entwarnung gaben. An den Moment, als Florian Priska fragte, was denn überhaupt geschehen sei, und Priska ihm erklärte, dass es auf dem öffentlichen Badesteg zu einem Streit zwischen ihr und Imke gekommen sei. Dass Imke in den See gestürzt und sie selbst hinterhergesprungen sei. Dann Florians Frage, worum es in dem Streit gegangen sei, und Priskas Antwort, dass sie ihm das unter vier Augen erklären würde. Doch dazu kam es nicht, weil Stefanie sich einmischte.

»Ich denke, es geht auch Moritz und mich an, Priska. Stimmt es, dass Volker Florians biologischer Vater war?«

Ich erinnere mich wortwörtlich an Stefanies Rede, und ich erinnere mich genau an Priskas Reaktion. Ich war überzeugt, dass sie es leugnen würde, doch das tat sie nicht, wohl weil sie wusste, dass es dafür zu spät war. Sie nickte bloß und katapultierte Florian und Moritz damit direkt in die Hölle.

Die nächsten Stunden sind in meinem Kopf verschwommen, ein Chaos aus Schock und Wut und Fassungslosigkeit, aus lauten Stimmen, schrillen Vorwürfen und Priskas absurden Rechtfertigungsversuchen, das erst endete, als Hauptkommissar Niebel und Kommissarin Brandt im Krankenhaus eintrafen. Ich weiß nicht, wer sie informiert hat, vermutlich Stefanie, weil sie als Einzige einen halbwegs klaren Kopf behielt. Nachdem die Polizisten

Priska mitgenommen hatten, war Stefanie auch geistesgegenwärtig genug, den Bestatter anzurufen, die geplante Verbrennung von Volkers Leichnam zu stoppen und die Abschiedszeremonie zu verschieben. Sie war auch diejenige, die einen Rechtsanwalt für Florian organisierte und ein Hotelzimmer für Moritz und mich buchte, weil wir nicht mehr in Priskas Haus übernachten wollten. Und es war ihr Vorschlag, uns auf dem Rückweg nach Heidelberg zu begleiten und sich mit mir beim Fahren abzuwechseln, weil Moritz dazu nicht in der Lage war.

»Und? Stillst du jetzt endlich meine Neugier?«

Es ist Samstagvormittag, halb elf, Inga und ich sitzen bei einem späten Frühstück. Ich bin irgendwann auf dem Küchensofa eingeschlafen und erst aufgewacht, als der Paketbote mit einem Paket für unsere Nachbarin klingelte.

»Wie meinst du das?« Ich blinzele gegen die Novembermorgensonne an, die durchs Küchenfenster fällt. Ich habe Kopfschmerzen, und meine Glieder fühlen sich an wie Blei. »Ich habe dir doch schon am Telefon alles erzählt.«

Zumindest glaube ich, dass ich Inga in den letzten Tagen mehrmals angerufen habe, auch wenn die Erinnerung daran verschwommen ist. Ich habe in den letzten Tagen einige Telefonate geführt, seltsamerweise erinnere ich mich nur an eines deutlich: Als ich dem Investmentbanker sagte, dass ich den Termin für sein Zweihundert-Euro-Banknoten-Tattoo wegen eines Todesfalles verschieben müsse, reagierte er überraschend verständnisvoll und kondolierte mir sogar, bevor wir einen neuen Termin vereinbarten.

»Da warst du so durch den Wind, dass ich noch jede Menge Fragen habe«, erwidert Inga. »Außerdem sagtest du, dass die Polizei noch weiter ermitteln würde.«

Ich trinke einen Schluck Grüntee und tauche meinen Löffel in mein veganes Beerenporridge. Am liebsten würde ich hier bis in alle Ewigkeit sitzen, Dinge essen und trinken, die ich gewohnt bin, dem vertrauten Gezänk der Spatzen lauschen, die sich im Hinterhof um irgendwelche Krümel streiten, und die Aromen der indischen Gewürze einatmen, die durch Dayitas Küchenfenster von unten zu uns heraufziehen. Am liebsten würde ich mich bis in alle Ewigkeit hier in meinem kleinen, sicheren Kokon verkriechen und die Welt draußen vergessen.

»Das stimmt. Kommissarin Brandt hat uns erzählt, dass Priska zwar ein umfangreiches Geständnis abgelegt hat, aber es gibt Zweifel, dass sie in jedem Punkt die Wahrheit gesagt hat. Die Polizei versucht, die einzelnen Aussagen zu überprüfen, was schwierig ist, weil Priska die einzige Zeugin ist.«

»In welchen Punkten hat die Polizei denn Zweifel?«, fragt Inga.

Ich trinke noch einen Schluck Tee. »Ich glaube, es geht hauptsächlich um Volkers Tod. Priska hat zugegeben, dass sie schon früher vom Joggen zurückgekommen ist und Volker getroffen hat und dass sie sich stritten, weil er herausgefunden hatte, dass Florian sein Sohn ist. Aber sie behauptet, bei seinem Tod nicht dabei gewesen zu sein.« Ich erzähle Inga, was wiederum Kommissarin Brandt mir erzählt hat, als ich am Donnerstagnachmittag im Präsidium war. Nach Priskas Geständnis mussten wir anderen ebenfalls noch einmal aussagen und unsere Aussagen auch unterschreiben. Ich wurde über zwei Stunden lang befragt.

Inga hört mit skeptischer Miene zu. »Aber das ist doch Bullshit«, sagt sie schließlich. »Volker soll zufällig genau in den zehn Minuten ertrunken sein, in denen Priska nicht dabei war? Er soll zufällig genau dann gestorben sein, als er ihr Geheimnis enthüllen wollte? Natürlich hat sie ihn umgebracht. Und die Polizei versucht, das zu beweisen?«

Ich schüttele den Kopf. »Nicht, dass Priska Volker absichtlich getötet hat. Das wäre wohl gar nicht möglich, weil die Obduktion keinen Hinweis auf Fremdverschulden ergeben hat. Der Rechtsmediziner hält weiterhin Ertrinken nach einer Angina-pectoris-

Attacke für das plausibelste Szenario. Priskas Aussage bekräftigt diese Theorie sogar, denn der heftige Streit zwischen Volker und ihr könnte die Attacke ausgelöst haben. Kommissarin Brandt vermutet jedoch, dass Priska dabei war, als Volker die Attacke hatte. Dass sie sah, wie er ins Wasser fiel, ihn jedoch nicht rettete. Allerdings wäre das vermutlich bloß unterlassene Hilfeleistung. Dafür gibt es in der Regel wohl nur eine Bewährungsstrafe.«

»Eine Bewährungsstrafe dafür, dass sie ihren Vater eiskalt hat ertrinken lassen?«

Inga klingt so empört, wie ich mich gefühlt habe, als Frau Brandt davon erzählte. Sie überlegt einen Augenblick lang. »Was ist denn mit diesem anonymen Brief, den du abgefangen hast? Hat der Absender nicht gesehen, was genau passiert ist?«

Ich esse erst einen Löffel Porridge, bevor ich antworte. »Die Polizei hat Priska darauf angesprochen, aber sie behauptet, sie hätte nie einen anonymen Brief bekommen, der, den ich abgefangen habe, müsse der erste gewesen sein. Das ist zwar offenkundig gelogen, aber Priska beharrt darauf. Ich nehme an, die Polizisten versuchen, den Briefschreiber zu finden, aber solange sie ihn nicht haben ...«

»Das heißt, das Ganze wird sich noch eine Weile hinziehen?« Inga nimmt einige Bissen von ihrem Pfannkuchen, während sie nachdenkt. »Und wie geht es in der Zwischenzeit weiter? Bleibt Priska in U-Haft?«

Ich schüttele den Kopf. »Sie durfte nach dem Geständnis nach Hause gehen, ich vermute, sie ist jetzt dort. Nein, nicht bei Florian«, füge ich hinzu, als Inga eine angewiderte Grimasse schneidet. »Er ist vorübergehend zu seiner Mutter gezogen. Sie wurde aus dem Krankenhaus entlassen. Es geht ihr schon wieder gut, physisch zumindest.«

»Und wie geht es Florian?«

Ich rühre in meinem Porridge, doch auf einmal habe ich keinen Hunger mehr. »Nicht gut. Ich habe ihn gestern noch einmal gesehen. Er kam mit Imke zur Abschiedszeremonie beim Bestattungsinstitut, die Stefanie verschoben hatte. Er wollte Volker ... seinen Vater ... wenigstens einmal sehen, bevor er verbrannt wurde. Er ist total fassungslos und wütend. Ich habe gehört, wie er zu Moritz gesagt hat, dass er Angst habe, Priska zu begegnen. Er sei so wütend auf sie, er könne für nichts garantieren.«

»Und was denkt er über Volkers Tod? Glaubt er auch, dass Priska dabei war und ihn absichtlich hat sterben lassen?«

Ich zucke mit den Achseln. »Ich weiß nur, dass Stefanie davon überzeugt ist. Sie will einen Rechtsanwalt engagieren, der sie in der Sache als Nebenklägerin vertritt, immerhin erwartet sie Volkers Kind. Sie hat Angst, dass die Kieler Polizei die Ermittlungen wieder zu früh einstellt.«

»Tja, wäre nicht das erste Mal«, ätzt Inga. »Und was denkt Moritz?«

Als Inga Moritz erwähnt, beginnt meine Unterlippe zu zittern, und ich beiße schnell darauf. »Ich weiß es nicht. Er redet fast nicht mehr mit mir. Er hat sich völlig in sich zurückgezogen.«

Ich versuche, meine Stimme fest klingen zu lassen, doch natürlich hört Inga die Angst darin. Sie greift über den Tisch und drückt meine Hand.

»Hey, bestimmt braucht er einfach nur Zeit. Ich meine, ich kann mir gar nicht vorstellen, wie man so was verarbeiten soll. Seine Halbschwester hat seinen Halbbruder geheiratet, von dem er nicht einmal etwas wusste. Vermutlich ist sie sogar für den Tod seines Vaters verantwortlich. Auf jeden Fall hat sie ihm dessen Tod verschwiegen. Sein ganzes Leben wurde auf den Kopf gestellt.«

Ich ziehe meine Hand zurück. »Glaubst du, das weiß ich nicht?«, fauche ich. »Natürlich weiß ich es, deshalb verstehe ich ja nicht, dass Moritz nicht mit mir spricht. Ich will ihm helfen, ich will für ihn da sein, aber er ...« Ich breche ab.

»Aber er?«, fragt Inga nach.

Ich weiche Ingas Blick aus und starre aus dem Fenster. Das Laub der Bäume in unserem Hinterhof leuchtet bunt in der Sonne, doch ich kann mich darüber nicht freuen. »Aber er scheint mich nicht zu brauchen«, flüstere ich schließlich.

»Und das macht dir Angst?«

»Natürlich macht es mir Angst. Wenn er mich nicht braucht, dann kann er jederzeit gehen.«

3

Neun Monate später

NDR Info, 24. Juli 2025, Eilmeldung:

Priska F. wegen unterlassener Hilfeleistung verurteilt

Das Amtsgericht Kiel hat soeben die zweiunddreißigjährige Priska F. wegen unterlassener Hilfeleistung für schuldig befunden und zu zehn Monaten Haft auf Bewährung verurteilt. Sie habe ihren Vater ertrinken lassen, weil dieser die inzestuöse Beziehung zwischen ihr und ihrem Halbbruder aufdecken wollte.
Die Urteilsbegründung dauert an.

Epilog

Priska

Sie verurteilen mich. Sie verurteilen mich tatsächlich!

Der Schreck ist so groß, dass es sich anfühlt, als wäre ich in einen eiskalten See gestürzt, und während der nächsten Minuten kann ich mich nicht auf das konzentrieren, was die Richterin im größten Sitzungssaal des Amtsgerichts Kiel zur Urteilsbegründung sagt. Es ist, als rauschte Wasser in meinen Ohren.

Dabei hätte ich es kommen sehen müssen. Mein Anwalt hat mich gewarnt. Alle Anwälte, die ich aufgesucht habe, haben mich gewarnt. Einhellig waren sie der Meinung, dass eine Verurteilung zu neunzig Prozent sicher sei. Dass ich mit meiner Version der Geschichte – ich war im Haus, als Volker starb – nicht durchkommen würde. Aber ich wollte es nicht glauben. Ich habe auf die zehn Prozent gesetzt. Darauf, dass es der Polizei nicht gelungen ist, zu beweisen, dass ich auf dem Steg war, als Volker ertrank. Ich habe auf »in dubio pro reo« gesetzt – im Zweifel für die Angeklagte. Weil ich nicht anders konnte. Weil ich keine Wahl hatte.

Als der letzte Gedanke durch meinen Kopf schießt, lässt das Rauschen in meinen Ohren schlagartig nach. Stattdessen überkommt mich das Bedürfnis, hysterisch loszulachen. Wie absurd ist das denn? Ich hatte keine Wahl – habe ich das wirklich gerade gedacht? Mit diesem Gedanken hat schließlich alles begonnen.

Mein Bedürfnis zu lachen wird immer stärker – und mit ihm der Wunsch, es einfach rauszulassen, einfach loszuprusten, in das strenge Gesicht der Richterin hinein und in die lüsternen der Zuschauer im Saal. Der Gaffer und der Presseleute, die diesen Moment der Urteilsverkündung genießen, so wie sie das ganze Verfahren genossen haben. Die aus diesem Fall von unterlassener Hilfeleistung, der unter anderen Umständen höchstens zu einem Einspalter im Lokalteil geführt hätte, eine Seite-Eins-Story gemacht haben. Wegen des Inzests natürlich. Sex zwischen Halbgeschwistern – das liebt der Boulevard. Ihnen allen möchte ich ins Gesicht lachen, und ich öffne schon meinen Mund, da spüre ich die Hand meines Anwalts auf meinem Arm.

Hat er bemerkt, was in mir vorgeht? Vielleicht, auf jeden Fall bringt seine Warnung mich zur Besinnung. Ich werde nicht lachen. Ich bin nervös und völlig überdreht, aber ich werde nicht lachen. Stattdessen werde ich mich jetzt zusammenreißen und mich auf das konzentrieren, was die Richterin sagt. Ich muss schließlich wissen, wie sie ihr Urteil begründet. Wie sonst soll ich Berufung dagegen einlegen? Und ich werde Berufung einlegen. Ich muss es tun. Ich habe keine Wahl.

Die Richterin geht noch einmal chronologisch die Ereignisse durch und beschreibt, was aus der Sicht des Gerichts am fünfundzwanzigsten Oktober geschehen ist. Gerade spricht sie über den Streit zwischen Volker und mir. Erst jetzt fällt mir auf, dass sie sich direkt an mich wendet.

»Sie haben zugegeben, dass Sie sich mit Ihrem Vater gestritten haben, nachdem dieser Sie mit der Tatsache konfrontiert hatte, dass Florian Jansen sein Sohn ist. Wir halten Ihre Einlassungen in diesem Punkt für glaubwürdig. Hingegen sind wir nicht davon überzeugt, dass Sie während des Streits den Steg verlassen haben und ins Haus gegangen sind, um ›herunterzukühlen‹, wie Sie das genannt haben. Wir haben mehrere Zeugen gehört, die Sie gut kennen – darunter nahe Angehörige –, und alle haben einmütig geschildert, dass es Ihrem Charakter widerspräche, mitten in einem Streit einen Rückzieher zu machen. Wir sind daher davon überzeugt, dass Sie dabei waren, als Ihr Vater starb. Was nun dieses Sterben betrifft, so gehen wir aufgrund des rechtsmedizinischen Gutachtens und des Berichts des Hausarztes Ihres Vaters davon aus, dass Ihr Vater in der Tat während des Streits mit Ihnen eine Angina-pectoris-Attacke erlitt, in deren Folge er in den See stürzte und ertrank.«

Die Richterin spricht weiter und weiter, doch ich höre nur mit einem halben Ohr zu, während sie die rechtsmedizinischen Befunde wiederholt, die ich nun schon so oft gehört habe, dass ich darüber eine medizinische Doktorarbeit schreiben könnte. Als die Richterin meine »nahen Angehörigen« erwähnt hat, ist mein Blick automatisch zu den Zuschauern gehuscht. Erneut scanne ich ihre Reihen. Doch meine nahen Angehörigen sind nicht da. Die einzige Person, die ich schon vor dem Beginn der Verhandlung kannte – außer meinem Rechtsanwalt –, ist Stefanie, Volkers letzte Freundin. Sie saß an jedem Tag neben ihrer Anwältin auf der Bank für die Nebenkläger, einmal hat sie sogar ihr Baby mitgebracht. Sie hat mich in jeder Minute beobachtet, mich regelrecht belauert. Und jetzt kann ich ihr ihre Genugtuung ansehen.

Doch Flo und Moritz sind nicht gekommen – genauso wie an den vergangenen Verhandlungstagen. Sie waren beide nur einmal hier, um ihre Zeugenaussagen zu machen. Dabei haben beide mich nicht angesehen, haben beide meinen Blick gemieden, so wie sie mich seit Monaten meiden, seit dem Tag, an dem sie die Wahrheit erfahren haben.

Natürlich habe ich alles versucht, sie umzustimmen. Ich habe sie angerufen, wieder und wieder, habe sie aufgesucht, wieder und wieder, habe versucht, ihnen alles zu erklären, habe versucht, ihnen meine Seite zu zeigen, an ihr Verständnis appelliert. Ich habe mich entschuldigt und um Verzeihung gebeten. Ich habe ihnen gesagt, dass ich alles nur aus Liebe zu Flo getan habe, doch alles, was es mir eingebracht hat, ist ein Kontaktverbot, das Flos Anwalt beantragt hat.

Wie ich diesen Mann hasse! Ich bin sicher, dass er Flo gegen mich aufgehetzt hat. Er ist dafür verantwortlich, dass Flo mich bei unserer letzten Begegnung als »Psychopathin« und »Mörderin« beschimpft hat. Es ist seine Schuld, dass Flo und ich nicht mehr verheiratet sind, ja, dass wir nicht einmal geschieden sind. Er hat unsere Ehe mit einem Federstrich auslöschen lassen.

Dabei wusste ich vorher nicht einmal, dass das möglich ist. Ich hatte damit gerechnet, dass Flo sich scheiden lassen wollen würde. Ich hatte mich darauf eingestellt, dagegen anzukämpfen und die Sache so lange hinauszuzögern, bis ich diesen Prozess gewonnen habe. Doch nach Paragraph 1313 BGB kann eine Ehe durch richterliche Entscheidung unter bestimmten Umständen aufgehoben werden, zum Beispiel wenn sie gegen Paragraph 1307 BGB verstößt, wonach keine Ehe zwischen Verwandten in gerader Linie sowie zwischen vollbürtigen und halbbürtigen Geschwistern geschlossen werden darf.

Ich bin also nicht mehr verheiratet, ich bin wieder Priska Fischer. Ich musste das akzeptieren. Doch das bedeutet nicht, dass ich die Trennung von Flo akzeptiere. Das werde ich niemals tun! Ich werde ihn zurückgewinnen – und ich werde Moritz zurückgewinnen.

Und deshalb muss ich dieses Urteil kippen! Ich habe nur eine Chance, Flo und Moritz dazu zu bringen, mir zu verzeihen: Ich muss sie davon überzeugen, dass ich nicht dabei war, als Volker starb. Deshalb kann ich kein Urteil akzeptieren, das meine Schuld festschreibt, egal, ob es meine Strafe zur Bewährung aussetzt oder nicht, egal, ob es der Wahrheit entspricht oder nicht. Deshalb werde ich Berufung einlegen. Deshalb habe ich keine Wahl!

Ich werde Flo garantiert nicht aufgeben! Ich habe zu viel für ihn riskiert, zu viel ist passiert, das darf nicht umsonst gewesen sein. Und ich werde nicht zulassen, dass Volker gewinnt. Dieser Mann, der zeit seines Lebens seinen Samen versprizt hat wie

Konfetti. Der an allem schuld ist. Der mein Leben einmal zerstört hat. Ich lasse nicht zu, dass er es ein zweites Mal tut.

Denn ich habe es mir als Dreizehnjährige geschworen: Ich bestimme über mein Leben. Ich allein.